最新网络小说佳作赏评

聂庆璞 著

中国社会科学出版社

图书在版编目(CIP)数据

最新网络小说佳作赏评/聂庆璞著.—北京：中国社会科学出版社，2023.7

（网络文学品读丛书）

ISBN 978-7-5227-1987-0

Ⅰ.①最… Ⅱ.①聂… Ⅲ.①网络文学—小说研究—中国 Ⅳ.①I207.42

中国国家版本馆 CIP 数据核字(2023)第 097289 号

出 版 人	赵剑英
责任编辑	郭晓鸿
特约编辑	杜若佳
责任校对	师敏革
责任印制	戴 宽

出　　版	中国社会科学出版社
社　　址	北京鼓楼西大街甲 158 号
邮　　编	100720
网　　址	http://www.csspw.cn
发 行 部	010-84083685
门 市 部	010-84029450
经　　销	新华书店及其他书店
印　　刷	北京明恒达印务有限公司
装　　订	廊坊市广阳区广增装订厂
版　　次	2023 年 7 月第 1 版
印　　次	2023 年 7 月第 1 次印刷
开　　本	710×1000　1/16
印　　张	24.25
插　　页	2
字　　数	350 千字
定　　价	128.00 元

凡购买中国社会科学出版社图书，如有质量问题请与本社营销中心联系调换
电话：010-84083683
版权所有　侵权必究

目 录

前言 ……………………………………………………（1）

现 实 篇

香色倾城 ……………………………………… 常书欣（3）
世界上所有的童话都是写给大人看的 ………… 陈 谌（8）
回到过去变成猫 ………………………………… 陈词懒调（13）
官仙 ……………………………………………… 陈风笑（17）
季警官的无厘头推理事件簿 …………………… 亮 亮（23）
终极教师 ………………………………………… 柳下挥（29）
南下打工记 ……………………………………… 米 周（36）
匹夫的逆袭 ……………………………………… 骁骑校（43）
韩娱之天王 ……………………………………… 呓语痴人（50）
秘密调查师：黄雀 ……………………………… 永 城（57）
校花的贴身高手 ………………………………… 鱼人二代（62）
制霸好莱坞 ……………………………………… 御井烹香（67）
琥珀之剑 ………………………………………… 绯 炎（72）
英雄联盟之谁与争锋 …………………………… 乱（77）
DNA 鉴定师 …………………………… 邓亚军 云 哲（82）

朝阳警事 ………………………………	卓牧闲(88)
大国重工 ………………………………	齐　橙(94)
故园的呼唤 ……………………………	仇若涵(101)
浩荡 ……………………………………	何常在(107)
花娇 ……………………………………	吱　吱(114)
平步青云 ………………………………	梦入洪荒(120)
手术直播间 ……………………………	真熊初墨(129)
喜欢你我说了算 ………………………	叶非夜(135)
写给鼹鼠先生的情书 …………………	吉祥夜(141)
最佳词作 ………………………………	空　留(149)

历 史 篇

唐骑 ……………………………………	阿　菩(157)
宰执天下 ………………………………	cuslaa(162)
赘婿 ……………………………………	愤怒的香蕉(168)
伐清 ……………………………………	灰熊猫(173)
烽烟尽处 ………………………………	酒　徒(180)
晚明 ……………………………………	柯山梦(187)
木兰无长兄 ……………………………	祈祷君(192)
大明官 …………………………………	随轻风去(197)
凤倾天阑 ………………………………	天下归元(203)
女户 ……………………………………	我想吃肉(208)
三国之最风流 …………………………	赵子曰(212)
明天下 …………………………………	孑与2(218)
宛平城下 ………………………………	任　重　邱美煊(226)
长宁帝军 ………………………………	知　白(232)

幻 想 篇

三体 ……………………………………	刘慈欣(239)
裁决 ……………………………………	七十二编(246)
贩罪 ……………………………………	三天两觉(250)
最强弃少 ………………………………	鹅是老五(255)
我欲封天 ………………………………	耳　根(260)
不败战神 ………………………………	方　想(265)
雪中悍刀行 ……………………………	烽火戏诸侯(270)
从前有座灵剑山 ………………………	国王陛下(275)
纯阳 ……………………………………	荆柯守(281)
圣堂 ……………………………………	骷髅精灵(288)
龙神决 …………………………………	流浪的蛤蟆(295)
将夜 ……………………………………	猫　腻(302)
星河大帝 ………………………………	梦入神机(309)
锦衣笑傲行 ……………………………	普祥真人(314)
魔天记 …………………………………	忘　语(319)
莽荒纪 …………………………………	我吃西红柿(325)
剑王朝 …………………………………	无　罪(329)
三界血歌 ………………………………	血　红(334)
异常生物见闻录 ………………………	远　瞳(340)
大奉打更人 ……………………………	卖报小郎君(346)
诡秘之主 ………………………………	爱潜水的乌贼(352)
临渊行 …………………………………	宅　猪(358)
我师兄实在太稳健了 …………………	言归正传(368)
元尊 ……………………………………	天蚕土豆(373)

前　言

　　艾布拉姆斯在他的《镜与灯》中认为，文学活动由四个相关要素组成：作品、世界、作家、读者。进而言之，文学研究也只要研究这四个要素就可以了。是不是这样呢？其实不是。如文学理论研究、文学史研究、文学思潮研究、文学的比较研究等属于这四要素中的哪一项呢？显然，哪一项都不好安排。因此，在我看来，艾氏提出的文学活动四要素，仅是共时层面的要素，历时层面的要素被艾布拉姆斯忽略了。实际上，文学活动的研究远比艾布拉姆斯提出的四要素复杂。但是，文学活动研究的核心在 20 世纪被确认为作品却是不争的事实。

　　俄国形式主义、英美新批评、法国结构主义是 20 世纪西方文学批评的几个重要流派，它们的共同点就是将作品作为文学研究的核心和主体，在他们的努力下，作品（文本）作为文学研究的主体和核心不容置疑，已成为整个文学研究界的共识。韦勒克与沃伦在《文学理论》中直接把对文学作品的研究称为文学的"内部研究"，其他的所有研究像作家研究、文学社会学研究、文艺心理学研究等统称为文学的"外部研究"。他们认为"外部研究"虽也有价值，但不属于真正的文学研究，只有"内部研究"才是道地的文学研究，才能真正理解文学作品的审美意义和价值。

　　既然如此，我们在进行文学研究时就应该把作品研究放到首要位置上来。当然我们并不反对在一个新的文学现象刚出现时，把研究的重心放在对新事物的鼓励与扶持上，即把更多的研究力量放在"外部研究"上。因为，此时对象的作品可能并不丰富，不足以支持"内部研究"。网络文学作为文学的新事物、新现象，早年我们多作些外部研究无可厚非，但是，于今它已出现近30年，作品已汗牛充栋，如果我们还过多停留在"外部研究"上，就有些不思进取了。基于此，本书在网络文学的"内部研究"上做些基础性的工作，简单分析近年来部分网络热点作品，以方便有阅读兴趣的读者去选取作品。

网络文学最值得称道的是读者众多、阅读量巨大，但就研究者来说，最困难的就是作品阅读。网络文学不仅作品数量如海，而且每部作品篇幅巨大，给研究阅读带来了巨大阻碍。这阻碍有三：一是如何从数量众多的作品中选出合适的作品；二是如何读完这些篇幅巨大的作品；三是超长篇作品一般都是越读越乏味，怎么读下去。

第一个阻碍是非常容易排除的，因为，目前有许多机构从事这一工作。如各级作协、评奖机构、网站文学评价网站、文学网站自身的推荐与排行榜、搜索引擎的热搜作品等，关注这些就容易选出大部分有价值的作品。第二、第三两个阻碍确实是大麻烦，谁都没有时间去完整地读完这些作品，很多作品动辄500万—600万字，甚至1000万字（目前最长的作品是《数理之书》，21.4亿字），完完全全读完一本需要几个月。所以，就个人来说，这是一个不可能完成的任务。因此本书作者不敢吹牛皮说完整地读完了这些作品，只能说浏览了这些作品，在赏评这些作品的时候难免会有错漏。在此向作者，同时也向读者们谨致歉意。

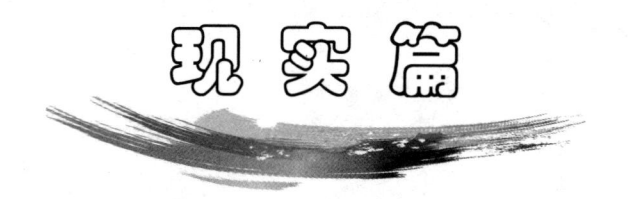

现实篇

香色倾城

常书欣

《香色倾城》是常书欣创作的一部都市言情类小说，连载于起点中文网。常书欣，山西沁水人，本名常舒欣，网络原创文学作者，大神级作家，擅长都市、悬疑类作品。代表作品有《红男绿女》《黑锅》《超级大忽悠》《香色倾城》《余罪》《商海谍影》等。

一

《香色倾城》全书分为三卷，分别为《象牙塔里的幸福生活》《吃货们的奋斗故事》《苦逼们的甜蜜爱情》。小说主要讲述了一个吃货怎样赚钱泡妞、怎样自我救赎和报复的故事。"我所理解的生活，就是我和我爱的一切在一起。"主人公叫单勇，是一个中文系的大四学生。在小说中，他和很多个女人有过微妙复杂的关系，最终他与左熙颖结婚。"吃喝是为了活着，活着首先得吃好喝好，讲究点说，那叫色香味形意养缺一不可。虽然吃喝是为了活着，但活着可不能光为了吃喝，玩和乐也不能缺。圣人都说了：食色性也。那就是教诲咱们好吃好喝之余，别忘了找个靓妞陪着，那样吃得高兴、玩得惬意、活得舒坦。简而言之，《香色倾城》就是这种有品位的吃喝玩乐，咱高雅地总结一句：这就叫生活！"但是作者想说的远不止此。一个人要通过奋斗和努力才能找到真爱，才能得到自己想要的一切。无论是才华、财富，还是人们心心念念的爱情，都要通过个人的努力才能获取。在这个过程中，单勇的性格也发生了变化。因此在这部小说中，人物性格并不是单一的、扁平的、一成不变的。

在第一卷的开头，作者写道，该逃的课逃了、该打的架打了、该骂的老师骂了、该追的女生也追了，哭过、笑过、闹过、兴奋过、发愁过，终于一切都过去了，再回首，一场荒诞剧般的大学生活总让人觉得有些无法弥补的遗憾。可那飞扬的青春岁月如果没有热血过、没有痴迷过、没有虚度过、没有荒唐过，是不是也是一种更大的遗憾呢？而小说里的几个人物——天雷哥、蛋哥、司慕贤，则是在挥霍着青春，去尝试所有他们想尝试的事情，读者在他们身上可以找到一种弥补——对自己青春时代的遗憾的弥补。

一位书友评价说："其实书里每一位女主就是一种选择，代表的是人生的向往，款姐代表的是大多数男人的梦想，有钱，有感情，还不会因太有钱把你贬得一无是处；酸妮就是款姐的升级版，太有钱，直接嫁入豪门，不是少奋斗几年的问题；陶陶是一夜情擦出来的火花，有点像朱丽叶的向往；宝英姐是纯朴，老婆孩子热炕头；党花就代表所有爱我的人，开始的厌恶到后来的深爱，往往陷得更深；最后，师姐代表蛋哥对于人性的追求。叶子说的很对，蛋哥是个纯粹的人，是个有信仰的人，对于蛋哥来说，一直在仇恨中活着的时候，师姐是带他走出来的人，是蛋哥也是老常对于主角人性上回归的一个指引。最后的女主其实不重要，重要的是问读者：你要选哪个。"在小说中，作者塑造了不同的人物形象，每个人物背后也蕴含着作者本人的思想。

二

这是一本难得的好书。人物性格鲜明，故事跌宕起伏，描写了在社会中挣扎的小人物的悲哀与奋进。最珍贵的是，它给我们很多人指了一条路——究竟该以什么样的生活态度面对人生。这是我们最该深思的问题。不求闻达，只求分享。兄弟情、朋友情、亲情、爱情，都刻画得很到位。

作者笔下的故事散发着浓浓的都市生活气息，充满着令人感同身受的真实代入感，每一个读者都能在他的故事里看到自己的生活缩影。生活中的酸甜苦辣，都是他故事的源泉，而善于书写这样故事的常书欣，则通过剧情的跌宕起伏，左右着读者的喜怒哀乐。因此，这是一个能把读者的生活写进书里的作者，也是一个会把自己的感悟拿出来与广大读者分享的作者。他在作品中叙说着生活的点点滴滴，无论是幽默还是讽刺，无论是平凡还是伟大，他总能发现主角的闪光点，在他的作品中，人性得到了充分的表现。如下面这段就将我国接待的慎重态度写得绘声绘色：

絮絮叨叨一大堆，完了，上升到政治高度了，许部长一脸菜色，憋了半晌，不太确定地道："要说住的，这里就是咱们市区最高档次了，我看左老很随和，不算是个很挑剔的人……要不就是，饭菜不怎么合口味？""你确定？"李副市长抓到了一个救命稻草，急声问。这一问，许部长不敢讲确定了，又含糊地说着："我也说不来，要说档次这儿也算是咱市档次最高的了，凯莱悦的鲍鱼师傅在省厨师大赛上都拿过奖，部里的领导来了都赞口不绝呢……可是……我也说不大清楚。""这样，许部长您辛苦一趟，务必摸清左老的心思，还有好几天呢，咱们好对症下药，别真出了岔子那可麻烦了，我回头把今天的行程向秦市长汇报一下，您就守这儿，最好晚饭光景能作陪，和左老一家好好聊聊，有什么情况，你马上通知我。"李副市长想了个折中的办法，点上将了。许部长脸上的笑容抽了抽，有道是领导一张嘴，属下跑断腿，敢情自己得当全职服务员了。不过官大一级，那个不字却是没敢说出来，李副市长风风火火走了，许部长一肚子苦水先自消化不良了，外人看宣传部是笑笑说说、吃吃喝喝，个中苦衷那是尝者自知，比如这号招待任务，一头是领导、一头是大佬，夹在中间的，招待好了是领导有政绩，招待不好那就成了风箱里的老鼠两头受气了。边寻思着，边根据长年和上头打交道的经验判断，招待无非是个吃喝拉撒，说好听点是衣食住行，衣吧咱不管、住吧没啥挑的了、行吧公费全支了……要说好不好，就剩下个吃了，对了，吃！"

现实得到了极为充分的反映和描写，作者的态度不言自明。

三

这本书在语言上也有其独到之处。首先，常书欣的语言活泼灵动，充满着生活气息，十分贴近现实生活，生动鲜活，"下课的铃声响了，恰如突来的喧闹声音惊走了雕塑头上叽喳的雀儿，随着声起，从各楼门里涌出来的学子，青绿单调的校园顿时增添了一片片姹紫嫣红，黑的是如墨的长发在飘洒；蓝的、白的、黄的是细薄的纱巾在飞舞；或红、或绿、或紫、或粉的五颜六色，是各色的裙装在摇曳，叽叽喳喳的声音偶尔会夹杂着银铃般的笑声和打闹声，不知道是讨论刚刚课上的内容还是在谈着什么闺中秘事"。"没错，入眼几乎都是，偶尔有几位男生，被这五颜六色淹没了，事实上潞州学院的前身就是一所师专，生源男女比例失调严重。据说在这所学校，'泡妞'这词用的时候不多，为什么呢？妞已经取得了泡的主动权，被泡的往往是男生。下课了，脚步加快了，宿舍、教室、餐厅三点一线的生活向来一成不变，人流涌向宿舍，不多会儿就见得又涌出来，各人的手里多了个花色各异的饭盆，女生宿舍离餐厅近，脚步匆匆间反倒是女生更快，不快不行呐，女生们心里都明白，食堂里的菜和潞院的男生一样，去晚了就没了，不快怎么行？隔着两幢楼是男生寝室，陆陆续续从宿舍门里出来的三三两两，明显比成群结队的女生队伍差了不少，更何况还有一部分根本不到大食堂，三五搭伙到校外的大小饭店搓一顿，其实男生们私下也经常说到学校大食堂的菜，同样也拿本校女生作比喻，什么意思呢？数量着实不少，质量实在够呛。"这些文字十分生动地勾勒出了主人公生活的环境与氛围，贴近现实生活的用语，令人读来觉得很有趣。

　　同时，活泼幽默、令人会心一笑的机警妙语也时有出现，如"子非鱼，安知鱼之乐，你不傻，怎知道什么叫傻乐""在学校里品学兼优的学生，出了校门未必还能有曾经的优越感。相反，在学校里傻啦吧唧的，也未必在什么地方都是一傻到底"等，用诙谐幽默的语言传递了作者心中的所思所想，也给读者以启发，使小说在娱乐消遣的同时具有了一定的哲理。另外，小说的语言具有包容性，积极地吸收网络笑话和民间笑料，从而增加了表达的趣味性。作者借用了短信、流行词汇等，吸收了来自大众智慧，比如"看来天雷滚滚，遇着就被雷倒的传言不虚，三位要走，那天雷哥还殷勤地邀着：'别走，我还没说完呢，后面的也给你讲讲……要不一块吃饭去，你们叫什么？我叫雷大鹏，有事到222宿舍找我玩。'那三位却是不敢搭腔了，边走高个子边埋怨着，那小个子生化男却是笑道：'没事，大家都知道他是咱们学校二逼青年领袖……中文系×届二班、住二层222宿舍，宿舍里排行第二……全校你找不出一个比他更二的，敢说地瓜干升级文你们能看进去？'那位有网文爱好的也乐了，不过高个子的摇摇头道着：'得了，别招惹人家，跟他说话都分不清谁更二。'"其中的"雷哥"、"二"等流行语被巧妙运用，不仅诙谐幽默，还贴近现实生活，让读者在阅读时容易进入作者所设置的情景之中。

　　总之，这部书写都市和爱情的小说是同类型网络小说中的佳作，无论是情节设置、人物塑造还是作品语言，不仅见出了作者的功底，而且反映了现实生活，使读者在阅读之后能够产生情感和心灵的共鸣。

世界上所有的童话都是写给大人看的

陈 谌

《世界上所有童话都是写给大人看的》是人气作家陈谌的首部短篇小说集,由23个故事组成,主打"成人童话"概念。该作品获浙江省2015年第一届网络文学双年奖优秀作品奖。

2012年因韩寒监制的"一个"App邀文,陈谌发表了《冰箱里的企鹅》等怪诞现实短篇小说,在人人网一炮而红,之后,他又陆续发表了《时光若刻》《你的口琴是什么味道的》《逆行的钟》《莉莉安公主的烦恼》《南极姑娘》等脍炙人口的短篇小说,受到读者的喜爱。

一

这部短篇小说集的内容如同它的名字一样,书中的童话都是写给大人看的,既然是写给大人看的,它就不像我们小时候所读的《安徒生童话》和《格林童话》一样,是梦幻的、美好的,而是如歌词里所说,童话里都是骗人的。所以这部小说集里面的小故事都一反常态,描写的是一种现实的、怪诞的故事,这本书读起来给人一种似梦非梦的感觉,它没有我们小时候看童话故事的那种憧憬,却引人深思。

让我感触比较深的是第一个故事——《冰箱里的企鹅》。它讲述了一个单身独居的男人在冰箱里发现了一只企鹅,从一开始的惊讶排斥,到后面与企鹅相依相伴,渐渐感情深厚,然而就在他习惯企鹅存在的时候，企鹅却突然消失了。这样一个看似荒诞的故事，实际上却体现了大都市中那些独自打拼的年轻人内心的无奈与辛酸。在我看来，他们的这种奇遇是一种美好的偶遇，他们两个的相遇是象征着爱情的，可能是偶遇之情，也可能是禁忌之恋。企鹅可能是主人公心中住着的一个美好爱情的象征，他从和企鹅的相处中感觉到幸福美好，同时也对这只企鹅的表现感到了惊讶，这只企鹅的出现让他在寒冷孤寂的大都市中得到了一丝温暖和慰藉。

当这只企鹅消失之后，主人公感到很失落，他想念那只企鹅，每天睡觉前都会翻开已经塞满东西的冰箱看看，这是一种期待，期待再次重逢的喜悦。但是在朋友问他为什么每天要把冰箱塞满时，他带着一丝甜蜜回忆道："如果冰箱总是满的，就不会再有企鹅住进来了吧。尽管我非常想念那只没有节操的企鹅。"这个就是成人的城府或虚伪，他想念那只企鹅，但却把冰箱塞满，不让企鹅有地方住。所以，作者说是成人的童话世界，它已经不像我们儿时那样憧憬美好的生活，要冲破一切束缚不顾一切地争取。因此，企鹅消失了，男主人公对它很想念，但是消失了就是消失了，毕竟活在世上还要接受世俗大众的审视，只能是把最美好的东西珍藏在心底。

这部作品中让我印象深刻的另一篇小短文就是《莉莉安公主的烦恼》。故事的开头写道："想象一下在一个冬天的夜晚，一家人吃完晚饭，围坐在壁炉前，听长者讲那过去的故事，结果一开场却是：'从前有个公主，她长得很丑，而且看不到任何变美的希望……'"我们以前读过的《灰姑娘》和《丑小鸭》，他们都有逆袭成白富美的一天的，可是在这篇短文中的莉莉安公主，到最后也没有逆袭成功。

莉莉安公主的父母长相都还算标致，可是她却是遗传学的一个奇迹。由于她性格豪放，老国王也懒得管教她，她已经是一个26岁的剩女公主了，邻国的王子们因为她的相貌都看不上她。于是她只能向她的好朋友恶魔求救，设计让恶魔假装绑架了她，并送信给老国王，让老国王昭告天下请王子去营救她，哪个王子营救了莉莉安公主，就要与她成婚。不幸的是，莉莉安与恶魔在山上住了很多天都无人问津，直到公主被恶魔请来的王子营救回国，缺心眼的国王都没有发现那封放在枕头底下的恐吓信。故事的最后，一个长相很丑的公主和一个既不高也不帅的王子在一起了。

  读了这个故事，我感觉作者的思维还是很奇特的，可是这个构思却也贴近真实，成人世界的童话故事也有单纯的，作者用一种可爱的词汇向我们描述着不一样的童话，可是这些故事又仿佛在我们的生活中随处可见。这个故事在我看来是对以往王子与公主的童话故事的一种讽刺，公主并不总是国色天香的，王子也并不总是帅气非凡，公主与王子的爱情故事并不总是那么浪漫。生活就是生活，王子与公主都是人，与平凡的人没有什么区别，所以，他们的爱情和生活与我们大同小异。

  第六个故事是《杀手日记》，听名字或许会以为这是一个恐怖惊悚抑或悬疑的童话故事，恰恰相反，这是一个非常有爱的故事。故事讲述了男主人公在淘宝店拍下一双袜子，但这其实是幌子，店家是杀手组织，邮寄过来的是组织想要除掉的人的信息。可是第二天男主人公去杀人时，却发现组织给的地址上住着一个女人，而不是他要除掉的那个男人，于是他就假装成卖保险的与这个女人聊天，安慰着这个失恋的姑娘，聊着聊着他们相互产生了好感，而且男主人公发现这个屋子里面并没有他要杀的人。后来组织又给他邮寄了一个快递，并告诉他：感谢你为组织长期以来的贡献，现在你可以金盆洗手了，听说你为了工作一直单身，这是组织送给你退休的一份礼物。

  杀手原本以为自己得到了错误的杀人信息，没想到错有错着。不得不说，故事里的这个组织充满了人情味，现在很多人因为工作都是单身，读完了这则故事大概也希望自己的公司给自己送一个对象吧，这是一个可爱而又温暖的童话故事。

二

  这些短篇中有着可爱的、充满幻想的、奇特的故事，也不乏充满哲理韵味的故事。《屎壳郎先生的推粪人生》讲述的就是一个世代在推粪球的家族，并不是因为他们真的爱推粪球，而是世界上找不到像他们那样可以把粪球推得那么好的家族了。可是发展到屎壳郎先生这一代的时候，他觉得这个工作被人瞧不起，于是他用谎言和舆论欺骗大家，把自己包装炒作成埃及皇室的后裔。他由于身份的转变得到大家的追捧，可就在他名气大增时，一个曾经拒绝过他的蝴蝶小姐利用他炒作"艳照门"，于是屎壳郎先生身败名裂，而蝴蝶小姐却顺势迎得了大家的关注，后来屎壳郎先生在书中看到一句话使他受益匪浅："圣甲虫通过自己的努力，从无到有，推出了粪球，这就如同像太阳从地平线上升起一样，从无到有，诞生了另一个世界，它正好象征着整个宇宙诞生了这样一种重演，于是它受到了人们的尊宠，因而被称为圣甲虫。"读到这里，屎壳郎先生明白了自己所嫌弃的推粪球的工作，恰恰却是祖先受到尊重的原因，这也是在告诉我们，每个人的工作都是平凡而伟大的，清洁工、环卫人员这些看似平凡而普通的工作，对我们来说也是意义非凡的。一个人瞧不起自己的事业，却不知这才是他受人尊敬的原因，每个职业都应当被人们尊重。

这部作品中最后一个故事是《南极姑娘》，写了一只南极的企鹅北漂来到了北极，与北极熊相遇的故事。他们一起睡觉、吃鱼、散步，幸福而温馨。可是美好的时光终究是短暂的，南极的企鹅米娜要回到她久违的故乡。这个故事实则模拟了一段人类的生活，一个雄壮的北方小伙子和一个娇小的南方姑娘，他们应该是相爱的，但姑娘不能自动送上门呀，她等着小伙子登门求婚。或许她走后，他会去找她，开始一段真正美好的爱情。

我很喜欢故事中的这段文字："如果你愿意一直往南走的话，我会在世界的最南方等你。""但我如何知道哪里才是南方？""既然你已经在世界的最北方，那么无论未来你朝哪个方向走，都注定是南方。"

不得不说，这本小说集很符合我的阅读兴趣，幽默又讽刺，奇幻又温情，这样一本可爱的童话，给大人们的世界也增添了一丝趣味，散发着淡淡的温暖。

　　作者用一些虚构的甚至是荒诞的框架，来讲述这些真实的故事，给予里面的人物一些童话色彩。小孩子保持童真和可爱是很正常的，所以那些传统的意义上的童话就是尝试用孩子们的视角来解构这个复杂的世界，把所有人性中的七情六欲或是善恶美丑都淡化甚至是美化，因为孩子是纯真的，孩童的世界是需要被保护的。

　　可是成人的世界需要被提醒，因为成年人有了自己的思想和思维，当作者用这种现实的笔触把一个个故事都展现出来时，读者们仿佛身临其境，看了故事之后也知道哪些事情该做，哪些事情不该做。

　　这本书的语言有趣幽默，行文风格多变，时而奇幻、时而温情，充满"90后"写作者的青春活力，鲜活地反映了时下年轻人对校园、都市、情感、生活的奇思妙想，怪诞而不怪异，惊奇而不惊悚，处处彰显了"90后"的特立独行。读完了其中的小故事，不禁让人思绪万千，心中产生了有点温暖又有点奇特的感觉。

回到过去变成猫

陈词懒调

《回到过去变成猫》是陈词懒调在起点中文网首发连载的都市重生生活类小说。陈词懒调，阅文集团大神作家，现居武汉，喜欢看美剧和动漫，对可爱萌宠情有独钟，2012年在起点中文网开始了自己的创作生涯。另有《星级猎人》《原始战记》《未来天王》等作品。

一

故事开始于一个树影摇曳的夏日午后，一位名为郑叹的青年不知为何附身到了一只猫身上，且回到十年前——2003年。他被焦家从垃圾堆中捡走收养，取名"黑炭"，自此展开了在焦教授家中的生活。郑叹记得自己是个人，但现在身体却是一只猫，他无法讲人话，却听得懂人话，还保持着20岁青年的思维和智商。它还有许多逗趣的伙伴，打过群架、闯过祸，也抓过贼、帮过人。作为一只如此另类的猫，也为了以一只猫的身体在人类社会中求生存，他自立自强，不断成长，过着安安稳稳、波澜不惊的生活。但天有不测风云，黑炭被猫贩子抓住，运往了南方。郑叹走完了属于猫的一生，在自己的床上醒来，恍惚间仍是那个光影闪烁的下午，只觉得是大梦一场，是耶？非耶？

作品中的主要人物以黑猫郑叹为核心，可划分为四个群体：以焦副教授为核心的焦家；以大院"四剑客"黑炭、大胖、阿黄、警长为核心的大院动物们；以"佛爷"、兰老头、小卓、易辛等人为代表的学校人员；以任崇为代表的"坏人"们。作品就是以黑猫黑炭的视角来反映这几个群体间的社会生活的，描写了黑炭在他们中间左右逢源、如鱼得水的"投机钻营"。

二

从主题思想来说，作品描写了当下年轻人的生存困境。从小说题目来看，反映了作者的两个愿望：一是回到过去，二是变成猫。回到过去是有所悔恨，再来一次希望能活得不一样。而变成猫就更耐人寻味了。黑猫和作者有很明显的文本与现实之间的对照关系，作者在保留了猫原有的生活习惯、姿态、反应等的基础上，更赋予了黑猫作为作者自己对生活的期望。换言之，黑猫的成功之处，便是作者在现实中的受挫之处。在现实中得不到满足便会宣泄于文学作品是几千年来不变的不二法门。黑猫身上所寄托的是作者对于生活的希望，一切在黑炭那里都显得容易些，生活中需要操心的琐碎之事、人生中要谨慎考虑的前途问题都不重要了，对于一只猫来说，这些都是没有意义的，如果说生存问题对于猫来说是头等大事，那么在作者安排黑炭被收养后，这个问题也无需谈起了。这种倾向会将我们引导到"做人实在是太难了"这样的结论上。但我们不禁想问：是怎样的艰难让人萌发了不想做人而想做猫的念头呢？这种倾向本来就应该引起大家的思考。除却作者本身对猫的喜爱，一定有其更深远、更值得我们反思的社会原因。

1978年改革开放，20世纪80年代，国家重心从政治逐步转向经济，90年代更是经济开始迅猛发展的时代，步入21世纪后中国与世界的联系越来越紧密，在经济、文化、政治等各个方面都与西方产生碰撞、交融。在这样一个经济、科技都高速发展的时代，相对应的价值观却是严重缺失的，这两种不平衡导致的社会变形扭曲引发了一系列的社会问题。这不仅是当代青年人的生存困境，还是整个中国面临的困境。具体来说我们可以看到，黑猫首先与校领导、企业老总等人因为各种机缘结下了深厚的情感羁绊和施恩关系，而后黑猫所遇到的各种困难都是这些居高位者为其解决的。从这样一个逻辑来看，反映的其实是一个关系社会的缩影。有关系便能轻松成事，没关系活该一直倒霉。黑猫很幸运的拥有这些关系，但现实生活中的人呢？并不是每一个人都拥有这样的社会资源的，那些生活在社会底层的人就算通过高考等途径进入上一个阶层，也往往会面临关系问题所带来的不公平。这只是当代人生存困境的一部分，也是我认为这部小说中体现得最充分的。而在结尾处作者又重新变回了人，在我看来，人生的困境再艰难再困苦，不管你逃避了多久都是要重新面对的。而作者也在结尾意味深长地提出："做猫真的就比做人好吗？"那做猫无忧无虑的十年终究是大梦一场，困苦在继续，生活也在继续。

　　作者的语言流畅平实，并没有很多绚丽的辞藻。而这样的语言恰巧和平淡的日常生活契合，你所看到的是午后隔壁老太太打着瞌睡在躺椅上一摇一晃，是门卫大叔边看报纸边推老花镜，是孩子们放学叼着冰棍风一样地跑过，是五六点钟大人们提着菜推着车咯哒咯哒地往回走。还有五楼学舌的鹦鹉，大院里总是凶凶的大狗，以及在围墙上或眯着眼或踱着步的猫。花谢花开十载，家属院的草长了，树木已成荫。时间弯了你的背，皱了你的眼，高了我的个，长了我的发，只有脉脉温情不变。这样的温情流淌在小说的字里行间，仿佛跟着作者恍恍惚惚已十年。另外，作者也运用了一些俗语粗话来加强形象的塑造，在朴实中形成了一种个性的表现，不仅能更好地突出主角的性格，也更接地气、更贴近生活。在小说的结尾处，作者语言的表现能力愈加突出，临近完结是黑炭生命的结束，也是郑叹新生的开始。作者笔下有意无意流露出来的时间感、年代感尤为感染人，淡淡的怀旧充盈在空气中，时间仿佛拉长了，眼前的景象一下拉远了，"我"与现实仿佛一下割裂开来，"我"是参与者，亦是看客，十年的人事如走马灯一样闪过，那个你无数次经过的墙角永远成为历史。

三

　　成也萧何，败也萧何，思想主题是本书的长处亦是短板。过于强调做猫生活的轻而易举，很容易陷入一种自我欲望的过度宣泄当中。一切获得的都太容易了，这不仅显得有些脱离实际、天马行空，实质上还反映出一种不劳而获的思想，希望付出很少甚至不付出却得到很多。要成功你就去投机，要成功你就要去搞好关系，成功的途径再也不是通过自身的努力，成功和努力一毛钱关系都没有了。和高位者之间的亲密关系，对低位者的"颐指气使"，让人产生的不是对社会不公的批判，而是抓紧机会让自己成为特权阶级的一部分而去对付原来的"自己"。这无疑拉低了作品的思想深度。在番外中，作者让主人公回去找到焦教授一家，更是败笔。这实际上就是让作为人的郑叹继续享受作为猫时的"福利"，消解了原文好不容易构建的一种勃发的、向上的内在张力。

　　而在另一方面，作者对于文本结构的驾驭显得功力不足，这也是大多数网络小说家存在的通病。本书在网络小说中不算长，其更新并没有太多受读者的干扰，一直是按照作者本人的思路在走，也因此小说比较完整，头尾衔接得很好。但是，中间的过程缺少一个贯穿始终的线，这使内容显得非常零散杂乱。无主线的结构也导致了本书全文无高潮，虽然是在叙述日常琐事，但小说的情节跌宕起伏、松紧有度才会更加具有可读性。

　　总的来说，《回到过去变成猫》这篇小说还算是一篇成功的网络小说，以猫之眼来观察现实，反映当今社会中存在的种种问题，不得不承认作者选取的视角有独特性。与现在很多急功近利的网络写手不同，作者一直在踏踏实实地写耳中所闻、心中所念。在这样一个什么都可以披上商业标签的时代，作者保持了自己的操守。虽然在艺术和思想方面都有不成熟的地方，但是作者进行了有益的努力和尝试，并取得了一定的成就，在当今的快餐文化中弥足珍贵。

官　仙

陈风笑

《官仙》是陈风笑连载于起点中文网的一部社会小说，写了整整8年。全书共4574章，1440万余字。这是一部史诗级小说，一部现代官场现形记。陈风笑，最初在17K用随缘·珍重创作了《都市逍遥客》《简单欲望》，反响强烈，凝聚了一批读者，后又转投起点，改笔名为陈风笑，发布《官仙》。

一

作品讲述了罗天上仙陈太忠，因为情商过低只知道修炼，在冲击紫府金仙的紧要关头时被人暗算，不小心被打得穿越回了童年时代。他痛定思痛，决定去混官场，以锻炼自己的情商。他的官场经历，有时痛快得过分，有时操蛋得离谱。但他因体内还有点仙灵之气，能搞定一些无端闯出的祸事。这么一个怪胎，就这样横冲直撞地在官场驰骋。作者以"仙"入"凡"，借仙之名把社会百态串接起来，官场百态、社会百态尽在其中，这是一部社会大百科。

作者嬉笑怒骂，返璞归真，已臻化境。《官仙》的文风大巧若拙，大智如愚，朴实无华。就叙事风格来讲，整部小说几乎全是第三人称的叙事，单纯的叙事，不加任何评价、任何感情的叙事，一篇纯粹叙事的流水账式的行文，不但不见拖沓单调，反而因为不带任何作者的主观评论，给人一种客观、真实的感觉。虽然它从一开始就是假的，到最后依然是假的，但是一连串的"假"中，却又包含了无数的真实。如果说别的小说是在架空历史，《官仙》就是在架空现实，但没有脱离现实，比如小说中对现实热门话题、热点问题的叙述。

陈太忠是一个被打下凡尘的仙人，一个我行我素的强者。他穿越而来，有历史的穿越感；同时又以现实社会作为舞台，许多人物纷纷上场表演，展现社会与人情的千姿百态。作者对于主角的塑造和刻画有别于其他的任何小说，他不是简单地用道德标准说他好或者坏，在小说中陈太忠就是一个怪胎。大部分小说的主角都是一个好人，至少作者要一直在旁白里强调主角是个好人、是个圣人，就算作者为了增加代入感，非说主角是个小心眼、报复心重以及不爱写作业、学习不好、平时不听老师话、上课做小动作的坏孩子，但是最后还是要让主角成为一个万人景仰的大英雄。可《官仙》的主角偏偏就不是。从一开始，主角就不像一个传统意义的好人，他是个自行我道、我行我素、蛮横霸道、无视一切规则、丝毫不考虑他人想法的恶人。主角不会在乎世间的一切礼法，从开始对"父母"的不客气、对女人的强硬，到脚踢摆摊小贩的霸道，都能看出这个神仙并不是传说中那种来拯救世人于苦难的观音菩萨式的人物。总的来说，开始的陈太忠就是一个想做什么就做什么、谁让我不爽我就打谁的恶霸，然而值得讽刺的是，这样一个类似恶霸的人物，居然能时而感慨"居然有这么多人做事比哥们更操蛋"，"为什么我操蛋就被赶下凡，他们做得更过分还没事？"作者用一个平淡的语气揭示了这样一个事实，世界上生存的大多数人，连这个不讲理的孩童都不如。至少陈太忠的不讲理，是对所有人都不讲理，面对紫微大帝，他照样该说什么说什么，世上大多数人看似讲理，实际上只不过是对比自己强的人讲理，遇到比自己弱的，立马又是另外一副嘴脸。如鲁迅先生说过的："对羊显凶兽相，对凶兽显羊相，虽然显了凶兽相，却还是卑怯的国民。"随着时间的推移、入世的加深，陈太忠逐渐开始考虑别人的想法，不再一味地自行我道，而是开始遵循一定规矩办事。仅仅就这样，仅仅就只是按规矩办事，他居然越来越像一个圣人了。这让人不得不感慨，这官场到底怎么了？陈太忠并没有大公无私地毫不利己、专门利人，仅仅只是照章办事、规规矩矩，居然与其他官员比较都如圣人一般耀眼。就是这样一个满身都是缺点、性格上有很多毛病的人，已经让世上的大多数人难望其项背。

二

这本书中，你几乎找不到一个真正意义上的好人。所谓"富贵不能淫，贫贱不能移，威武不能屈"的君子，从开头到结尾一个人都没有——即使是纯良的许纯良，也依然有挪用公款去投资、利用关系去包高速公路的历史。也许作者在社会上经历得太久，见到了太多的阴暗，所以在他的书中，只有坏人和坏得有底线的坏人。与别的书中，配角为了公平与正义、爱与勇气、抱负与理想、恩情与感激投入主角麾下，然后意志坚定、不怕牺牲相比，本书的配角永远只是揣测与算计、利益与风险。什么友情、亲情在书中基本看不到，有的只是一个又一个或牢固、或脆弱的利益共同体。所有跟随陈太忠的配角，无一是为了所谓公平与正义，无一是因为认为陈所做的事情正确而合理，"陈太忠能旺人""和陈太忠作对下场都不好"，仅此而已。无论是站在天罗上仙身边，还是与主角为敌，都不过是出于对陈仙人实力或正确或错误的评估，出于自己利益考虑的站队。即使是许纯良，如果陈不够强大，许公子依然不会多看一眼。

本书作者充分地诠释了什么叫"民可使由之，不可使知之"。一个做事从来都照顾着百姓的官员，硬是成了百姓口中的五毒书记；一个出于公正处理城中村问题的做法，被路人拍照抹黑就成了殴打老人；一个为了农民工奔波讨债做好事的人，反而要被自己帮助过的人算计隐瞒。陈太忠算不上一个好人，但是绝对是一个好官——为了老百姓做了如此之多的事的好官，却偏偏得不到老百姓的理解。想必很多人看书的时候，也总因主角的各种遭遇而产生"忠而被谤，信而见疑"

的悲哀。在这本书中，民众几乎一直是被蒙蔽、被利用的，是简单、胆小、幼稚的代名词。民众在书里，一直是被压迫、被欺凌、被各种不平等对待的对象。同时，大多数民众又总是自私、思维简单，不识好歹地去伤害那些想要帮助他们的上位者。带领工人争取权益的人在事后被秋后算账无人问津，为学校争取权益的老师如此落魄没人同情，书中的民众让人每每同情他们的遭遇时，又感到一丝可气。哀其不幸，怒其不争。

《官仙》里面的女人数量很多，女人与爱情的话题总是在一起，可是和其他小说不同。陈风笑就在这本书里近乎残酷的用现实把爱情撕得粉碎。在《官仙》之中，爱情不过是一场交易，甚至一场游戏。权利与肉体的交易，金钱与肉体的交易；对于强者的崇拜与臣服，对于欲望的追求与沉迷，这就是《官仙》中的"爱情"。曾记否？我们童年看到的电视剧中经常出现的一句话："无论疾病还是健康，无论富贵还是贫穷，都要与对方一生相伴，永不分离。你，能做到吗？"《官仙》告诉我：我 qnmgb（去你妈个逼）贫穷？你配得上紫凌仙子？疾病？你满足得了林家小姐？没有官位，得不到权利，吴言不会拿正眼看你。如果陈太忠不露上一手仙术，他也休想进得××号小区的大门。吴言的爱情是一场权力的交易；丁小宁的爱情是一场与力量的交易；将君蓉，她不过是把爱情当作一个游戏。而陈某人无法接受她和别的人去玩一样的游戏。如果爱情是付出，那么这里的爱情就只是先考虑能得到什么；如果爱情是专一，那么这里的爱情就是无限制的占有；如果爱情是心灵的契合，那么这里的爱情就是强大雄性对更多雌性的占有。在现实面前，至少在这本书中，爱情是如此的不堪一击，为了利益，为了喜爱，为了对强者的追求，甚至是为了新鲜好玩，书中的女人一个个的以各种理由可以背叛她的丈夫、爱人，出卖自己的身体。陈太忠每每赤裸裸地说出："你跟着我，我罩你，但你以后不准跟别人。如果想离开，事先告诉我，不然杀了你。"是如此残酷地践踏着那脆弱的爱情的梦幻。相比于诸多小说中，主角为了自己的花心找遍借口，相比那些所谓的"我对每一个女人都是专一的，我爱每一个人"；相比那虚伪的表白，这样的践踏，又显得无比的真实。

　　鲁迅说，悲剧是把美好的事情毁灭给人看。这本小说，反其道而行之。把丑恶的事情塑造出美好，在绝望中寻找希望，在漆黑中寻找光明。《官仙》中几乎没什么好官，只有有手段的官或没手段的官；大官，小官；成功的官，失败的官。一个亦正亦邪的仙人，在这片几乎黑到了头的官场里打拼、厮杀，坚持了"做一个好官"的本心。陈太忠不是一个好人，却是一个好官。他可以罔顾伦理道德去上了对自己有知遇之恩的蒙艺的嫂子，上了女友的母亲；他可以利用权力给自己亲近的人牟利；他可以暴打老妪农民，可以用仙力去偷窃电脑城，庇护走私。但是他为官一任，所作所为从来都是利国利民。《官仙》中没有绝对的好人，却有绝对的好官。但是做好官很难。作者用平淡的语气，朴实的文字，让大家看到了做一个好官有多么艰难。修好一个大坝反而成了错误；做好一个科研，反而要被上司发配；处理一个恶少，就能惹到纪检委来带人。从开始读到现在，我在想如果陈太忠不是仙人，怕是已经死了至少20次。连一个神仙想做个好官都如此之难，做一件好事都要付出如此大的努力，受如此大的委屈，甚至运用超自然能力才得以解决。那么我不禁有一种恐惧，现实中还能有好官吗？

三

　　这本书中作者的着眼点不像其他官场小说一样：主要描写主人公的升官过程（打怪升级），而是着墨于主人公在官场中锻炼情商的过程中遇见的各种事，书中有些事怎么看都是荒诞不经的，可细细一琢磨，里面的各个细节都完全经得起推敲，荒诞——但符合逻辑，也符合公众对官员的认知。对乡（街道）、县、市（地级）的官场描述极其生动，村、省级的也写得非常精彩。《官仙》把官场发生的事写得很清楚，发生了什么事情，是怎么发生的；让人知其然，也知其所以然。因为主要写的是在官场里发生的各种各样千奇百怪的事件，对细节写得十分详细，所以节奏有些缓慢。就像《清明上河图》生动地记录了中国12世纪（北宋）城市生活的面貌一样，《官仙》也生动地记录了20世纪末21世纪初中国的官场。

看《官仙》的一般有两种情况：一种看了开头一百来章就把它扔了；另一种则是看过二百来章就再难放下。的确，真正看官场文的可能很难接受前面比较扯淡的内容，不过当陈太忠当上了五毒书记开始大展拳脚后，内容就开始趋近正常的官场文，每一个章节都是一个小场景，都有一个小故事在其中，显得很独特。对于官场的理解，作者把个人的看法和认知融合在小说中，比如在官场中，陈太忠的所作所为看似标新立异、特立独行，但是仔细想来，符合法律与规定。而其他的官呢？拿油漆涂山，租牛来骗投资，一元钱卖厂，这些原本匪夷所思的行为，怎么如今却让人觉得越来越正常了呢？甚至反而让人觉得这才是正常的，这才是官，之前那个较真的才是神经病。民众到底是从何时开始认可了这么一套荒唐的规则？难道为官一任，不该造福一方？而是以升官为最终目的？何以一个区长为了区里的建设放弃升级的机会如此不能让人理解？何以区长身边的漂亮女人，大家就默认一定要去陪区长睡觉？最后，谁也说不清楚，到底是官员影响了社会，还是社会影响了官员。

总之，《官仙》是一本特别的书，一纸朴实的文字。写的是一个坏人，却是一个好官。

季警官的无厘头推理事件簿

亮　亮

《季警官的无厘头推理事件簿》是亮亮最为出名的作品，曾获浙江省第一届网络文学双年奖优秀奖。亮亮的推理小说充满幽默感，将"搞笑"情节融入本格元素的演绎书写之中，无厘头的人物互动让原本残酷阴冷的谋杀案走出一种意外轻松的步调，阅读起来毫无负担，也因此吸引到许多以往从来不看本格推理小说的读者群体。

一

《季警官的无厘头推理事件簿》是一部充满无厘头搞笑的悬疑推理小说，现已出版三部。第一部由钱包失窃案、校园坠楼案、计划以外的凶杀案、银行抢劫案、绑架勒索案、车祸案、诈骗案、爆炸案、碰瓷案等大小九个各具特色的案件构成，年轻睿智又极具无厘头喜感的"主人公"季警官作为办案警官，将形形色色的案件串联起来。其间，各类自我感觉高智商的犯罪分子（小偷、劫匪、绑匪、杀手、骗子、毒贩等）纷纷粉墨登场（还经常在其他案件里客串演出），共同演绎了一出出幽默风趣的"纸上悬疑推理剧"。从第二部开始就逐渐加入了主线剧情，通过各种伏笔使得每一篇之间的联系更加紧密。

第二部共包含6个短篇，案件性质比较多元化，不局限于常见的杀人事件，并通过警方卧底的明线与神秘组织的暗线串联成一个新增的主线剧情，但又不同于一般连续短篇小说中常见的线性串联或平行并联关系。6个短篇中的奇偶两篇紧密相关，形成3个在时间节点上相对分离的独立小章节，然后发生在不同时期的3个小章节又通过上述主线形成关联，尤其最后两个故事回溯到两年前，揭示了前面几篇中埋下的人物关系伏线，又为后续故事的发展埋下新的伏笔和悬念。如此新颖巧妙的布局构思不仅大大超越了前作水准，更开创了一种新的短篇连作形式，令人赞叹佩服。

第三部共4个故事，分别是：卧底能有几条命；每一个骗子都是影帝；外地不适合做案；杀人，不能只看背影。这部与前两部已经有了差别，虽还是幽默搞笑，但本格推理已弱化，季警官也变成打酱油的了。

在悬疑推理小说越来越猎奇化、变态化和重口味化的今天，受到出版管制的作品越来越多，于是许多作者把自己小说无法出版的原因顺理成章地推到了审查制度身上，而并没有从自身寻找原因、勇于发掘更好的出路。同时，读者群体早已对模式化、毫无新意的内容与题材产生审美疲劳。那么如何在这二者中寻求平衡，为中国的悬疑推理小说打开出路？亮亮所著的《季警官的无厘头推理事件簿》给出了一个很好的回答。

二

本书非常明显地借鉴了日式推理小说。日式悬疑推理小说一直以来都有着可圈可点的表现，无论是缜密而巧妙的推理，还是独具特色的人物设定与情节，都令人叹服，因此在我国也有着较大的影响力。作者亮亮本人就是一个日式悬疑推理小说的狂热读者，在《季警官的无厘头推理事件簿》中，我们处处可以看到日式悬疑推理小说的痕迹。以作品中使用的标题为例，《坠楼要在毕业前》《银行劫匪X的被迫献身》分别模仿了东川笃哉的《推理要在晚餐后》与东野圭吾的《嫌疑人X的献身》，《小偷·警察·我的钱包》《凶手还没出手就死了》《只有骗子知道》分别借鉴了乙一的《夏天·烟火·我的尸体》、苍井上鹰的《侦探一上来就死了》、仁木悦子的《只有猫知道》。而修改前的篇名都是诸如《毕业》《抢劫》这类偏简单无趣的，相较之下，修改后的篇名的确更能引发读者的阅读兴趣。

　　当然，仅在标题上做手脚而无内容上的提升肯定是无法满足读者的，需要着重提到的一点是亮亮对日本推理作家东川笃哉的借鉴。亮亮的作品几乎可以说是直承东川衣钵，更是以"中国的东川笃哉"誉之，或者戏称为"中川流"。一言以蔽之，"中川流"的主要魅力在于推理文体的"反写实"和推理文风的"幽默化"，而这也是东川笃哉作品的趣味所在。以《季警官的无厘头推理事件簿》闯出名声，从篇目标题到文风、人设都满载"东川印记"的"季警官系列"，显然也是以"幽默推理"见长。幽默搞笑、娱乐性强，又不失悬疑推理的精彩故事，极易被大众接受，能够扩大原有推理圈的读者群。只要尽可能地降低血腥、恐怖这些容易被"和谐"的元素，这一类型作品还是有比较广阔的发展空间的。但亮亮的《季警官的无厘头推理事件簿》更多地采用宁浩喜剧电影的搞笑模式，通过意外和反转给读者带来喜剧效果，充满了对社会现实的讽刺，与"东川流"幽默推理又有些许不同。

　　大多数的悬疑推理小说都习惯沿着一个固定不变的模式传承，即发现尸体→侦探勘查现场并询问证人→发现蛛丝马迹→沿着蛛丝马迹找到嫌疑人→针锋相对后基本定案→不经意间出现疑点然后案情发生逆转→真凶落网。在这套模式中，作者通常把凶手的身份以及他的犯罪手法和诡计，作为吸引读者往下阅读的看点，并在小说的结尾揭开谜底。亮亮却反其道而行之，上来就告诉读者凶手的身份和凶手的作案方式，以及他打算用何种诡计来掩盖自己所犯下的罪行。通过"意外"来吸引读者的眼球往下阅读。如果说荒诞的黑色幽默是书中的主要表现手法，那么超乎想象的情节逆转便是其新意与精华之所在。正如亮亮在构思这部小说时所说："当完美的计划碰到始料未及的意外，偏离既定轨道的故事便成了支撑小说走向的骨架。"

此外，区别寻常的高智商推理与高智商犯罪，自我感觉良好的季警官与一群低智商罪犯的斗智斗勇也是值得玩味的。一般的推理小说中，侦探与罪犯都智勇双全，他们之间的对峙与交手往往让读者大呼过瘾，但模式既定，这类小说也就形同鸡肋了。亮亮显然意识到了这一点，从而大胆地对人物设定进行了创新，书中并没有出现名侦探柯南或是管家影山这种能够一针见血地道出破案关键的聪明人物，而是以一群糊涂虫和倒霉蛋为主角，在各类失控事件中插科打诨，越跑越远。

《季警官的无厘头推理事件簿》的一大特色在于它十分接地气。首先，书中所描写的主角并非生性残忍的变态杀手或老谋深算的高智商罪犯，他们大多是处于社会底层的小偷、骗子、强盗、杀手或平民，这些处于社会底层的犯罪分子，或有十分无奈的犯罪动机，或是盗亦有道、维护正义的人士。正如通俗文学研究者木剑客所说：形象鲜明的杀手、骗子、绑匪、小偷、毒贩、线人等轮番上场，拼合出一个离奇怪诞而又充满生机的都市世界，他给予读者的，有搞笑、幽默、滑稽、讽刺，当然也有悲伤。对于这些罪犯，我们会谴责、会厌恶，但或许更多的是感同身受与同情。

其次，它的题材大多取自时事热点，比如碰瓷，还有有关民生的房价问题、校园自杀与贪污等，在幽默诙谐的语言掩盖下的吐槽何尝不是对这个社会略带心酸的讽刺呢？对此，自然会引起读者的共鸣了，同时也不难看出，作者亮亮与那些为博眼球肆意创作重口、猎奇、低级趣味的作者是不同的，他关注着这个社会，思想中还带有忧虑，这都是值得肯定的。除此之外，语言的运用也有特色，如"凉皮""魅族3x""城管""领导"等用词，说话腔调是微博红段子体，这些都能引起读者的会心一笑。

三

首先，《季警官的无厘头事件簿》颇受批评的一点是它的推理，或许是在幽默诙谐的风格与细致强大的推理中难以保持平衡，整本书的悬疑度相对来说有些低,没有让人拍案叫绝的诡计。当然这也跟构思有关,一开始就点出了犯人,有关键的细节透露这些设定,自然减弱了悬疑度。

其次,整部小说的行文风格不一致。这部小说应该是以诙谐幽默为行文风格的,但是在小说中,笑点却有些不足,原因应该在于,亮亮想表现出无厘头的一面,用了各种诙谐的描述。但其骨子里面,应该是古典白话文小说看得比较多,抑或是之前写作风格的缘故,时不时总会蹦跶出一些古白话文的风格;大量成语的串联使用也影响阅读感,使幽默浮于表面,在人物的对话中,也会有此类情况的出现。

还有整体架构,本作各篇人物虽有少许交集,但基本仍是独立的短篇故事,人物和情节之间缺少互动。季警官虽然是第一主角,但更像是一个自走人形解答生成器,对于推动剧情及揭开真相起的实际作用并不大,他的存在感也是非常弱。亮亮曾说,要通过犯罪分子的视角,展现案件的起因、经过和结果,而在其他悬疑推理作品中担任引领案件走向的重要角色——侦探,则被不断地弱化,甚至可有可无。但正如悬疑作家傅汛所说,这种模式最大的弊端在于以不停变换的罪犯为主要叙事视角,使得系列中故事与故事之间的联系程度不够紧密。所以,假如可以加强各篇人物或情节之间的互动,令各篇故事之间产生蝴蝶效应之类的连锁效应,从而达到短篇连作的效果,相信会更精彩。

再次,是人物形象的塑造问题,可能是囿于篇幅限制,人物的丰满程度不够。以季警官为例,一开始以为他会是那种自我感觉良好、虽推理出错,但总能够阴错阳差地接触到事件核心、稀里糊涂就把案件解决的警官。但是读到最后,季警官有时候太普通了,有时候给人歪打正着破了案的感觉,有时候又给人深藏不露的感觉,脑海里始终没有形成一个对季警官形象与个性的直观印象,他出场了那么久,对他外形和性格的描写依旧停留在"高瘦的青年"和"喜欢自吹自擂的逗逼"这两个层面,没有更深层次的刻画和挖掘,而且"你觉得我跟一般警察有什么不同"以及后续那一大段口头禅因为太长又重复次数太多也开始有点让人腻味了。至于新出场的王小貌，形象更加模糊，一开始是敢于正面吐槽季警官"你的大脑是用来凑数才长在脑袋里的吗"并迅速推理出案件真相，是霸道气场全开的女王侦探；中期却变成头脑小迷糊、考会计屡战屡败、贪小便宜又爱慕虚荣的秀逗小女生；后期再变身纯爱剧女主角，成了一个爱上失踪卧底每日在思念中倒数归期的文艺女青年。虽说三段故事发生时间有先后，但最长相隔不过两年，如此三种迥异画风实在很难安置在同一人身上。两大主角尚且如此，其他配角更不用说，除了薛警官描写稍多，多数人物基本就是走过场的人形纸牌，难以给人留下深刻印象。

　　这本书当然还有很多不足，但对于一条新道路的探索，亮亮可谓是诚意满满。同时，区别于那些只为迎合读者而丧失了底线与道德的网络小说，《季警官的无厘头推理事件簿》所代表的"幽默推理"让人发笑又引人深思。总而言之，该书不失为诚意之作。

终极教师

柳下挥

作者柳下挥，网络大神级作家，都市小说代表人物之一。其作品有纯爱经典《市长千金爱上我》（2007年）、《爱你我就骚扰你》、《近身保镖》（2009年），还有《天才医生》（2010年）、《火爆天王》（2012年）以及《终极教师》等。其中《近身保镖》曾长期位于百度风云榜小说类第五名，点击量过千万。柳下挥写作风格轻松幽默，常有妙语惊人，对情节的把握到位，善于塑造人物，对人物内心的探索更是精准，而其作品中的女性角色各有灵性，令人过目不忘。

一

《终极教师》讲述了身为武当太极世家传人方炎，其人"命中犯贱，五行缺德"，在每年一度的方叶两家比武中，连续10年输给叶家叶温柔，在第11年的比赛时，决定与其挨揍不如偷偷跑路。于是离家南下到花城的朱雀中学担任语文老师，因为喜欢装贱，各种搞怪，备受学生欢迎，并交好于美女副校长陆朝歌。陆朝歌的爱慕者江公子布眼线于陆朝歌身旁，得知消息后，利用其势力各种刁难，并开除方炎。但陆朝歌表示愿意与方炎共进退，江公子非常生气又无可奈何，最后在学生力量的干预下方炎重新返校任教。但他从此介入了陆朝歌的生活，也介入了国内几大家族之间的争斗。其实，方家也是国内几大家族之一，只是因为近些年来衰落，已较少介入大家族之间的争斗，只是方炎不知道而已。

方炎父亲方意行也是武当太极传人，但本人并不好武，喜欢字画，功夫不是很深，所以，方炎的老师是他的爷爷方虎威，而授业老师是他爷爷的徒弟青龙莫轻敌——一个被神龙挑断了筋脉的废人。方炎的父亲在回燕子坞家中时被莫轻敌的徒弟白修指使上代蛇君刺杀。方炎知道消息后，心态大变，并慢慢知道了家族内部争斗的一些真相，开始认真习武。他认为自己不再适合当一个语文老师，辞去教职当了学校保安。

方炎认真习武并主动介入家族争斗后，武功进展神速，先后领悟"太极之心""太极之境""太极之光"。在家族的争斗中，他与陆朝歌一道取得了一些小的胜利，但也遇到很多的挫折，如恋人的背叛，别的家族打压，特别是对头将家的各种追杀，多次有生命危险，后与秦家联手，才稍有转机。当然叶家也不是省油的灯，叶家虽然表面与方家关系一般，但因为叶温柔喜欢方炎，而武功又是年轻一辈中的最强者，多次帮助方炎，因此，也让方家减轻了许多压力。最后，叶温柔在冲击武道最高境天道境时失败，眼看生命不保，守护者方炎利用"太极之心"将叶温柔体中乱窜的真气引入自己体内，救了叶温柔，并促其顺利晋升天道境，成为进入天道境最年轻的人。然后，他们两人联手杀了将家的走狗道痴宋插秧——一个武功无比高强但又没有进入天道境的人。经过一段时间的努力方炎也晋升到水溢境（太极天道境名称）。

因为方炎即将与叶温柔结婚，眼看方家将有两个天道境高手，如日中天的时代即将开启。将家对此进行了布局，想要将其歼灭。此时，方炎正挑战前辈天道境高手神龙辛苦命（萧不笑），欲为莫轻敌报仇。双方大战正酣，将家请的另一个天道境高手神龙的师兄黑龙突然偷袭两人，但没有成功。黑龙只好将计就计，欲说动神龙与自己一起联手歼灭方炎与叶温柔，斩草除根。大战一触即发之时，莫轻敌突然现身，四年前他离开方家去极寒之地寻找传说中的冰龙，接续了自己的筋脉，现在成功回来了。二对二的局面变成了三对二，更准确地说是四对二，因为莫轻敌带回来的像狗一样的冰龙也进入了天道境。黑龙的算计失败。神龙辛苦命与方炎继续战斗，而莫轻敌与黑龙展开了殊死搏斗。最后，方炎战胜神龙辛苦命，神龙自废武功下山种菜去了。而黑龙被莫轻敌所杀。世上除方家四天道外，再无天道境高手，方家的时代来临了。将家无计可施，将家族掌管权交给了方炎曾经的恋人——年仅二十岁左右的将上心，希望方炎有点怜惜之心，不至于对将家赶尽杀绝。

方炎在给学生讲课时说："华夏功夫精深内涵，它的思想核心是儒家的中和养气。武人侠客要养气，读书人就不需要养气吗？我们也要养气，养的是浩然正气。"

作者透过《终极教师》这部小说，最终无非想让读者感觉到这股气——方炎是这股气最好的体现。作者将方炎塑造得有些"贱"，却又同时手握长剑。贱是对生活的调侃和洒脱的姿态，而剑则是责任和守护，也是热血和情义；他可以俯下身躯，也可以顶天立地。

在全书的前部分，作为一名教师，方炎教学生养浩然正气，是为华夏的正气长存；而在篇幅更重的后部分，方炎作为一名武者，更为直观地展现在我们面前的，便是那股不服气。方炎直言："生是华夏人，死葬华夏坟。"在面对异族人的挑战时，他一言不让，一步不退，是为华夏的脊梁。

全书通过方炎等各种人物形象，展现的是华夏民族的精神气质——如方父代表文人的风骨，方炎代表武者的侠气。读罢阖卷，读者大抵能觉出一股浩然正气。如此，《终极教师》中的爱国主义情怀确实动人心魄。

二

本书的特点之一是配角人物身份先行，身份设定压倒一切的现象较为明显。人物形象并不是在情节开展中得以逐渐诠释和丰满的，而是从一开始就用人物的出身背景来形容此人的深不可测。可以说每个人物在出场之时就被贴上了标签，读者在进行阅读时必须通过不断回忆这个标签来形成自己关于人物的认知，而非通过人物的行动。例如主角的家人，方炎的爷爷，一手太极出神入化；方炎的母亲，出身书香世家大族；方炎的外公是"学界丞相"。又如主角的对手和朋友，将军令，燕京第一贵公子，"古今相人第一"的道痴宋插秧曾言，"生子当如将军令"；杜青，一代枭雄人物，以青红帮起家，创立青云集团；叶家三虎之二虎在军队参谋总部极有权势，三虎是国相麾下炎黄智囊团的研究室主任；乐痴水流云，能以音乐调动人的情感。书中出现的女性形象也是如此，女一号叶温柔，燕子坞叶家大小姐；秦倚天，燕京豪门秦家大小姐；陆朝歌，美国高中界的教育女王；夏天，著名歌星，国民女神。形形色色的人物在登场时无一不是这种充满标签气息的脸谱化的描写，而缺少作为人的内心变化以及内心成长。

举例来说，在所有人物中，作者所描写的权术最多、能力最强的顶级人物，同时也是在刻画手法上空心化最严重的就是终极BOSS将家"老爷子"将惜福。用老者作为终极反派是作者一贯采取的写法，从《终极教师》对这一人物的塑造上也可以看出作者沿袭了一种对"老派"的想象与向往。但是将惜福这个人物的塑造明显不成功：在书中，一些配角或者哪怕是路人，第一眼见了"老爷子"必如天上掉下活龙一般，甚至听了他的名字都如雷贯耳，而关于他究竟有多厉害却极少表现。

特点之二是对主角形象的"泛霸道总裁"设定与一般的书有些不同。正如许多的网络都市小说霸道总裁主角一样，方炎出身名门，学艺既成又有来自几大家族的强大对手，中途遭逢巨变，但灰暗之后等待着他的是友谊、爱情、绝世太极——他在旅途中不断地成长蜕变，每一个事件、每一个人都被他巧妙地利用了，这一切都指向一个他从来不曾期望却又命中注定的"泛霸道总裁"结局；但是与霸道总裁题材小说中的主角对比，本书主角方炎又有诸多不同：作者赋予主角的第一性格设定是"贱",在他的一言一行中把"贱"字诠释得淋漓尽致。作者十分擅长写一些诙谐的小段子,方炎能把一些不正经的话说得非常正经,会做出一些荒诞不经的事,但却并不令人反感,反而每每引发笑点。方炎的性格属于睚眦必报的,在小说中你骂我一句,我回骂你两句,你打我一拳,我踢你几脚,永远不肯吃亏。就连得饶人处也不饶人,而是直接把对方干掉,有小人物心理,并不是完全的道德高尚、行为光明。此与部分霸道总裁题材作品主角习惯的"高大全"设定存在差异。

特点之三则是由于人物关系网庞杂,为突出主线内容,作者在写作过程中不得不舍弃部分角色,从而对故事的完整性和合理性造成一定的影响。如秦家为突出秦倚天和厉新年,身为秦家家主的秦父在书中从未出现过;又如柳树这个人物,柳树最初将自己定位为"方炎的一条狗",后来成了方炎的朋友兼得力助手。但作者忽略了对柳树从被迫到心甘情愿地向方炎依顺这其中的心理转变的描写。如果作者能在书中设置一点情节,这两个男人之间的友谊便也能成就得顺理成章一些,而不致令读者觉得突兀。

由于场景的设置以及出场的家族、人物尤其多,小说篇幅尤其长,作者后期的人物描写与前期的人物设定明显出现相矛盾的地方:如百里路这样一个粗汉子的性格,怎么会去做暗中保护凤凰这种事?作者在掌控这种庞杂人物关系的能力上还存在笔力不逮之处,前期很多性格各异、有血有肉的人物最后都消失了,比如将钦、袁林、夏天、唐城等。这使得读者在读完全本后回忆整个故事时,不免觉得故事结构不够严密,交代不够清晰。

故事是在方炎自身修为的不断精进及其与各方势力的不断周旋之中推进的,但是到了后期,情节的设计明显过于简单粗暴,就像书中所说:"方炎,他不是一个武夫,一个莽夫,他有心机,有智慧。武林高手有文化,想想就让人觉得可怕。"由于后期作者对方炎的神化,主角光环越发明显和突出起来,使得许多矛盾的解决在读者看来觉得十分荒谬：如作者在前期将道痴宋插秧塑造成一个实力强劲、修为高深的道门高手，但随后方炎在同宋插秧的打斗中，稀里糊涂就破解了宋插秧的杀招，并且还能反手一击，使得这样一个人物成了全书死得最为屈辱又憋屈的角色。这样故事后期的剧情变得缺少悬念，必然是主角跟各方势力斗智斗勇，最终打败BOSS，赢得各路美人青睐，或许还会有些小遗憾，但并不妨碍大团圆的美好结局，造成了读者对于故事期待度的下降。

三

作为快餐消费品的网络小说，内容又是架空且略带玄幻，其评判标准自然和严肃文学作品不同。《终极教师》其文笔和立意也有可取及可弃之处，简言之，这部小说可以看作良好立意和拙劣文笔的古怪结合。

作品中既讲方、秦、将等几大世家的争权夺利，却又包含面对东洋异族之时的血性与勇气。作者想展现的不是几个武夫之间的逞凶斗狠，而是一股气——正气、大气、山川大河之气、日月星辰之气。其立意精神可以由读者随意理解，读者所感皆是各自心中所想，各取己需而不必强论。

但其文字水平较低，语言苍白之处多见，这是显而易见的。几大家族之间的内斗，有太多次根本就没有用文字描述清楚谁干了什么，以及谁主使的，重点全放在以一堆辞藻的堆砌来描写气场。

例如在"剑焚"一章中，打斗场面是这样描写的："剑主毁灭，他能够感受到千叶兵部每走一步的凌厉杀意。那是一种残忍、绝望以及无可匹敌的力量。剑焚，以剑焚身，他是怎么悟到这一招的？而且，随着两人的距离越来越近，那杀意也就越来越浓。当千叶兵部站到方炎面前时，他的身体竟然笼罩了一层白色的光芒。拥有实质的光圈，肉眼凡胎都能看到。这是体内的劲气汹涌外放的效果。千叶兵部就像是一个大气库，内劲充沛的（应为"得"）可怕啊。"多有无用之词，而打斗场面以及具体招式并没有鲜明的展示。

《终极教师》通篇看来，方炎的成神，秦倚天的斗茶，白修的复活，老爷子的高深莫测，以及多见于网络小说的仿红楼体语言风格，资治通鉴的为事方法，厚黑学的精神核心。看上去美则美矣，但仔细分析不过借来传统文化的一点噱头，其实际哪里有"芒鞋破钵随缘化"，只想"讨烟蓑雨笠卷单行"。概而论述，不管是作者还是读者，如果不够脱网金鳞，又怎能期待作品筝弦化龙。

总而言之，《终极教师》一书的表现让人喜忧参半，作者以轻松幽默的语言塑造了方炎这样一个小痞小拽但不令人反感的角色，展开描写了方炎自身的成长、和各大家族人物的对抗关系、和东洋异族的生死缠斗，并通过这些描写展现华夏传统文化的魂——有五千年春秋历历在目，孔孟之道黄老之说相辅相成。进而将龙旗插在每一个读者的心头。其他方面，语言虽稍显苍白，构思虽宏大却不严密，但终究瑕不掩瑜。

南下打工记

米 周

《南下打工记》是米周的一部网络小说，分四部，豆瓣阅读将其合集为《南下打工记：全本》，全书外加作者米周为全本撰写的前言，合计约10万字。这个字数在传统文学中可算长篇，但在网络文学中只能算超短篇。字数虽少，但它在豆瓣上的评分高达9分，是一个少见的高分作品。

作者"米周"（笔名），是一个从欧洲留学归来的理工男，专攻"飞机能源与驱动"方向。在欧洲留学期间，作者凭借自己的节省以及家庭的支持，充分利用时间开阔眼界。因为在欧洲，有许多优势可以让留学党在旅游上得到方便。在此期间，米周积累下了许多的人生感触。他在结束学业后休息的大概三个月时间里，整理了之前的一些思路和见闻，集结成为《旅行故事》，获得许多网友的一致好评。之后又发表了《冰岛日记》《旅行故事·再讲》《被吃掉的生活》以及专栏作品《狂奔的蜗牛》。《南下打工记》是他的第三部作品。

米周作品最大的特点就是与自己的生活息息相关，他将自己的经历用文字的方式表达出来与读者分享。在如今以虚构与喧闹取胜的年代，米周的真诚与真实恰恰是作品最好的灵魂。

一

　　全书以第一人称的视角进行叙述,将自己每天的经历与体验细细地表达出来。全书没有整体的故事构架,由一篇篇小见闻组织而成,总体讲述了两个月在南中国私企的打工体验,在珠海感受中国制造。

　　"我"从国外留学五年归来,在求职的道路上遭遇瓶颈。在踌躇犹豫之际,经在国外认识的朋友大飞的劝说与推荐,到珠海三灶这个小地方的一个民营企业进行实习。

　　在实习的两个月时间里,"我"从一个"消费者"变成一个"制造者",生活关注点发生了转变。从最开始工作的不知所措,到慢慢熟悉工作流程、材料供应以及工厂制作等,到后来利用自己专业知识设计制造出了老板满意的产品。在这过程中,"我"渐渐地成长,意识到生产的艰辛与不易,连最小的部件都凝聚了许多人的力量与汗水。

　　在三灶的日子,"我"窥视到中国民营企业与现代知名企业相差的距离,有技术性的,也有制度性的。部分人凭借自己长远的眼光走出了一条特色之路,但更多的制造业老板在科技创新的浪潮中艰难地存活着,用一种顽强的生命力在越来越窄的范围内倔强地探寻出路。

　　同时,"我"接触到了形形色色的底层工人,他们付出艰苦却廉价的劳动,可是从没有一个人失去干劲。每个人都怀揣着最真实的梦想,或关乎生活,或关乎家庭,微小却感人。这些人身上,存活着中华传统的原始生命力,每一个都值得被尊重。

　　当欧盟飞机发动机变成标配螺丝钉,当公函与合同变成阿里巴巴上的讨价还价……荒诞与智慧组成了最强劲的生产力。两个月短暂的时光,这个年轻人看到了中国经济发展的曲折,但更重要的是光明的未来,所有的人、事、物都努力地"活着",沿着自己的轨迹。在这里,有一个非常接地气的"南中国"。这就是米周的《南下打工记》。

二

　　作品表现的范围很广，涉及经济、生产、企业等大的方面。但是米周没有用数据堆砌的方式来构建宏大的场面，而是点滴记录，从细微中探全局。

　　没有大悲大喜的爱情渲染，没有跌宕起伏的情节跳跃，它所展现的是一个角落的真实生活。作者自身的情感表达并不多，而是将更多的文字奉献给了自己目光所及之处。他写工作的细节，讲述一个原料的寻找与制作需要多么精细的考虑与策划，又或是一个蒸蒸日上的工厂最引人注目的有序气氛……他也写人，写工人的烦恼，工人的执着，没有添加自身强烈的情感，但又不失真挚。

　　全篇出现的人物很平凡，但有着浓浓的生活气息。从企业老板的聚会上讨论烦恼的场景间接描绘了中国制造业发展的尴尬地位，也表现了现代企业人在商场中拼力厮杀的睿智与淡然。同时，他也描绘自己认识的员工，认真与其交流，获得的是人生百态，更让我们看清了中国工人艰难的处境。《南下打工记》自然而然地让我们产生一种怜悯之心，它给我们展示了"任何一种人，任何一个人的人生都不容易"。这碗满满的心灵鸡汤不会令人腻烦，他用最简单的材料烹制，自然又美味，迎来的总是他人自愿的一饮而尽，甚至是以眼角突然的泪水作为回报。

　　书里的感情像一杯温度适宜的凉白开，清澈透亮，却暖人心胸，你可以随时一饮而尽。可能是作者本身是工科生的原因，文章更多的是理性淡定地叙述，少了其他作品的轰轰烈烈，反倒有了种秋风中傲然独立的白菊气质。它不是天空，覆盖不了世界。但是用最细腻的情怀，揉成一粒水珠，在阳光下，聚拢了一个美妙又真实的生活。

　　最让我触动的是书中飘出的那种"万家灯火"的气息。生而为人，我们能够做的，就是勇敢活下去。这个世界的不公平修筑了一条条的轨迹，每个人必须要沿着自己的路线走。你可以鼓起勇气偏离，但是未来的一切就会变得更为茫然。你开拓的新的轨迹，纠纠缠缠，变成一个叫作"生命"的物件。

三

《南下打工记》是一本"写实性"的小说，它没有去刻意塑造某个典型人物形象，没有智慧与美丽并存的职场高手，没有叱咤风云的官绅富商，有的只是背负着密密麻麻生活烦恼的平凡人。

"何妹"，一个普通的打工者。她向往着知识，去书店偷偷一遍又一遍地翻阅自己喜欢的书，但是大多时候都舍不得买。"三灶"这个地方的小书店，书都被翻得旧旧的，还有许多人像何妹一样希望用知识改变人生，但因自己的境遇最终不得不低头的失落者。他们会用书上似懂非懂的句子，像"生活的质量取决于你内心的平静""人生重要的不是现在所处的位置，而是迈向下一步时的方向"这些满满正能量的话语去安慰他人，同时暗暗安慰自己。这些没有上学经历的人群，内心不是我们所想的"文化沙漠"。

除了普通大众，企业的老板们也面临着各种各样的困难。法律的颁布以及市场行情使得工人的待遇提升，也意味着工厂的利润减少。同时，工人们的要求使得工厂会出现招工难的现象。错杂混乱的关系留不住出色的技术人员，强大的技术创新压力使得企业家们每日如履薄冰。民营企业家算是处于较好阶层的人，但是他们往往比普通人担负更多的压力。他们需要果断的力量与敏锐的眼光，金钱上的满足驱赶不了对未来的恐慌。创业容易守业难，这是千千万万老板的共同现状。

比起深圳、上海那些大城市，"三灶"这个正在腾飞的小镇更具温情。麻雀虽小五脏俱全。没有时尚高档餐厅，去镇上吃一次不正宗的西餐牛排也变得幸福；没有酒吧的灯红酒绿、纸醉金迷，和朋友一起唱个歌都分外开心；没有了太多人情世故的羁绊，与陌生人都可以有心贴心的交流……外面的世界真的很大，"三灶"的这些人就像风中的沙粒一样不起眼。当你静静地站在中央广场或是公交车站，看着每个人都为自己的生活匆忙奔波，这该是怎样一幅动人的画卷，就像书里说的——每两个人擦肩而过都是一个机会，看着汹涌澎湃的人潮，我觉得他们就好像是原子对撞机里面的原子，噼噼啪啪地碰撞，然后产生出无数的火花。你不可能每天都是捧着红酒杯、吃着豪华的套餐。我们都是普通人，遇到更多的是晚饭是炒面还是砂锅粥的问题。

米周的文字让你内心平静，不会去幻想"登高易跌重"的繁华岁月。你会沉心于俗世的烟火中，沿着自己生命的轨迹，慢慢往前。尘世中的蝼蚁，再渺小，都有自己的生活轨迹，我们就这样一步一步地往前走，总有属于自己的一个虫洞，即使它万般朴素窄小。于是，千千万万条轨迹像虚无的红线般牵扯起一个个生命体，编织出"生活"这件"华丽又爬满虱子"的外衣，悲伤又璀璨。

四

米周在接受采访时说过这么一段话："《南下打工记》是很凑巧诞生的。我一直都有一个理念：生命在于体验，然后在于分享。当然，如果没有记录，也就没有任何分享。在没有接触一件事物之前，你对它的任何想象都是虚无缥缈的。等到我真的来了以后，发现很多和自己之前的想法相矛盾的地方，我觉得很有意思……在写《南下打工记》的时候，我基本上是每天都在写，但是两天发一篇。实时连载的一个缺点在于，我几乎没办法对整部作品做一个大概的规划：惊喜不一定什么时候出现，灵感也不一定按照我规定的路线走。但是可以保证一点，随着时间的前进，随着我对工厂更多的了解，我力求写出一些更深层次的东西。"

米周创作这本记录生活的作品时，刚从象牙塔走出来。从象牙塔里，尤其是外国象牙塔里走出来的人，很多是不切实际的。我们看到字里行间会显露一种现实与想象的差距感。他以一个海归的视角，把之前自己所了解的那些官方数据和报道具体到某一个人，"中国制造"

才终于有了实际的意义。而这些都是米周自己的体验,独一无二。我们所能够做的,也只有心理上的共鸣。

　　作者掏心掏肺在写,这恰恰是当今作品最为缺少的成分。书中毫不避讳底层劳动人民的尴尬地位,一幕幕的场景让人心生怜悯。其中的"莲嫂",因自己的性别与年龄不占优势,只能拿低份的收入。她与丈夫是从湖南出来的外来务工者,家中孩子老人都等着他们的支援。为了维持生活的平衡,"莲嫂"夫妇不得不在下班后去其他工厂继续做工,周末也放弃休息。为了能够节省一些钱,对于价钱便宜但是有致命伤害的焊丝充满兴趣。这些人不是不爱惜生命,家庭的压力逼迫人失去最基本的理智判断。多少的心酸、无情、冷漠与不公走在了他们面前,但是因为是以家庭负责人的身份存活着,他们必须勇敢坚强,承担"父亲""母亲"的责任。还有普通人那最卑微的买房愿望、资本家的冷酷心态,米周用最直接的文字描绘出来。他不欺骗,像一个单纯的孩童,一一指出幕布后的破洞、凌乱与不光彩。中国经济发展的背后,充斥着太多人的苦难。

　　但是,米周也没有为了升华主题而刻意地表现出沉痛。遇上美好的东西他也无条件地分享。"三灶"这里有十分真诚的朋友。这个国家所有的人——尤其所有的年轻人命运其实是连在一起的。虽然对未来充满迷茫与恐惧,但是与朋友相聚,会觉得是上天的眷顾。"老宏"的车开过珠海大桥的时候,他们会摇下窗户,让来自中国大陆的横风透过一个个仍然年轻的身体,其实生在这样年代的青春,也还不错。当然,还有陌生人如春风般的温柔。每晚出门跑步的大叔,晚归的高中生在路上歪歪扭扭地骑着自行车,大娘出门遛个狗……青瓦砖房里透出的微黄灯光,是俗世满满的幸福。人活着就是需要一种市井气息的爱。陌生人带给我们的,便是时刻提醒我们不要忽视这种爱的能力。他们中绝大部分你不会认识,很小的概率能成为朋友,但这份距离恰恰是最合适的。你能从作者笔下的陌生人那里得到最礼貌、最小剂量的温柔。离开书本,走在路上的你没准会停下来静静感受一番,这种温暖的烟雾，围绕着你却不会融化你。

真诚的文字总是温暖人心。《南下打工记》带给我们的不但是共鸣，更多的是对自己生活重新打量的态度。苦难来了，我受着；好事将近，我感激。人生的照明路灯，不就这么回事么？

五

《南下打工记》与其他作品对比起来缺陷也是较明显的。

作品内容有大篇幅的经济发展状态描写，以一般读者的认知而言，这便有了距离感。我们无法想象2013年的珠海民工工资低得离谱，也无法接受一个名牌学校毕业的实习生一个月只能获得2000元的工资。时间对于经济的刻画是巨大的，时间所带来的鸿沟或许是这个作品最致命的因素。

也许是因为工科生的原因，米周的文字有些部分太过清淡。站在更高的艺术审美上而言，适当的夸张与设计反倒是文章添彩的地方。我们需要见证一部作品灵魂上的冲击与跌宕起伏，但这是要通过优美的文字来实现的。

同样，整部作品是以一种"隐形的日记体"方式展开的。因篇幅的短小，记叙的内容不方便展开，文字便有了流于表面的嫌疑。第一感受是"没有过瘾"。作者的内心似乎更加丰富，但是呈现出来的却只是漂在水面上的一片荷叶，真正的精神果实还待挖掘。

《南下打工记》这部作品刷新了我原先对网络小说的固有认知观念，其实像这种由真实的体验组合而成的作品数量不多，算是网络文学内容的一种开拓。

匹夫的逆袭

骁骑校

《匹夫的逆袭》是网络作家骁骑校的代表作品之一，全书共分为十一卷，约240万字。该作品获浙江省第一届网络文学双年奖铜奖。

骁骑校，原名刘晔，江苏徐州人，曾是一名电力自动化工程师，中文在线17K小说网签约作家，中国作家协会会员，第一届网络文学联赛导师，鲁迅文学院25届高研班毕业。自2007年以来著有《铁器时代》《橙红年代》《国士无双》《匹夫的逆袭》等作品，字数近千万，在读者中享有很高的赞誉。

一

《匹夫的逆袭》讲述的是一个叫作刘汉东的退伍军人因为被卷入一件早有预谋的绑架案而被迫走上黑道，凭借着仗义直爽的性格，机智勇敢的他最终逆袭成功，横闯警界、商界、政界等各个领域并且获得威望的故事。

刘汉东本是江大计算机系的一名学生，后来弃笔从戎，入伍当了八年的汽车兵，由于他耿介的个性，最后选择退伍回家，开着一辆报废车在南郊长途汽车客运站做黑车司机。

某一天，刘汉东正在车上打瞌睡，有一个中年男子敲车窗问刘汉东走不走温泉镇，刘汉东爽快地答应了。然而让他没有想到的是，这个中年男子其实是要将其绑架的人质转移地点。在前往温泉镇的路上，刘汉东隐隐发觉不对劲，正要准备停车的时候，中年男子突然掏出匕首，刘汉东灵机一动把车开向路边的工地，撞上了立交桥的水泥预制板，绑架的两个男子一个昏死一个当场死亡，当他准备去解救后备箱人质的时候，发现小女孩早就挣扎着不见了。以中年男子为首的绑架团伙恶人先告状，提前报警，让警方误以为刘汉东是杀人凶手，刘汉东本想向警局报案，但没想到警局和绑匪竟然是一伙的，于是刘汉东索性带着解救来的人质并保护她，一起逃亡到了近江市东南角的城乡接合部，也是整部小说中让所有人物聚集起来的重要地点——铁渣街。他们在铁渣街租了一间小屋，本想暂时避一避，没想到的是绑匪竟然追上门来，于是刘汉东和他未来的老丈人——当了一辈子警察仍然是基层民警的马国庆——在铁渣街和绑匪进行了枪战，刘汉东一人枪杀五个杀手的事迹也自此在近江市的道上传开。而刘汉东也终于知道被绑架的人质的真实身份，原来她是近江市科技集团青石高科董事长夏青石的女儿舒帆，而绑架她的则是世峰集团董事长王世峰的弟弟王世煌。

此次事件平息以后，舒帆被其父夏青石接到美国，刘汉东则在铁渣街安顿下来。之后，刘汉东在街上捡到一条从狗肉贩子刀下逃出来的狗，没想到这竟然是时任近江市公安局局长宋剑峰的女儿宋双的宠物，名字叫可可。也正因为这件事，刘汉东结识了宋双，也受到了宋剑峰的关照，通过了警察招聘考试，成为近江市防暴武警支队的一员。除此之外，在这段时间内，刘汉东还在铁渣街认识了女朋友520路公交女司机马凌、侦探事务所的侦探王星、狗肉店老板人称山炮的屠洪斌、洗头店的"失足妇女"梅姐、没钱继续读书而跟随梅姐进城"打工"的女学生蓝浣溪、刘汉东的房东火联合以及火联合的儿女火雷火颖兄妹、交通职业技术学院门口拉客的黑车司机阚万林、屌丝水军朱小强等各色人物，算是壮大了刘汉东的群众基础和自身的实力。刘汉东当上防暴警察后，很快被缉毒警队的大队长耿直挖走，成了一名缉毒警察。在一次执行任务时，他主动追击并逮捕了毒贩，又在返程的途中觉察出一个拐卖儿童的妇女，连立两功。

蓝浣溪在刘汉东和梅姐的帮助下，第二年复读重考成功，还是省状元。大家在庆贺的同时却又发现了去年浣溪没能上大学的原因：原来是蓝田村的村主任赵默志为了乡上领导的女儿能上大学，以蓝浣溪的学籍冒充蓝浣溪上了大学。村长不想让浣溪上大学以免事情暴露，于是疾恶如仇的刘汉东与蓝田村的村匪恶霸们展开了搏斗，准备以此事来扫清平川市政局障碍的宋剑锋秘书沈弘毅，则一路保驾护航，尽全力保护刘汉东和蓝浣溪一家的安全。没想到蓝浣溪的弟弟蓝浣沙在姐姐高中状元后意外从高楼坠下死亡，背后另有隐情。为了安全起见，也为了离开伤心地，蓝浣溪最终选择到香港读书，离开了近江。高考事件结束后，刘汉东张罗着开了一家名为"汉东汽修"的汽车修理厂，起初生意不太好，但在刘汉东新结识的兄弟祁庆雨的点拨下，汽修厂靠着洗车烧烤生意渐渐地好了起来。但好景不长，因为女主人公马凌的母亲王玉兰所投资的"汉威公司"意外破产，自家房子也被套进去，刘汉东在为"丈母娘"王玉兰击退前来"讨债"的打手后，与龙开江和市长金沐尘结下了梁子，汽修厂也被打砸一通无法营业。刘汉东和侦探王星为了扳倒金沐尘，处处寻找金沐尘贪污腐败的罪证，终于得到金沐尘在外包养小三的视频证据。在微博公开以后，金沐尘的势力瞬间土崩瓦解。但是随着金沐尘的下台，看似廉洁奉公、勤政为民的新任市长刘飞日后却成了刘汉东的劲敌。

舒帆回国了，刘汉东自然而然地成了舒帆的司机兼保镖，一天在接送舒帆的时候意外地搭救了因老年痴呆而出走的前任江东省省委书记郑杰夫的母亲潘奶奶，把她带回刘汉东爷爷家后，才发现两位老人竟是旧相识，而且潘奶奶竟然执意要嫁给刘汉东的爷爷，郑杰夫得知母亲失踪被刘汉东找到后，来到刘爷爷家看望，也默许了长辈的意见，由此刘汉东成了名副其实的大官的近亲。当了司机的刘汉东来到江大闲逛，偶遇前任校长邵先生，在邵先生的劝说下，刘汉东开始阅读诗书，修身养性，甚至重新返回大学课堂进修。与此同时，青石高科收

现实篇

购交通职业技术学院后，夏青石聘请刘汉东任学院训导主任一职，以往不听从管教的学生们在刘汉东的带领下变得有秩序起来，刘汉东也为学生们出头，打垮了学院的黑心食堂，并且在学生们的选择下升任为学院的院长。

另一头，祁庆雨的房地产项目因为刘汉东的注资合作再次开工建设，但是由于王世煌的阻挠和打击报复，祁庆雨在工地上突然中风不起，刘汉东成了"欧洲花园"地产的主理人。而新上任的市长刘飞在其岳丈——现任江东省省委书记徐新和的支持下，对近江市进行大刀阔斧的改革，为自己赢得了众多民意。然而在刘飞背后的不只有徐书记一人，还有以刘飞为首的"京城三剑客"，他们屡次通过恶意操作将一些企业低价或者无偿收入自己囊中，此次他们将青石高科作为目标。刘飞欲潜规则青石高科现任总裁安馨，然而在大兴安岭中，两人偷情的旖旎氛围被刘汉东打破。刘汉东和舒帆等人也终于见识到了刘飞的真面目，因此刘飞被三剑客之一的冯庸趁机欲杀人灭口，好在刘汉东顽强抵抗，终于等到了夏青石派来解救两人的直升机。

虽然命保住了，但青石高科正面临更大的危机，刘飞软招不成，于是暗中安排在青石高科制造生产的电动公交车上发生"意外"的"自燃"事故，想以此事件来放低青石高科的股价，从而低价收购青石高科。巧合的是，发生意外的电动公交车正是5月20日刘汉东赠送给公交司机女友马凌的礼物，马凌也因此重度烧伤，刘汉东不得不着手调查这次事件。在警队朋友女法医宋欣欣的帮助下，刘汉东得到了非常重要的人为纵火证据。但刘汉东认为仅以此想要扳倒刘飞显然是不可能的，于是他需要搜集更多刘飞贪赃枉法的证据。此时刘飞提拔自己的保镖黑子成为公安局的重要领导，但黑子的兄弟黑森、黑林却开了一家涉黄涉毒的夜总会，刚好刘汉东作为缉毒大队的卧底知晓此案，于是他联合王星，以及之前认识的"神偷"老鬼韦生文和小刀，一起向黑森、黑林发起反攻，最后在沈弘毅的保护下，取得了刘飞贪污腐败的种种证据。再后来刘汉东的发展领域延伸到国外，甚至逐步发现了宋剑锋、沈弘毅乃至郑杰夫的腐败证据。最后刘飞等人落马，刘汉东经过几年的牢狱生涯也最终与马凌团聚。

二

匹夫古时指平民、独夫等，小说中多次出现"匹夫之怒，血溅五步"，可见这个匹夫代表的是血性的、冲动的、喜欢武力解决问题的平民。而小说中的主人公刘汉东，则正是一个不折不扣的"匹夫"形象。他疾恶如仇、敢作敢当、仗义直爽，但同时也血气方刚、冲动易怒。他是既有规则的破坏者，很野性，很男人，在浮沉里始终抱有希望，相信正义，而这样敢于呐喊、敢于出头的人正是这个时代最缺少的。在人物形象的刻画上，刘汉东的形象无疑是非常具象立体的，并且通过一系列的事件来强化作者有意塑造出来的这样的一个形象。例如他在一开始的绑架案中，觉察到情况不对，他并没有认为事不关己，选择冷漠置之，而是主动出击，承担起正义的使命，其实就已经体现出他作为"正义"的一面；再者，刘汉东坚持认为长途大巴上有拐卖儿童的人贩子，本就是淡淡地一瞥，但他仍要打破砂锅弄个明白。尽管刘汉东在小说里是一个"黑白通吃"的大佬，站在政府的对立面，几进看守所，但是他的内心始终是存有正义感的。反观那些政府官员，才是真正的泯灭良心、歪门邪道之人：刘飞表面清廉正直，但暗中贪赃枉法、无恶不作却被称作"好官"；而马国庆勤勤恳恳一辈子却仍是一线基层民警。纵观小说中的所有人物，具有正义感、始终不灭人性的，大概只有刘汉东、马凌、耿直了。缉毒队队长耿直，在他身上体现出来的是正直和负责；而马凌身上所彰显出来的，则是率真和温柔。

小说揭露了很多中国社会现阶段存在的各种问题以及现在流行的各种趋势。诸如上访群体的存在、网络水军的产生、学籍造假高考成绩被顶替、征地强拆、官商勾结、政务机构办公不人性化等，还有微博、备胎、反腐倡廉等各种社会热点话题，而且通过不同的人物形象来引出这些的社会现象。比如在刘汉东逃亡的火车上替他包扎伤口，后来又一同搭救潘奶奶的上访老人，就是一个典型的上访者的形象。在浣溪高考事件和朱家村征地中也有上访现象的描写。而网络水军最为典型的形象就是朱小强，他为了一己私利，不惜毁灭自己的良心，不问缘由，不管青红皂白，故意颠倒是非，信口雌黄，胡编乱造一些莫须有的事件来诋毁诽谤他人，龌龊至极。而官商勾结在小说一开始就已经透过绑架案得以表现，绑匪不怕警察，警察不保护人民反成了罪恶势力的保护伞，实在是荒唐至极，令人匪夷所思。

此外，《匹夫的逆袭》采用了多线索穿插并行的行文方式，在同一时间内可能会有两条或者两条以上的故事延展线，直指不同的事件，往往是一波未平一波又起，很大程度上增强了可读性，也产生巨大的吸引力来吸引读者。

尽管成功塑造出了刘汉东、马凌、耿直这样的正面形象，但他们在性格上也不是完美的。由于主角光环的存在，小说里将刘汉东塑造成一个孤胆英雄，独闯虎穴、独自面对庞大恶势力，这要在现实生活里是根本不可能的。而且刘汉东在处理所有的事情上都十分激进、冲动，不尊重法律，从来没思考过以合理的法律途径作为解决问题的办法，也从来没有用法律来维护过自己或者别人的权益，一直选择以暴制暴，使用暴力去与之对抗。法律是治理国家的一个工具，是社会和谐的必要条件。但是一个不被任何规则束缚的人，是一个和谐社会所能容忍的人吗？尤其是他一路所挑战的都是公权力，代表着庞大的国家机器。以一己之力挑战国家机器，一旦这种思想存留在青少年的头脑里，会造成非常不良的影响。

这本小说里的政治家没有一个是积极正面的形象，都涉及贪污和腐败，无一例外。一开始我们认为宋剑锋是个好官，但是他为了明哲保身，放弃了刘汉东这个手下；郑杰夫一直都是以正直的形象出场，结果最后被发现在国外有房产、银行账户和农场，他甚至还要杀掉刘汉东；沈弘毅同样有婚外情，为了地位也和刘飞狼狈为奸。这些都是正面的变成反面的，更别说铁三角、刘小飞、徐新和等反面人物，一个个都是要阴谋、弄权术、为了权利万事可为的形象。将政府要员进行这样的设定，尽管是架空了的文学，但是读者难免还是会将小说中的形象与现实生活中的形象做比较，甚至是将小说中的形象迁移到现实生活当中，使读者对政府机构、对国家公权力产生怀疑。此外，密集扎堆、穿插在小说中的各类社会问题不仅会让人对现实生活失去信心，同时在整部小说的阅读体验上也不尽如人意，很多时候让人感觉是强凑的情节，显得刻板生硬。

总的来说，《匹夫的逆袭》算得上一部非常成功的作品，它贵在对社会问题的反思和对正义善良的伸张，在一片黑暗里的复杂环境里彰显出主人公等角色的人性光辉。但不足之处在于对政府机构等公权力的反面塑造和对社会阴暗面的过分着笔，很难对读者进行一个正确的方向引导，显得有点顾此失彼。

韩娱之天王

吆语痴人[*]

一

  作品以男主人公金圣元的发家史和爱情史两条线索交叉展开，基于韩国娱乐圈的基本现状及结构展开无限想象，以真实存在的韩娱明星为人物蓝本，为读者讲述了一个默默无闻的过气S.M公司歌手金圣元雪藏服役归来蜕变成韩国娱乐天王的励志故事。
  早期出道的新人金圣元得到时任代表理事李秀满的器重，于1998年年初solo出道，被誉为"黄金声带"。但由于古板的性格和当时公司的宣传策划失误而沉沦，并被作为公司堵住外界所谓"S.M公司娱乐明星逃避服役"的批评的牺牲者派到独岛服役。经历两年的军旅生活归来，那个曾经青涩胆小的小伙子成长为一个八面玲珑、智慧超群的成熟男人。服役结束之后，金圣元退出了S.M公司，并依靠前经纪公司对自己的歉疚被安排为X-Man综艺节目的固定嘉宾。因其首尔大学知识分子的身份和聪明才智及爽朗大气的性格很快就得到了导演

---

 [*]《韩娱之天王》是吆语痴人于起点中文网连载的一部娱乐明星类小说，总计约707万字，2200章。
 吆语痴人，自称为笨笨的好人，河北保定人。起点中文网大神级作家。其他作品有《韩娱之励》《孔轩》等。

以及主持界三大天王刘在石、姜虎东、金济东的认可和赞扬。

事业蒸蒸日上，他很快就获得了广泛的关注和一大批粉丝，积累了一定的影响力。2005年7月份时金圣元接受刘在石的邀请和刘在石等人一起开始录制野外综艺《无限挑战》的第一季《无谋挑战》，初期《无限挑战》的MC们面临着节目随时被砍掉的压力，但经过二次改版名称由《无谋挑战》、《无理挑战》正式更名为《无限挑战》后奠定了周六综艺收视霸主的地位。

金圣元投资建立了济州岛百思特肉产，以巩固经济实力。2005年年底，猪链球菌疫情席卷半个韩国，在经济萧条的大环境下，超过半数的肉猪养殖场倒闭，"济州岛百斯特黑猪肉"借机彻底打响名气，大行其道。2006年1月1日，养殖场规模扩大了几乎三倍，趁着黑猪肉养殖业红红火火发展之势，金圣元在济州岛购置大片土地，成立了绿茶科研基地，雇用当地拥有几十年经验的老农，和农学院合作，发展综合性的事业。在韩国遭受经济萧条的情况下，金圣元的事业却逆流而上，大获成功。

实业投资成功后，金圣元开始进军娱乐业。2006年11月30日，他注册了JSY经济公司为自己进行私人服务。2006年末，签约当红女明星尹恩惠。2008年年初，一年的努力之后，两人成就满满，共领风骚，被媒体称为年度人气最佳。之后签约新人李智恩，三部曲奠定solo女歌手王者地位。2010年，李智恩的演艺事业迎来了高峰时期，推出的歌曲《好日子》和《唠叨》在各大排行榜上数周占据前几位，同时这两首歌也让她成为歌谣节目中的"常胜将军"，还获得了金唱片大赏以及首尔歌谣大赏。刘在石作为韩国最厉害的三大主持人之一，与经纪公司发生了经济纠纷，其经纪公司负债累累，拖欠大笔工资。在这种情况下，金圣元邀请刘在石加入自己的经纪公司，与其并肩作战。后期，在公司成员的共同努力下，培养的sister女子组合，一跃成为韩国一线女子组合。

金圣元的娱乐事业继续高歌猛进，终成韩娱天王，亚洲天王级偶像。在音乐、综艺、杂志、服装、饮食、电视台均有涉及。他成了韩国《每日经济》会长、有线电视台"每日放送"台长、韩国济州岛饮食文化公司会长、韩国JSY娱乐公司会长、《clash》杂志及其服装公司社长、持有韩国SM娱乐公司21%股份的第二大股东、韩国SBS电视台10%股份的第三大股东，同时也是韩国知名抒情歌手和词曲作家、制作人、制片人以及电视节目主持人，成为当之无愧的韩娱天王。

作品在事业的奋斗史中穿插着爱情的成分，以至于整部小说并不缺乏趣味和温馨。金圣元的爱情史错综复杂，结局时，作者画上了圆满的句号，用文字实现了许多男性读者"三女共侍一夫"的梦想。

首先是和少女时代的组员Jessica之间的暧昧缠绵，一度相处之后，由于男主个人的原因拒绝了Jessica的示爱。在美女众多的韩国娱乐圈间穿梭的金圣元对声线优美、气质高雅、魅力十足的少女时代组合队长金泰妍一见倾心，发起了热烈的追求。两人一拍即合，迅速进入了如胶似漆的热恋阶段。然而因为生活中许多小事的处理，两人之间逐渐因为误会而争吵，产生了裂痕。男主借酒浇愁，却偶然与Jessica酒后发生了关系。圣元心里爱着泰妍，但又不想因此放弃对Jessica的责任，尽管无奈踌躇，还是选择了对泰妍隐瞒真相，同时与两位女主保持着恋爱关系。可是不料却被泰妍发现了三人尴尬的关系，三人陷入了冷战。金圣元左右为难，萎靡不振，无法取舍，终日借酒浇愁，一夜白头。少女时代组合中的另一成员允儿，作为圣元的青梅竹马一直陪伴在他身边。两人保持着朋友以上、恋人未至的关系。在圣元最崩溃的时候，允儿给予了无法替代的温暖和照顾，两人擦出了爱情的火花。结局，Jessica生下了圣元的孩子，泰妍无法放下对圣元的爱意，在粉红色烟火的夜晚重新回到了圣元身边。圣元身边的三个女人选择了和平相处，四人以微妙的恋爱关系生活在了一起。

二

与普通都市文相比，韩娱小说的主角选择显得尤为重要。普通都市小说，女主角作者可以自行塑造，包括名字、性格、特点都可以自己一念而决，只要有出彩的地方，不难获得读者的喜爱。但是在韩娱小说中是行不通的，因为娱乐文的受众是固定的，读者很大程度追求的就是代入感。韩娱文存在的原因就在于粉丝们对韩国娱乐明星的热爱与迷恋。所以，如果为了保证该小说的读者圈，主角的设定就必须是现实生活中比较火热的明星——新生代当红青春偶像。

在这一点上，《韩娱之天王》的选角无疑是成功的，韩国的少女时代组合自出道以后就有超高人气，雄踞韩国娱乐圈，并辐射全球。这就为该小说的设定确定了广大的读者圈。其次，对于男主身份的定位也是加入了偶然中的必然成分——少女时代组合中老幺的哥哥，为他亲近少女时代组合提供了天然的机会，小说的前期更是与每一位成员都保持了良好的关系，这种程度的粉红互动，基本能让所有的读者满意，因为他们中意的成员都有做女主的机会。经过初期的人气聚集后，主角选择泰妍做第一个突破口，这个选择是很讲究的，泰、西、允三人中，西有被拒绝的前科，埋下了伏笔所以暂时不能跟进；允儿有从小认识的因素，太熟抹不开面子；选择泰妍就顺理成章了，并通过一些曲折的剧情，满足了泰妍粉丝群的期待。接下来天王进入疲惫期，单女主的密集互动后，不论作者还是读者都会腻味，作者果断出手，将伏笔翻开，攻略剩下的允儿和Jessica，进入了韩娱文最受欢迎的三大女主角的全收之路，满足了起码三方粉丝的口味，为其成功奠定了如磐石一般坚硬的读者群。

《韩娱之天王》在叙事结构上有一亮点，就是以主角的事业和爱情为两条主线，相互融合、平行并列补充推动情节的发展。同时存在和发展的两条线索便于拓展作品的广度和深度，更好地表现丰富而复杂的社会生活。两条线的内容相互交错使读者在阅读时充满新鲜感和动力，文章内容更加充实多彩，给小说也增添了不朽的魅力。

《韩娱之天王》是采用全知视角的叙述方式，读者可以在同一时间内出现在各个不同的地点，可以了解过去、预知未来，还可以随意进入任何一个人物的心灵深处挖掘隐私。没有视角的限制，读者获得了充分的自由，无须对作品进行大量的探索和挖掘，内容表露无遗。对于身心疲倦只为在网络小说中找寻一丝轻松和乐趣的读者来说是心灵栖息的一方净土。

《韩娱之天王》的定位就是一篇"意淫"韩国娱乐圈的网络小说。虽然情节纯属虚构，但其遵循的基础还是现实本身。也就是说，作者是在对韩国娱乐圈的发展历史有很深程度的了解之后，依据发展史的大方向，进行细节方面的幻想，是不违背事物的发展、有理可循的。网络文学界所谓"金手指"就是指文中的主角能不费吹灰之力获得所有他想要的东西，往往会给予主角各种技能、特效、魔法、道具等。而在《韩娱之天王》这本小说中，作者并没有泛滥地使用"金手指"技能，主角没有超能力的定位，所有的奋斗史基本上是凭借自己的努力拼来的，虽然也加入了一些势在必得的成分，但作者将其划定为运气的成分。这样的安排让这部小说在见惯了重生神器的网络小说里独树一帜，让读者感觉不会过度无厘头，更接近真实。其次，在描写方面作者擅长细腻写实的文笔，平淡温暖。情节安排没有太多一波三折，平淡中体现着真情，平淡中我们才能更注重人物的刻画和细节的铺展，让小说变得有味道、有阅读性，不会空洞乏味或者只有一时的新鲜劲儿。

《韩娱之天王》的选材来自真实的韩国娱乐圈，人物也来源于现实生活。作为韩娱小说的先驱，超越了网络文学近乎重复泛滥的弥漫着穿越武侠题材的公共空间，率先扛鼎韩娱文学大旗，开辟了网络文学新的题材类型。《韩娱之天王》属于娱乐明星YY类小说，与都市情感类有部分重合，如其场景生活类似，但在创作过程中的许多原则是有很大差别的。所以说这类YY小说，在网络文学中独树一帜，在遵循事实的基础上进行了天马行空的幻想。但作者很巧妙地将韩国娱乐圈近些年所发生的大事件串联了起来，前因后果并不互相矛盾，让读者有一种误以为真实的错觉。这样编织成的一张韩娱之网将截然不同的各类人物联系了起来，体现了作者细腻周全的思维。

三

《韩娱之天王》的语言也有自己的特色。首先是体现在其语言字母化和数字化的特征上，大量穿插在网络小说中的网络习语，打造出诙谐幽默的网语风味，构成了网络小说语言的又一道风景线。如"op-pa"（搞怪）、"ng"（no good）、PD等大量网络流行词的使用。小说用这些当下流行的简单而贴切的字母符号解释了要用一两句话才能说清楚的概念，非常符合网络文学快节奏、高强度的更新模式。而这些生动、形象、调皮、可爱的符号不仅是紧跟时代的时尚元素，还充分显示了作者丰富的想象力和创造力、灵动的活力与飞扬的激情，适合当代年轻人爱好轻松简洁的口味。

其次是创新求异。作者创新的思维，快节奏生活特有的风貌，网络媒体快捷的传递，催生出勃勃的生机，这种生命力极强的特色成就了该小说的语言风格，构建了全新的语境。语言具有网络时代的鲜明烙印，它既有对诙谐幽默风格的迎合，也讽刺了当下流行的整容风潮，反映了社会生活的思想观念和生活方式的变化，给读者带来了身临其境的真实感，也可以引起共鸣。

再次是口语化、世俗化。《韩娱之天王》的语言轻松个性、随心所欲、自由自在，全然不顾及文字的推敲锤炼、语体的协调适宜、语用的规范得体。小说人物语言，既秉承白话文明白如话、使"说话"和"文章"直接相通的传统，又不囿于白话文范式，将大量的口语词、口语句式、语调，甚至是粗俗的骂人话嵌入作品，真正实现了我手写我口的语体模式。浓浓的口语味，缺一点庄重，缺几分大气，但却很自然、很适意。非常适合网络文学作为生活调味品的定位。

最后是用对话表现人物个性。作者很善于在对话语言中完成对人物形象的描写，他尽量避免用刻板和干涩的直接描述，多用拟声词、比喻、反衬等修辞手法，让人物形象生动鲜明地展现在读者面前，将人物对白、叙事的口语风味发挥到了极致。

当然，作品在语言上也是有些不足的。其一是审美意蕴淡化，语言的随意性导致其缺乏深度和内涵。由于网络文学面对的受众是广大网民，与传统文学不一样，网络小说强调速度、更新，如果更新不够快，字斟句酌，就会失去读者，流失人气。这种情况下，文章里面往往会有语法错误，又或许是为了便于阅读，语言的意思表达过于直接。虽说通俗易懂，但缺乏文味、雅味，不免显得有些平庸、俗气。

其二是强烈的语域色彩，受众会有困难。像"PD"（导演）、"MC"（主持人）、"忙内"（老小）这种韩国娱乐圈的固定词语，对于大众来说会有明显的阅读障碍，不懂韩国娱乐圈的人不懂解码。

本人认为，就文学语言而言，没有绝对的雅俗之分。一部优秀的作品，应该是高雅中不缺乏通俗，而通俗中又透着高雅，他们是可以对立统一、相互转换的。另外，小说语言可以有生活化，但不能只有生活化。文学是沙里淘金，语言要有个性化才是好的，因为公共语言太多。用审美的眼光看这篇网络小说的语言，尽管很真实，但在文学意义上还是有许多漏洞和升华的空间。

秘密调查师：黄雀

永 城

《黄雀》是一部在"片刻网"连载的网络小说，约13万字，作者永城。该作品在2015年浙江省的网络文学双年奖中获优秀奖。《黄雀》是《秘密调查师》系列的第一部，之后还有《卧底》《家族阴谋》《丢失的谎言》《网中人》四部。这一系列一经问世，就引起了读者们的广泛关注，尤其受到了影视圈的强烈关注，被众多影视公司争抢，最后被博纳影业重金购得此系列图书的全部影视改编权。

永城，这是一个中国读者不很熟悉的作家，20世纪70年代生于北京。本身是机器人工程师、资深商业背景调查师、注册反欺诈调查师。曾获全美工程类最优毕业生殊荣，持全奖进入斯坦福大学，主攻自动控制和人工智能，研究仿生学智能军用机器人的开发和大规模生产。毕业后就职于硅谷高科技公司，后从事投资风险管理、企业背景尽职调查及商业反欺诈调查类工作，数年间由普通分析师晋升为该企业中国区副执行董事。永城创作的小说，多以其自身丰富的商业调查及国际化经历为背景，既富有奔放的想象力和细腻的感情，又具备理工专业特有的严谨和逻辑。①

---

① 《秘密调查师：〈黄雀〉》，百度百科，http://baike.baidu.com/link?url=-akeaRRQvX-Dv47Xix5 - aMeyjJCiehB60cPG2cmUJCYeWaGquFV - e5JZROZsw4g17G7PJ5ehI2WOVX0YsU32ZyQDFyO－3R － NPNp6GcpDGFA0GrmIMsMVGgkYaFRSl _ 6qSqrbtMoqWWtAex6RS1IXA7ZHWLv _ nN7mfP41VUUX_ PLJeWdzhblMj2IOsm25lFfjk ［2017.06.03］。

现实篇

一

　　故事的主线是几宗复杂的跨境经济犯罪案，涉及官商勾结非法转移国有资产、上市公司欺诈、利用离岸公司进行秘密关联交易等内容。小说女主角谢春燕，是 GRE 公司的一个初级调查师，正在斐济执行一项秘密调查工作。按公司规定，以她现有的职位是不允许像高级调查师一样单独执行任务的。虽然她心中对老板 Steve 的指令有疑惑，但更多的是喜悦，认为 Steve 是因为器重她，认定她是一个好苗子才破格培养她，所以她没有太多顾虑，按照 Steve 的工作指令一步一步地进行着调查。这个案子中，谢春燕调查的对象是华夏房地产公司的财务处处长徐涛，他因为爱上了另外一个女人——菊，也是他的上司，为了与菊终老一生，把公司几千万美元现金非法汇入一家在百慕大注册的公司。他的上级领导与 GRE 达成交易，要求调查徐涛的商业秘密。这是她第一次独立进行秘密调查任务，"她戴一副黑框眼镜，穿发白的牛仔裤和麂皮运动鞋，好像暑假出门旅行的大学生"。谢春燕通过身份伪装，接近徐涛和他的女儿丫丫。首先是谢春燕和他们在机场偶然相遇，用一块巧克力博得徐涛女儿丫丫的欢喜；之后又同住一个酒店，在沙滩上再次相见时主动和丫丫一起玩耍，建立了更加亲密的关系；刚好徐涛接到菊的电话，无奈只能独自去斐济岛的另一侧与菊相会，只好让谢春燕帮忙带着丫丫。谢春燕则趁此机会，用随身携带的特殊设备，快速复制了一个与徐涛手提电脑里硬盘完全相同的硬盘，就这样，谢春燕在规定的时间内顺利完成了任务，回国交差。

　　由于第一个任务完美完成，谢春燕很快从初级调查师破格升职为项目经理，并接到了第二个案子。这是一个大案子，别名"晚餐"。调查的目标是大同永鑫公司及其创始人。谢春燕在调查中，发现大同永鑫公司的营业状况与它实际公布的资金额度有较大的差异，并且中间有非常复杂的商业、黑社会势力、犯罪嫌疑等问题。没想到的是，谢春燕在调查大同永鑫公司的同时，大同永鑫公司的三大代表早已做好了反击的准备,当谢春燕和她的同事老方跑到大同去实地考察时,遭到了永鑫公司的围攻,甚至绑架。接二连三的行动失败,使谢春燕等人认识到,用传统的方式已经不能再得到任何有用的信息了。于是谢春燕通过网络信息的搜索,包括微博、博客、贴吧等网络资源,成功获取了永鑫公司代表之一叶先生的妻子的信息。谢春燕又通过QQ与叶先生的妻子进行聊天,让一个无聊的阔太太在不知不觉中把老公的违法行径暴露无遗。就这样,谢春燕等人采用许多巧妙的方法将整个案子查得水落石出。当谢春燕将整理好的报告交给老板Steve时,悬在心中的石头总算落了下来。

不久,谢春燕在与同事Tina的坦诚谈话中,突然意识到自己无亲无故进入GRE这种外企大公司,并且不断破格升职完全是一个设计好的圈套,目的是抓到案子中的嫌犯——她的丈夫谭先生。身为调查师,她却被别人的阴谋反复利用,成为被调查者,竟然还不知情,这让她心生畏惧,但更多的是无奈与绝望。知道真相的谢春燕为了赶紧与老谭见一面,急忙搭上了国际航班飞回美国,但这已经于事无补。老谭并未回美国,而是被滞留在了香港,等待他的是香港廉政公署的抓捕。

小说的最后,老谭被抓,而老谭利用非法途径获得的两千五百万美元已经通过秘密手段转给了他心中最爱的人——谢春燕。GRE中国区总裁Steve因为徐涛的案子认识了菊,两人又开始了新的阴谋布局。

二

作品构思巧妙,表面上谢春燕作为一个左右逢源的调查师在揭露一个个不为人知的商业秘密,但实际上,调查人却反被调查,看似柳暗花明的一切最终山穷水尽,这也正好照应了小说开头的一句话——"螳螂捕蝉,黄雀在后"。初恋情人"为公殉职",老公被自己亲手推向深渊,看似好姐妹的Tina却暗中监视自己,看似值得信任的Steve暗中算计自己,看似替天行道的调查不仅让别人家破人亡,也给自己戴上了镣铐。作者在构思正向情节发展脉络的同时,暗中为反向的情节做好了铺垫，最终将剧情反转，让读者疑惑，谁可信任？谁又在带着虚伪的假面？这不仅让谢春燕感到迷茫，也让读者对存在于生活中的类似剧情感到恐惧和窒息。

在人物形象塑造上，小说中的人物各有特色，性格迥异鲜明。Steve 作为 GRE 外资大企业中国区总裁，有着无尽的魅力和聪明的头脑。虽然在文中着笔不多，但基本能知道他是一个亦正亦邪的人。并且，在结尾处通过他和菊的通话，可想而知后续里或许他会是幕后黑手一样的人物。

小说女主角谢春燕是一个不甘心做花瓶的知识女性，面对困难时亦有着强大的内心。也正是因此，学生时的她头也不回地在美国一个人摸爬打滚，婚后的她毅然回到中国来寻找工作。她机缘巧合下有幸进入 GRE 公司，并在得到领导认可后快速升职，但谢春燕单纯的性格被周围的人玩得团团转，让她在小说中成了一个悲情人物。

Tina 和老方本都是在 GRE 毫无希望的职员，为了升职都毅然加入 "Dinner" 项目，表面上都和谢春燕搞好关系，即使谢春燕帮助他们解决了许多他们自己生活中的要紧事，但谢春燕的真心并未动摇他们接近谢春燕的真正目的。但他们也有很大的不同之处，Tina 热情开朗，但富有心计；老方寡言本分，但有敏锐的观察力和洞察局势的能力。

高翔和老谭两人，一个作为谢春燕的初恋情人，一个作为谢春燕现在的丈夫，他们俩都钟情于她，为了她展开了他们最终以悲剧收场的人生。高翔，经济犯罪侦查局局长，暗中知晓一切的人，为了谢春燕违反上级命令，甚至放弃了一切。老谭，在美国开中国餐馆的广东人，他一直是一个老实本分的人，遇到谢春燕后为了让她过得开心，不惜铤而走险，最终因为经济犯罪被香港廉政公署抓捕。

在语言上，作者通过冷静的笔调，描述了几起大案的经过和局中局。故事情节环环相扣，一个个忍俊不禁的事件不停地冲击燕子（谢春燕），使她感到迷茫，有种一切都不认识的感觉。读者在阅读的过程中也随着燕子一起感受这人间的尔虞我诈、世态炎凉。作者始终以旁观人的角度，处处保持理性，但是另一方面，作者的内心却波涛汹涌、感受颇多。或许，这正是作者想要表达——看似平平淡淡的一切，其中却蕴含着各种力量的博弈，看似熟悉的一切，或许会突然变得陌生。

三

　　作品的不足之处也很明显。小说在讲述职场和生活中尔虞我诈的同时，穿插了两条感情线，这为小说增添了一些人情味。但可惜的是，作品描写感情部分的力度和深度与作者描写商业中的勾心斗角相差甚远。例如，小说讲述了谢春燕与初恋情人高翔在美国苦苦相恋，但因男方的原因恋情只好中断。首先，男方提出的理由并未让人觉得有特别伤感之处，原因在于作者展开力度不够。其次，在描写谢春燕失恋时，并未具体刻画她怎样的无奈、痛苦甚至绝望，而到了十年后再见到高翔时宣泄的悲痛让读者莫名其妙，觉得不合常理。再次，谢春燕与老谭之间的感情让人捉摸不透。老谭是一个有钱的、拥有美国绿卡的华裔，谢春燕是一个傲娇的穷博士，他们俩是因什么机缘而结合让人疑惑。最后，在小说中老谭对待谢春燕的爱并未达到浓情蜜意的程度，除了给谢春燕物质上的满足，并未花过多笔墨来表现一个有钱的老男人对一个涉世未深的年轻妻子的浓浓爱意，因此，这与老谭最终为了谢春燕不惜铤而走险，犯下滔天大罪也在所不辞的结局在深度上有些不匹配。

　　总之，小说的题材新颖，是中国市场中少有的商业侦探小说，这也是小说一经出版能够大火的原因之一。不仅如此，小说里的重重阴谋、谜团和谜底环环相扣，能够很好地引起读者的兴趣。小说的意义也富有深度，从职场、商业入手，引申到整个生活、人生，通过无数的矛盾对立与冲撞揭示了社会的纷繁复杂，人们随时可能会卷入一场尔虞我诈的阴谋中。同时也在侧面暗示，人生在世，似乎活得糊涂点才能多幸福点，活得惫懒点，才能更有滋味。

校花的贴身高手

鱼人二代

《校花的贴身高手》是连载于起点中文网上的一部异术超能都市言情小说，作者是鱼人二代。上线时间为2011年4月26日，还在连载中，但已经被改编成了电视连续剧和网络游戏。

鱼人二代，本名林晗，黑龙江人，毕业于哈尔滨理工大学，2006年11月开始从事网络小说创作，起点中文网白金作家，中国移动手机阅读基地作家。其他作品有《重生追美记》《很纯很暧昧》《极品修真强少》等。

一

林逸年仅18岁，是一个来自神秘山里的高手，此前曾多次在世界各地执行危险任务。现在又接到一个特殊任务。布置任务的老头告诉他：任务在大都市松山，做好了就一辈子不愁吃喝了。林逸来到松山市，让他没想到的是，这次的任务是给一个大企业的千金大小姐、一所有名高中的校花当保镖，并顺便泡泡妞，月薪是3万元。于是林逸就在松山市干起了压压校霸、泡泡妞的轻松生活。但是，自从他来到松山市后，这个地方就不平静了，受各种家族势力控制的官府、黑社会开始蠢蠢欲动，以前看起来不可一世的鹏展集团（林逸老板的公司）也危机重重。林逸的手也就开始伸到整个松山市。他开始在松山斗黑社会、帮助抓犯罪分子，当然也把泡妞的"黑手"伸向了松山市刑警队，松山刑警队的副队长也成了他的相好。同时他也开始了炼丹开挂的另一面生涯。利用自己的丹药医治一些垂垂老矣又疾病缠身的特殊老头，以此结交各种社会名流，抬高自己的身价，并开设股份公司，谋取金钱。更重要的是他在这个社会运作中，发现了家族势力，以及隐藏在后面的更为恐怖的古老家族。这个时候，小说开始了转向。开始本是一个山区来的高手在都市压校霸、打黑社会、抓犯罪分子以及泡妞，反映现实都市生活的作品，现在变成了一个修真玄幻套路的作品。林逸一方面在现实生活中各种开挂，推倒无数美女；另一方面修真提升自己的实力，整治各个家族，整合自己的势力，当然还没有耽误他上大学。目前主人公已经打上了另一个位面，开启了天阶岛，并开始经营天阶岛。从目前来看，这个小说一时半会还完不了，因为主人公的功力还只到开山辟地阶段，离作者设定的最高等级天尊还非常遥远，他的后宫团大多停留在天阶段，还处在修炼期初期，没有进入修真的大门。按作者目前的进展速度，没有个3000万字，可能完不了。

  这个小说规模之宏大，背景设置之复杂，即使在网文界也是少有的。具体分析如下。

  一是横跨两界。修真玄幻作品大多是独自建立一个特殊世界，他们虽与现实界有联系接口（如选拔人才），但基本不与现实界往来，他们的争斗只发生在修真的内部。后来虽发展出都市修真类，但修真也是隐藏于后，现实生活竞争于前，两者虽纠缠，但限于个人异能的帮助。这个作品除此以外，设置了隐藏修真的世俗代理家族，他们在世俗界活动，攫取利益，供养并隐藏修真家族。这些家族争权夺利，但最后的胜招往往还是依靠背后隐藏修真家族的势力大小与厉害程度。这就使得修真与世俗完全混杂在一起。林逸就是在两个世界都非常活跃的特殊人物。

  二是势力之多，也是作品所仅见。世俗界有政界、军界、警界、商界等；他们背后是代表着隐藏家族的世俗家族；世俗家族之上是隐藏家族；隐藏家族之上有上古家族、太古小江湖以及他们之间成立的各种组织，如隐藏世家仲裁协会、修炼者交易协会、修炼者协会、海外修炼者协会、神秘调查局等，五花八门；另外还有一个五行门，目前看起来是一个最大的幕后布局者。天阶岛位面开启后，又多了很多天阶的本土势力。我估计作者都为这些复杂的势力头痛，读者亦然。

三是后宫团之大，也是前所未有。目前的后宫团达27位之多（不排除后面个别人被踢出后宫团），既有世俗界的楚梦瑶、唐韵、雨凝、陈雨舒、冯笑笑、王心妍、天婵、关馨、土冉冉（小九）、冰糖、郁小可、宋凌珊、孙静怡、杨七七、许诗涵、陈曦、刘静涵（韩静静）、程依依、应子鱼、雪梨，又有在天阶岛上相识的上官岚儿、宁雪菲、黄小桃、霍雨蝶、倪彩月以及在太古小江湖认识的冷冷、端木玉等。随着情节的展开，不知道以后还有多少。

四是功力等级的划分有自己的系统。它将修真分为两个截然分割的阶段，第一阶段是修炼期，分为四个级别，分别是黄阶、玄阶、地阶、天阶。第二阶段是修真期，分三个大等级，分别是天道境、巨头境、尊者境，每境又有四个小等级。只有进入第二个阶段，即踏入天道境，才可以算真正的修真者，前面第一阶段只能算闹着玩。目前主人公还在巨头境前期的开山、辟地中间，后宫团基本在天阶，没有踏入天道境。所以，我预估这个小说要完结，还有无穷远。

二

应该说作者对于整个小说情节的设定有其合理性，能够引起读者很大兴趣，虽然说现在小说还未完结，但其追随者一直数不胜数，曾经位列移动阅读平台第一，很受欢迎。小说中涉及的世俗层面、隐藏层面、上古层面的势力划分，交错复杂的关系和背景为整个故事增添了浓厚的神秘感。全文情节生动有趣，主角不畏强权打击黑恶势力，价值观取向积极健康。故事内容新鲜、题材新颖、富有想象力，

通过对故事情节的生动描写，表现了复杂的矛盾冲突，从故事的发生、发展、高潮和结局中展现了每个人物在情节发展中的性格变化。

作者通过对具体的社会环境的描写，表现了人物和事件产生的历史背景，社会条件，用来烘托人物，显示人物的性格特征。就本人而言，很喜欢鱼人二代的写作风格，幽默中又总是让人找到那丝合情合理的巧合，虽然中途有时候会经历一些波澜，但是结局总是美好的。作者通过对人物的外貌、对话、心理、行动等描写，塑造了有血有肉、生动感人的林逸的形象，向我们描绘出了这个时代、这个复杂的社会环境：如校霸在学校横行霸道，无人敢惹，学校视而不见，学生敢怒不敢言；又如拆迁胡作非为，欺压善良百姓，勾结黑社会；再如家族之间相互利用，又互相拆台，尔虞我诈、不顾廉耻等，反映了许多当下社会的黑暗与丑恶。当然还有很多的正义与打抱不平。如开头王心妍在火车上对林逸的提醒，康晓波明知不敌也跟着林逸去天台的壮举，以及唐韵的洁身自好、正直善良，林逸的巧斗拆迁恶霸，等等，无不让人荡气回肠。

对女生角色着力塑造一直是渔人二代的特长，这个作品中亦塑造了众多美丽的女性，她们各具特点。如楚梦瑶：她是林逸最初来松山市时保护的校花，楚鹏展与夜婉儿之女，鹏展集团的大小姐。和林逸、陈雨舒同住一间别墅，高中同班，大学同校，第一校花（女神型）。性格外冷内热，常发大小姐脾气，很在意自己的小乳，但因为后来经历种种，与林逸情投意合。她身上有股冲劲儿，虽然泼辣蛮横，内心却很火热，各个层面都表现得很真实。

当然，作品还是有一些不足之处。首先是作品拖得太长。作品到现在已经连载了十一年多，其结局还遥遥无期，试问有多少读者能够坚持这么久的时间？作者难道不写得烦？这个作品刚出来不久，就登上了移动阅读第一，可见受欢迎程度，但现在还是第一吗？很多读者撤退了。当然这里也要说一句，佩服作者的坚持。其次是内容的转向非常突兀，确实没有必要。鱼人二代以前的作品大都是都市恋情，这个作品开头也是都市恋情，然后，突然就转到修真去了，实在是可惜了。它一方面削弱了作品的意义与价值；另一方面很多人说，鱼人二代跟风了。本来有自己独特风格与写作领域的作家，现在跟着别人跑了。再次是设置过于复杂，显得有点杂乱，人物设定过多，并且绝大多数的故事都循环重复，没有太多新意和惊喜。比如就我而言，看了主人公和后宫里众多的女子相识的几个故事之后，后面的其实不太有耐心继续看下去了，因为不能够继续吸引我去阅读。最后是琐碎、冗长的细节描写，往往损害人物性格，湮没作品主体，模糊主题思想。这个作品写到现在，作者到底想表达什么，已经不是那么容易概括了。

制霸好莱坞

御井烹香

《制霸好莱坞》是御井烹香发表于晋江文学城的一部现代美娱小说，全书300万字。作者御井烹香是晋江超人气明星作者，代表性作品有：《庶女生存手册》《豪门重生手记》《贵妃起居注》《只因暮色难寻》等。

一

小说主要讲述了主人公陈贞穿越成为珍妮后的制霸好莱坞之路。陈贞原本是北京电影学院毕业后直接嫁入豪门的少奶奶。2014年的某天，她在北京的家中睡下后，再醒来却发现自己穿越了，从2014年穿越回到了2001年，从北京到了洛杉矶，甚至从黄种人变成了白种人。而原身珍妮则是一位20岁芳龄的金发碧眼美女，家庭不幸，从小颠沛流离，是个想要凭借年轻貌美的"好莱坞漂"。陈贞穿越到珍妮身上，初醒一刻她就知道，即使自杀也无法回到原来的身体，她是带着任务穿越的，只有当她制霸好莱坞的那一天到来时，她才可以自由选择去留。不得不说，这样的设定非常简单粗暴，没有理由，没有铺垫，开门见山。随后，小说围绕着陈贞，也就是珍妮的好莱坞"星路"展开，为我们讲述了珍妮由一穷二白到光芒万丈的蜕变旅程。

陈贞魂穿后的珍妮，和切萨雷·维杰里是小说的两大核心人物。

切萨雷·维杰里是一手将珍妮打造成巨星的铁腕经纪人，作为CAA的资深经纪人，他就像是一台精密仪器，运筹帷幄，为珍妮进行各种布局。在珍妮大红大紫以后，切萨雷不再从事经纪人的工作，转而帮助珍妮管理她的Big Dream（大梦）公司。他是珍妮成长过程的见证人，也是精神上的soulmate。面对好莱坞各大公司之间的尔虞我诈，他们二人共创一间公司，并肩在商海中拼杀，彼此分享深入骨髓的孤寂，达成了独一无二的默契。

先来谈谈女主人公珍妮的刻画，从珍妮本身的性格特点来说，她是位十分优秀的女性，她是一个有理性、有思想、有独立意志的人，是那种有担当、可以建功立业的性格。小说后期，珍妮在电影界已经取得了类似玛丽莲·梦露、迈克尔·杰克逊那样的时代巨星的地位，个人公司也有声有色，所有人都对她和颜悦色，大公司对她宠爱有加。她就像是时代的小公主，达到了万千女性梦幻中的顶点。然而她还不满足，在经过慎重思考后，她决定迈出超出个人成就顶峰的一步：与迪斯尼、派拉蒙、福克斯等影业巨头进行刀光剑影的正面商业搏杀，把它们中的一部分打下去取而代之。她不满足于镁光灯中心的位置，不想只做一个备受宠爱的小公主。这让我不禁想到一些修仙小说的主人公，在众人对金丹、元婴仰望而不及时，只有主人公默默抱着"长生大道，飞升仙界"的宏愿，珍妮在本质上与之大为相似：熊熊的野心，出色的能力，充沛的行动力，这些是主人公才具备的品格，也正是因为这些品格，人物乃至作品才有了灵魂。

尽管小说运用了近年来被反复运用的穿越梗，但胜在穿越模式别具新意，避免了陈词滥调的尴尬。在明确的制霸目标下，作者为珍妮开了金手指，但这个金手指并没有超过读者的理解接受范围。基于作品的需要，金手指对于小说中的主人公往往很有必要，但无端给主人公过于强大的金手指会使整部作品丧失很多乐趣，《制霸好莱坞》在这点上就可以说是控制得恰到好处。陈贞将自己的金手指命名为"演艺空间"，空间中的时间流速与外界时空的比例为3:1，她可以在这里尽情观看她脑海中的影视库,这个空间可以重现拍摄现场,并将拍摄场景制作成片,陈贞甚至可以注入模拟角色的记忆和情感,与角色"共情"。发动它的条件也很简单,就是闭目凝思。陈贞的金手指只开在了演技方面,且有诸多限制,陈贞认为"她的金手指和许许多多书中人物相比,简直是寒酸到了极点",但这种"寒酸"对于小说确实是非常有利的,正是因为金手指只能为陈贞提供有限的帮助,后来她所取得的成功才更有意义,读者才能更加认可陈贞在这个过程中付出的努力和汗水。

此外,小说还塑造了形形色色的人物,囊括了美国影视产业的各行各业,展现了产业内外的生存群像。

二

小说从多视角入手,后期逐渐聚拢,结构完整。总体分为两条主要线索展开推进:一条是演技事业线,一条是商业扩张线。前期以演技事业线为主,后期商业扩张线上浮,渐超演技事业线。当然,情感线也是必不可少的,个人认为小说的情感线和事业线、商业线搭配得非常好,女主人公身在好莱坞这种纸醉金迷的地方,每一段感情都是善始善终,没有玩弄任何人,这无疑是很难得的,可见珍妮的三观是很正的,侧面表现了珍妮的强大自制力。

作者很善于埋伏笔,逻辑性强。以粉丝线为例,从珍妮的电视剧首秀《CSI》开始,作者就埋下了关于粉丝的伏笔:琼恩和她的妈妈,笔墨恰到好处,在音乐剧《芝加哥》演出后,加入了哈利,以琼恩和哈利作为粉丝群体的代表形象,并时而通过他们推进情节的叙述,过渡更显自然,也让故事看起来更有层次感。

大场面描写对作者而言是个很大的考验,这部小说中的大场面都写得很漂亮,足见作者的深厚功力。无论是场面的整体调度,抑或各种人物的复杂的心理,以及微妙的气氛渲染,写作稍有不慎很容易一脚踏空,但《制霸好莱坞》在各方面上都处理得很好。以珍妮在百老汇的首秀为例，从剧迷到剧评人，从舞台到观众席，作者的笔触是非常到位的，而后的各种场景也都保持了很高的水准，没有出现飘忽不定的情况。

　　作者不疾不徐的节奏让人感到十分舒服，应该一笔带过的地方绝不手软，应该细致描写的地方也绝不含糊。毕竟这不是无脑型小说，很多情节如果不多加叙写，很有可能导致部分读者在阅读上出现困难。真的很感谢作者的耐心，因为这是一篇西方背景的小说，如果不加以解释，读者时常难以做出正确的判断和理解。作者不仅在情节的处理上十分细腻，还在每章的末尾对本章内容做了细致的注释，这是很人性化的做法。

　　整部小说给人的感觉比较真实自然，我认为这是其最成功的地方。娱乐圈距离我们的生活说远不远，但说近也绝对不近，更何况是大洋彼岸的美国，但在作者的笔下，一切仿佛水到渠成。她对好莱坞行业规则的分析丰富而充实，充分满足了读者的窥私欲。关乎商业、网络、心理等各种知识的讲述，无不展现了作者本人广博的知识面，她的写作姿态也很诚恳，丝毫没有炫技的做作感。这些知识和剧情、人物衔接极其自然，不着痕迹地建立起了一个庞大而复杂的小说世界。如此完整的小说世界会促使读者在文章完结时产生强烈的不舍之感，有对于人物的不舍，更有对于离开这个世界的不舍。

　　在思维方式和表达手法上，《制霸好莱坞》就像一道纯正的西式甜点，西化的写作手法和幽默睿智的人物对白，赋予了这部小说强大的生命力。作者的厉害之处在于对西方思维的把控，而不是套着"好莱坞"的皮囊，内里却是东方模式。在精彩场景处，人物对白有飙智商的拍案称奇感。小说虽然有300万字，但并不臃肿，很多情节画面感十足，不像是在看小说，倒像在看美剧。有人说，在阅读西方畅销书时，经常有在"看电影"的错觉，西方畅销书的写作手法就是突出画面感，这在国内网文中是较少的，而《制霸好莱坞》做到了。

　　作者的诚恳姿态还体现在"剧中剧"的原创情节上。无论是文艺片《人间旅》，还是超级女英雄商业片《代号 Shero》，都是诚意满满，有些现实世界存在的电影也不是一成不变，而是加入了作者的奇思妙想，进行了适当改编。小说通过对影片人和观众的侧面描写，通过对珍妮演技的刻画，通过完整精彩的剧情叙述，让我们沉醉在作者所描述的电影世界中，对现实也充满了期待，热切地希望现实中也能看到这样的电影。

三

任何事物总有瑕疵，这部小说也不例外。虽然在人物设定、情节构筑、语言风格等方面都比绝大部分同类作品合情合理得多，但珍妮的上位速度还是过快了。奥斯卡单届影后加最佳女配角，一个刚入行两年的日耳曼人在犹太人控制下的奥斯卡能拿下单届双奖，在男权社会下性别歧视比较严重的好莱坞，这样的设定难免为人所诟病。此外，作为女频文，这部小说也难以跳脱女频文的某些通用设定，霸道总裁加经纪人切萨雷的定位就是如此。

读者中不乏好莱坞电影的爱好者，某些地方固然存在争议，但大家给出的总体评价还是相当高的，很多读者甚至完全愿意相信作者笔下的好莱坞就是真实的好莱坞，相信珍妮的存在。的确，珍妮的成功是意外的，是富有戏剧性的，但同时又那样真实，并不是花哨的噱头，她的背后是一个庞大的团队：经纪人、PR、助理、各种各样的人脉。

作者以老辣生动的文笔勾勒了好莱坞的全貌，让读者深深地沉浸在她笔下的那个世界中，随主人公珍妮而喜悲。当珍妮第一次拿到了奥斯卡的双奖时，我们由衷地为她喜悦，为她感动；当珍妮进一步深入好莱坞，摸清了奥斯卡运作的秘密，知道了奥斯卡奖博弈的全过程时，她感到厌倦，我们也不再兴奋。这无疑是一部很成功的作品，无愧于书友们的喜爱和好评。

琥珀之剑

绯　炎

《琥珀之剑》原名《沃恩德计划》，是一部游戏异界类网络小说，作者绯炎，全书约570万字。

绯炎，真实姓名不详，根据豆瓣网的作者简介，绯炎为女性，出生于1985年6月6日，爱好游戏、绘画和码字，对游戏与奇幻有狂热的喜爱。她是起点中文网知名作家，网络别名有：狒狒、姐姐大人、兔兔。因小说《迦南之心》而声名鹊起，其他作品还有《弗兰泰尔战记》《紫》《异域魔法之旅》《最后圣域》《圣域之创世神话》等，但大多没有完成。

一

《琥珀之剑》全书分为六卷：黑玫瑰战争、尘封的王国、王权与蔷薇、变动的轨迹、凡尘的舞台、终焉之王座。讲述的是男子苏菲（布兰多）"带着资深战士的重生记忆，穿越到自己曾经奋斗过的世界中扭转历史的脉络、叱咤风云的故事"。

《琥珀之剑》是一部现代玩家穿越到游戏世界中，扭转历史乾坤、创造神奇的小说。尽管小说主人公在文中清晰地说明自己不是凡人的英雄，不想制造个人英雄崇拜，但不论从作者创作前的思路，还是文本内容、情节发展来看，小说都具有浓厚的英雄主义情结。

苏菲（布兰多）原本和我们一样生活在现代社会之中，是中华人民共和国公民，三十岁的他碌碌无为，躲在游戏中逃避现实，可谓一个狂热的游戏玩家。在那个名为"琥珀之剑"的大型网络游戏中和白荿学姐的团队一起为艾鲁因而战，但是玩家们依旧不能挽救艾鲁因这个国家消亡的命运，这也给为艾鲁因而战的玩家战士们以深深的挫败、遗憾与痛苦。在一场教会骑士团国格雷斯与玛达拉之间的恶战之中，苏菲（布兰多）穿越到了游戏世界中的艾鲁因，附体在布契祖屋里被玛达拉最低级尸巫打死的十九岁青年布兰多的身上。与此同时，苏菲能从灵魂上感知到青年布兰多的一切想法，包括他的理想、执念，他所爱的、他所憎的。事实上，苏菲不是穿越，而是重生，因为苏菲就是布兰多，布兰多就是苏菲，只不过这个道理后来苏菲（布兰多）才明白。重生时正值繁花与夏叶之年，即第一纪三百七十五年，第一次黑玫瑰战争开始那一年。苏菲（布兰多）明白，艾鲁因这个国家将来会如何，但是重生的布兰多一方面不愿再像上一世那样碌碌无为，一方面也不愿让艾鲁因如游戏那般消亡，他要施展自己的抱负。于是重生之后的布兰多仅仅是个一级的平民，但是他充满了战斗的自信和拯救艾鲁因的信念，凭着自己一百三十多级的资深战士的战斗经验和先知先觉的能力，布兰多从此走上了"打怪升级"的道路。

这一路并不平坦，坎坷不断、风险无处不在，但是布兰多走了下来。多少次死亡威胁、多少次生死之间，他最终坚强地挺了下来。从一个能力十分弱小的平民，到组建起自己的团队、成为"领主大人"、建设自己的理想领土、成为旅法师、传承黑暗之龙的意志，到成长为诸王之王，与黄昏之龙战斗、拯救自己的未婚妻罗曼。他最终拯救的不仅仅是艾鲁因这个国家，更有那个世界无数的凡人。

二

文字是一个人心灵思想的具体显现，因此，在作者创作的过程中，必定会有自己的思想观念与价值诉求。豆瓣网上对《琥珀之剑》的简介中，这样写道：

> 可歌可泣的故事，不在于英雄式的牺牲，而在于人们举剑反抗的决心！……初生之犊的剑士、未来的王国女武神、娇憨的商人小姐，面对无情亡灵引燃的烽烟，孱弱的蝶翼缓缓扇动……为了守护他人而死，并且不失荣誉，这就是一个战士的宿命！战士是永远追求光明的，但他并不躺在晴空下享受阳光，却在暗夜里燃起火炬，给人们照亮道路，使他们走向黎明。……每个人都是命运的锻造者，一锤一锤，用跳动的火星驱散夜幕！

《琥珀之剑》反复宣扬一种理念，那就是"正义的反抗"。面对异种生物入侵，面对腐朽自私的艾鲁因贵族，面对人类野心，面对邪恶势力，重生归来的布兰多高举正义、勇敢、坚强、反抗的大旗，招纳各方面势力发出了对他们的挑战。在混沌的世界中，需要每一个凡人发出自己的声音、献出自己的力量，需要每一个凡人自己主宰自己的命运；黄昏来临，每一个凡人应当明白这个道理，并以自主的、反抗的精神去抵抗黄昏的入侵。从整体思想来看，《琥珀之剑》无疑是非常正义的小说，比如主人公布兰多每时每刻显示出来的人道主义精神；比如人们异常向往列古诸王的思想精神；再比如要想成为万王之王、诸圣之圣就必须具备文明的七种品质，即抗争、睿智、自由、守护、希望、自省和创造。而在宣扬大众"正义的反抗"的同时，小说亦追求一种英雄主义，主要表现在男主强大的主角光环上。

同众多穿越文一样，主人公的穿越总是带有一定重大使命的，例如改变历史。游戏《琥珀之剑》的设计就是为了寻找一个人，一个能够改变它历史的人，玩家苏菲成功被选定，并穿越重生为布兰多。布兰多拥有完美的性格品质，充满正义感，三观正，意志坚定，道德素质高，运气好，随身装备强大，被各种贤者、先王认可并得到他们的传承，甚至围绕在他身边的重要女性人物都暗恋、钦慕着他。虽然小说中不止一次调侃男主情商不高、反应不快，但那都是相对而言，并且调侃勉强生硬。作者将亮闪闪的主角光环置于布兰多头上，塑造出了一个看似十分完美的拯救世界的理想型英雄人物形象。

　　从塑造英雄可以看出作者的一个观点，那就是作者希望通过游戏异界类网络小说满足自己的英雄情结，实现自己的英雄梦。在第四卷第三十四幕之后，作者说道："好吧，这其实是一个小青年带着自家御姐和萝莉，懵懵懂懂地踏上'万磁王'之路、引领广大能力者们致富小康、走向美好未来的故事……"除了作者自述，从文本内容上我们依旧可以看出作者的这种情结。第一卷第四幕有这么一句话："年轻人忍不住心中一片茫然，他几乎不敢相信自己居然成功了，这可是现实啊，他还真是那个一无是处的游戏宅吗？"随后的第五幕中，布兰多"叹了一口气，有些疲惫地闭上眼睛——自己还真是那个沉迷于游戏之中的宅男么？或许过去的生活在这一刻真的是离自己远去了。真不敢相信啊，自己竟然也有这么勇敢与果断的一天，或许即使就这么死去了，也会感到安心罢。'因为我再也不是一个废物了……'"结合作者的经历，我们可以猜测，这是一个在现实生活中没有获得成功的宅男对成功的渴望，他将实现抱负的理想投入到游戏之中、小说之中，让虚构的任务代替自己实现的人生理想，实现英雄梦。

三

　　无论是孜孜不倦地追求光明，虽九死其犹未悔，还是理想型任务实现英雄抱负，这都是值得肯定和赞扬的。然而通读文本，却让人觉得这只是一部典型的、简单的英雄模板小说，描写简单，内涵不够深刻。

　　首先，小说建构了一个非常宏大的背景世界，然而单调的程序式的故事情节不足以将之支撑，给人以杂、乱之感。

　　其次，目标口号化、理想化，不真切。主人公奋斗的最初目标是不让艾鲁因走上灭亡的道路，后来上升到要赋予每一个凡人自己掌握自己命运的权利，这本没有问题，但是作者在叙述时没有将之具体化。

赋予凡人掌握自己命运的权利是通过人物间的对话表现出来的，小说当中只有少量关于凡人命运的描写，而凡人当下如何、如何赋予、如何保证他们掌握自己命运等便留了空白。

再次，人物形象类型化，降低了小说的思想内涵。《琥珀之剑》对人物形象的描写大部分较为仔细，并且人物性格也有变化与发展，正邪并非过于分明，但一般来说，文中邪恶势力有其人性美的一面，而正义势力则始终是正义的。另外，人物所表现出来的阴暗面并不深刻，流于表层。这就使得故事过于简单，不够深刻。

最后，人物奋斗目标与英雄式模板产生冲突。《琥珀之剑》除了追求光明，还追求平等自由，但是英雄式模板与之产生了矛盾。尽管小说中明确说明成功光靠个人力量是不行的，必须要依靠团体的力量，但是事实上，反映出来的是英雄的个体力量的大小很大程度上影响着成败；成功，依旧离不开布兰多这种超级英雄，即预言中的救世主；除此之外，布兰多并非真正意义上的凡人，有拯救力量的人也大部分不是凡人，他们都有着特殊力量，这与文本所宣扬的精神相悖；即使是在布兰多的政治中，平民与贵族依旧是不平等的。

总体来说，《琥珀之剑》尽管有不少地方可圈可点，但是由于作者思想价值、人生阅历、文学功底的局限性，小说还存在着很大的改进空间。另外，《琥珀之剑》也反映出了市场经济下，网络文学的一个通病，那就是字数太多。老舍在文学史上可以说是一位多产作家，他一生写作了1000多篇（部）作品，字数达700万—800万。而《琥珀之剑》一部作品就有570万，其中泡沫文字含量多少就不言而喻了，而造成这种现象的很大一部分原因就是经济利益的驱使。当经济利益占据文学创作的首位，当文学创作人尽可为之，当文学快餐化，文学究竟是否可称为文学就值得我们商榷了。

英雄联盟之谁与争锋

乱

　　《英雄联盟之谁与争锋》是创世中文网著名作家乱所著的电子竞技类小说，是腾讯文学旗下创世中文网、QQ阅读等在内的阅读平台上最受欢迎的英雄联盟电竞小说，上架首日，订阅破4万，开创了竞技小说的里程碑。

　　作者"乱"，本名余虹，福建三明人，创世中文网签约作者，网络电子竞技小说超人气作家。同时"乱"也是英雄联盟（LOL）玩家，擅长布里茨、荆棘、锤石。另有魔幻题材小说《全职法师》等。

一

　　余洛晟在高二那年放弃了学业，只身到上海加入了DOTA职业战队"翼队"，并作为中国赛区代表参加了DOTA世界联赛，余洛晟作为队长带领"翼队"一路走到了总决赛，并在世界电竞个人表演赛中登上了世界电竞王座。但"翼队"在与英国队最后的总决赛中，输给英国"神之队"，屈居世界第二，因为余洛晟在赛前和神之队队长亚当斯打了赌，从此退出职业DOTA赛，回家继续学业成为业余选手，辉煌一时的"翼队"也就此解散。

　　余洛晟从DOTA退役之后，转投到了LOL，虽然其凭借着出色的天赋，在LOL中依然游刃有余，但始终只是作为业余选手，从不参与竞技，在高三那年，为了班级荣誉和同学情谊参加了两个班级之间的比赛，一战成名，此后在乐城便小有名气。

之后虽然一直参加同学之间的友谊赛，但他坚决不再接触职业赛事。高考结束之后，可口可乐主办了LOL全国网吧联赛，乐城游戏圈秦老大希望余洛晟加入他们血色战队，被余洛晟拒绝。但之后余洛晟的父亲肝病突然加重，急需一笔钱进行手术，余洛晟找秦老大借了3万元给父亲治病为了还上这笔钱，余洛晟加入了血色战队，参加全国网吧联赛。在此期间他也结识了女友杨倩倩的哥哥——杨影，上海大学学生，同时也是全国前十的选手。

余洛晟凭借个人出色的技巧，带领血色战队一路过关斩将，杀进了乐城总决赛，但是LOL始终是团队游戏，余洛晟虽然个人能力出众，但血色战队的其他队员并不和他在同一水平线，血色战队最终在总决赛中输给曙光战队。之后余洛晟的职业生涯再次告一段落，带着上海大学的录取通知书开始了大学生活。

刚到大学，余洛晟就被女友杨倩倩的哥哥杨影邀请，进入了上海大学电竞社。余洛晟曾经在"翼队"时的队友，大部分也都还留在上海，在进入大学后，余洛晟就在全国网吧联赛总决赛上见到了曾经的队友"天雁"林东，以及曾经在网吧送水的杂货店小工——小北，小北只有16岁，但已经展现出过人的LOL天赋。林东对余洛晟表示要召回曾经的队友，重组"翼队"，但余洛晟表示自己绝不参加职业竞技，但可以以教练的身份加入战队，之后，在余洛晟和林东的努力下，成功召回了周严和大罗，组成了LM战队，征战LPL。

但现今长空战队队长，曾经的"血雕"赵庭华，因为当年余洛晟的离队十分愤怒，表示再也不与余洛晟同队，甚至又加入了当年疯狂剥削"翼队"的长空俱乐部。LM战队以新人身份一路过关斩将，进入决赛，即将对战曾经的老东家长空俱乐部旗下的长空战队，但长空俱乐部负责人许平洋暗中使绊，以身份黑户问题限制小北参赛，小北心灰意冷，又自觉连累了队伍，对不起队友，自杀身亡，将自己的肝脏捐给了余洛晟一直坚决反对他打电竞的父亲，希望余洛晟的父亲能够拥有和余洛晟一样喜爱电竞的热情。原来，余洛晟当初离开职业电竞的一个重要原因就是自己家人尤其是父亲的极力反对，甚至要与余洛晟断绝关系，他的肝病也是在余洛晟参加电竞期间生气伤身导致的，这也使余洛晟十分愧疚。父亲手术结束后，余洛晟才得知这个消息，倒地痛哭，在父亲清醒后执意离开，并表示没有人可以再阻止自己回归职业电竞。

自此，"斗鹰"余洛晟重返电竞赛场，LM 战队依靠完美的配合，在决赛中大获全胜，长空俱乐部负责人许平洋故意阻止小北参赛的事也被发现，受到了大会处罚，但同时 LM 战队也因为小北的身份问题被宣布本次成绩无效。

重组之后的 LM 战队，实力有了明显的提升，他们的目标只有世界 S 赛冠军，这也是小北的遗愿。此后，LM 战队便开始了封闭式的集训。训练结束，LM 战队在余洛晟的带领下重新出发，一举拿下 LPL 冠军，顺利进入世界英雄联盟官方 S 比赛。

余洛晟在参加世界 S 比赛之前，特意邀请了 71 战队的战术分析师同时也是国内公认最好的战术分析师——张爱静，使 LM 如虎添翼。比赛虽然无比艰难，但凭借 LM 战队的默契以及余洛晟的出色判断力和领导力，成功收获世界 S 比赛的冠军，在领奖台上，余洛晟将一直挂在自己颈上的小瓶子摘下，里面装的是小北的一点骨灰，余洛晟将它撒在世界电竞冠军的领奖台上，替小北完成了遗愿。

之后的 LM 声名鹊起，此时国家体育总局的人找上了他们，告诉他们奥运会将引进电竞项目，国家希望他们加入国家队阵容，为国争光。余洛晟他们欣然答应，希望借此推动中国电竞事业发展。同时国家队还召集了其他几支职业战队中的优秀选手，这其中也有赵庭华，但赵庭华还是无法原谅余洛晟，拒绝参队。

又是一路过关斩将，其间余洛晟找到了一直与自己完美搭档，但从来没有露面的最强业余选手——浅梦。组队的最后时刻，赵庭华发现当年是余洛晟将自己的专属装备——谁与争锋卖给亚当斯,将这笔钱捐给了自己的孤儿院,赵庭华内心才发生了动摇,加入了国家队,与余洛晟他们一起在奥运赛场上捧回了金牌。作品最后,余洛晟的父母终于理解了他,并以他为荣,余洛晟也终于发现自己心中所爱其实是浅梦。

二

《谁与争锋》借由当下最受欢迎的网络游戏——英雄联盟为背景,讲述了余洛晟与伙伴们共同奋斗的热血故事,整本书都洋溢着青春的气息,充满了奋斗的艰辛,但其过程也常令人热血沸腾。阅读过程中,常常跟着余洛晟的输赢而感慨万千。这种电竞题材的作品,很容易让年轻的游戏玩家读者有十分强的代入感。与此同时,其内容大多是游戏电竞,对于一些游戏玩家读者来说,也可以当作一本技术参考。

但是,整篇小说形式过于单一,大多章节都在对游戏内容进行描写,但由于游戏本身的限制性,使得小说内容有些重复,内容的丰富性不足。而在关于主角余洛晟的主线情节中,内容与生活实际脱离较远。比如余洛晟父亲接受小北的肝脏进行移植这一情节,明显缺乏医学知识的支持,并没有考虑配型、手术时机、我国捐赠器官的法律等问题,直接就写出小北将肝脏指定捐给余洛晟的父亲,之后手术就顺利进行,移植完全成功……类似于这样过于巧合的内容使读者对于小说的亲切感下降。

小说中一直在强调 LOL 是一个需要团队合作的游戏,但是文中大量篇幅都是对于余洛晟作为一个天才型选手靠个人力量力挽狂澜、出色表现的描写,与其强调的合作性游戏的主题有一定偏离,过于强调了余洛晟的个人作用,神化了余洛晟,甚至每一个出现在余洛晟身边的女孩子,都与众不同,形象气质上佳,但都对余洛晟产生爱慕,使得余洛晟的主角光芒太过。

小说对游戏对战时的语言描写细致,这对于一些游戏玩家读者来说更易于理解，甚至便于他们在自己的游戏竞技中进行模仿学习。但是对于一般读者来说，这样的语言理解有一定的困难，特别是类似于AD、gank、插眼、顶400等游戏术语的大量应用，对于一个浅层游戏玩家读者来说已经出现了阅读困难，对于从来没有接触过LOL的普通读者来说，更会让其不知所云，丧失阅读兴趣。

　　小说中个人的语言描写十分口语化，使读者阅读时易于产生代入感，跟随人物一起奋斗，一起拼搏，从而产生与角色一样的感情，跟随情节进展热血沸腾。小说中主要角色的语言描写表现出了人物性格、人物语言与其性格相符，但是，除主要人物之外的角色描写、语言特色不突出，人物性格表现力不足，有些语言过于生活化，粗俗语言过多，影响阅读感受，作品的错别字过多，矫正工作没有做到位。

　　整篇小说虽有不足，但对于新发展起来的电竞小说来说，《英雄联盟之谁与争锋》的巨大成功和高人气为其他电竞小说树立了标杆，开了先河。如今网络游戏市场越来越大，各种以网游为背景的电竞小说在类型众多的网络小说中开始占据一席之地。《英雄联盟之谁与争锋》不仅关注了当下热门的电竞，而且可以看出作者对于中国电竞发展充满期望，希望中国电竞制度能够更加完善，同时也对国内对电竞的误解表示无奈和痛心。

DNA 鉴定师

邓亚军　云　哲

《DNA 鉴定师》是一部都市爱情网络小说，连载于爱奇艺文学，作者是邓亚军、云哲。作品讲述了知名制片人顾一闻与不相信爱情的 DNA 鉴定师赵晴，通过合作节目看尽各个家庭背后的人生百态。后一同参与了国际海啸救援，最终带领中国团队克服重重险阻，不仅将逝者带回家，还收获了世界的掌声的故事。作品于 2019 年被评为第三届中国网络文学大会年度十大影响力 IP 作品之一及 2019 年中国 IP 文学领域价值 TOP 榜前十。

一

《DNA 鉴定师》是典型的"职业+悬疑"类甜宠小说，小说的叙事结构也就摆脱不了为促成男女主感情发展所服务。小说中各个单元故事并不是互不相干、独立存在的，而是由一条核心轴线串联而成，这条轴线即男主顾一闻与女主赵晴之间的感情纠葛。男女主在经历了各种事件以后，女主懂得了什么是爱，男主小时候受伤的心灵也得到了安抚，男女主在事件中相互治愈，最终幸福地走到了一起。这是小说的一条基本轴线。

小说所使用的是零聚焦视角叙述的方式，叙述者只有一个，那就是作者，但叙述对象却是多元的。小说中除了讲述男女主之间的故事外，还讲述了许多人物的故事，每一个人物的故事随着男主和女主感情线的发展层层递进、一一展开，形成了一个又一个的单元。归纳起来，小说共有7个单元故事，分别是仲卓仁、仲卓正兄弟与康岳、康新兄弟抱错事件，江枫与苏月错过的爱，蔡丁和儿子小天感人的亲情，孟晗、南晚与葛新城三人之间的爱恨情仇，胡小雪冤枉得到昭雪，117W区大宗谋杀案以及男女主共同参与国际海啸救援。

单元型叙事结构使作品不断有新的人物与线索加入，故事的张力以及新鲜感得到了保持，情节的推动明显变得干净利落，一点都不拖泥带水，读者看起来也感觉非常酣畅淋漓。

值得一提的是，《DNA鉴定师》采用的是比较古老的藤蔓式叙事方式。每个故事像藤蔓上结的瓜一样，自成一体，但藤蔓本身作为主线一直在不断延伸。如在孟晗篇中，孟晗为了筹钱给妻子南晚治病，而背叛了一起奋斗的兄弟葛新成，并造成葛新成破产。而葛新成又阴错阳差地与南晚发生了关系，千分之一概率的异精同卵，南晚同时生下了这两个男人的孩子。多年以后，南晚早已去世，孟晗独自带着两个女儿生活，女儿小橘肝病复发需要移植，为了给孩子治病，孟晗、葛新成两人又重新纠葛在了一起，尘封多年的真相也随之揭开。

但是，这些故事又在推动着男女主之间的故事进一步发展。在江枫苏月篇中，女主人公赵晴曾来到苏月的咖啡店里和苏月谈话，谈话部分内容如下：

"那……苏小姐还会再相信爱情吗？"

"当然。"苏月坚定回道，"我依旧相信爱情，也依旧在找寻爱情，尽管……"苏月很轻地眯了下眼睛，"尽管，我现在对婚姻开始抱有困惑了。可，感情和生活这种事，从来都不是唯一对吗？每个人都会找到每个人自己的答案，包括我。我相信，过不了多久，我就会继续前进。"

与苏月的这次谈话，无疑触动了赵晴迷茫的心，她开始去思考、去正视与男主之间的关系，对爱情也有了更为深刻的理解，这也促成了女主醒悟后去找男主表明心意，一定程度上推动了故事情节的发展。

通过单元与主线叙述的结合，不难发现，作者把《DNA鉴定师》的故事抽丝剥茧，层层展现在了读者面前。除了脉络清晰、构思精妙外，作品在细节处理上也非常用心，做到了恰到好处。整体剧情伏笔有很多，比如在小说的开头就有一段对眼睛的描写："那是一双深情而漂亮的眼睛，她却无论如何也想不起来这双眼睛的主人是谁。然而它却时常出现在她的梦里，七年，甚至十年……只隐约记得梦里有那样一个场景，一个少年深情地望着她，拉着手带她一起跑……"一双眼睛在开头就牵扯着读者的心，并且在后续的文本中也反复出现。作者无疑是聪明的，他用一双眼睛牵动着读者的阅读欲望。这双眼睛是谁的？女主为什么会一直梦到这双眼睛？这双眼睛背后又有着怎样的故事？读者在阅读的过程中也在不断地"解谜"。

二

一本好的小说离不开典型人物的塑造。基于其单元型的叙事结构，小说中有着各色各样的人物，他们来自各行各业。值得一提的是，小说中塑造得最为生动、典型的人物形象当属女主人公赵晴。赵晴是一位DNA鉴定师，她运用自己的DNA鉴定技术，帮助不少家庭解开了困扰在心中的疑惑，并在国际海啸救援中完成了尸体DNA检测。作者将DNA鉴定师这一职业刻画得活灵活现，赵晴这一人物很好地为读者展现了DNA鉴定师的职业群像，小说也不失为一部合格的职业类型小说。

首先，赵晴有着鉴定师都具有的还原真相的信仰。她的信条是："我不相信任何人，我只相信证据。"当外人斥责DNA鉴定所谓的"揭露真相"是破坏家庭的元凶时，她坚定地回答道："那些被拆散的家庭，究竟是因为DNA鉴定被拆散，还是因为感情破裂所以无法走到最后？在婚姻中受到委屈的人，想要寻找真相来维护自己的权利，这难道是错吗？人类总是喜欢寻找到错误归因以求减缓心中的罪恶。所以DNA鉴定首当其冲成了家庭破裂的挡箭牌。可是但凡稍加思考的人就会发现这个显而易见的规律。"

其次，赵晴拥有救死扶伤、无私奉献的人格品质。E地发生海啸，国家召集有法医资质的DNA鉴定师前往情况最严重的Y国支援，赵晴只是思考了片刻便毅然决然提交了报名表前往救援。恶劣的天气、紧缺的设施、外国人对中国人的嘲讽与不相信，都是赵晴所要面对、克服的。但赵晴坚持了下来，完成了救援工作，并且为国家赢得了极大的荣誉。

一部好的职业类型小说，核心要素在于对职业群体工作的充分尊重与充实描绘。在一部真正意义上的职业小说中，职业不仅应该作为中心内容被充分挖掘、展现，也应该作为浮动要素渗入故事的起承转合。小说之所以能够刻画出如此具有代表性的人物，正是因为从现实职业生活中汲取了营养。《DNA鉴定师》有两位作者，其中一位作者便是中国国内首屈一指的鉴定师邓亚军。邓亚军长期工作在司法鉴定领域的第一线，近10年来主要从事各类DNA鉴定工作。2004年，邓亚军又作为中国五名专家领队圆满完成了对印尼海啸遇难者的DNA身份鉴定，为祖国争得了荣誉。

邓亚军曾说："我每天都要和这样的故事相处——很多人千方百计证明孩子是自己的，另外也有人千方百计证明孩子不是自己的；有人用性来尝试巩固财富，也有人试图借另外一个人的孩子来锁住自己的爱人……"16年来，邓亚军的鉴定中心接待了数万人，他们只想知道一个真相。这个真相不仅关乎血缘，更关乎人性和道德。这些年来，朋友见面时总喜欢打趣地说，"今天，你又破坏了多少家庭？"邓亚军说："我只不过是揭开谜底的那个人。"①

---

① 刘子超：《DNA鉴定师眼中的亲子鉴定》，《恋爱婚姻家庭》（养生）2012年第10期。

三

　　《DNA鉴定师》这部网络文学作品以DNA鉴定话题为引，围绕着《幕后》节目中各个委托人的亲子鉴定故事及中国鉴定师在国际救援上的表现，引发读者对于亲情、家、爱情、鉴定师行业及社会的思考。作品中描写了那些因为不了解、不理解DNA鉴定而对鉴定师进行侮辱、谩骂甚至人身攻击的人，还描绘了即使真相不如人意也依旧保持着暖暖的亲情的人与人之间的大爱。正是这些令人气愤或者温暖的片段共同组成了这部小说关于人性的思考：什么是真相？真相大白后，人与人之间原本的情谊是否能够经受住考验而不消散？小说作者在深刻把握作品特点的同时，充分利用现实生活材料，在讲述故事的同时贴合时代之音，引导受众世界观、人生观以及价值观的塑造。

　　时代精神是为社会成员普遍认同和接受的思想观念、价值取向、道德规范，是一个社会最新的精神气质和精神风貌的综合体现。[①] 互联网时代，网络文学作为传播度较高的文学作品，在塑造大众的价值观以及道德观念方面发挥着重要的引导作用。作品中曾有对女主赵晴前往E国进行海啸救援的描述，其实这一情节取材于作者邓亚军本人的亲身经历。2004年12月26日，印度洋海域发生强烈地震并引发了大海啸，导致沿岸各国大量的人员伤亡和经济损失，许多遇难人员的身份识别成为难题。得知这一消息之后，邓亚军主动请缨，挺身而出，带领5名技术人员迅速组成了中国DNA援助组赶到泰国，在恶劣的条件下展开了救援工作。在这次国际救援行动中，邓亚军带领中国DNA救援组从科研工作者的职业道德出发，发扬国际人道主义精神，积极发挥共产党员的先锋模范作用，为了完成祖国的使命而不畏艰险，全力以赴，向世界各国展示了中国的科技实力，证明了中国科技工作者的水平和能力，为祖国赢得了荣誉。而这一故事情节恰恰又为读者展

---

① 王兰侠：《时代报告剧的多元价值取向探析》，《当代电视》2021年第6期。

现了当代中国鉴定师的精神面貌，弘扬了中国精神，对读者具有一定的引导作用。

四

在资本的影响下，有些作家追求快速度、快节奏以求抢占市场先机，首先，其作品内容并未突出其核心的职业活动部分，而是以恋爱、玛丽苏为主旨内容，职业活动部分成了次要部分；其次，部分作品没有深入职业实践的实际，对职业活动的描述失真而不符合逻辑；再次，一些作品描绘视角较为狭窄，主要以男性视角为主，男性在作者笔下呈现出高大全的形象，而忽视了职场中女性形象的描绘，有的甚至还丑化、刻板化女性人物形象；最后，也是最为重要的，许多作家作品与时代的联系不够紧密。当一个职业群体在创作者的预设下被近乎孤立地描绘，职业性便成了仿佛凌空高蹈的内在能力，而缺乏与整个社会系统的实质性互动。

《DNA鉴定师》以其结构的精巧、人物的丰满、立意的深刻而有别于同类型的网络文学作品。

《DNA鉴定师》不仅全篇作品紧紧围绕DNA鉴定师这一职业，而且其作家之一更是专业的DNA鉴定师，因此其作品内容在一定程度上具有真实性与可信性。与此同时，作品聚焦的是女主人公赵晴，并将其塑造成在职场上认真负责、热爱祖国、无私奉献的高大形象，这也体现了作品对职场女性的一种理解与尊重。最后，作为一部"时代报告剧"，作品也为大家展现了在危难面前中国的大国风度以及中国人民的勇气与担当，发出了时代的最强音。

总而言之，《DNA鉴定师》在叙事技巧、人物刻画、价值阐释方面有其独到之处，因此，其所获荣誉实至名归。职业类网文未来的可持续发展，需要作家在作品结构上进行创新，更需要作家深入职业实践活动，与社会生活与时代精神紧密融合，寻找职业与社会的共通感，从而为世界展现中国各行业的风貌与中国精神。

朝阳警事

卓牧闲

《朝阳警事》，作者卓牧闲，连载于起点中文网的现实题材小说。它讲述了毕业于音乐学院的实习警察韩朝阳，因专业不对口、自身思想不积极，从而在派出所不受领导重视，被派往社区警务室工作。韩朝阳在社区警务室脚踏实地、深入群众，依靠群众力量屡破大案，被上级评价为"小社区，大社会；小民警，大作为"，在这一过程中，韩朝阳的思想也发生了巨大变化，成了一名真正的社区民警。

一

真实源自社会，生动来源于生活。卓牧闲从军数年，离开部队后，不少的战友都转业进入公安队伍；他却做了好几年律师，与警察打交道的机会很多。如此一来，他人际圈子里的警察朋友较多。因此对于警事方面与相关规章有具体的了解，能够在书写中以最熟悉、最真实的笔触进行故事架构，使得《朝阳警事》中的真实感扑面而来。

在创作《朝阳警事》之前，作者的《韩警官》已经收获了很不错的成绩，获2016年首届"网络原创文学现实题材征文大赛"优胜奖。主角韩博前世是一个平凡的人民警察，在一次任务中光荣牺牲后"重生"回到了1990年代中期。获得从头再来机会的他决定用自己的拼搏和努力，让自己的警察生涯过得更加精彩。韩警官的原型，是作者相识的一位派出所所长，因为连续加了30多个小时班，积劳成疾，永远倒在工作岗位上。出于对所长的敬佩和怀念，作者真切地意识到人们对公安民警的工作和生活其实了解甚少，于是创作了《韩警官》。与《韩警官》关注大案要案不同，《朝阳警事》聚焦的是日常社会中的小案，这些小案与老百姓的生活息息相关，因此，也更具生活感。

　　作者的生活经历使得他对于自我笔下的小说内容有着最基础、最合理的理解，也因自我视野可以攫取生活中的更多资源入文，成为可书写的题材和故事。例如"蟒蛇宠物"事件，虽然看着令人惊诧，却又是生活中实打实发生过的典型事件。"办假证"亦是现实社会中常见的不法现象。作者所书写的很多案件，不论是看似平常还是看似惊异，是无法在没有足够生活经验的基础上所能写出来的内容。除此之外，作者在故事描写中，对每个案件所涉及的人物，仅寥寥几笔的勾勒就能够使生活气息扑面，这更是源于作者对生活细致入微的观察和丰富无比的生活经验。

　　《朝阳警事》的创作动因，直接来自现实的触发。作者曾说，他自己居住的小区中便有如《朝阳警事》中的社区警察。他所居住的小区中，社区民警名叫王益娟，周围的大街小巷、小区入口处的公示栏，乃至电梯门口都张贴着带有她照片和手机、微信等联系方式的警民联系海报，加之她又经常来小区走访或进行一些安全防范方面的宣传活动，所以能见到她的照片乃至本人的频率太高。有一天上楼，作家在电梯里无意中听到两位老人闲聊，具体聊什么记不得了，只记得其中一位老人说，"下次再遇到什么事，就给城南派出所的王益娟打电话。不用找别人，找王益娟就行！"如此，他从被动围观开始主动了解。他做了大量细致的了解——他扫了她那张警民联系海报上的微信二维码，跟她成了微信好友。作者发现她极少发微信朋友圈，偶尔发也是转发局里、所里和市里的一些消息。有一次她破天荒的发了几张她和她女儿的照片，作者感到很奇怪，点开一看，原来那天她过生日，她女儿左等右等没等到她下班回家，就缠着她爱人把蛋糕捧到所里去给她过生日。看着照片上她和她女儿那幸福的样子，作者被感动了，深深感受到了什么叫平凡中的不平凡。只是因为这些点滴之事，便启动了一个作家的创作行为。于是，作者开始了对《朝阳警事》这样一部描写社区民警的小说构思之途。

作者在充满了温情的处处细节中，纳入了多样化的生活实景；在接踵而至的案件中，也描绘了丰富的社会人物。《朝阳警事》成了一面反映社会的镜子，我们透过作者的笔，看到了一幕幕典型或非典型、警务或非警务的社会事，富有生活意味，完美地契合了现实题材中的写实主旨，成为以现实为基础的网络小说佳作。

二

《朝阳警事》在故事情节的安排中呈现出与众不同的特质，作者依照"集束式"的结构进行了故事开展。

"集束式"，即主要人物贯穿整个故事发展，成为各个零散故事的串联者，被串联的故事间并没有必然的联系。"集束式"的情节安排使得《朝阳警事》拥有了"碎片化"的特征，极大地增强了可读性和沉浸特征。但双刃剑的定律同样存在其中，这样的安排使得作者的创作存在较大的风险。由于前后故事的相互独立，《朝阳警事》几乎难以"埋线""挖坑"，无法造成一般小说中的巨大反转或伏笔突显，极大地损伤了阅读感受。

作品可梳理出三条故事发展线索：第一，主角韩朝阳自身矛盾的化解与不断成长；第二，接踵而至的社会案件；第三，朝阳村因动迁所带来的矛盾。通过这三条故事发展线索，作者借由这三条线索明暗交织地将故事情节串联起来，并在符合逻辑的范围内不断推动下去。

对于作者来说，如此的情节安排固然是考验他笔力的挑战，同时也赋予了他增强自我表达力度的权利。相互独立的单元故事，使得故事的节奏更好把控，也更能安排故事核心点，可以随时攫取生活中的热点资源进入小说文本中，造成故事情节的散射性，提升作品的密度和内蕴。在"集束式"创作的协助下，作者可最大限度地利用现实资源，将生活中源源不断的事件在过滤后选取入文本，单元性的故事结构也更能保证情节的真实性，不至于像过长的篇章与现实生活严重脱节，完美地保留了《朝阳警事》中的现实感。

　　一部优秀的小说，需要足够有吸引力的情节和足够深刻的人物。但现实生活中的种种事件并不总是显出戏剧化的，因此，若是毫无章法地照搬现实案件或事件进入小说文本，除了让小说自身成为一部"案件记录簿"外，毫无意义。因此，作者以"虚中有实，实中有虚"的特征安排了小说的故事情节。

　　社区民警的工作特性，决定了其与刑警、特警等参与大案要案的警察有着很大的不同。他们遇到最多的是生活中的"鸡毛蒜皮"，或是与"柴米油盐酱醋茶"相关的生活琐事，少有大起大落的经历和故事。缺乏外在的、明显的冲突元素，若没有"虚"的参与，本部小说的阅读吸引力也尚可知。作者在故事的不断发展中加入新任务，引入新故事，这在以浓缩的方式丰富人物形象的同时，也增加了阅读的新鲜感。作者深入地去探求这些"小说"内部中所蕴藏着的、可挖掘的东西，并将它表现在小说文本之中。因此，《朝阳警事》虽然无大事件、大冲突，却有着充足的阅读吸引力，这种吸引力充满了足够的现实感，在如此矛盾的表现特征之下，这是非常难得的。

三

　　作品在人物刻画上也有独到之处，从主角到不同的配角，都各具特色。韩朝阳作为绝对主角，一开始是一个迫于就业压力，不得已抛下专业，考上公务员的实习民警。他将工作仅仅当成一份工作去做，上班时间还算认真，一到下班时间就跑去兼职，更拒绝加班。不久后，他主动贴近群众，愿意站在警、民双方角度考虑问题，积极解决一些本可推诿了事的问题，心态已然有所不同。等到拜顾爷爷为师傅，更是被顾爷爷人格魅力所感染，真正认同自己的民警身份，为社区群众做实事,凡事想在前面。心路转变自然而合理,感染力极强。

在过往的大部分有关警事的作品中,警察或一身正气,或英明神武,距离感十足,但《朝阳警事》的主角是一位社区民警,一举一动都在群众眼中,甚至连感情经历都离不开热心"朝阳群众"的帮助。读者不知不觉便被引到主角身边,仿佛也成为社区群众的一员,既乐于调侃主角犯下的小小错误,更津津乐道他的事业成就和恋爱经历——显然,在读者眼皮子底下产生的这份爱情,受到了读者如对友人的真诚祝福。

文学作品难免将爱情浪漫化,本文对爱情抱持的态度却是务实而不乏情趣的。同为公务员的黄莹并非文艺作品中常见的邻家女孩或高高在上的女神,他们的感情充满生活气息,黄莹的小小任性常令读者莞尔:我们认识的那些漂亮可爱又有点小脾气的女孩子,何尝不是这样?

配角当中,最早出场的派出所所长,几句话便显示出刚烈如火焰的性格,他精明强干,但过于武断,对主角抱有偏见。主角的同事中,不乏阴阳怪气者,可又能同情主角,在他困难时给予帮助,这与读者寻常所见警察形象截然不同,他们显然是有血有肉的寻常人,人格并不完美,却也因此显得真实。

吴伟这个在体制内过于"正确",在读者眼中是"假正经"的存在,也因为在追捕罪犯过程中为战友挡住攻击受伤,而使他的角色、言论都更具说服力。

对二级英模顾爷爷的塑造又是另外一番风格,他的能力、经验、境界都在韩朝阳之上,却从不以自己的身份为傲,比韩朝阳更加恪守民警的本分,也更加发自内心地帮助群众。例如一次业主抗议楼盘烂尾事件,一样是苦口婆心地劝说,顾爷爷通过提醒小朋友不要摔倒来掌控场面,春风化雨般解决了群情汹汹的困境,从书中角色到书外读者都不由叹服,这位白衬衣民警是真正将"为人民服务"刻在了心里。他的形象不是一往无前的烈士,而是慈祥微笑的智者,更是韩朝阳的引路人。

此外，主角工作涉及方方面面，与之打交道的角色众多，如何将每一个角色描写得有血有肉、个性分明便是一个巨大挑战。作品中，社区居委会成员、保安队长、城管大队长乃至于查案过程中遇到的刑警队长等人各有立场、各有心思。他们的小心思也许显得不那么"伟光正"，却不会引起读者反感，反而令读者觉得熟悉，仿佛自己身边便有这样的人和事，更完全符合人物内在逻辑，因而情绪饱满、骨肉丰盈。

细密流畅的故事情节和活灵活现的人物形象，足以使读者放下对文笔的挑剔，作者的遣词造句并不特别讲究，没有赘余的形容词、佶屈聱牙的生僻字，却格外准确生动，让作品拥有了影视剧一般鲜活的画面感，气韵生动，生命力旺盛。

《朝阳警事》主角身份特殊，民警是读者所熟悉的社会服务角色，随着网络的发达，萦绕在他们身上的话题也日渐丰富，有些人将他们神圣化，另外一些人则将他们妖魔化。民众希望走近他们、了解他们，但由于种种限制又很难做到去伪存真。

作品既是读者了解民警工作的窗口，更传递了务实勤勉、积极向上的价值观，书中每一个正面角色都在认真努力工作，这种勤奋自然而然会感染读者。它既展现了警察、公务员辛苦工作的不易，也描写了他们对困难群众的同情，对犯罪者的痛恨，这些情绪与普通群众的情绪并无不同，但他们的身份又注定在工作中必然要坚守原则。现实中的警察与公务员无法在群众的愤怒中做出解释，作品却可以让读者对他们多一份理解和温情。[①]

[①] 纳兰朗月：《〈朝阳警事〉：小民警的大作为——专题》，中国作家网，chinawriter. com. cn。

大国重工

齐 橙

《大国重工》为起点中文大神级作家齐橙的代表作之一，斩获"第二届网络原创文学现实主义题材征文大赛特等奖"等多项荣誉。这部作品"重点描写近四十年来中国冶金、矿山、电力、船舶等重工领域科技研发与装备制造的场景，真实再现了国企重工人才为推动国家经济发展所作的艰苦卓绝的努力。小说中人物众多，场景宏大，张弛有度，洋溢着深沉而浓郁的爱国激情，是一部记录改革开放伟大时代的优秀工业题材小说"[1]。

作为一名非专业领域的读者，在阅读此书之前本人对工业题材网络小说知之甚少、兴趣寥寥。然而，一经踏入《大国重工》描绘的伟大而光荣的中国重工业在改革开放后重振复兴的历史架构后，便被此书一波三折、高潮迭起的情节，细腻生动的语言，有血有肉、立体的人物角色……所深深吸引。即便作者在文中插入了不少专业性高的工业领域的话语，而不顾由此导致情节叙述干涩、冰冷和拖沓的情况，《大国重工》却仍受到大批粉丝追捧。截至2021年6月13日，该书已有47万之多的粉丝。有别于传统小说，《大国重工》构建了一种

---

[1] 《25部网文佳作获国家新闻出版署和中国作协联合推介》，2019年10月11日，http://www.xinhuanet.com/politics/2019-10/11/c_1210308698.htm，最后浏览日期：2019年12月17日。

由工业专业知识建构的叙述风格。诚然，这样频繁地插入专业性强的语言抬高了小说的阅读门槛，有不少读者因此被"劝退"，但也正是因为有这样的写作风格，才更加为这类喜欢探讨工业化问题、有工业生产生活经历或者具有一定工业及相关专业知识的读者所着迷。本文也将展开评析《大国重工》这部网络小说的人物塑造与成长历程，小说语言、情节的文学性，以及本文所体现的工业文、穿越文的特点。

一

主人公冯啸辰本为当今时代的国家重大装备办公室战略处处长，却穿越到了20世纪80年代，成了一名普通的返城知青。他凭借自己对历史大势的准确把握以及前世的经验智慧，帮助国家重工在改革开放后实现较前世历史的快速发展。

作为一名穿越文的主人公，冯啸辰自然有着远超同龄人的智慧与经验，在处理各类部委、工厂和企业等之间或内部的矛盾时也颇具胆识以及超越时代的战略眼光。但在文中，冯啸辰却并非如一些小说好似天神降临般一出手就快刀斩乱麻地解决问题，也并不像一些小说主人公全凭沸腾的热血驱使自己佛挡杀佛似的直撞南墙。他善于深入群众，从最深层的矛盾出发利用自己的智慧化解其矛盾。譬如他在随经委与冷水矿谈判之行中，便在冷水矿的深入探访中抓住其难以解决待业青年这一软肋，通过自己前瞻性的分析帮助其解决这一矛盾，进而又化解了经委与冷水矿关于落实工业试验的矛盾。

而在具体的人物描写中，冯啸辰的语言、动作、心理、神态，也和一些"伟光正"的正面角色的呆板刻画不同，展现出的是一个十分"接地气"、有血有肉甚至还有不少瑕疵的形象。譬如在处理乐城乙烯关于村民搬迁的事件中，冯啸辰就表现出超人的聪慧；在回答乐城乙烯来副总工的"投鼠忌器"的哑谜时能立刻抓住局势的关键指出投鼠忌器现实的含义。但有时又表现出激进的一面，例如敢于直接铐走数位闹事百姓并配合安全部门鸣枪警告，诚然有勇有谋，但这样不考虑严重后果的行事方式也表现出其较为莽撞、锋芒过露的性格瑕疵。

在阅读《大国重工》时，笔者所感受到的作者刻画人物相当突出的地方便是对各式各样的小角色内心描摹的展现。譬如，描写田秘书初次见刚被提拔上来的冯啸辰时的心理活动："作为一名局长秘书，田文健当然不会像个没涵养的生产队干部那样随随便便就把人揪过来训斥一番。他在心里反复盘算过了与冯啸辰对话的过程，他想，冯啸辰乍接到这个任务，定然会是诚惶诚恐的。他应当会向自己打听罗局长最关心的是哪方面情况，他应当查哪些期刊才能找到这些资料，要如何写才能让罗局长满意。届时，自己就可以严肃地批评他，告诉他做事情不要总想着投机取巧，领导想到的事情要做好，领导没有想到的事情，他更要做好，这才是一个下属的本分。"① 将一个自认为"老资格"的秘书面对新人的傲慢以及田秘书狭隘的心胸表现得淋漓尽致。田秘书并非书中主要人物，但作者却能将其所思所想极其细腻而生动地表现出来，令人仿佛身临其境，看到了一个个真真正正、有血有肉的人所组成的社会。

当然，作者塑造人物的技巧也有不少缺陷。尤其是小说中的感情描写和女性形象塑造，甚至让不少读者感到"毒"（网络文学读者自创的批评用语，意为阅读体验如同"中毒"一般，非常不适，难以接受）② 得不轻。不少书友感叹《大国重工》一些女性角色塑造得令人十分厌烦。也有一些书友认为这并非齐橙一家创作缺陷，很多男频文都将很多女性设定为"工具人"，很大程度上仅为情节展开的推动者，而情节并不主要为塑造这些角色服务。这些批评客观反映了《大国重

---

① 齐橙：《大国重工》第十二章"田秘书有点小心思"，起点中文网，https://read.qidian.com/chapter/qzZY355iFnhH9vdK3C5yvw2/kmyWXxOuI2y2uJcMpdsVgA2。

② 周兴杰：《现实题材网络文学的读者反映——以〈大国重工〉书友圈的交流为例》，《中国文学批评》2020年第3期。

工》创作的不足，值得重视。要改变此类缺陷，作者应当回归现实，深入生活。

二

前面提到，《大国重工》频繁插入不少纯工业或商业经营理论，抬高了阅读门槛，呈现出一种操作手册式的写作风格。对于工业文作者自身而言是一种极富快感的炫技，它有一点像古典文人小说里必须穿插一大堆诗词。"工业操作手册"或"企业经营指南"本身就是高度理论化的论述，而与古典文人小说不同，手册或指南并不试图将世界上升为形而上的抽象，而是将复杂的叙事进程紧紧贴着唯物历史观的时代发展潮流。

《大国重工》这种工业文表现的对中国现代工业化进程道路的选择的肯定，与80年代以后形成的主流文学体制所形成的文风格格不入，于是转而选择网络文学这样一种最通俗的文学形式来与最广大的人民群众对话。《大国重工》这样做的愿景，已有学者指出："中国经济的'史诗般的增长'曾有助于人们发现中国社会发展和文化思想活力的真正的源泉：中国社会主义工业化带来的新的生产能力、新的劳动组织和新的自主创新能力。而这一切在整体上是对中国发展道路的肯定，也为在知识、思想、艺术、审美层面上感受、观照、分析和表述中国提供了基本的历史实质和历史内容。它让我们看到，真正改变中国的既是组织在中国社会化大生产体系中的普通劳动者，也是作为这个系统能动因素之一的那个'看得见的手'，中国各级政府和各行各业的管理者。他们一同构成了那个集体性的'行动中的人'，他们的动机和动作构成了'中国故事'的最基本的情节。"[①] 这就表明，正是像《大国重工》这样的工业文让这段历史发展的种种因素在人民群众那里被确立为感性对象。

---

① 张旭东：《改革开放四十年文艺文化思想领域回顾》，《东方学刊》2018年秋季刊。

三

传统穿越文套路一般都是起初主人公受尽挫折凌辱,在某种机缘中穿越,便开启"开挂"人生,靠着前世经验和主角光环帮助自己修炼升级,极其迅速地取得令众人艳羡的功绩。譬如,玄幻、修仙类的穿越爽文,就与齐橙的小说非常相像,都讲述了一个男主人公通过穿越,得到了一些超越寻常世界观所能产生的能力,由此重写其人生道路的传奇。

传统的穿越爽文构造的世界观架构一般而言都处于固定的状态。这就表明,在穿越文中,主角状态也许有急速的转变,故事内容或许会有激烈的起伏,但世界架构却是绝对稳定的等级化秩序。所以,传统穿越文没有任何改造世界观的思想,它的世界观架构是通过粉饰和扭曲的当今社会结构化规则的演绎。传统穿越在情节上隔绝了世界观架构与角色的深层互动,仅仅是个体感官刺激的强弱交替发挥作用。

与之相比,《大国重工》这样的新式穿越文蕴含着独特的意趣。譬如,《大国重工》作者齐橙就在作品里坦率地表达着再现和改造现实社会的意旨,在完本感言中,作者直言《大国重工》"写作的创意来自于国家 1983 年颁布的 110 号文件《关于抓紧研制重大技术装备的决定》"。[①] 在作品内容中,齐橙也喜欢通过对旁白和人物角色的心理描写来暗示作者创造的平行世界与穿越前的世界其实拥有着同样的真实性。通过描写主人公内心,作者揭示了在"后世"的工业化建设道路中这种情况在穿越时代的真相,以及它是怎样被解决的,又让国家付出了怎样的代价,之后利用自己对未来趋势的预知在穿越后的年代中采取措施解决这个问题。

那么,工业穿越文不断暗示穿越世界同现实世界重合的原因是什么呢?细细探究,工业题材的穿越文往往会流露出一种观点,即世界

---

① 齐橙:《大国重工》完本感言,起点中文网。

本身是可以被改造的。主人公穿越不应当只是着重写个体自身的历史，或者刷新个别企业、行业的进程，而是要变更作品架空世界的已有规则，以及从前传承下来的古旧的运行秩序和社会思想，从而串联了角色行为与平行世界的改造之间的关系。

社会主义工业文学由来已久，但相较网络文学的工业文而言，表现现代化大工业突出的气势和美感的能力较弱。譬如社会主义工业文学作家艾芜常常用较为普遍化的语言来描摹厂房车间的场景，在一段话中经常会出现"流汗""烫人""烘烤"等词。而在《大国重工》中，对车间工作的刻画描写更加具有细节化的特点，譬如：

> 三名老工人走上前去，对着工艺图纸，把毛坯件装上了夹具，然后，由彭钢主持操作，车工周厚成和钳工孙长远在一旁辅助。电机呜呜地响了起来，工件在夹具的推送下，缓缓前进，铣刀飞速地旋转着，从毛坯件的表面削下一片片细小的切屑，切削液从喷头里流出来，淋在切削面上，把切屑带入废液箱。[1]

但这并非二者之间最具有区分度的地方。对传统的社会主义工业文学而言，创作意旨十分明显，即把工业发展作为叙事环境，重点表现的是人的心性的发展，并不是工业化本身。可以讲，在具体的历史工业化发展进程中，关于人心性塑造的话题是有相当的重要性的。由此形成的观念致使一些文学批评认为新兴的网络文学的工业文表达的观念是工业或技术决定论。即技术的发展主导着生产力的进步，而现实生活中各类问题都能通过技术迭代发展进而加以解决，这显然有实用主义色彩。然而，事实上并非这样。网络文学的工业文内容情节中给出的种种暗示同样也蕴含着这个问题的答案。譬如在《大国重工》

---

[1] 齐橙：《大国重工》第九十一章，起点中文网，https://read.qidian.com/chapter/qzZY355iFnhH9vdK3C5yvw2/cEefpKaoWcLwrjbX3WA1AA2/。

中，作者齐橙把贺厂长作为正面角色还是把徐书记作为正面角色绝非一件无关紧要的事，将新民厂的徐书记设定为对技术知之甚少的军人，但又是有极强领导力的书记，深刻反映了工业文对政治制度在国企改革阶段转型的准确把握。

  与社会主义工业文学的传统不同，网络文学工业文体现的政治制度、工业发展、人文社会是具体所要描述的对象，并非为作品所承担的抽象观念传播的任务的工具，这种具体性反而使得读者对于新中国的发展进程、道路选择和战略构想有了更为深刻的认知。所以从《大国重工》中可以总结出这样的观念：只有先理解了工业与技术，才会理解生产关系，理解何为阶级斗争、理解走群众路线的原因，才能理解为什么需要走中国特色社会主义道路。网络文学中的工业文并非仅仅作为政治正确的观念传播，更展现了现代历史进程发展势力的地形图。

故园的呼唤

仇若涵

《故园的呼唤》是一本反映扶贫攻坚的网络小说,作者仇若涵。讲述了一个在上海当公务员的高才生被调往贫困村做"第一书记",由开始的"水土不服"、一心想逃离,成长为有责任、有担当的基层干部,并带领村民脱贫致富的故事。该作品因呼应时代呼唤,弘扬社会主义核心价值观而受到中国作协的重点扶持。

一

在湘北山区白云村,有这样一群年轻人,他们来自上海、北京。他们离家千里,把他乡作故乡,视使命如生命,以"无问西东,只问初心"的态度,坚守在脱贫攻坚第一线,书写着这个时代最美的青春!

小说构建了现实和精神层面的扶贫故事,两个层面的矛盾更加清晰地展现了扶贫过程中的艰辛。现实层面看,小说从主人公周飞扬的视角出发,向我们呈现了白云村落后的状况:厕所是在地上刨了一个坑,然后安了一个大水缸,再在大水缸上搁两块木板;白云村小学只有三排平房,连篮球场、乒乓球台都没有;房间里的蟑螂老鼠成群相伴;等等,这些细节充满了现实感和真实感,反映了白云村的极度贫困,为后文周飞扬带领全体村民脱贫致富作铺垫。精神层面看,扶贫不仅是解决眼下的贫困，还要解除村民群众安于贫困的心理，消除他们对政府扶贫的误解和抵触，鼓起他们发家致富的勇气，树立追求幸福生活的志气。解决眼下的贫困只是暂时的脱贫，而追求幸福生活的志气与勇气才是永久脱贫的良好动力。

带着怨气来到扶贫点的周飞扬自然是带着偏见的，因此工作刚开始就得罪了老村长和村小学老师初夏，同时也带来了村民对于扶贫工作的质疑。虽然周飞扬的扶贫工作进展很不顺利，甚至有离开白云村的想法，但是在被白云村的村民打动后，他决定留在白云村继续扶贫。周飞扬有年轻人的志气，但是没有从思想上转变自己的身份，从而导致扶贫工作开展十分艰难。作者通过塑造周飞扬这个人物典型，反思扶贫工作中一些干部意志薄弱、没有贴近人民群众的问题，周飞扬的受挫是作者对于扶贫工作中干部该如何作为的思考。扶贫，不是单纯的改造，而是要转变自身的心态，去贴合当地人民群众的心态，深入乡村生活。要警惕放任贫困所带来的一系列后果：青壮年人口外流、乡村教育空心化、人口老龄化等突出问题，认识扶贫攻坚的必要性和严峻性。作者深入描写白云村贫困的生活，以周飞扬的内心历程表现脱贫工作的艰难，在现实和精神的双重书写中，小说充满了现实主义的批判和警觉品格。

二

真实性是现实主义小说人物塑造的重要原则之一，艺术的真实不等于生活的真实，但是艺术的真实来自生活的真实。作者立足于典型环境塑造人物形象，在现实生活的背景下，展现他们喜怒哀乐的成长过程。小说主人公周飞扬来到白云村之初穿着时尚，与白云村人形成鲜明对比，在经过农村生活的锻炼后，他由一个不能吃苦的城里人转变成与村民同吃同住、有理想有担当的基层干部。这一人物身上既体现了年轻人的朝气干劲，也不可避免地存在自身的缺点，比如意志不坚定、软弱等。作者侧重于展现人物积极的一面，以包容的态度来刻画人物形象，在细致的书写中流露出对个体情感世界的关注。同时，周飞扬在微信上打卡、赵商祺在网络上直播卖茶叶，以及"奥利给"等网络用语、白云村村民使用的方言，这些充满时代生活气息的元素也为小说增添了真实感，从而更好地服务于人物形象的塑造。

梁商祺是一个养尊处优的富二代，因为捐款的事情来到白云村，后来当上了白云村的村长。在一步步解决问题的渐进式成长中，人物形象也不断饱满，显得真实感人。作者对这些年轻人的刻画，是对扶贫工作中年轻人的精神审视。他们对脱贫致富道路的探索也是扶贫工作的缩影，所以在塑造人物时，在保留人物的真实性基础上，多了一份积极向上的态度倾斜。

小说在塑造周飞扬等人正面形象的同时，也描绘了因为贫困而受苦受难的白云村村民的内心，关注他们落后的、封闭的心理世界。赵二狗在眼瞎后整天无所事事，在村里经常闹事，代表了农村里落后的一面。赵二狗的行为在一定程度上反映了对现实的不满，同时也是思想上留存的自私和固执。在周飞扬的努力下，他的生活态度发生了转变，凭借着自己的汗水成了国家级茶艺师，走上了脱贫的道路，并找回了离开家的老婆。作者以一种批判中带着温情的眼光审视着赵二狗这一类人，记录着扶贫过程中所面临的复杂问题。透过赵二狗等人的形象，能够真实地感受到普通百姓内心所受的煎熬，品味他们的各样人生。或批判，或同情，在作者的笔触下，小说人物形象跃然纸上。

作者笔下的女性形象书写也各具特色，将马娜和初夏的形象进行对比，人物形象更加饱满。马娜是个精致的利己主义者，因为周飞扬下乡扶贫而与他分手，后又想与周飞扬复合。她自始至终认为扶贫与自身无关，对周飞扬来到白云村的行为持否定态度。现实和理想的矛盾，在她和周飞扬之间存在着鸿沟，没有经历过磨难的洗礼，这导致了他们二人渐行渐远。而初夏是北大研究生毕业，放弃了在北京的工作，毅然回到白云村当乡村教师，一心一意扑在农村孩子的教育事业上。她坚强独立、善良勤劳，既有着新时代年轻人的理想抱负，也有默默奉献的精神品格，她的形象在与马娜的前后对比中凸显出人性的光辉。正因为初夏深入群众，扎根基层、奉献自我的力量，在某种方面也反映了下乡扶贫对于年轻人成长成才的重要作用。个人的理想与国家的事业相结合，为中华民族伟大事业奋斗，个人的价值有了更加深厚的一层意义。

三

小说通过周飞扬到白云村扶贫的正面书写，展现了年轻人积极向上的价值观取向，将个人价值与社会、国家价值紧密结合起来，才能在民族复兴大业中创造更大的价值。当小说故事与国家政治相结合，小说并不是单纯的政治传声筒，而是弘扬主旋律的作品。小说塑造的主人公周飞扬不是完美无缺的英雄人物，他不同于革命历史题材中的人物，周飞扬身上存在不少缺点、毛病。他身上带有年轻人的冲动急躁，在面对困难时存在懦弱的一面，但是整个人物显得更加真实鲜活。人物少了以往革命英雄被赋予的神性，多了人性，增添了人物形象的真实性。以周飞扬为代表，折射了当代社会人的心理结构，表现了现代人的精神困境和艰难选择。前后心理的对比，小说结尾写周飞扬继续留在白云村，扎根乡村基层，凸显了下乡扶贫给人精神磨砺的意义。

事实上，作者在叙述周飞扬等人成长的同时，也在小说中批判了佛系的颓废心态，如梁商祺在白云寺出家，是对现实的逃避，这不能完成脱贫攻坚的任务。针对现实生活中的问题，小说侧面强调了年青一代的历史使命和时代担当，引导打破个人主义的思想樊篱，增强社会责任感，树立创新敢闯精神。年轻人的创新有成功也有失败，很正常。作者写茶叶生产中遇到质量问题，周飞扬让人全部销毁。在挫折的背后，在对现实困境的描写中，蕴含着周飞扬成长的精神轨迹，而他在面对困难时表现出来的勇气和魄力更加珍贵。我们把周飞扬遇到的一系列挫折放在现实生活的框架下考察，其实也是对扶贫背景下扶贫干部在实际工作中锻炼自我、逐渐独当一面的再书写，以此来引导新时代的人们回归到个人和国家的平衡点上。

费孝通在《乡土中国》中提到，乡村社会的网络就像个蜘蛛网，有一个中心，那就是自己。每一个人都有一张以亲属关系布出的网，但没有一个网所罩住的人是相同的。本小说在乡土社会背景下，描写农村的现实生活，在此基础上发掘贫困背后的原因，寻找脱贫致富的良方。在这个意义上，小说在原有网络文学的框架上注入了主流文学的旋律，提高了小说的艺术层次。周飞扬带领白云村村民种植茶叶，发展茶叶加工产业，并大力振兴乡村旅游业，大大打破了乡土社会中以自我为中心的关系网络。通过激发内在动力，白云村与外界的联系更加密切，改变了原本的贫困局面，成功实现脱贫目标。小说与扶贫攻坚的时代背景相结合，我们在其中可以找到普遍的、共同的精神内涵，获取扶贫背景下的共鸣感。或许，有些网络文学作品争得一时风头，因为它契合了某个阶段的社会心理，但是经过时间的考验，会留下那些真正的网络文学"经典"。

《故园的呼唤》作为贴近现实的扶贫题材小说，不同于修仙、玄幻、穿越等类型的"爽文"，小说较好地实现了网络文学和主流文学的融合。在2020年这个具有特殊意义的年份，小说紧跟国家时事，沟通了国家扶贫政策与现实实践工作的桥梁，以充满建设热情的笔触描绘了白云村的扶贫故事。小说以周飞扬带领村民脱贫致富的成长历程为主线，提出了扶贫工作开展中的各种矛盾和问题，真实地再现了我国扶贫工作的艰辛。同时，作者以小说中的实践为扶贫攻坚事业提出了自己的看法，探索脱贫致富的方法，在某种程度上说是对传统乡土小说的深化。[①] 小说试图以现代化的视角探究乡土社会的内在精神底蕴，在扶贫的时代背景下书写贫困深层的原因，自觉地与社会主义现代化、实现中华民族伟大复兴相呼应。

小说注重整体性、普遍性，引发人们对扶贫攻坚的思考，从而比

[①] 周水涛：《略论当下乡村小说对精准扶贫的书写》，《长江文艺评论》2019年第6期。

其他类型的网络文学作品具有显著的高度。小说没有局限于个人的情爱，而是把个人的理想与国家的扶贫事业联系在一起，从正面塑造了周飞扬、初夏等人的形象，字里行间传递着社会主义核心价值观的思想。正如小说中写道："这些80后、90后的年轻人，倾听到了贫困故园的呼唤，然后，他们响应了呼唤，回到家乡，建设家乡。"在这些年轻人身上体现的爱国主义、责任担当、友爱善良等品质，和白云村的未来一样，闪耀着金色的光芒。

《故园的呼唤》选择了紧跟时代潮流的扶贫题材，以贴近现实生活的叙述探寻扶贫攻坚过程中的问题，并且提出了解决问题的方式。通过积极正面的人物塑造为年轻人树立正确导向，强化责任意识和问题意识，关注扶贫干部的精神状况。小说从现实出发，在保留网络文学特色的基础上，展现了扶贫工作的艰巨，弘扬主旋律，推动了网络文学与主流文学的融合。

浩　荡

何常在

《浩荡》是作家何常在的一部现实题材作品，连载于书旗小说网。2019年10月11日，入选"庆祝新中国成立70周年"主题网络文学作品暨2019年优秀网络文学原创作品。2020年4月，入选中国图书评论学会组织评选出的2019年度"中国好书"。2020年9月，入选"2019年度中国网络文学排行榜"之"中国网络小说排行榜"。

一

作品背景依据于改革开放，故事从1997年香港回归开始。中国经济面临新的机遇和转型，在这种背景下何潮和周安涌从北京南下深圳，以物流和电子元件销售、制造为切入点开始创业。在经历了组装、代工、自主生产以及自己设计制定标准一系列的认识上的提高，又遭遇了亲情的背叛、爱情的伤害和人性的割裂。何潮和周安涌虽然来自同一个地方，但却在最后走向了不同的道路，甚至友情破裂，运用商业手段来达到自身的奋斗目标，在深圳上演了一出异彩纷呈的竞争和较量。最后何潮建立的利道快递发展为利道集团，当初只身来深圳闯荡的两位大学毕业生也终于站稳了脚跟。

作品主要从房地产、金融和互联网三个和百姓息息相关的行业为切入点，设定了三个代表性的主人公：从事互联网行业的何潮、从事房地产行业的周安涌和在大学研究经济学的教授江离。以三个主要人物在深圳的成长轨迹和感情经历为主线,展示了改革开放中第一代深圳人的拼搏创新和勇敢精神,用个人的成长和文化沉淀折射出深圳的成长和文化沉淀。

何常在说道:"选择这三个职业,是因为这是改革开放以后对我们影响最深的几个职业。他们的个人命运和深圳的变迁紧密相连,命运的转折不知不觉就变掉了,当时的选择谁也不知道是对是错。"整部小说聚焦在深圳改革开放 40 年中的转折点。1997 年的夏天,何潮来到深圳,他经历了深圳发展的四个节点。第一个节点,1997 年香港回归,亚洲金融危机,三大门户网站相继成立,中国刚刚步入 2G 时代,当时的何潮选择了进入电子元件工厂工作,后面着手建立利道快递,许多现在知名的快递公司也在当时成立;第二个节点是 2003 年,经历了"非典"的打击,同时中国也乘着加入世贸的"东风"开始腾飞,诞生了淘宝和京东商城,快递行业也获得了突飞猛进的发展,何潮的利道快递也发展壮大,此时可以看出何潮选对了路;第三个节点是 2008 年,北京奥运会召开,同时也是中国 3G 元年,中国移动通信行业进步了许多;第四个节点是 2018 年,华为发展壮大,甚至激起了美国对中国的封锁,中国的技术从跟随转变成并行。

作者通过不同人在不同时期的选择来表现处在转折时期的中国面临的多种选择,有人选择一毕业就出国留学或打工;有人坚信中国的发展前景,选择留在中国。当然正值改革开放时期的深圳也有着不同的发展方向,有人看好房地产,有人看好电子器械,站在"上帝视角"的我们回望那段发展史,感受那个时代成功人士的摸爬滚打,起起落落。

二

该部小说塑造了改革开放时期人们敢为人先、把握机遇、时间就是金钱的典型形象。注重塑造"典型人物",是中外文论史上经典性的理论观点之一,正如《习近平在中国文联十大、中国作协九大开幕式上的讲话》中指出的:典型人物所达到的高度,就是文艺作品的高度,也是时代的艺术高度。只有创作出典型人物,文艺作品才能有吸引力、感染力、生命力。

现实题材类型的网络文学作品更需要鲜明的人物塑造来反映现实,从采访中了解到,小说中很多人物故事都来自何常在对亲身经历过改革开放的企业家的访谈。比如在第一卷中出现的曹启伦,其性格特点就是胆大。文中有一段是描述曹启伦当年靠炒股发家的事迹,曹启伦为了能够挤进深交所赚到第一桶金,早早排队,抱紧前面的人,结果在快要进门的时候被挤出列,尽管被保安用铁棍打得皮开肉绽,他仍没有放弃,最终成功赚到了人生第一桶金。这个故事就是何常在的一个朋友最早到深圳的时候,为了买到股票而发生的真实事件,虽然加了一些细节,但也足够证明当时深圳的人们对于机遇的把握,把个人命运与历史变革融为一体,以小见大,呈现出一个立体而鲜活的时代画卷。同时其对富二代、拆二代、炒股、炒房、帮会等热点事件与典型人物的描写都反映出时代特点。这些人物角色虽是个别的,但又在一定范围内体现了人的共性,达到了个性与共性的统一。

英国文艺理论家福斯特曾在《小说面面观》中说到,小说中的角色应是一个个性充盈的"圆形人物",即作家在描写人物时既要写出其主导性格特征,又要使之成为多方面性格特征的统一体,应使人感到如同黑格尔所说的,是一个"完满的有生气的人"。小说的两位主人公何潮和周安涌虽然是同一时间段从北京来到深圳闯荡,但二人有着不同的性格特点,何潮的沉稳和周安涌的果敢即是二人的主导性格。二人刚到深圳闯荡遇到庄能飞时,庄能飞就更喜欢周安涌的果敢,认为何潮只是沉默寡言的读书人。后来在面对庄能飞对周安涌的刁难时,何潮不仅沉着应对还给双方找了台阶下,这才让庄能飞对其刮目相看。同样,在电子元件发展前景不好时,周安涌及时抓住曹启伦抛出的橄榄枝,发展速度迅速超过仍待在庄能飞公司的何潮,最后庄能飞公司破产，何潮也流浪街头。但周安涌果敢的性格背后也有着鲁莽、善妒的缺点，比如因为何潮没有跟他一起跳槽，他便与他人联手导致其所在公司破产，不顾二人多年情谊，以自己的想法揣度何潮。除此之外，小说还在故事情节发展过程中适当穿插了故事主人公之前的生活习惯、故事背景、人物性格及他人的评价。例如二人童年好友李之用对何潮和周安涌的评价，也为故事结尾何潮更有所作为做了铺垫。复杂立体的人物形象也从另一个方面反映了那个时期创业人们的摸爬滚打、金钱侵蚀人性的罪恶以及商业场上的尔虞我诈。

小说中人物性格层次的呈现是通过情节逐步揭示的，面对深圳的挑战和人生的课题，主人公不断克服自我性格中的矛盾，何潮与周安涌二人的性格也不断磨合。以柔克刚、善于借势破局的何潮与兵无常势、水无常形的周安涌随着情节的发展与二人在深圳的摸爬滚打，二人的关系也从发小到同学再到对手，最后成为同盟。他们关系的复杂变化正是当时那个时代的冲锋者们的生动写照。

三

网络小说为了迎合读者群体，往往采取较为直白的语言描写手法，避免过多修辞的写作方法。现阶段网络语言受到口语的影响较大，更加重视口语化表达，以适应网络文学的交互性，进一步提高当前语言阅读的亲切感与熟悉感。在网络语言创作过程中，还重视多对白的应用，贴近用户需求。

《浩荡》整体以人物对白串联推动情节，多运用语言描写。文中有大量人物间"对峙"的情节，此时的语言描写既展示了双方的人物性格，又推进了情节的发展。例如在"情义与商业"一章中周安涌与刘以授等人争论电子制造业与房地产行业的发展前景时，就运用了大量语言描写来推动故事情节的发展。周安涌面对辰哥、刘以授等人侃侃而谈，在情义与商业之间做选择，用简单的语言描写表现周安涌的人物性格。同时刘以授说的话"安涌，今天的事情办得不错，很体面很排场，但有一点，小心别走漏了风声，让启伦知道就不好了"又为下文中庄能飞、曹启伦等人知道该事做了铺垫。

　　这种写作手法为现实题材网络小说增添了几分烟火气息，像摄像机一般记述了一个个人物奋斗、挫折、坚韧以及最后成功的历程。作者在人物的对话中融注了对时代和生活的关注与希冀，于对白的描写中感人至深，而读者还能依稀从中见证到自身曾经生活的倒影和共鸣。

　　《浩荡》整部小说虽然运用大量的白描，推动情节跌宕起伏，实现了网文带给人的"爽感"，同时也在一定程度上反映了时代特征。但总体来看《浩荡》的写作手法缺乏一定的"美感"。文学是艺术，离不开审美。作家要写出的是"人与现实之间的审美关系"，而不仅仅是描摹式的"镜像"关系，他需要用文学的"强光"照亮现实和现实中的人心，作品不仅要有"爽感"，还得有美感。

　　对比同样是现实题材并且聚焦于改革开放的作品《大江东去》，《浩荡》作者的文笔略显逊色。例如对人物动作神态的描写，《大江东去》开篇的一个片段："他们凌晨一点就起来了，从披星戴月，走到艳阳高照，到市里的火车站把最后一点毛边毛沿的钞票换来一张挺括的硬纸板半价火车票，准时把宋运辉送上火车。"短短几句话交代了宋运辉一家破产后的艰难处境。尤其是"披星戴月"几个词的运用以及"毛边毛沿"与"挺括"的对比，表现出他的父母虽然没钱但却又不舍得不送的情感，同时也为后面宋运辉顶着"出身不好"的名号在学校的处境作了铺垫。而《浩荡》中的描写片段大都比较简单，例如"庄能飞不说话，低头把玩手中的水杯，辛有风眼睛转来转去，悄然向曹启伦使了一个眼神"等句子没有运用太多的描写手法且语言太过白话，缺乏文采。

四

　　现实题材网络小说最吸引人的便是小说所展现的生活画卷，没有亲身或实地了解过作品所处的时代，没有承受过生命的沉重与苦痛，笔下的所谓"现实题材"终归会隔着一层。《浩荡》中引人入胜的故事与跌宕起伏的情节正是作者何常在曾亲身体验过的生活。与此同时，作者之前撰写商战类小说的经历也为情节的发展增添了别样的色彩。作者对于知识的深入了解程度，对深圳城市发展史的挖掘，对东南亚金融危机的解剖，对不同时间节点产业发展前景的把控等，都在他的作品中手到擒来，合理穿插，用情节冲突与故事脉络使一个个现实中的问题与知识反映在作品中，增添了作品深厚的生活内涵与当下时代的现场化映照。

总体来说，该部小说的情节足够引人入胜，但如果从一个女性视角看这部偏男频的网络小说会发现有几方面不太合时宜，例如情感故事中"主角光环"严重以及部分语言描写与情节较"中二"。

首先是该部小说的主人公何潮在情感方面的"主角光环"较为严重，从香港富二代江阔、清新的卫力丹、聪慧的邹晨晨，再到发小的前女友辛有风，都在情节的发展过程中或多或少对何潮产生过爱慕之情。作为一种商业写作模式，网络文学作者在创作中会考虑到读者的诉求，并在作品中将这种诉求表现出来，以期得到读者的追捧。男频网文中的女性角色通常都塑造出了男性观念中理想的女性形象，这些女性形象的共性表达了男性的性别观和对女性的普遍愿望。[①] 除此之外，在男频文的传统中，这些成功、美丽的女性形象必然会与男主角产生联系，男频网文是属于男性的一种现代狂欢，因此以男性视角塑造的女性角色难免会带有浓厚的男性主观倾向。当然该部小说中塑造的女性形象并不是柔弱、靠男主角生活的人物，相反，她们大多都独立、理性，甚至是男主角何潮创业路上的助力者。

其次便是部分语言描写与情节较"中二"，这也是从女性视角看男频文的普遍问题之一。强大的力量、不屈的意志、热血的战斗是男频网文基本的故事核心，也是男频读者期待看到的情节，即网文创作

---

① 杨文奇：《男频网文女性形象分析》，《青年文学家》2020年第15期。

中所说的"爽点",但在我看来,现实题材类的网络小说不应仅局限在男性读者身上。作者以男性视角所写的文章不管是文中人物的对白描写还是作者对情节的描写,在语言表达上都有不妥之处或脱离了一定的事实。例如文章开头主人公何潮与前女友分手时的几句话:"到时我是美国人,你是中国人,你一个第三世界国家的男人怎么配得上第一世界国家的美女!""能不加入美国国籍最好不要加入,相信我,否则未来中国的发展会让你后悔今天的选择。""就是为了练好英语留在美国。香港回归不算什么,再给中国 100 年也赶不上美国。"虽然能够看出作者想要通过不同人对中国的看法来映射改革开放对中国带来的巨大变化,但双方的对白都有一定程度的偏激,并且作者在写作时代入了从当代现实看从前发展的"上帝视角"。在情节描写方面,作者以男性视角对女性形象及相关情节的描写缺乏美感并且容易引起女性读者的不适。例如对辛有风的描写"辛有风长得不是特别漂亮,身材不是特别好,胸也不是特别大""辛有风开心地笑了,笑得前仰后合,她胸前的山峰也随之颤动"等句子都带有过度的男频色彩。

　　总之,《浩荡》作为网络文学转型路上的一部向现实题材发力冲击的网络小说,在人物塑造、情节表现以及其对生活的洞察与鲜明的时代特征方面无疑是成功的,并具借鉴之功。也期待着今后网络文学的发展路上能够有更多人为现实题材持续发力,创造出真正的鸿篇巨制。

花　娇

吱　吱

　　《花娇》是网络作家吱吱发布于起点中文网的一本古代言情小说，讲述女主角郁棠前世因拥有一张暗含玄机的《松湖钓隐图》遭人算计，落了个家破人亡的悲惨结局，重生后通过不断努力改变自己和家人命运，重振家业，并收获美好爱情的故事。

一

　　小说的故事背景设置在临安城市井之中，富有浓郁的江南文化韵味和烟火气。作为一本古代言情文，小说在场景描写、人物服饰、语言对话中都有着明显的向古典文学取材的痕迹，展现出了对"经典性"文本的模仿和吸收。比如人物世界的设定有些类似于《红楼梦》，《红楼梦》中有贾、史、王、薛四大家族，《花娇》中也设定了"江南四大家族"顾、沈、陆、钱，四大家族之间同样关系紧密，沾亲带故。

　　整本小说的风格讲求"细腻平淡"。作品情节的推进并不快速，作者用通俗简练的白话语风和大量的笔墨渲染家长里短的现实生活；场景、人物心理和语言描写文笔细腻，平淡的叙事向读者展现出生动的日常画卷。

　　小说的定位虽然是一本重生女强文，但书中的女主既没有"呼风唤雨"的能力，也没有"成就一番霸业"的野心。女主重活一世所追求的和争取的不过是"为自己而活"。前世的女主被父母兄长保护得太好，养在深闺里不谙世事，对家里田产、资产的变故一概不知，直到嫁入李家，才发觉整个郁家早已落入奸人的圈套，自己也身陷囹圄，试图反抗却被残忍杀害。重生之后，她最大的愿望便是让自己和家人摆脱前世的命运，过上安稳幸福的日子。因此小说的叙事不是波澜壮阔的宏大叙事，而是弃"大"追"小"，回到展现个体日常和实现个人理想的"小叙事"上。这样的小叙事更贴近生活，那些"宏图""霸业"虽然满足了读者一时的幻想和爽感，但毕竟离普通人的现实太过遥远，而对平凡生活的简单追求更容易抓住许多现代人"偷得浮生半日闲"的内心想法。在日常化的叙述中，男女主的感情发展也如小说整体风格一般，不再是轰轰烈烈，而是走向细水长流的模式。读者在作者塑造的平淡环境中更能够找到归属感，日常化的、生活化的主题和叙述也使得小说引起了大量读者的共鸣。

二

在人物形象塑造上，小说做到了让人眼前一亮，尤其是对女主角的形象塑造。小说在前期采用的是爱情与事业双线并行的结构，作者在言情小说的结构模式下有意将商业活动融入故事叙述之中，显示了作者在艺术构思上的创作野心，也带给读者别样的阅读体验。男女主的感情推进伴随着女主重振家业的商业经营和男主的运筹帷幄同步进行，扩展了读者的阅读空间感。

女主的郁家从事的是漆器制造这一门古老技艺，所以女主在重振家业的过程中涉及大量的有关传统漆器以及制造工艺的描写，这些描写为女主的商业经营增添了更多乐趣，也让作品更有阅读意趣。此外，也使小说的视角不局限于简单的情爱之中，而是在双线并行中进一步丰富主角的人物形象，让读者看到女主的能干，而不是只依附于男主的传统言情小说中的"傻白甜"。

现实篇

前世的女主郁棠性格偏柔弱，今世的她虽然知道一些大致的人物事迹，但作者只是借助"重生"的设定来使人物的塑造和情节的发展达到逻辑上的自洽，为主人公成功完成"逆袭"提供合理的依据和可能，并没有给予女主一路开挂的金手指，重生之后并不是彻底无敌。前期女主的行事手段还不够成熟，她虽然不断尝试着振兴家业、保护亲友，努力不让前世支离破碎、亲族离散的悲剧重演，然而在这一过程中依旧有着失败和碰壁。但正是这样的不完美赋予了作品更多的真实感，郁棠在重生与前世的相互映照下不断成长，越来越有头脑、有主见，一步步成长为更有能力的独立自主女性。读者在情节的推进中能够明显地看到主角的蜕变。在一路蜕变的过程中，作者写出了女性的自立自强。郁棠为了摆脱悲剧命运的不懈抗争令人动容。

前世的郁棠不幸落入李家的泥沼中，见识了许多龌龊的手段，但她哪怕在李家受尽折磨和屈辱也没有因此变得心狠手辣，重活一世的她依然保持着温柔和善良的本性。这一世的李家依旧残忍狠毒，为一己私欲杀害卫小川、试图绑架郁棠以此来逼婚，坏事做尽。但是面对李家众人中唯一持有良善之心的李峻，郁棠还是想办法保住了他的性命，全力周旋让李峻受到的伤害最小化。但是，郁棠虽然善良却并不"圣母"，面对李家几次三番针对郁家采取的恶毒手段，她并不手软，毫不犹豫对李家进行反击。在小说第63—69章中，郁棠果断地对李家绑架未遂还试图败坏女主名声的龌龊行径予以反击。她没有选择躲在父亲与兄长的保护之下，而是大胆地站出来与李家进行对峙，冷静大方、言辞犀利，凭借自己的理智与头脑一步一步将李家的诡计与谎言摧毁，揭露了李家的罪恶行径。从中展现出来的胸襟气度与聪明才智都十分亮眼。在小说第83章中，郁棠从男主裴宴口中得知了郁家拥有的舆图是异常珍贵的宝物后，她并没有被惊喜冲昏头脑，虽然舆图背后所代表的海上生意能带来的丰厚利润确实让人心动不已，可郁棠也清醒地知道怀璧其罪的道理，自始至终她的目的都明确而又坚定，把郁家从风暴里摘出来，保证全家平安无事才是最重要的。于是面对巨大的利益，她选择明哲保身，将舆图转手于裴家，借助裴家的力量解决这一隐患。然而郁棠也并不是胆小怕事、过分软弱的人，她的骨子里始终有一股韧劲儿，不管遇到什么事，只要有一丝的可能她都会抓住不放。舆图对郁家既是危险又是机遇。郁棠不仅希望能够说服裴家解决掉这个烫手山芋，还希望裴家发财时能够带上郁家，让郁家借此机会得到发展、壮大。这样一个有勇有谋的女主，不仅使男主刮目相看，也在读者面前展露出耀眼的光芒。

三

但《花娇》这本小说依旧有着不足之处，主要体现在作者在对男女主感情线的把握笔力不够，对感情的推进及变化过程中的处理还略显生硬。

首先，在小说前期，女主行事手段还不够成熟，虽然已展现出女主的算计与成长，但很多困难与危机实际上并没能被女主彻底解决、化解，仍旧给女主留下了隐患。而在作者的刻意安排之下，这些问题与隐患很多都交由男主来为女主"善后"，女主要么是直接上门拜访，向男主请教方法，在男主的指点下渡过困难，要么是男主敏锐地发现危机，出手为女主解决隐患，然后告诫女主，女主在感到一阵后怕后认识到自己的不足，然后获得经验。虽然这样的处理方式大量增加了男女主的接触，快速地拉近了两人之间的距离，但类似的情节在小说中一而再再而三地出现后，就陷入了模式化的套路之中，不免让读者感到疲倦。虽然作者是想借此推进男女主感情，同时让女主得到成长，但也容易让读者产生一种女主依旧依附于男主之嫌，诟病女主能力不够，无法满足"女强文"读者的期待视野。

其次，在男女主感情推进的过程中，作者没能很好地把握节奏。小说一开始就为男女主制造了强烈的矛盾冲突，女主在重生之后以为自己又一次落入幕后黑手的陷阱，又急又气之下带着重要线索《松湖钓隐图》前往男主门下的当铺寻求鉴定，女主故意隐瞒了知道画卷是赝品的信息，不承想被男主发现，男主因此认为女主小小年纪便擅长撒谎骗人，在和女主的初次见面中就对女主产生了很深的偏见和误会。虽然小说在一开始就将男女主搬上了台面，但小说本身的节奏很慢，作者在对男女主相遇后的相识，两人之间的相互试探、误会的消除方面铺设了很长的一部分剧情，从初识到两人正式确定心意，走过了小说四分之三的进度，中间还夹杂了女主为母亲治病、与李家对峙、改进郁家漆器制作工艺等多条支线。当终于结束了漫长的情感推进后，小说后期对两人成亲之后的日常部分描写又不够多，不够细，无法满足读者对甜蜜爱情及婚后日常生活的情感需求，导致小说虽然有着古言甜宠文的标签，但甜度不够，宠度也欠缺。

再次，为了达到男女主感情推进中的大高潮，在情节设定上显得过度戏剧化，忽视了剧情中逻辑上的自洽，对人物形象的描写也有所崩坏，造成了一种"为发糖而发糖，为推进感情而推进感情"的不自然感。典型例子便是小说里重要的"讲经会"一节，这是小说中期最重要的一幕。在这一段剧情里，女主在盛大隆重的讲经会上遇见了前世杀死她的凶手彭十一，然后在极度的惊吓与恐惧中，女主在众人齐聚的重要场合晕倒，惹得所有人方寸大乱。而男主在得知了女主晕倒的消息后更是神色骤变，亲自前去照顾女主，守在女主床前等待女主醒来。在这次意外事件之后，男主和女主的感情发展就得到了突破性的进展。但这段情节在小说里呈现出来的感觉则一点也不美好，相反还很尴尬，女主的晕倒在逻辑上根本说不过去。女主距离重生的时间已经过去了几年，在这段时间里，女主早就应该对可能遇到前世杀手做好了心理准备，在心中已经推演过仇人无数次，不应该再有这么大的情绪波动。况且这一世，女主已经通过自己的努力改变了很多前世的命运轨迹，在这一世里，父母没有早亡，家族没有衰败，女主也没有因为嫁入李家而饱受折磨，甚至还意外因为舆图为郁家得到了一大笔财富。这些都给了女主强大的自信，按照作者为此时的女主设定的成熟人设来说，她的内心已经足够强大，哪怕她再怎么紧张和害怕，在那么多人的重要场合上，女主也不会让自己失态，因为一旦失态反而可能引起彭十一的注意，更把自己置于危险的境地。于情于理来说，女主都并不应该震惊到晕倒。而且，女主在受惊晕倒之前还在猜想男主为什么会看重彭十一，怀疑男主也参与到前世造成女主死亡的预谋之中。但当女主从昏睡中醒来后，作者设计的女主看到男主的第一个反应却是女主开始欣赏男主的美貌，这段剧情的描写既僵硬又突兀，作者设计出这样的剧情，并把这一剧情作为男女主感情线的强大推动力，这一过于刻意的情节成为整本小说最大的败笔，极其影响读者的阅读体验。

虽然《花娇》在感情线的描写上稍有不足，但瑕不掩瑜，总的来说，《花娇》算是一本不错的网络古言小说。在对女性角色形象的塑造上拥有很多可圈可点之处，小说里写出了女性的自立自强，展现在读者面前的女主为了摆脱悲剧命运的不懈抗争十分令人动容。除此之外，细腻平淡的写作风格也让读者眼目一新，回味无穷。

平步青云

梦入洪荒

　　《平步青云》是网络作家梦入洪荒在17k小说网上正在连载的一部作品。梦入洪荒以官场小说见长，这是继他的《官途》《权力巅峰》之后的又一部官场小说。主要讲述的是柳浩天从特种兵转业成基层干部之后，秉持着一心为民的理念，在官场中不断历练，最后成为一代传奇、造福四方的故事。故事中的主人公柳浩天疾恶如仇、不畏权贵、一心为民，充满了牺牲和奉献精神。和一般心直口快的主人公不同，柳浩天可谓是智勇双全。不论是经济建设还是政治方向，柳浩天都有自己的一套，交给他的任务总是能超额完成。除此之外，由于家庭的关系，他还颇具政治智慧，深谙官场的规则。他擅长却不屑于政治斗争。但凡是舍公为己、损害老百姓利益的官员，都得栽在他手上，纷纷落马，断送自己的政治生涯。

　　这篇小说是《权力巅峰》的续集，主人公是前一部作品中主人公柳擎宇的儿子。在《平步青云》中，柳擎宇已经是坐镇中央的核心级别官员。但在柳浩天的政治生涯中，这样的关系几乎没有给他带来任何的便利，反而是父亲柳擎宇暗自授意的磨炼打压计划，让柳浩天的仕途一波三折，树敌无数。两部作品间的人物关系略有重叠，曾经在柳擎宇打拼过程中的小人物，如今都成了只有仰望的大人物，他们或多或少地出现在柳浩天历任的工作中，这也为一路追随而来的读者提供了隐性的怀旧福利。从柳浩天的爷爷刘飞（《官途》主人公）开始，作者便构建了一个庞大的人物网络，三代人的政治生涯，也搭建起社会不断进步发展的变化史。

一

作者自述，在写作《官途》时，便通过大量反复地阅读别人小说中的经典桥段，进行仔细的总结，了解别人是怎么来构思这些桥段的，并且将那些经典桥段一段一段地进行解析，一个节奏一个节奏地进行思考，最终，得出一个结论——要想小说写得爽，最好的办法就是先抑后扬。并且形成了一个基本的先抑后扬小说套路化模式。

整个套路的流程是：

第一步：主角低调出场，遇到某配角，配角牛逼哄哄的十分嚣张；

第二步：主角和配角发生矛盾，配角十分牛逼，暂时让主角陷入被动；

第三步：主角亮出底牌，将配角狠狠地踩下去，并最终得到胜利。

这样的情节模式，在《平步青云》中也得到了体现。主人公柳浩天到任初期，总会因为这样那样的原因惹到一些当地的"地头蛇"，为他的工作开展带来巨大的困难。然后经过一番博弈，柳浩天一般都是从落于下风、隐忍不发、暗自谋划，到最后发动致命一击、秋后算账。但在这样的大模式下，看完一千多万字的长篇小说读者未免有些疲态，因此，除了这些基础的流程外，作者还通过冲突的设置，让矛盾冲突更强烈，读者感受更为多元化。

作者在《平步青云》不同的桥段和情节当中，尽可能地使用不同的矛盾冲突，使得套路化的痕迹淡一些，因为不同的矛盾类型可以采用不同的情节结构来进行设计。有了矛盾冲突，后面便简单了，只需要顺着矛盾冲突去发展、突转，直到高潮，一个情节桥段便诞生了。一个好的情节桥段，最重要的一个特点就是具有比较激烈的矛盾冲突，因为有了矛盾冲突，便产生了吸引读者的情节，就会引起读者的期待感。

作品中使用的冲突类型大致可以分为情感冲突、性格冲突、观念冲突和利益冲突四类。

第一，情感冲突。情感冲突主要体现在主人公柳浩天以及他的妻子林芊芊上。林芊芊出身显赫、美貌动人、才智过人，成为众多富家子弟、"官二代"钦慕的对象。然而她和家世普通（此时柳浩天的家庭背景仍然不为人知）的柳浩天的爱情，遭到了一众公子的阻拦，他们由对林芊芊的爱慕转为对柳浩天的恨意，对柳浩天在各处的工作横加阻拦。这是贯穿全书的一条感情线。

第二，性格冲突。在《平步青云》中，柳浩天不畏权贵、疾恶如仇这样一种性格与很多做事温吞、畏首畏尾的官员性格形成了极大的反差，而这也成了他们在工作过程中最大的冲突来源。这些人中有的胆大心细，敢于挑战创新；另一类人则小心翼翼、只求无过，因循守旧。性格上的差别，让他们在工作过程中也爆发出了巨大的矛盾。

第三，观念冲突。观念冲突是《平步青云》中非常值得关注的。比如在小说的一开始，柳浩天调到一个小县城，他的工作是发展经济。他以国家出台的可持续发展为中心理念，强调绿水青山就是金山银山；而有些官员则只看到了眼前的利益，想尽快看到最大的收益。这就体现出他们的观念不同。而观念不同在官场上是非常常见的，大家的政见不一、立场不一，所秉承的政治观念也自然有所不同，这样的矛盾冲突也让读者不禁思考，到底什么样的政治理念是真正符合社会发展规律，真正造福于人民的？这也使得小说的主题有了进一步的深化。

第四，利益冲突。利益冲突表现在柳浩天与一些贪污腐败的官员以及一些企业家之间的斗争中。也可以说利益冲突充斥在整个小说的斗争之中。很多贪污腐败的官员正是因为一己私利而出卖了国家和人民的利益；而很多企业家为了自己的利益，不惜行贿、剥削劳动力、甚至出卖国家利益。利益的冲突在《平步青云》这部小说中的体现是非常深刻的。有的官员为了蝇头小利，竟然敢做出严重的违法乱纪行为，读来让人触目惊心，也使小说的主题在反腐败、反贪污这方面有了更深刻的意义。

　　除了设计矛盾冲突，作者还从设置悬念方面用力，极大地吸引了读者的阅读兴趣，使得读者追更的动力大大增加了。在一般的小说中，悬念的设置大致可分为大悬念和小悬念。大悬念一般是在小说的开头，通过披露一些已知数，留下一些未知数，从而造成读者对于小说大高潮的期待。大悬念的设定，应该与小说的大高潮协调一致，让读者把注意力尽可能地放在总悬念所引导出来的大高潮上；小悬念是指每一个情节桥段中的悬念。它的作用有两个，一个是确保读者在看书的时候，永远对小说的下一章充满了期待。另外就是确保小悬念能够推进大悬念的进程，以此来增强大悬念在高潮处的解决效果。在《平步青云》中也有这样的体现。比如，从大全局来看，柳浩天的父亲柳擎天曾说"在你官至正厅级之前不会给你任何帮助"，因此他显赫的背景一直不为人所知，还经常因为无家世背景受到冷落和排挤。读者的期待便是当他的背景被揭开，会在政坛掀起怎样的惊涛骇浪。而小悬念则随处可见，柳浩天在西一省、北一省的工作中，处处埋下悬念，从他对领导夸下海口，立下不可思议的军令状，到最后圆满实现；从被逼到山穷水尽、弹尽粮绝，却通过网络直播反手一击；从被陷害百口莫辩到原来早有准备、成功翻身，小说中的小悬念无处不在，让读者看得欲罢不能。

　　张弛有度的节奏控制是《平步青云》的典型特征之一。小说的小高潮是让读者保持阅读快感和阅读体验的基础，而小说的大高潮则是小说读者最终的期待和最爽的地方。

　　一个小说的高潮，也是这部小说最吸引读者的地方，前面的事情发展是为它的出场做铺垫，后面的事情是因为这个高潮产生的影响而收尾。最吸引读者的情节就是高潮。高潮可以设置多个，以不断出现的小高潮吸引人看下去，再以一个大高潮让情节和人物联系升华到一个顶点，再回落至完结，是一种很刺激的写法。作者自己归纳为五步走：

　　第一步：主角和反角发生矛盾冲突；

第二步：矛盾冲突中主角略微占据优势或者处于劣势；

第三步：反转这种优势或者劣势，让矛盾冲突加剧，并将情节引向大高潮；

第四步：大高潮。此处一定要确保情节跌宕起伏，最好是一波三折，让读者欲罢不能；

第五步：铺设伏笔，进入新的小情节，安排主角进入新的矛盾冲突。

该文其实也符合一般意义的男频爽文。主人公柳浩天身高1.9米，英俊潇洒，14岁考入清华大学少年班，20岁以经济学、计算机双博士学位提前毕业，自幼师从国内首屈一指的国学大师，精通国学传统和阴阳风水。毕业后参军，加入特种兵部队，在非洲和南美洲成为毒枭谈之色变的"兵王"。父亲是华夏的国家主席，母亲是部队高官，双胞胎姐姐是国内计算机研究院保密科研专家，姑姑是国内第一旅游公司总裁，发小是中国首富的太子爷……他从小在父母的耳濡目染之下深谙官场之道，具有过人的政治才干和智慧。在官场他遇神杀神、遇佛杀佛，所有假公济私、损害人民利益的官员尽数被他斩落马下。他还通过自己的人格魅力吸引了一大批有理想、有才干的青年，培养起自己的嫡系部队。遇到各种陷害、嫁祸甚至暗杀，他都好像开了天眼一般，不是早有预谋便是有贵人相助、逢凶化吉。

二

《平步青云》最具特色的便是小说情节中国家政策的精准投射。小说一开始便与国家的"精准扶贫""乡村振兴"政策紧密相连，主人公深刻地贯彻落实了"绿水青山就是金山银山"的口号，以可持续发展为根本底线，拒绝过度开发。跟随柳浩天历任的工作职务，我们依稀可以见到党的十八大以来，国家的各项政策在小说中的精准体现，比如国家的反腐倡廉、依法治国，以及乡村振兴。很多的战略和方针在柳浩天的工作中——体现出来。作者也独具匠心地对国家政策进行了精准的分析，设置了一个个典型而又深刻的场景，让政策在落地的过程中，读者能深刻地理解到国家政策是如何一步一步往前推进的，也让读者能够更深刻地理解到国家政策的真正含义。主人公柳浩天时刻把学习中央的政策作为自己的行动目标和行动准则，他的所有决策都是吃准、吃透了中央的政策文件之后才做出的决定。而这样的工作方式也让小说的情节发展、柳浩天的工作成绩紧跟中央的步伐。这也是《平步青云》这部小说极具特色的地方。作者梦入洪荒把生硬的文件融入了各个情节中，读者能够从柳浩天在各个部门的行动，了解到国家全方位的战略布局；从经济、文化、民生、政治多个方面都能了解到国家的发展现状，而这些东西又和我们的现实生活是完全分不开的。

作品就是这样把与我们生活息息相关的事件联系起来，它能够让读者真切体会到小说的真实感，让读者感受到小说中的事件，就真正发生在我们身边。

除了国家政策，作者还经常引入身边的热点实事作为小说的发展动力。比如在361章就提到了融媒体对于国家政府机关政务公开以及舆论监督的重要作用。第410章提到了之前沸沸扬扬的大头娃娃的抑菌霜事件。他在小说中就把这个事件和一个保健品公司以及工商局的执法不作为的贪污腐败情节联系在了一起。除此之外，他还非常关注民生热点的讨论话题，比如他在某县当书记的时候，就提出了外卖骑手的社保问题，这一情节便对接到了现实生活中发生的外卖骑手猝死而社保却没有按时缴纳，导致骑手家属生活没有保障的社会热点问题。对于这样的社会问题的讨论，让整个小说的真实感不断地增强，也引起了读者的共鸣。同时柳浩天这样的政府工作者不断的为民请命、为人民考虑的态度，也极大地提升了政府在读者心中的形象。652章中，在柳浩天打击教育局不作为的行为时，也曾提到了社会前一阵子热议的关于教育资源不公平以及过度竞争内卷化导致的社会问题，还有人们非常关注的阶层固化等。这样一些敏感的社会问题，让小说更加贴近生活，也使主人公一心为民的形象以及他全面深入思考问题的能力得到了凸显，小说的立意站位更高。与此同时也让读者对于柳浩天这个小说人物的行为有了更强烈的赞同感与认同感。

这种时刻联系时事热点的情节还有很多。如691章就提出了学党史的行动，而国家正是在上半年提出了全民学习党史的风潮。如在一次阻止销毁犯罪证据、灭口证人的过程中，特斯拉汽车也成为犯罪分子谋害证人的关键工具，而特斯拉的刹车问题正好也是前一阵子的社会关注焦点。

作者通过不断把社会的热点和剧中的情节相联系，让读者真真切切地感受到好像故事中发生的情节就是在我们身边正在上演的。而小说的题材又是官场题材，也正好是人们非常关注的、和我们的生活息息相关的。作者通过一些政府机关间对于政策的把握和政府官员对政策的分析展露出时事政治的色彩。通过不同的官员对于政策的态度，让大家能够感觉到政府是如何一级一级贯彻落实国家和中央的政策的。而关于权力机关之间的权力斗争问题，也正好是满足大家猎奇心理和大家所想探知的一些秘闻。这些都大大增加了作品的趣味性。

三

前文提到，柳浩天自幼跟随国学大师学习了中国的传统经典、儒家学说，甚至精通阴阳和风水。柳浩天的工作方案，很多时候都与中国的传统经典文化有关。比如他非常著名的参谋，知名大学教授，正是他通过中华传统学说论辩的方式，让其拜倒在他的门下，成为他的得力干将。除此之外，他在政治斗争的过程中经常会用到孙子兵法中的一些内容。作者引入了大量的中华经典，甚至用中华经典阐释了柳浩天的父亲——柳擎宇传授给他的许多为官之道和许多人生的道理。比如第81章，在柳浩天遇到困难时，便拿出了他父亲的笔记：

厉直刚毅，材在矫正，失在激讦。柔顺安恕，每在宽容，失在少决。

雄悍杰健，任在胆烈，失在多忌。精良畏慎，善在恭谨，失在多疑。

强楷坚劲，用在桢干，失在专固。论辨理绎，能在释结，失在流宕。

普博周给，弘在覆裕，失在溷浊。清介廉洁，节在俭固，失在拘扃。

休动磊落，业在攀跻，失在疏越。沉静机密，精在玄微，失在迟缓。

朴露径尽，质在中诚，失在不微。多智韬情，权在谲略，失在依违。

这也是《人物志》中的内容。

即便柳浩天一个人思考问题，也是从儒家学说中汲取营养。他常念及张居正的《权谋残卷》：

惟善察者能见微知著。不察，何以烛情照奸？察然后知真伪，辨虚实。夫察而后明，明而断之、伐之，事方可图。察之不明，举之不显。听其言而观其行，观其色而究其实。察者智，不察者迷。明察，进可以全国；退可以保身。君子宜惕然。察不明则奸佞生，奸佞生则贤人去，贤人去则国不举，国不举，必殆，殆则危矣。

书中大量使用的传统经典，不仅给予主角解决问题的思路，也给主角乃至读者人生的启迪。而这些道理也就反映出了小说所想体现的主题，那就是真正的为官之道就是以民为本。权谋只是表象和工具，是主人公为实现自己为民奉献的终极理想的途径。而权谋之道，也是古代中国官场的传统问题，使得小说更有文化底蕴，也能勾起中国百姓读者的认同感。

《平步青云》作为一部一般意义上的男频爽文小说，在情节的设置和人物背景的构造上，充分满足了网络读者对于"爽"这样的阅读要求。但与一般的网络爽文不同的是，《平步青云》更加注重于立足现实，与现实生活中的时事政治与社会热点相连接。作者梦入洪荒巧妙地通过这样的方式，削弱了爽文带来的不真实感和虚构感，让读者更加能够深刻地体会到小说中情节发展与自己生活中的联系。

除此之外，极具特色的是小说的主题常常通过主人公的工作笔记或是前几辈人的教导和教诲，以及传统文化在小说中的引用来表现出来——那就是为官之道，即为民着想、以民为本。而这也是中华上下五千年来一直流传下来为官为政的政治主张。这样一个主题使得看似网络爽文的小说有了厚重的历史文化感，也有了更加深刻的文化价值。作为作者第三本官场小说，《平步青云》相比前两本显得更加驾轻就熟。而其中对于官员之间的政治斗争等情节，也满足了读者的猎奇心理与探访隐秘之事的好奇心。然而作为千万字级别的长篇小说。若想吸引读者持续阅读、保持追更的节奏，仍需要从情节、人物、背景上再下功夫，形成自己独特的语言风格，让剧情的发展走向更加曲折。

手术直播间

真熊初墨

《手术直播间》是一部连载于起点中文网的都市生活类小说，作者真熊初墨，约629万字，2020年3月29日正式完结。该部小说讲述了一个"小透明"外科医生偶然得到一次系统加持的机会，从此开挂，一路秀操作、救人无数的故事。由于市场上有关于医学类的网文很少，这本书引起了读者极大反响。

一

与玄幻、仙侠、修真不同，都市生活类的小说更贴近生活，比不切实际的剑侠飞仙多了些真实感，更容易与读者产生共鸣。这本小说展示了很多的社会矛盾：医生与病人的矛盾、医生与不良媒体的矛盾、医生之间的矛盾、医生的金钱观和利益选择等，让我们看到了现实生活在作品中的丰富呈现。

作者真熊初墨本人就是一名医生，他笔下的郑仁因为系统加持而招致同行嫉妒，让我不由得思考在作者他本人的工作经历中会不会也经历或看到太多这样的情况？生死面前，救人要紧，来不及签的术前同意书成了患者家属向医生勒索金钱的借口，成了不良记者为实现名利，妄想平步青云、一报成名的垫脚石。患者濒死的背后是医生穿着几十公斤重的铅衣坚持手术的决心，可他们的赤子之心却被践踏和压榨。或许就是这样的行为才让医生寒了心：白衣天使因为诋毁和诽谤而失去光芒，手术刀不再是救命的工具，反而架上医生自己的脖子。

有几章矛盾很激烈的部分作者会说明他的灵感思路，例如小说中提到的记者受贿想报假新闻，母亲看病儿子不闻不问甚至逼刚做完手术的母亲下跪道歉等不可思议、闻所未闻的事件，在现实生活中都有其原型。作者通过文字让我们看到人世间的千姿百态，但更多的是奇葩与丑恶。医生这个职业既是局中人也是旁观者，他们对自己的职业水平、人脉地位、薪资水平都会有渴望。例如助手苏云希望郑仁考虑一下自己的薪资能否娶到喜欢的姑娘宋伊人，要为自己的"钱"程考虑一下。然而更多时候他们是以旁观者的角度来品尝人世百态的，看到别人的水深火热时，除了尽医生的职责，也会感到无可奈何和无能为力。

除了真实感带给读者情感上的共鸣外，另一个非常显著的特点就是它的专业度。这一点同作者本人的经历密不可分，作为医生的他将自己渴望实现的理想注入书中，塑造了郑仁这个医生的形象。可以说郑仁是作者真熊初墨的理想化身，在他的身上我们可以看到作者本人为人处世的态度，他对医生这个职业的认同感和归属感等。最重要的是他写出的书中郑仁所达到的成就是每一名医生的终极理想——无与伦比的医术。我想也正是因为这一点，才使得众多医学生对这本书推崇有加。对手术过程的详解描述、操作手术刀的行云流水、术者对机械熟悉地把控、术者和护士之间的默契配合等一系列专业性的东西都由作者生动地用文字呈现在我们眼前，就如同我们也在经历那一场场的直播。每一次出现新的情况，都会学到新的医学知识，专业度在此处尤为突出。"肝胆胰""鼻NK/T细胞淋巴癌"等专业性医学名词让非医学生读起来有些晦涩，但对专业从医人员来说却很熟悉。而作者着力点就放在郑仁不断突破自身水平完成一次又一次超高水平的手术，在小说世界中解决诸多现实医学界暂时无法解决的难题。这样专业性的叙述冷静客观、冰冷直白，让人感受到医生冷峻的神圣感和严肃的使命感。

主人公郑仁的角色设定可圈可点，最值得肯定的一点就是没有因为系统加持而坐享其成，而是尽自己最大的努力去不断突破和创新。作者将郑仁这个形象塑造得十分立体鲜活：这是一个憨厚老实的工作狂，在系统空间中不断地练习，去尝试自己的新想法，一台手术做千遍万遍后才会应用于实践；在感情上是个迟钝的家伙，面对自己喜欢的女孩也会感到羞涩和不安；对患者尽心尽力，想尽办法在生活中帮助他们，如为退役老兵找到安保工作等一系列生活化、朴实化的场景，一一呈现在我们眼前，将他的"医者仁心"通过生活中一点点琐碎的事情表现出来。

二

以上三点贯穿书中全文，是最直观，也是最值得肯定之处。除了专业术语的难度外几乎是无障碍体验式阅读，就是"爽感"。无论是事件叙述还是主题思想的表达，都有此感。这也是都市男频的一贯特点，让人不禁想一口气阅读完，读者也会身临其境地将自我角色代入主角，去体验主角的刺激、喜悦和成就。但是在阅读的过程中也有很多槽点和雷点，下面将结合我的阅读感受和其他读者的评论来谈一谈它的"糟粕之处"。

从小说的布局结构上看，可呈现如下趋势——重复与上升：以郑仁一战成名为起点，以有人挑衅或现实问题的出现、郑仁练习某一种手术达到大神境界、解决问题并获得名声这三点任意为循环点展开章节的描写，不断上升难度但是仅限于此类描写，没有创新和突破。给读者一种原地转圈和主角莫名高大的感觉，这主要是由作者的文字描写所致。这也是超长篇网络小说的通病，几百章以后，无创新内容可写，只能换换场景配角重复。

从小说的语言特点上来看：简单、重复、赘述和匮乏的词语，十分单一。加上无趣和循环的情节不断上演，读者阅读的爽感依然在，但是却很麻木和枯燥，整部作品只得"无脑"地读下来，达到"洗脑"的效果。阅读之初，读者会因为作者描绘出的画面感到新奇而想一探究竟，随着时间的流逝，作者文笔的捉襟见肘就显露出来，难免让读者感到无趣生厌，大大降低了可阅读性。

而结构与语言的瑕疵正是引起读者吐槽的症结所在。

首先，人物角色设定不统一。对郑仁的设定一贯是脸盲不擅交际，对待感情迟钝，只知道工作的医生。这在书中给读者印象很深刻：给诸多患者做完手术转头就忘、被患者嫌弃年纪不够大却对此毫无印象地开始手术、对待冯经理的巴结讨好也无感等行为，甚至作者直接用语言说明来描写他对人情世故的忽视，这些都在证实着他的憨厚和迟钝。但是在助手苏云为自己舅舅解决麻烦时，他瞬间就对苏云讲了自己的看法，并向苏云说明了利害关系。这样的敏感显然不符合前面的铺垫。如果作者想表达郑仁"看破不说破"的人物形象，那么在前文中应当有对他的伏笔或者铺垫。这样突如其来的转折造成的人物反差会使情节显得随意和混乱，逻辑上也很难服众。有必要说的一点是，作者为了写出郑仁的这种不争不抢的"迟钝感"和主角光环，前期诸多配角出场时几乎每章都要特意加故意地说明他有多么的迟钝，十分生硬且突兀，阅读时带给读者过分牵强的主角光环感。就是这种过分的言语说明使我们忽略了情节的重要性，为作者生拉硬拽的写作方式感到尴尬。

其次，女性角色的扁平化。这是一部男频的小说，女主虽有，但名存实亡。对女主角的描写仅限定于：非常有钱，是个吃货，作为男主的器械护士与男主配合百分百默契。对楚家两姐妹的描写：漂亮，要么和男主一起做手术，要么和女主一起吃饭。至于其他女性角色几乎都设定为对男主的崇拜和巴结。为了突出男主的主角光环，作者继续用他晦涩匮乏的语言从旁白的角度说明女性的青春靓丽，用男主的坐视不理来自我说服其笔下的男主技术超群。再者，男主以一种白痴化的方式知道自己喜欢上女主：在文中已经反反复复强调女主宋伊人是一个实实在在的大吃货的大前提下，男二助手苏云就开始莫名其妙地向男主发出暗示：你喜欢伊人。郑仁逐渐接受苏云的话是一个很大的雷点。喜不喜欢一个人自己难道没有感觉吗？别人说你喜欢谁你就开始喜欢谁？为了硬凑男女主，作者可以说是煞费苦心。前面说过女主的形象定位只带给读者"傻白甜"的印象，这一波感情线读起来真是让套路的剧情生动地增加了更多的不可理喻。况且，他们之间的接触和沟通及关系确定都是依靠男主脑补和男二不怀好意的笑容来完成进度的。总的来说，女性形象在男频小说中仍然只是起到衬托的作用，作者笔下的她们是没有灵魂的花瓶。这也影响了相当一部分女性读者的阅读态度：不喜，讽刺甚至厌恶。

　　再次，冲破现有秩序，打擦边球。讲刑法的罗翔老师曾谈到过这样一个问题：当你掌握着至高的权力时，你能否选择遵守法律，尊重公平。我们看到，很多武侠、修真小说中都有这样一种情况，主角强大时对待他敌人的态度是绝对碾压式的灭绝。不能否认的是这样的解决方式是符合我们绝大多数人心中认定的最让人满意的办法。它在带给我们"爽感"的同时却让我们忽略了背后隐藏的事实：一个人足够强大时能否遵守现有的规章制度，屠龙少年会不会成为恶龙？或者说，如果与现有制度相悖，那么他的处理就一定是对、一定是错吗？在书中，作者将医患的矛盾写得很好，郑仁多次遇到黑社会的威胁时都有人来主动帮助。他们采取的"以暴制暴"的方式确确实实地帮到了郑仁，但却与法律是相悖的。这种处在灰色边缘地带的事情在现实生活中对任何一方都不是绝对安全正确的，是更为复杂多变的。

　　又次，人情关系对规则的冲击。这是传统中国的政治和社会一贯为之的解决事情的方式，遇到难题难事时总是将"托关系""借人情"放在首位，当这样的方式使我们得到好处时，规则和秩序在我们心中被逐渐淡化。而这种方式的得逞势必会损害其他人的利益，如果人人都想着这样的办事方式，那秩序又有何意义？在书中很多患者、专业权威的医生、商业资本家都盯紧了郑仁这块肥肉，他们迫不及待地尽自己所能为郑仁提供"便利"之处，为的就是扩大自身的权益、扩大人际圈，人脉圈就是为有朝一日解决自身麻烦。

最后，因果轮回，善恶终有报的传统思想一以贯之。市场上绝大多数的网文，甚至电视剧都是圆满的结局，这也符合我们国人长久以来的心理追求，这背后的文化因素非常复杂，不便深究。但在这部网文中确有体现：郑仁救了一位有权有势的富豪，于是富豪便在他遭到黑社会威胁时出手相助；郑仁救了一位落魄的退伍军人，并为其安排工作，碰巧的是他在郑仁险些被殴打时保护了他。这些好人有好报、坏人落入法网被惩治的现象在书中大量存在。并不是说这样的写法不好，而是在现实生活中这样的事情太少见了，更多的是没有善报，太过于理想主义的现实容易误导读者。这样传统的写作思想很难具有创新性，且不会有太多的"爆点"。

作为一个资深网文阅读者，很难有一部网文深入我心，更多的是弃文。而市场上绝大多数网文的描写确实很"爽"，但是它们的局限性也只能让他们作为网文来被阅读，很难达到名著的水平。主要的原因是这些作品在缺乏文学性外，思想上也没有新的突破。《手术直播间》总体尚可，但网文的通病依旧存在。

喜欢你我说了算

叶非夜

《喜欢你我说了算》是连载于起点女生网的一部校园言情小说，作者叶非夜。凭借其甜腻霸道、畅快激昂，但又贴近现实的爽文风格一度登上2020言情小说热榜。该书融合了许多时事热点话题，给人一种切近现实的真实感。它注重感性的愉悦和世俗的审美感知、略带性暗示的场景描写、看破但不说破的对话形式，使得这部小说更具有温润大环境下略带狂欢性质的爽文效果。整部小说前期感觉良好，故事背景切换、情节发展、人物塑造井然有序，总体上符合言情小说轻松解压、小虐怡情的写作特征，但后期个人感觉发力不足，为了填补先前剧情挖的深坑，使得部分解释显得苍白突兀，站不住脚。

一

故事发生在一个叫四中的学校里，女主角林薇本是一个普普通通的学霸少女，整日沉迷做题，立志要考上清华，高二文理分科没多久，班里就转来一位留级生——江宿，一个又帅又痞又是校霸的少年，就坐在林薇后面，只不过天天睡觉，这引起了林薇的注意。偶然之间女主发现男主就住在她对面，后来二人逐渐熟悉，女主看不惯江宿的现状，开始帮他补课，慢慢的和男主产生了深厚的情谊，开始逐渐了解男主的过去，他的过去可不简单。但她不敢继续深入这段感情，因为她现在的监护人和她一点关系都没有,她现在的家是由她继父和继父新结婚的继母,还有一个敌视她的继哥组成的,她跟现在家里的任何人都没有血缘关系,她是家里的外人。她只能乖乖读书,考上大学,不给家里添一点麻烦,一旦与这个家庭产生矛盾,她就会成为一个无家可归之人。

后来因为班长嫉妒江宿,误会江宿下黑手打他,下套让二人牵手接吻的监控公之于众,使得男主不得不按照规定退学,后来因为班主任的极力担保,江宿转到了其他班开始高三生活,高考时江宿受伤未能参加,而林薇顺利地考上了梦想中的清华。与此同时,林薇也顺藤摸瓜知道了林岑因江宿伤人而入狱的整个事件的来龙去脉,以及这两年来江宿所受的煎熬与痛苦的原因。再后来,江宿复读一年,考上了林薇的同一所大学,成了学姐学弟,二人的情感愈加甜蜜。该学习时学习,该秀恩爱时秀恩爱,该撒狗粮时撒狗粮,毕业后林薇去了律师事务所实习,江宿开了自己的公司,两人的爱情就如细水长流般行进下去,甜甜蜜蜜。无大槽点,完美的大团圆结局,让人内心暗爽。

二

在人物形象的塑造上,这篇小说颇为用功,主要人物可圈可点。两位主角都很"虎",互不相让,互相深撩,里子可以输,面子绝对不能输,都是生活或者学习上的佼佼者,都有自己独特的思维特征,个性鲜明。

两个人从高中到大学,都处于一种极度励志、目标明确的氛围之中,尤其是女主林薇,微信名就叫"我要上清华",是学校里学习最好的姑娘,用小城做题专家来形容一点也不为过,每天废寝忘食认真学习,经常一个人学到半夜。她性格温和,但又给人一种疏远感,是小说中常有的高冷女学霸形象。但事实并非完全如此,人前的林薇非常乖巧懂事,是老师和同学眼中的好学生;人后的林薇以前会逃课、会打架、会骂人,开起"小玩笑"能把男生都比下去。只不过这样鲜活的林薇在妈妈过世之后就被隐藏了，也正是因为女主这样的家庭环境，以至于在后面看到她一直跟男主强调自己不会早恋的时候，内心世界充满了悔恨与自卑，她是真的不能惹一点麻烦的，患得患失的性格使得她与男主的感情发展有了些许插曲。

当然了，女主每次都会把自己撩到坑里，调皮之中洋溢着青春的甜蜜，但这也不是纯甜，也是一个互相治愈的过程。或许是造化弄人，没有过往经历带来的痛，就成就不了现在的林薇，她的性格随着时间的变化，由青春鲜活变得自卑高冷，后来又因遇见男主，变得积极活泼，在毕业之后又走向成熟稳重，这是一个完美的蜕变过程，符合大众审美期望。

小说里的男主江宿，是高富帅般的完美存在，不仅颜值当值，智慧过人，更是对爱情专一；他外表冷酷，内心善良，对女主呵护有加，但是表面上却是处处刁难，时时针对；他意志坚强，可以打完架毫不在意回去睡大觉，也可以为女主淋雨到天亮。此外，他有无限的忍耐力，可以通过纯粹的意志力来战胜不可能的事情，在朋友为他替罪进监狱出来后，无论怎样的报复与殴打他都能够忍受。他看起来很强硬，但实际上，他是一个善良的人，他可以挨饿为路边的小猫买吃的，也可以为房间凌乱的林岑收拾废品，这是一般的富二代少年做不出来的。他的话有重量，遵守诺言。他对每个人的意见都是直截了当的，撒谎从来不是一种选择，对林薇是这样，对江永识也是这样。

尝试新事物和创造机会的意愿是这种性格类型中最常见的特征之一，江宿敢于抓住机遇的勇气也为他创造了更多的成功机会。运动会上一万米的长跑比赛给了他一个重新审视自己的机会，也让众人改变了对他的冷酷无情的看法。拥有一个常人难以企及的背景，又具有敢闯敢拼的性格，他需要更加稳重；经历的许多现实生活经验，使他的智慧超出他的年龄；心思缜密，注重细节，不会仓促做出决定，使他的行事风格更为妥当。在故事的结尾，他每年都会在林薇生日的时候留下一段祝福视频，在他们相爱11周年时，展示给林薇，使女主满含感动。不过强烈独立的个性也使得他讨厌闲聊，他宁愿独自坐着，也不愿沉溺于毫无意义的谈话中。

江宿和林薇，他们在彼此最颓废的时候遇到了对方，然后看到了各自最不堪、最低谷、最无助的状态，这也让二人惺惺相惜，最终修成正果，但我们也在这其中看到了二人最真实、最可爱的一面，高冷之下洋溢着青春气息的爱情荷尔蒙，这是人人皆有过的，细腻的心理描写更是让读者的心中有了一个虚拟的男主形象，且逐渐明朗起来。

小说中有几个爆发点，江宿在面对自己的母亲、林岑、父亲时，有很多的无奈和妥协，都是林薇挡在他前面，一直护着他，不让他被最亲近的人伤害。而江宿，在面对早恋被揭发的时候，义无反顾把所有的错误都揽到了自己的身上，不让林薇难做；在林薇离家出走、无家可归的时候，把她带回了自己家。这些是小说平淡叙文之中出现的情感波动，平淡中带微澜，小说的故事性也就逐渐明晰。

对小说中的次要人物，作者也是颇费笔墨。男主的父亲、女主的继母、主人公的班主任这三个人，他们都有一个共同的特点，那就是外在极其严厉，不近人情，只追求一般规律性或者常理性的东西，固守传统，让人望而生畏，但内在都是成熟稳重、刀子嘴豆腐心的温暖人物，只是迫于某种压力、期望、责任而不得不进行一些伪装。在江宿打架伤人之后，江永识不惜一切保住自己的儿子；在二人谈恋爱被教务处抓而又打人时，姜章云力挽狂澜，挡住了学校的退学建议；宋锦在得知女儿被欺负时，每天早早起床，陪林薇到学校后再去上班，这些人物的存在使得故事更具真实性，也更能让读者被轻松带入环境之中。

三

这是这部小说最精彩突出的一个特点，就是大量现实性很强的网络用语，加强了读者的现实亲近感，如当红国民手游《王者荣耀》中的"集合打团""优先攻击输出""别团等人齐"等典型性的语言，使得读者在阅读的过程中，有着极具新奇与熟悉相互结合的感觉，曼妙之意油然而起。还有比如在2020年新冠疫情期间的一些热点词汇如"口罩""封城""连花清瘟胶囊""高考延迟"等，都有不同程度的提及，这就使得小说的现实性倍增，似乎就是发生在身边真真切切的唯美爱情。不仅是小说的背景，还有人物的语言，都充满流行元素，在满足青年阅读群体基本的阅读需求外，增添了一种亲近感，在小说中也能多多少少看到自己的影子：自己玩过的游戏、经历的事、说过的话，让人感到一种如遇故交的"爽"感。

　　小说的叙述语言不仅有一般意义上的甜蜜宠溺、惊险羞涩，更是打破了传统校园言情文不敢越雷池的传统，它不再装着有沉重的使命感，不再是"寓教于乐"的模式，有的只是在快乐之后没有某种道德目的或者政治的理想，更多的是娱乐本身游戏性的快乐，是一种纯粹休闲的、直接的、裸露式的快乐。比如其在章节标题中半数都有略带挑逗色彩的话语，如"肾挺厉害的""够猛够畜生""哥哥，你忍得住吗""哥哥，我想成个年""别那么紧张，放松点"等，这些用语体现了娱乐至死年代网络文学读者群体的一般性追求，带有某种猎奇情感色彩的标题往往能让人有继续一探究竟的欲望。同时比较晦涩的是男女主第一次睡觉、干坏事的场景描写，让这种属于青春期擦边球的行为欲望得到了最大限度的激发与宣泄，内容虽无多余细节赘述，但留下的想象空间使读者的精神消费、情感消费、欲望消费得到了空前满足。

　　男主本来是天之骄子，中考状元，家里有钱，人又帅气，但是高一的时候，因为跟朋友出了一点事情，后来也曾抑郁自杀过，再回到学校，从高三留级到高二，和女主成了前后桌，也成了同学眼中的凶恶校霸，基本处于被孤立的状态。两个人本没有交集，但是架不住缘分牵线，男主慢慢注意到女主，女主也在男主无意识的纵容中越来越放肆自己，两个人在别人看不到的地方互相拉近着关系，两个人在一起时的对话非常好玩，尤其是女主，嘴上没把门，男主又喜欢顺着女主的话去"开车",不知不觉中小情侣的甜蜜就显现出来了。

"江宿,你想不想看 18 岁的林薇是什么样子。"这是 16 岁的林薇说得最动听的一句话。江宿原本都已经放弃自己的人生了,但是因为林薇一直锲而不舍地拉着他,拉着他一起往前走,就完整了江宿的整个人生。两个人拼命保护对方的样子真的是绝配,他们从来都没有动摇过对彼此的感情,因为那样难的日子都走过来了,他们一定可以幸福到永远的。

《喜欢你我说了算》作为一部典型的校园青春题材小说,带给读者的不仅是畅快淋漓的阅读体验,还有细腻深刻的情感宣泄,它的诞生与出现方式都是一种新的模式,平台的加持、时事的烘托、主旋律的温润都是不可忽视的重要因素,这也为网络文学作品未来的发展思路提供了一定的借鉴意义,时刻把握时代大方向,探求读者真实心理需求,或许能让网络文学作品获得更大的发展空间。

写给鼹鼠先生的情书

吉祥夜

《写给鼹鼠先生的情书》是在红袖添香连载的一部悬疑小说，作者是吉祥夜。2019年2月，该作入选"2018年优秀网络文学原创作品"推介名单；2020年8月4日，获首届"天马文学奖"。

一

小说讲述了一位英雄正义、义薄云天的警校青年秦洛一毕业就接受了一项特殊而又保密的任务，即深入贩毒团伙内部，隐姓埋名做个卧底，报告团伙行踪，直至一举捕获毒枭团伙的艰巨任务。它以跌宕起伏的情节、缜密的逻辑推理、细腻的情感勾画以及细致的心理分析打动着读者。小说中包含有三个悬疑案件，各个惊心动魄，扣人心弦。小说最后以卧底成功剿灭毒枭团伙收尾。

这部小说情节跌宕起伏，逻辑推理缜密严谨，情节环环相扣，细节描述上让读者有身临其境之感，善于在构思和布局上埋下伏笔，使整个故事更加曲折离奇、引人入胜。随着警方的缜密推理，带着读者一层层将每个案件的迷雾拨开，最终窥见真相。同时，小说中的每一个案件都揭示了社会的现实问题，有涉及图财谋命的，有涉及作恶行凶、巧取豪夺的，有涉及通奸情杀、背信弃义的，还有一桩案件是直接针对警察的行凶报复的，但最终都以宣扬了人道主义、善恶报应和"天网恢恢，疏而不漏"的理想主义观点收尾，受到了读者的广泛称赞。

作品之所以能在网络小说中脱颖而出，不仅在于小说对曲折离奇的案件情节进行的逻辑缜密的分析；对各个人物角色细腻传神的心理描绘以及内心深层矛盾的深刻挖掘，更在于小说从头至尾通过对秦洛、宁时谦与萧伊然三者之间的爱情故事的细腻描写，若隐若现地烘托出了一幅女人在爱情中所需的安全感的神奇全景图。

小说在情节和语言方面，形成了悬疑小说独特的风格。读《写给鼹鼠先生的情书》这部小说，最初吸引读者的是离奇与神秘的感受，甚至夹杂着恐慌情绪，尤其是写眼睛的那个案件，让人一闭眼就能想到眼睛，感觉内心会涌现出恐慌紧张的情绪。几乎每一件案子的发生都是不可思议的，在案件的发展中又有许多变化，令人目不暇接。正可胜邪，人皆懂之。这个道理在书中得到进一步的体现。

悬疑小说中的作案者无论多狡猾、狠毒，总逃不过警察锐利的目光与出色的推理能力。小说在人物心理的刻画上，虽然在每个人身上都倾注了笔墨，都描写得比较细致，但印象最深刻的还要属在毒枭团伙中做卧底的秦洛。通过一系列细节与情节的描写，将主人公的内心活动、情欲纠葛等都鲜明地、有血有肉地塑造了出来，鲜活刻画出了秦洛由本我向自我，最后到达超我的一种艰辛的转变历程，让读者在阅读的时候也会产生一种真实感、受虐感和同情感，最终趋向于认同感。

二

世界上，总有像秦洛一样为社会伸张正义的人。假如你犯了法，做了不道德的事，即使你有着高超的智慧，但你的邪恶也会出卖你，暴露你的一切。你逃得了一时，也逃不了一世，所谓"若要人不知，除非己莫为"，绳之以法便是所有恶人的下场。但小说最为感人的地方则在于笔者对人物情感的描写及刻画。小说描述了三个人之间的情感纠葛与缠绕，并巧妙地将三人的情感发展及转折若隐若显地贯穿小说始终。其间还辅以其他几对恋人之间的情感故事，均惟妙惟肖。但在这些情感描写中，唯一走到最后且善始善终的一对恋人莫过于宁时谦与萧伊然了。他们二人之所以最后能够谈婚论嫁、步入婚姻，继而有了爱情的结晶，除了归功于秦洛的得体退出和永久消失外，更大程度上是因为宁时谦非常完美地满足了女性心底深处需要及渴盼的那一层安全感。从某种意义上说，女性在情感及婚姻的选择中，安全感是最基本也是最被看重的情感基石，有了这层安全感的体验，女性才会在情感中大胆地敞开心扉，真心、真诚、真实地为对方及爱情付出自己的一切，继而演绎一份与子偕老、忠贞不渝的爱情佳话。

  瑞士著名的心理学家、分析学家荣格指出："安全感是人的第一愿望。"因为出生并非我们自己意愿的选择，我们因此产生了天生的被动感，从而产生了心灵上与生俱来的"不安"，也使"安全感"成为我们每一个人最重要的愿望。在《写给鼹鼠先生的情书》这本小说里，笔者把宁时谦与萧伊然的爱情刻画得惟妙惟肖，饱含各种深情与爱情的味道，仔细品味，其实笔者一直在围绕着女性心底深处渴望的"安全感"描写着他们之间情感的发展脉络，并以此为线索贯穿小说始末。我们来看几处宁时谦时刻能给予萧伊然的那种充满女性满足感及安全感的情感细节描述：

  她说要一条鹅卵石的小路，要一张吊床、一个秋千、一个带顶的小咖啡座，清闲下来就可以在小院儿里晒太阳、看看书，喝杯咖啡、煮煮茶，再来两碟点心，那日子可就赛神仙了。彼时宁时谦不以为然，琢磨着有这样的时间和地点，大概也是呼朋唤友来喝酒的概率比较大，但是，最终还是做成了她设想的样子。她想要的，他从来都给。

  ……越往上越难走，眼看到了一截陡峭之处，宁时谦的速度慢了下来，默声指挥着队友继续前进。等到萧伊然走到跟前，他伸出手去，谁知她却牵着贝贝，轻轻巧巧就跃了上去。他的手在空中僵了一会儿，摇头失笑。

……这时候人潮依然很乱，甚至有人踩在了他的手背上，疼得他也想哭了，可是听见她的哭声，他生怕别人踩着她，于是傻傻地扑在她身上。人群不断往后退，也不断有人踩着他的背、他的手和脚，他都咬牙不吭声……

……他眼神一暗，心里那点痒痒的想法便歇了下去，伸手给她把防弹衣系紧："穿好，别贪凉快。"

小说里这样的细节描写随处可见，都是在写宁时谦对萧伊然每时每刻无微不至的呵护与关怀，只要她在恐慌、紧张、担心、害怕等危险的时刻，哪怕只是她内心有一丝忧惧的闪念划过，宁时谦总是会第一时间出现在她的面前，关怀备至，呵护有加，时刻关注与体会着她的感受。在别人眼里，萧伊然是警局里最幸福的女人。如果说萧伊然与秦洛的爱情属于青春期的荷尔蒙涌动，是一见两生欢喜的那种年轻人间荡起的激情与冲动的心动之爱，那么萧伊然与宁时谦之间的爱情，纯粹是宁时谦对萧伊然那种全方位的呵护、保护、关怀和心疼等深情的行为在女性心间生根发芽、弥漫渗透出的安全之爱。宁时谦给萧伊然的这种爱，符合大多数女性内心缺乏安全感的心理特性，因此这种爱能让女性感到安全踏实，在享受被温暖、呵护和精心照顾、心疼的状态下，这种爱会在女性的心底里渗透得越来越深，蔓延得越来越广，直至她会对爱人坚定不移、忠贞不渝。在小说中有一个环节，写的是宁时谦得知秦洛还活着，便想放萧伊然走，他不是不爱了，也不是不想爱，而是觉得之前以为秦洛死了，他才娶了萧伊然，现在秦洛还活着，而且秦洛又是在舍生忘死地为警局执行着光荣而特殊的使命，他觉得于情于理都对不起兄弟和自己的良心，内心总会涌起一种横刀夺爱的龌龊感以及道德仁义对自己的吞噬感，但他又不忍心放手，于是把这个选择权交给了萧伊然。他想如果萧伊然真的爱秦洛，选择了离开，他也会坦然放手，绝不生恨。而萧伊然此时已经怀了宁时谦的孩子，她看透了宁时谦的心思，心里顿生气愤，埋怨宁时谦不相信她对他的爱，却把她当成商品一样拱手相让。于是她找到公公，并写了一份"通缉令"，亲自去他上班的地方找他。在萧伊然的心里，已然是认定了要与宁时谦过一辈子的，即便她心里还爱着秦洛，但是并未超越这份安全之爱带给她的坚定和忠贞之感。人本主义心理学家马斯洛指出，心理的安全感指的是"一种从恐惧和焦虑中脱离出来的信心、安全和自由的感觉，特别是满足一个人现在（和将来）各种需要的感觉"，而宁时谦就极大地满足了萧伊然这种心底里需要的安全感，使她在婚姻里踏实顾家，不再念及其他。通常情况下，在爱情中女人想要得到的那种安全感，和男人心里及眼里所认知的有所不同。女性所追求的"感觉"与"安全感"，其实不是一般男人以为的那些浅表概念。首先，女人在面对结婚对象及交往对象的时候，她们对安全感的需求是不一样的。女人在选择结婚对象时，她们侧重于家居、稳定及照看小孩儿。与她一起步入婚姻的人首先要稳重、踏实、有责任心，这一点小说中男主人公宁时谦表现得非常好，他完全可以给萧伊然一个稳定、安全、可靠的家庭，他自身也是一个特别会照顾人、特别有责任担当的人。

其次，女人在面对交往对象时，要有值得交往和适合交往的安心感。在萧伊然面前，宁时谦就有这种让她"适合交往"的安心感。除此之外，宁时谦与萧伊然由于职业及工作环境使然，在二人内心世界均有对方的位置且彼此信任依赖的情况下，经常会在案件的侦破或执行过程中发生一些极其危险的时刻，而每每在这些危险的时刻，宁时谦由于心里一直对萧伊然暗生情愫，总是无时无刻在关注着萧伊然的所需所求，并能够及时地给到她全方位的呵护与关怀。一方面，他们扎实的情感基础来源于这份日积月累、无微不至的爱带来的感动；另一方面，是与他之间的爱恰巧迎合了爱情中的"吊桥效应"。即指当一个人提心吊胆地过吊桥的时候，会不由自主地心跳加快。如果这个时候，碰巧遇见一个异性，那么他会误以为眼前出现的这个异性就是自己生命中的另一半，从而对其产生感情。这也是女性容易产生爱情感觉的一种负面引力。

  当女性处在情绪高度恐惧或紧张等感觉心跳加速的环境中，反而也会投射出一种女性心底对安全感的渴望。如果这个时刻男性恰好能够给予满足和呵护，那么这种安全感会让女性印象深刻。我们经常会在偶像剧中看到很多这样的情节，比如男性带女性去看恐怖类的电影，在女性害怕的时刻趁机拥抱女性，一场电影结束后，两人的感情会有一层升温；再比如有些女性坐在男性的摩托车或赛车里时，由于车速极加速，女性会恐慌紧张，手足无措，不得不下意识紧紧揽住男主的腰等。所有这些细微的情节看似无足轻重，其实里面暗藏玄机。在车高速行驶时，女性会由于害怕而心跳加速，继而很容易对自己抱着的这个男人产生依赖情感。同时在这样危险的情况下，男人会成为女人能寻求到安全感的唯一通道，这样就会自然而然地将男人与安全感联系到一起，镌刻在女人的潜意识里，一旦发生任何危险，在女人的脑海深处就会自动浮现出男人的身影，这个男人就会变成女人心里一种非常安全、可靠的存在。女人在情感的感受上比较直觉，一般也不太会分辨"怦然心动"与"心跳加速"的差异。所以女性其实很容易会把心怦怦跳的感觉，转化成某种好感投射在当时周围的男性身上。女人的安全感也并非你老老实实守在她的身边就可以满足，这只是一种可直视的浅层依赖感，深层次的安全感是在她感到紧张无助、害怕恐惧的时候，你可以变成一束光照亮她的内心，从而变成她内心永久的支柱。

  在三个案件中，小说围绕着安全感刻画了女性情感。在秦洛做卧底的这个案件中，作者描述了红妹对秦洛的情感。红妹一度觉得秦洛可以保护她，满足她安全感的需要，所以对他非常痴情。但是秦洛对她并不感冒。其间萧伊然也去毒枭团伙做了卧底，让红妹感到自己情感中的安全感受到了挑衅及破坏，所以二人开始了一场殊死搏斗，以红妹惨败收场。红妹对秦洛的感情，除了那份爱情中的安全感和"吊桥效应"中的负面引力外，还有一部分原因来自反差对比。即在红妹眼中，秦洛周围的男性都比不上秦洛的那种威慑及安全，这样会使女性产生一种强烈的依恋感。如果秦洛喜欢红妹，在其他人面前像狮子一样威严，而在女主面前变得千依百顺，那么就更能满足女人内心的安全感，就会产生更美好的情感结局，但是最终也只是红妹的一厢情愿，不了了之。小说在写这个案件的时候由劫囚车引出，作者把劫囚的环节刻画得既扣人心弦又干净利落，短短几段文字，里面的惊险、细腻、警匪的交火等都全盘托出，力道十足，末了又以扣人心弦的萧伊然为宁时谦挡枪中弹受伤收尾，既升华了二者之间的情感，又成全了警匪交战之时的激烈场面。萧伊然为何会为宁时谦挡枪？因为在她的潜意识深处，宁时谦已然成为她生命中的一部分，归功于宁时谦日积月累给予她的安全感及全方位的呵护，所以才在千钧一发之时有了条件反射般的勇敢。宁时谦与萧伊然在此阶段结了婚，在他们外出度蜜月住酒店期间还发生了两个小案件，也恰到好处地升温了二人的情感。一个是小的情杀案，一个是警局里老金同志在他马上退休的时候他儿子加入了贩毒吸毒团伙。这些情节写得也是扣人心弦，逻辑缜密，其间依然穿插着宁时谦对萧伊然的各种保护。最后还是由秦洛帮他们暗地里提供了一些线索才得以侦破。后续便开始一直描写秦洛所处的毒枭团伙，那种处境、那种残忍以及暗无天日的生活，都被小说的作者刻画得栩栩如生，让读者犹如身临其境。

三

在小说的结局部分，作者给了所有正义之士一个圆满的结局。毒枭团伙在秦洛与警局的共同努力下被连窝端，所有的贩毒分子都被绳之以法，而秦洛也付出了宝贵的生命，宁时谦与萧依然的情感更加牢固坚实，一对恋人终成眷属。

读者看完的感觉正如笔者所刻画的那样：雁过留声风过留痕，这世上的事，或昭昭，或渺渺，都在一双眼睛里逃不了，这双眼睛叫天理公道。同时作者在小说始末以及各个曲折离奇的案件情节描述中，通过对各类女人情感微妙、细致的刻画，也深刻揭示出女人内心的情感规律。

爱情用弥散于精神的芬芳，驱散现实物质生活的油腻，让人保持向上的力量和人格的一脉清新。相信爱情，你将一直蓬勃，你将永远年轻。

由此可见，《写给鼹鼠先生的情书》这本小说，无论是在语言特色上还是细节刻画上都比较精致。小说中对各类人物的爱情描写、心理描写以及各大悬疑案件的起承转合之间细致入微、细腻传神的描写都深入人心，使读者有种身临其境之感。通过小说作者对各类女性情感的描写，透露出了一种比较现实的爱情观。小说中真实与虚构相互交错，它远离宏大叙事和主流思想，关注微观的个人生活事件。没有讽刺，没有强加给读者的是非对错，只是客观地去陈述故事。无论结局悲喜，都给了读者一种经历整个过程时对于自身的反省和觉知，隐隐暗示着读者要选择怎样的人生，应该怀着怎样的态度去对待爱情，并透露出对生活不懈追求的本质，体现了一种正向的世界观和人生价值，透过带有隐喻的故事，让读者找到信心和认同，找到应对生活中烦恼的方法，使他们能坦荡地正视过往并激发出继续努力的强大动力。

最佳词作

空 留

《最佳词作》是一部连载于咪咕阅读的现代言情小说，约120万字，作者是空留。

一

就一部小说而言，优秀且独特的人物性格可以吸引读者，为作品增分。但目前很多网络小说的人设存在不够饱满的问题，过于平面化，正反善恶界限分明，善则十全十美，对万物满怀真爱；恶则十恶不赦，一举一动皆遭人唾弃，仿佛是用尺子刻画出来的。这种人设的出现主要是为了迎合当下碎片化阅读的趋势，快节奏社会中，大家阅读的速度快、内容多，这种无须动脑就可以分辨出善恶的人设会降低阅读的难度，但同时也会使小说出现深度不足、内容乏味单调、不贴近真实社会的问题。

尽管现实生活中人们或多或少也会对他人贴上好或坏的标签，但人的性格是立体的，绝对的善或恶基本上是不存在的，善恶的天平可能会倾斜，但不会完全倒向一边。因而作者在写作时，需要全面把握笔下每一个人物的性格，将他的每一面全面表现出来，才能塑造出饱满且栩栩如生的角色。《最佳词作》一书的作者，在人物塑造上具有强大的创造力，她笔下的每一个人物都有血有肉、十分鲜活，他们或心机深沉，或长袖善舞，或单纯莽撞，或温柔坚韧，既有突出的特点，同时也有仿佛与其性格相悖的一面，但这种反差反而更贴近人性，更贴近现实生活中的"人"。

女主夏乐是一名因伤退伍的特种兵，她拒绝了部队的转业安排，去参加了一场歌手比赛，并取得了优异的成绩。从军人到歌手的转变，看似荒谬，实际在前文就有所铺垫。夏乐父亲是一名特种兵，母亲是大学音乐老师，她从小在音乐的熏陶下成长，并表现出了卓越的音乐创作天赋，在父亲执行任务失踪之后，她放弃了音乐，转而从军，参军八年，成为一名优秀的特种兵，希望可以通过执行任务得到父亲的消息。退伍之后选择进入娱乐圈，既是为了圆自己的音乐梦，又希望可以让自己的知名度扩大，让很可能还活着的父亲能够在电视上看到并主动联系她。

夏乐这个角色并没有完全摆脱爽文女主的"金手指"现象，她在部队能够以女儿身打败他人当上队长，在远离音乐八年后依然能写出相当优异的音乐作品，除性格有所缺陷外，她的个人能力可谓十分优秀，这也是作者对于女主的偏爱。

除才能过人之外，作者对女主的性格塑造也可圈可点。作为一名十七岁参军、二十五岁退伍的军人，夏乐的性格不仅有军队磨炼带给她的强硬和洒脱，还带着未经社会的天真烂漫。她在别人遇到危险时会毫不犹豫地挺身相助，面对爱情时也敢爱敢当，但同时也会对自己遭遇的不公感到委屈，会为自己的战后综合征害怕和自卑。她强硬但不冷漠，天真但不软弱，硬邦邦的外壳下包裹的是柔软且充满爱的心。总而言之，女主的性格在这本小说中可谓是相当出彩生动。

与众多言情小说相同，男主的颜值高、家世好、能力强；除此之外，他拥有一个非常特别的加分点——精通世故。这是一个很少在如今的女频小说中看到的男性人设，大多数小说会为了塑造出男主高不可攀的形象，笔下的男主或冷漠无情，或清冷出尘，又或者温润如玉，无一不是拒人于千里之外。而在这本书里，男主虽然拥有着令人艳羡的家世，但他对于人情世故非常了解，经常保持着一副"笑眯眯"的表情，在做女主的经纪人时长袖善舞，为女主提供了坚实的后盾。这样高情商的男主，与不善于与人相处的女主既形成了对比，又弥补了她的缺陷。

　　除此之外，该书还有相当数量的配角，戏份不多，但个性突出。比如性格纠结的女主的好友吴之如，出身贫苦的她在面对光怪陆离的娱乐圈时，屡次受到诱惑险些走上弯路，但心中的善良让她最终坚定地站在好友身边，尽管为自己的动摇付出了毁容的代价，但最终在母亲和好友的守护下继续了自己的乐队梦想。女主的母亲邱凝也是一个非常鲜明的人物形象。作为一名大学音乐老师，她温柔且倔强，出身书香世家却坚持嫁给女主父亲夏涛——"一个穷当兵的农村小子"，并在丈夫生死未卜的情况下坚持等了他十年，是一名优秀的妻子，也是优秀的母亲。她教给女儿善良的同时也告诉她要对别人保持警惕，爱护女儿的同时也放手让她去做自己想做的事情。虽然身份普通，但是书中最具有大爱的角色之一。

　　作者对于书中每一个角色的塑造都非常用心，哪怕只出现了一两次的路人甲，都有着鲜明的性格特征，使角色贴近真实的"人"。读者身临其境，从而更容易与角色共情，感受小说传达的情感内涵。这正是这本小说的动人之处，理想化与现实化相互交融，在不脱离现实的情况下又能带给读者一定的阅读爽感。

二

　　《最佳词作》涉及娱乐圈、部队、商业等多个领域，但以娱乐圈内容为主，整体情节看似零散，但整篇文章以一条明线和一条暗线串联，情节明晰。就整本书而言，明线是女主进入娱乐圈从萌新逐渐成长的过程，而暗线则是女主寻找父亲并最终扳倒身居高位的叛国者的经历。文中有很多篇幅短小但内涵深刻的情节，值得我们去深入思考。

　　令人印象比较深刻的有夏乐目睹命案现场，报警反被拘留使得战后综合征复发的一段情节。一天清晨夏乐在锻炼时发现路边一处屋内传来血腥味，她进屋查看，发现是一起灭门惨案，于是迅速报警，然而警方不顾在场狗仔证词，坚持将夏乐看作第一嫌疑人，对她进行严格的审讯，不顾她身体不适要求心理医生到场的请求，最终使夏乐受到刺激，战后综合征复发，劫枪袭击了在场的警察。这段情节看似是作者对少数警察审讯过当和先入为主行为的强烈批判，但真正触动人心的是女主在被刺激后说出的一段话："我的人被杀了，他们不该偿命吗？踩在我们的国土上作恶，不该偿命吗？试图摧毁我们几代人的心血，不该偿命吗？"夏乐的三句质问，将这段看似无用的情节与开头和结尾直接联系起来——夏乐和队友执行任务，多名队友伤亡，她自己也因重伤退伍，这正是她战后综合征的起因。而这些伤亡只是因为某些国家高层为了自己的利益，将秘密行动的计划透露给敌人，使得任务失败，原本辉煌的特种小队也因此分崩离析。虽然在文章的最后，这些叛国者为自己的行为偿了命，但遗憾的是，那些牺牲的军人却再也不会回来了。

不仅这段情节，整本书都在细节中将主题贯穿到底，看似零散的情节，在作者的精心布局下，相互补充、相互映照，使整篇作品在内容上形式分散但结构紧凑。例如上文提到的灭门惨案，是毒贩对缉毒警察一家的报复，而警属的安置信息，也是被某些背叛者暴露出去的，结局他们交代自己的罪行时重新提到了这件事。女主开头执行任务的目标在高层的掩护下假死逃过一劫，高层用他儿子要挟他替他们做事，后文女主战友退役后被一个官二代污蔑拘留，而这个官二代正是犯人的儿子，他为了摆脱控制故意针对女主战友，吸引女主注意力，也正是他的暗示，让女主查清任务失败和父亲失踪的真相……文中一些极不起眼的细节，却与后文的情节相互呼应，使整本书的情节结构十分缜密，给读者一种"恍然大悟"的满足感。

除此之外，小说的情节也对人设的塑造产生了很大的帮助。在女主参加歌手大赛的部分中，作者就通过种种细节及突发事件将夏乐的对手兼好友吴之如的性格刻画得十分鲜明生动。吴之如在作品中算得上很典型的一个人物形象，她是一个矛盾的结合体，有着深沉的心机，但依旧保持着一颗善心。她人设的塑造主要是通过在不同的情况下心理的变化刻画的，最初刚入营时，她带着自己的目的接近夏乐，对夏乐十分友善，并且在夏乐被为难的时候主动挺身而出替她说话；随着夏乐的才华逐渐展现出来，人气迅速增加，并且被人发现与节目投资方有着不可言说的关系时，吴之如内心有了落差和嫉妒的情绪；而女主因为种种原因被网络暴力时，她又考虑到女主对她的帮助，再次主动在微博上替她出声，让女主记住了她的恩情。夏乐心里始终相信她是一个善良的女生，因为"一个自己背着分量十足的背包，让母亲推着箱子的女孩子心眼坏不到哪里去"，而这正是在夏乐与吴之如初遇的情节中，作者对吴之如的描述。

《最佳词作》这本书共120万字，虽不能说处处精彩，但其中每一个情节都有作者的规划，都在为主线服务，因此整本书读起来并无拖沓和长篇累牍之感，反而值得细细品味。

三

本书的主题是青春、奋斗与忠诚，通过女主从特种兵到歌手的转型阐释奋斗不论身份的观念。虽然属于言情小说类别，但文中对退伍军人等现实问题的关注使整篇文章的内涵更深刻。作者在细节处展现了自己的思考与观点，值得深思与讨论。

女主夏乐十七岁参军，八年封闭的军旅生活让她与现实社会几乎完全隔绝。刚刚退伍时，她对各类App的使用完全陌生，成为歌手之后也没有开通自己的微博，花费了漫长的时间来适应新的生活。这样的切入点在军旅文中比较少见，也正呼应了女主特种兵的特殊身份。据作者的介绍，这本书的构思灵感来源于现实。她的一位哥哥当兵归来后，不懂什么是支付宝，什么是扫一扫，甚至去深圳办事都说要去办个边防证，一些当兵时期养成的习惯回家很久也没有改变，哪怕喝醉酒都念叨着随时听从国家调遣……夏乐的人设灵感正来源于这位哥哥，在作者看来，无论夏乐还是哥哥，都不仅仅是一个兵，他们身后代表的是千千万万的军人。向军人致敬，向退伍军人致敬，是这本书的初衷。

整本书将青春与奋斗的信念贯穿始终，每个人都有奋斗的目标与动力——夏乐为了国家、父亲和自己的梦想在奋斗，所以从特种兵到歌手，她永远是最亮眼的那颗星；安保公司的退伍残疾军人为了证明自己而奋斗，所以他们不再受身体缺陷的局限，依旧奋斗在一线；郑子靖放弃父辈的荫蔽，选择为自己和夏乐的未来而奋斗，所以他成为了优秀的经纪人，拥有了自己的事业，被别人提起时不再是"郑家老幺"，而是"年轻有为的郑总"……书中每个人都在挣扎着前行，他们趁着青春正好，将汗水洒在自己奋斗的路上。

除主旨外，作者在书中阐述的一些观点也值得我们深思。在描写男主这一角色时，作者对于二代这一群体提出了自己的看法。现实生活中，大多数人对二代抱着羡慕但又异样的眼光，认为他们是一群虽不缺名利但终日无所事事的混混。而在这本书中，作者认为，二代的享受是一场交易，他们用自由和轻松换来了钱权名利，虽高高在上但又值得怜悯。男主郑子靖的人设也是如此，但不同的是，他用自己的奋斗换来了相对的自由，拥有了热爱的事业和温馨的家庭。

虽然《最佳词作》一书将军旅与娱乐圈结合在了一起，但我更倾向于这是一篇十分优秀的军旅文。尽管中间夹杂着相当数量娱乐圈的内容，但军旅内容贯穿始终。整篇小说以对女主夏乐和她父亲的特种小队的刻画为主，将退伍军人的忠诚与赤子之心表现得淋漓尽致：只要国家需要，他们随时可以回归，哪怕身体残疾，他们依然可以站在前线。"无论身在何处，只要我曾披上过军装，那我一辈子都烙上了军魂。"

历史篇

唐　骑

阿菩

《唐骑》是阿菩的一部历史穿越类小说，历时将近五年完成，约348万字。

阿菩，作家，毕业于暨南大学文化史籍研究所。曾任《商业周报》记者、编辑，后转任策划机构为策划执行总监，在广东某高校任教。2005年开始进行业余创作，先后活跃于幻剑书盟、中文在线、起点中文，以历史小说驰名网络文学领域，其作品有《边戎》《东海屠》《陆海巨宦》《山海经密码》《唐骑》等。

一

这是一本以穿越为开始的历史小说，主人公张迈是一个生活在现代都市的平凡年轻人，在一次旅游的过程中独自一人迷失在中亚的沙漠中，因捡到了死人骨旁的圣旨和匕首而开启了自己的穿越之旅。他回到了安史之乱已经过去了一百多年的曾经隶属于大唐的西域地区，与一批安西四镇的后裔共同在那个民族林立、各方势力犬牙交错的混乱地区，艰难地求生奋斗。

"大风狂飙，席卷万里，马蹄踏处，即为大唐！"这句话是这本小说的标签。作者在文中不断地思考经过千百年的朝代更替，在如今国人的体内到底还流淌着多少大唐的精神之血。作者带着这样的隐忧，笔耕不辍，希望为我们展开一幅此时的中亚、彼时的大唐西域，与我们熟知的唐朝不一样的恢宏画卷，让我们领略到最令中华子孙感到骄傲的盛世气象对于其他民族和地区的影响和改变。

从书的基本情节可以看出，它的最大特点就是有着强烈的国家民族观念。唐朝大将郭子仪的后代郭师道带领着一批安西四镇的遗民在回纥的铁骑下辗转各地，小心翼翼地保存着大唐在这片区域遗留下的文明习俗。在张迈遇到他们之时，除了服装以及词语方言的些许奇怪以外，他完全没有感觉到和他们之间的隔阂，这足以说明他们将中华文明在这片区域保存得多么的完善。从郭子仪到他们，中间至少已经隔了四代人的生活。四代，在这样一个完全接触不到本国文化、周围充斥着各种民族、连基本的生存都无法保证的险恶环境下，这样的时间跨度足以让一个群体被驯化，让这些人心中的民族观念消磨殆尽。

作者并没有过多地对于这样可贵的精神进行正面描写，为了突出某种观念或想法，对比往往是比较好的方式，通过描写它的对立面，以达到强化表达的效果。书中的安西四镇的后裔并不是完全团结的，当初的郭、杨、郑、鲁四大家族，除了郭、杨两家始终坚持在一起战斗，其余两家因为种种原因先后脱离出来，自立门户。我认为作者处理得比较好的是他并没有对郑、鲁家有任何的批判的倾向，在杨易等郭、杨两家的年轻人义愤填膺地表达对他们的不满时，作者借郭师道、杨定国这些老一辈人的口客观地陈述了分裂的原因，不但没有对郑、鲁两家心怀怨恨，反而流露出隐晦的痛惜，也坦率地承认了自己的先人在分裂后的悔恨。张迈在逐渐接触到郑、鲁两家后人以后，也更加真切地感受到了他们的无奈和痛苦，对于当年的功过是非也有了更加复杂的无法评判之感。这样循序渐进并且客观地解开安西四镇分裂之谜的情节安排，使我们能够逐渐了解分裂者的痛苦，理解郑、鲁的处境。正因为郑、鲁的分裂以及被异化的处境让我们觉得可以理解，才更加有力真切地突出了郭、杨在这样的艰难处境中坚守大唐文明不动摇是多么的令人感动。人在他乡，和祖国隔绝，面对外族政权的威逼利诱，面对去中国化的政策，面对现实生活的压力，如果换了我们，又能坚持多少代呢？失去了政权的自觉维持，单靠个体的文化传递，真能保证文明之火不熄不灭吗？这是作者的担忧和思考，同样也是我们应该思考的。

二

作者给这本书贴上了"热血"的标签，众多读者在阅读过程中也是心潮澎湃。张迈从穿越之初的"假特使"逐渐成长为真正可以带领安西四镇遗民在这片动荡的地区创造出属于自己的"大唐"的英雄人物，这样一种英雄的成长不仅是阿菩对大唐精神的向往和追溯，也是深藏在我们心中的梦。但是在这里我想说的是另外一点，是和英雄相反的平民式思维的一些思考。书中有这样的情节，张迈作为"假特使"刚到新碎叶城，就遭到了回纥一部骑兵的攻击，在生死存亡之际，郭师道等人让他和众多老弱一起通过地道转移到安全的地方。那个时刻，张迈内心是挣扎的，作为一个男人，竟然要和妇孺老弱一起逃避战争，而不是肩负起保家卫国的重担，这样的行径让他难以接受；但是另一方面，作者心平气和地写出了他的想法：张迈如果是在大学里或者刚走进社会之时就穿越到了这里，那么他肯定会毫不犹豫地选择和大家同生死。但是经过了几年社会的打磨，他逐渐地变得更加"利己"了，因为世界大得很，与之相比自己显得是那么的微不足道，很多东西是自己无法改变的。但是就个人而言，自己的种种选择会对其一生产生不一样的影响。既然自己完全无法改变新碎叶城被毁的结局，留在这里充其量是多增加一具尸体，那么为什么还要这么做？何况自己跟他们并不熟悉，也不亲密，有必要做这样无谓的牺牲吗？在这样的思想驱使下，他迈开双腿，走向了安全。

这样的情节让人不禁想起《斗破苍穹》中的萧炎，他在很多时候的选择和张迈是一样的。在路上遇到了弱者被欺侮的事情，他更多的是选择不"多管闲事",继续赶自己的路。有时候他会被身边的小孩子质问,为什么这么冷血,他就回答,世界上的穷人弱者不计其数,自己管得过来吗?在众多危险面前,他都尽可能地选择"利己"的方式,尽可能地先保存自己的实力而不愿做无谓的牺牲。他和张迈的共同之处在于以保存自己为首要目的,因为如果自己都没了,那就什么都没了,谈什么报仇雪恨、振兴大唐,都是空的。这样的思维方式可以说很实际,也可以说很功利。是从小心怀英雄梦,恨不得用自己的牺牲来换取世界和平的奉献精神在残酷的现实面前妥协的结果。当脱离了父母的庇护,独自一人面对社会时,太多的无奈和痛苦使我们迅速地认识到自己的平凡普通,并不是什么"天命所归"的大英雄。这样的认识来得太突兀、太过强烈,使很多没有思想准备的人直接被社会洪流胁迫着滚滚向前,而后彻底沉于水底,从此彻底沦为一个自私自利的人,凡事都只从自己的利益角度出发,不见兔子不撒鹰,无利不起早。张迈形象塑造的真实在于他既不是那种"我不入地狱,谁入地狱"的平面化英雄,也不是那种彻底被现实打败的平民化的形象,而是一种更加灵活中和的选择,是"穷则独善其身,达则兼济天下"的处世哲学。所以,当萧炎具备了拯救天下的能力时,他就不是那个"不管闲事"的萧炎了,"我身化异火,封印你千载万世,魂天帝,大陆的浩劫,就此结束吧!"当张迈想到了可以让大家脱离险境的方法后,他也不再犹豫彷徨,毅然奔向那条通往"安全"的道路,迈开了双腿。

《唐骑》这本书给我的整体感觉是比较不错的,它并不像很多网络文学作品那样纯粹地去迎合市场的需求,写一些可以满足很多人幻想的文字。而今的网络文学弊病很多,金钱至上、唯利是图观念的公开化、合理化使得很多人丢掉了作家应有的操守,使文字丧失了它应有的表意功能。这样的作品除了在阅读时能消耗一些多余的荷尔蒙以外别无任何作用,读完之后除了残存在脑中的无法实现的幻想,不会带给人任何思考。而阿菩用自己的文字,带着作家的坚守,在泥沙俱下的网络文学市场中努力带给读者一些具有特点的亮色。我相信，时间才能鉴定一部作品的好坏，那些真正能够启发人们对于现世人生有独立思考能力的文字才能恒久留存，不断被人发现、咀嚼、汲取新的养分。

宰执天下

cuslaa

《宰执天下》作者 cuslaa，本名胡长乐，别名哥斯拉，南京人，原是一名在龙空写书评的神农，现为纵横中文网签约作家，2008 年开始写作。主要作品有《大宋帝国征服史》《宰执天下》等。cuslaa 的小说情节跌宕起伏、扣人心弦，历史知识扎实，文笔又优美流畅、古色古香，读起来让人如痴如醉，难以自拔。

一

小说开头较为简短地介绍了主角贺方因为一场空难而穿越到了北宋初一位农家子弟韩冈的身上，这是穿越小说的老套路，因此无须多言。贺方接受了自己韩冈的身份，开始在北宋生活。他凭借自己的才智和果敢一步步前行，先是以他为导火线导致当地恶霸陈举的倒台。他被王韶发现后推举做官，帮王韶开拓河湟，一同战斗在西夏第一前线，立下赫赫战功。之后中进士，外放至地方任职，多有建树，得到了宋神宗和王安石等人的赏识和拔擢，随后平定交趾叛乱，立大功，巩固了自身的政治军事地位。这期间，韩冈的结拜兄弟王舜臣平定西域，辟土千里，进一步增强了大宋的实力。后宋神宗驾崩，主角与新党在立储之争中抢到主导地位，并挫败旧党，得到了向太后的信任。之后辽国入侵，韩冈临危受命，出任宰执之位，击退辽军，收复河东，建立了牢固的对辽军事防御。随后爆发夺嫡政变，主角力挽狂澜，联合章派新党对付死灰复燃的旧党和吕派新党；与章惇联手治国，执掌大政，大兴教育，削弱皇权，国家开始高速发展。

小说构思缜密，对于历史的熟悉度也非常高，普通读者可在阅读的同时增长对于北宋历史文化的了解，可见作者对于北宋历史可谓游刃有余，有着相当深厚的史学基础。作者将主人公安置在北宋熙宁年间王安石变法初期这一特殊的历史时期，严格按照史实、逻辑来让主人公的作用一步步发挥出来，整个过程浑然一体、无明显违和之感。主角韩冈拥有现代人的知识，品行端正，刚直不阿，为人谦虚有礼，善于谋略而又果断勇敢。他的文章乃是武将第一，而箭术则是文臣无双，虽不善诗词歌赋，但行文严谨流畅。他靠着自身的实力与相当的运气最终执掌天下，以现代人的思维、知识改造北宋王朝。

《宰执天下》得到了众多读者的好评，它的成功是凭借着自身内容的精彩而来。此书如当作娱乐消遣的穿越历史读物，则情节跌宕起伏，耐人寻味，可谓繁花似锦，让人欲罢不能。如当作展现作者对于那段历史的自我设想、改造，作者以他自身的"儒家修正主义"思想，糅合现代西方的政治制度，让主人公一步步进行了政治、思想上的改革，主角由一个无名的灌园子，凭借自身实力成为能吏，再到身居高位，然后反过来利用他的地位推广经他改良的学派——披着张载"气学"儒学外皮的、核心是实证主义与理性主义的学说，更是余味不尽。

小说对于北宋历史的改造有两条主线。一条是政治军事上的改良，主人公韩冈以开拓河湟为跳板，进入宋朝的官僚体系中，成为王安石的乘龙快婿，加入变法的新党，通过一系列功绩帮助新党在党争中战胜旧派。而韩冈则通过军事上的胜利以及各种科学技术的应用推广成为了国家的军事、医疗和科技上的绝对权威，并拉拢一批官员组成了小团体，利用后期新党内部的分化，和同盟联手控制朝堂，一同推动组建议会，企图建立君主立宪政体。另一条主线则是思想、意识形态上的变革，主角借助张载学生的身份，用张载气学的理论为自然科学作掩护，凭借现代的知识不断推出各种发明，把自己包装为当世大儒，甚至创办《自然》期刊，领先于其他大儒，竟让政统与道统提前合一，占据了意识形态的高地。两条主线相辅相成、互相促进，使得北宋的政治和知识、思想和信仰世界大大转变，改变了历史走向。在那个重文轻武的时代，政治圈子里的人稍微有点才华、写点诗文、做点实事，就会被吹捧成才子名臣。而好名是社会主流，主角如果去为自己的目的思想辩解，则是跟整个儒家体系硬碰硬，招致的后果是难以想象的。所以他只能被时代绑架，披上掩饰的外衣，以时代之法，行理想之事。当然，这使主角对当时的人而言富有光辉的人格魅力，对主角有利。对架空历史来说，小说对于主角的塑造虽有过于完美之嫌，但这样的主角才是应该被尊重的。

《宰执天下》无疑是具有巨大魅力的，从2010年底开始创作至今，剧情不但没有趋于平淡无趣，反而是渐入佳境、愈加引人入胜。该书文字流畅严密，史实采用恰到好处、信手拈来，文风平易晓畅又有些风趣幽默，但剧情进入一个小高潮时也十分紧凑而酣畅淋漓，情节峰回路转、跌宕起伏。许多章节甚至每一个章节标题都值得好好把玩，故事里的摘录引用纷繁复杂又合情合理，读者可以从各种角度来赏析小说。小说寄托了作者对于那段历史的政治理想，他将现代科学技术、思想甚至制度带回北宋，对北宋王朝进行了大刀阔斧的改革，企图与传统的政治、思想世界告别，主角不断尝试着为北宋带来资本主义精神。"一直以来，穿越小说回到过去历史的故事模式决定了穿越者即使再普通、再平凡也会洞悉历史先机，会拥有中华文明几千年的智慧积淀，会拥有一个现代人关于现代科技、知识、认知的基本素养。穿越小说一般也都会借着穿越者的现代视角体验、观察、评估过去的历史空间。"① 其实作者也是借助主角来表达自身对于历史的重新

---

① 李玉萍：《论历史元素在网络穿越小说中的运用》，《小说艺术研究》2013年第4期。

设想和构造，《宰执天下》正是借主角韩冈之手尝试对当时的北宋王朝做出评估和试图改革，给那个传统的时代添加新颖的现代元素，从而引起北宋社会的急剧变化。事实上很多穿越文都爱穿越到宋、明这两个时代，史籍丰富，参考资料充足，写起来较为容易。名臣能吏、奸佞党争等精彩故事众多，将这些冲突矛盾一一铺开，便成了几百万字鸿篇巨制的骨架。还有最重要的一点，这两个朝代由辉煌到落寞，被异族铁骑践踏，丧失了制霸全世界的宝贵机会，以至于发生了清末长达一百多年的屈辱历史，为现在许多秉持民族主义、思想激进的青年所不能容忍。现代中国在通往制霸全球的道路上策马奔腾，此时此刻作此书，也算是大众狂欢、万人意淫。

二

但《宰执天下》也有明显的弊病，首先是小说太冗长，之前近100万字才写完开拓河湟部分，前部分看似铺垫很多，但实际上推动情节发展的线索并不多，导致浪费了太多笔墨，后面韩冈突然全面变革，进展迅速，又太过于突兀。事实上字数问题是网络小说的通病，网络小说通常文字的价值密度低，在连载的网络上对于作者驾驭文字能力的考验十分巨大，另外作者为了赚取利润而不得不将小说节奏拉长，这本无可厚非，但这无疑大大折损了小说的艺术价值。

其次是穿越小说作者的通病，就是作者过分开上帝视角，韩冈作为一个穿越回去的穷措大，除了诗词能力一般之外，军事、政治、医疗、科技样样精通，他一路顺风顺水，虽然节奏慢但一直稳步顺利地进入朝堂，执掌天下，且对于社会发展速度做出过快的估计，仅凭对于现代来说简单的技术和披着儒学外衣的所谓"气学"就能使得宋朝发生惊人的变化是过于牵强的，当时的宋朝并没有高速发展的社会土壤和历史基础。

最后是作者对于部分历史人物和历史事件做出了过于主观偏颇的评价。虽然对于新党的王安石、吕惠卿、王珪、曾布、蔡确、章惇、薛向、沈括、吕嘉问等人，作者的描述比较到位，依照这些历史人物真实的性格来续写，但作者明显地对宋神宗、司马光、文彦博等人作出过低的评价，对其人物的塑造有违史实，虽说是为了突出主角发挥作用的需要，但这样只会流于"开自家光环，降敌方智商"的幼稚套路。就两府之间的冲突以及新旧两党之争，写得也不够精彩，往往是作者刻意突然制造一个冲突，然后由韩冈反转终结，进而高升，显然作者过于小瞧旧党的能力和势力，旧党的韩琦、富弼、文彦博、司马光、吕公弼等，虽说为政能力一般，但实际上拥有举足轻重的地位，他们明显不会如此轻易地被扳倒，被突如其来的矛盾弄得手足无措，遭一番批判后，从此被贬谪或者蛰伏西京洛阳，再也成不了气候。这一点作者安排得不够好。

其实若能把握好对战争以及政治斗争的细节描述，《宰执天下》的精彩度将会提升好几个层次。但是本书中，韩冈灭交趾，间接灭夏、揍辽，对战事的细节说得不够精彩、曲折、详细。另外，尤其是写政治斗争，由于作者太贪心，导致党争情节太过低端、俗套、异想天开而又痴心妄想，主角韩冈太过大包大揽，他力图在除诗文外的任何领域都要有巨大的推动作用，从而掌握政权，推动社会进步。事实上，即使主角来自未来的现代社会并有着丰厚的现代知识、现代技术，也不可能为主角一人熟练掌握并大力推广，此处过于夸大主角的作用。更甚者，主角利用张载创制但实际核心早已改头换面的气学打压新学和正处于雏形的理学，虽说气学就是现代科技披上了古典理论的外衣，但其实二者很难糅合在一起，且长篇大论起来极其容易出漏洞。主角可以大力发展科技甚至是涉及军工的钢铁、轨道、造船、火炮业，也可以大力发展基础教育，一点一点改革科举，这些暂且不论，但是要披上张载气学的外衣的空洞学说去和纯理论的二程理学、王安石的新学一较高下，便有点飞蛾扑火、不自量力的感觉，然小说中主角韩冈竟然还取得了意识形态上的胜利，这便有为了胜利而胜利之嫌，略显牵强，减弱了作品的逻辑性和合理性。

总的来说，《宰执天下》虽有这自身和网络小说普遍存在的问题，但其行文流畅，故事情景精彩丰富，一波三折跌宕生姿，作者十分从容地讲述了涵盖帝国机器几十年政治经济文化军事历史，对小说的文字和内容始终保持了良好的控制力，风格稳定，一以贯之。对于小说中的政治、思想构想虽稍显牵强，不足以仔细推敲，但在良莠不齐的网络小说中已属上乘。

赘　婿

愤怒的香蕉

　　《赘婿》是愤怒的香蕉在起点中文网连载的一部穿越架空历史小说，连载开始于2011年5月23日，目前还没有完结。

　　愤怒的香蕉，真名曾登科，出生于1985年5月16日。又名"爆炸的榴莲""神奇的果冻"，起点中文网著名作家，2017年2月的网文之王评选中位列100大神。

一

　　2011年，愤怒的香蕉放下了还未写完的《异化》，着手开始写《赘婿》。相较于之前香蕉大热的《隐杀》和《异化》的都市题材，《赘婿》是一部架空历史题材的小说。网文界转题材的作家并不少见，但由都市或幻想题材转历史题材的，却从来没有过，香蕉敢于跨入这一"雷区"，想必对于自己的笔力有着十分的自信。

　　事实上，愤怒的香蕉是网文界中少有的文笔细腻者，在网文界素来有"网文四青"的称号（其他三位分别是猫腻、烽火戏诸侯和烟雨江南），不管是《隐杀》中的精巧构思，还是《异化》中的细腻心理描写，都体现了香蕉极其强悍的笔力。而正是由于这一独特细腻的文风，一度被人当作女作家，送雅号"焦姐"。

　　《赘婿》开始连载之后，其独一无二的风格迅速刮起了一阵旋风，这部书迅速火热，而且长达十年的连载时间持续做到热度不减。

二

这部书讲述的是一个现代金融界巨头，穿越到了一个架空的古代，成了苏家的一名赘婿。他此生的愿望是安安稳稳地度过这一生，然而世事难料。苏家小姐作为"女强人"，虽然顶着万般荣誉，事实上却有些力不从心，渐渐地，感到对于商业一途有些吃力。而正在此时，各种各样的问题也逐渐引发。首先便是苏家自身的问题，几个儿子无能，却也不甘被一个妹妹指使，所以暗地里总要想办法来坑害苏家小姐。

而作为主角的赘婿宁立恒，虽然在家里没有什么地位，在外边也没有什么好名声，看到自己的老婆要被人迫害，虽然没有夫妻之实，但见死不救总是为君子所不齿，因此暗中操作，使得两位兄长不仅没有得逞，反而惹得一身骚气。苏家小姐也并不是任人宰割的羔羊，趁此机会，一举拿下了苏家商铺的掌控权，至此，苏家商铺算是全权由苏家小姐掌控。

一波未平一波又起，苏家小姐掌控苏家商铺之后，手还没热，却受到了临商的排挤，而且，这次排挤并非简单的排挤，而是关于皇家供货的，一不小心，就可能落得个人头落地的下场。

宁立恒心中也颇有些无奈，本来想安安稳稳做个上门女婿，能够平淡地读读书就好，却不想这些事总是找到自己的头上。作为一名经历过现代社会锤炼的金融界大亨，他处理这些问题自是驾轻就熟，完全没有任何的不适。

在没有任何人知情的情况下，宁立恒偷偷操纵了临商皇家贡布的质量，让他们的质量变成了连一个普通商家都难以接受的程度，结果当然是致命的，苏家小姐在不经意间拿下这一局，自己感觉有如天助，然而却对宁立恒暗中布下的这一切毫不知情。

苏家小姐本是以完成任务的心态去和宁立恒完婚的，平日与宁立恒也是相敬如宾，但事实上心里却是对宁立恒一万个看不起，待到长久接触之后，苏家小姐发现自己这位名义上的相公却还是一位难得的才子。

本书虽然是一部架空历史文，但包括当时的形势，官员名称以及词话的流行，都与宋朝的社会现实极其相似，因此这部书也继承了宋时的一个特点：对于文人的崇敬之心。

文人在普通人看起来总是风光无限的，他们可以随手作出一首美妙的诗词，让人细细品味，这一点，即使高傲如苏家小姐，也未能免俗。她崇拜文人、欣赏文人，作为一名商贾，倒也希望自己能够嫁给一位远近闻名的大才子，虽然这个梦想已经破灭，但是她心中却始终有这么一个念想。

从现代穿越过来的宁立恒，脑中的诗词量虽然不够丰富，但胜在质量过硬！这些可都是几百年来大能所写的诗词，随便拿出一首就足够他举世闻名。然而穿越抄诗却一向是个大坑，多少读者作家都说过，只要涉及穿越抄诗，必然会写崩。但是即使如此，抄诗的作品依然层出不穷。我个人的观点是，抄诗好与不好，在于作者自身的功力，如果作者能做到抄得清新脱俗，流畅自然，那么抄一抄也未尝不可！但如果真的为了抄诗而抄诗，那么写崩的可能性就会大大增加。

香蕉的笔力毋庸置疑，所以他敢于踏入这一雷区，并且写得非常自然，不做作，同时对于先贤也保持了足够的尊重，让人在感到"爽"的同时，还不忘欣赏词本身的意蕴所在。

有了这些"作品"，宁立恒才子之名便迅速打响，苏家小姐倒是没想到这一位入赘而来的相公居然有如此才华和笔力，不由暗暗吃惊，当然更多的还是喜悦，虽然走到这一步，她心里觉得宁立恒想要掌家几乎不可能，但相公是一个有本事、有才华的人，总有让人欣喜的理由。

从此，苏家小姐对宁立恒开始关注，逐渐发现自己这位相公在某些方面确实是一位了不起的人，自己尘封的一颗心也在了解的过程中逐渐打开，当她真正意识到什么的时候，自己的情绪却都已经系在了他身上。然而她却明白，当初的婚礼，也只不过是一个仪式而已，是不是真的夫妻，自己心里清楚。她此时暗自后悔，若是当时没有那么任性，那么一切不都是水到渠成？

后悔也没用，苏家大小姐从来都不是一个自怨自艾的人，想要水到渠成已经不可能了，但是凭借自己的智慧，还不能开出一条暗涌？简单思索了一下，她便打定了主意。一个平常的夜晚，无风无雨，几捆干柴，一个火引子，就是苏家小姐今晚的装备。天色昏暗，望向宁立恒处所，发现灯已经吹灭，苏家小姐暗暗松了口气。

架好干柴，点燃火苗，不一会儿，自己居住多年的阁楼便燃起了熊熊大火，苏家小姐心里还是十分心疼的，毕竟是自己从小的住所，不过为了一个重要的目的，牺牲一座阁楼还是值得的。苏家小姐阁楼失火，自己便没有了住处，那么住在宁立恒那里便是最好的选择，苏家小姐不由暗自为自己的智慧得意，却没有料到这一切都被那边的宁立恒看在眼里。

之后的事水到渠成，宁立恒心里清楚苏家小姐的打算，但是却没有提及此事，不光是为了苏家小姐的薄面，自己穿越来之后，是否有真正的归属感，自己也并不太清楚，所谓知之而不言之，便是如此。直到后来，宁立恒言破此事，用来调侃苏家小姐，却是后话。之后的剧情还很长，限于篇幅，就阐述至此。

三

《赘婿》是如今网文界商业文泛滥中硕果仅存的"写自己的书"，正如香蕉在《赘婿》上架之时所说，自己所追寻的，是传统文学和网络文学中的一个平衡点。《赘婿》不管是从哪个方面看，都远远超越了网文的格局，在向着网文界新的格局进发。

其优点是显而易见的。首先，大的格局方面，几乎将整个大宋搬到了自己的书中。这一搬并非简单的复制，作者所描绘的，是一个自己理解的大宋，小到一个小镇，大到世界格局，都在各方面给我们展现着一个古香古色的世界。在整部书的大纲上，虽然看上去描绘稍显散漫，但实际上，读到后面，会发现这些线索全部连成一个整体，情节驾驭能力十分出彩。其次，往小处说，《赘婿》文风之细腻，堪称网文界之最。在环境描写上，极其擅长刻画意境，给人非常强烈的代入感，读者不知不觉中，就进入了一种状态。人物语言上，非常流畅自然，不拖沓不简陋，每一句话都几乎恰到好处，给人很清新的感觉。横向比较一下，同样是文笔出彩、行文技术一绝的烽火戏诸侯，在描绘小场景时，给人一种极强的张力，读者极易被带入情绪，进而领会到作品的魅力，但烽火的短处在于大的格局上不够精巧，缺乏一种大局观。而猫腻不管在大格局还是小场景中，张力都极强，其文读来雄浑壮阔、波澜起伏，令人拍案叫绝，但是却总是烂尾，让人心情压抑。三人风格相似，文笔出彩，但是却各有所长，算是在商业文大行其道之时，凭借着自己独特风格而保留神格的作家。

优点很多，但是不足之处却也不少，最明显的，也是所有文青都非常容易犯的——过于矫情。某些语言，为了显露自己的个人风格，强行套上自己惯用的语言和描写，给人一种极其违和的感觉，同时读久了也会产生审美疲劳。

伐　清

灰熊猫

　　《伐清》是灰熊猫继《窃明》《虎狼》之后的第三本历史军事类穿越小说。

　　灰熊猫，真名谢栩文，笔名大爆炸（起点中文网）、灰衣熊猫（百度网名）、灰熊猫（纵横中文网）。作者乃天津人士，中国作家协会会员，现为纵横中文网签约的专职作家。他擅长写历史、军事类题材的小说，是一个充满理想主义与激情的网络小说作家，其主要作品有《窃明》《虎狼》《朱棣的权谋》《伐清》等。灰熊猫本人原是IT工程师，却喜欢探讨历史，并醉心于历史发展与现代化变革的研究，为表达其所思所悟，遂化笔底波澜，开一代新风。他的历史穿越类小说，深入探讨历史，梳理历史人物的性格喜恶、命运轨迹与是非功过。通过小说，作者表现出他本人对国族历史悲剧之来龙去脉的深刻认知，重构历史拐点，希望借此开辟一条促民族走向新生的可能路径。他借既往之波澜，铸现世之洪流，熔炉之内，淬炼的是人类近现代政治智慧的结晶，升华的是中华民族孜孜千年的"民族梦"。

一

　　西元1942年，即东纪（孔子诞生后）2493年，中国在重庆修建的为寻找平行宇宙而建立的观测站投入使用，并成功发现了一个平行宇宙的存在。至2012年，人类在土卫三上修建的全新观测站竣工，运行了整整70年的重庆宇宙观测站则完成了使命，到了要被关闭的时刻。不料，老观测站的关闭使得两个宇宙的时间波受到扰动，而主角邓名——一个在信息爆炸时代长大的美术学院油画系大学生，被传送到平行宇宙，时间穿越到了南明永历十二年（清顺治十五年、西元1658年）。邓名的出现，被夔东十三家之一的将领袁宗第误认为来者乃大明宗室，一系列传奇故事由此展开。

《伐清》全书共分七大卷：天下已定蜀未定，春风又绿江南岸，八百里分麾下炙，窗含西岭千秋雪，一身转战千里路，忽闻岸上踏歌声，还君明珠双泪垂。小说情节发展主线由邓名一行二十骑奔袭昆明，火烧昆明，经营四川，转战长江，灭八旗劲旅，痛杀福临，还在清军的巨额悬赏通缉令与明哲保身的双重规则下，与满清辖下的各地封疆大吏进行生意买卖，以及发兵缅甸图谋解救处于危难之中的永历天子组成，最后以在艰难环境设定下选择并走好另一条路——以"共赢"的方式构建新制度、取代旧制度。与旧政府建立近代国家作为小说的结尾。除此之外，小说与主线并行的另一条情节隐含线则是书中各色人物对于主角邓名的身世探究。

而真实历史上的永历十二年底，乃南明最后一个朝廷的最后时刻，满清席卷天下之势似乎已经不可阻挡。李定国，作为永历政权的最后保卫者，终忧死异乡；郑成功，作为汉家衣冠的最后坚持者，终远走海外再无乡。天下皆降闯不降，纵然面临敌我悬殊的已定大势，明军亦拒绝了满清的最后一次劝降。万里江山尽墨，海内群豪全灭，再不是充满希望的战争，只剩余绝望的殊死抵抗。

可以说，《伐清》是一部基于宏大苍凉的真实历史背景下的逆史而构的小说。孤身一人的穿越者来到历史之胜负点进行取舍，面临强大的敌人，是漂泊出洋另图再起还是背靠大海殊死一搏？汹涌而来的百万敌军如怒海狂潮，无边无际，而穿越者紧握手中利剑，带领残余明军，试图扭转不利困局，以刚强决绝之对抗姿态给敌军猛烈之痛击。

败者未必寇，胜者未必王，且看吾等儿郎誓死伐清，捍卫吾国吾家乡。

在《伐清》这本小说中，灰熊猫创新求变，一改以往严肃悲愤的文学风格，尝试用幽默诙谐的语言、奔放豪迈的笔触，讲述现代主角穿越南明之后的传奇故事，并向读者再现了一个被史学界刻意埋没、民众印象模糊的南明末年画面。

在写了260万字后，作者觉得已经表达了大部分他所想表达的东西，没有什么遗憾了，并因一年多的更新导致心力不足，甚至有一种挣扎前行的感觉。最终经过再三考虑，灰熊猫决定仓促结尾，可谓"伐清清未灭，小说已完结"。

二

作为一部架空历史的穿越小说，可以通过"时间穿越"和"空间穿越"两个节点对小说的内容构思进行整体把握。"时间穿越"指摆脱时间一维性、单向度的存在形式，实现时间的可逆性和跨越式的展现形式，而"空间穿越"则是在改变时间运行方式的基础上的空间位置的更改。就《伐清》而言，作者选取了"由现代穿越至明末"这一颇具历史痛感的时间穿越点，以及"平行宇宙"这一空间跨越点，在内容构思上具有宏大叙事的特点。根据全书情节线索，可将小说内容分为两部分：一为承受着历史痛感的抗清之路，二为背负着历史使命的对理想民族国家的探索之路，这两部分内容既有着时间上的顺承关系，又保持着事态情理上的内部逻辑同步。

小说主角邓名被传送到平行时空，与南明诸军阀求同存异，一起对抗满清，更是采用潜移默化的方式将现代社会中的人本等思想带给懵懂的将士与民众，无形之中推动经济改造社会，引导社会制度改革。基于此，我们可以对小说主题加以总结概括，即：奋挽历史沉痛，重构民族国家，设计中国现代道路。

在邓名来到明末清初的四川后，反清复明的力量在其帮助之下大大增强。与同题材类型的其他作品不同，小说虽以大量篇幅书写伐清历程，然而中心主题旨归并不在民族复仇，而在于新民族国家模式的探索与构建，即试图在民族和解、双赢的思路下，通过互惠的双边贸易、海外殖民贸易，配合强大的科技创新，构建一种类似"欧盟"的民族国家联合体的经济政治体制。在这个思路下，邓名既重视发展军事，更重视发展商业和科技，以及现代法律和议会制度建设，甚至主动给自己的权力套上枷锁，包容不同派别立场与政治思想的存在。在他的带领下，贸易联盟不断扩大，这种经贸和政治合作的方式，团结了周培公等江南各省总督、李定国等各类反清势力，甚至团结了清政府和吴三桂。而联合政府的立国思想，正是在资本主义充分发展的前提下，充分发挥每个人才能的"个人主义"。

在灰熊猫的民族国家理想构建下，"邓名的中国"摆脱了中国近代史和世界现代史中以血腥杀戮立国的权力更迭方式，初具了现代国家的要素，实行着欧美式的民主制度，同时也与国情相符，散发出建立在个人主义基础上的独特的人性化魅力。

与作者的《窃明》《虎狼》等作品相比，《伐清》在对人物形象的刻画、笔墨分配等方面有了一定提高。

就历史军事类穿越小说而言，历史画卷的宏大展开往往容易导致作者对庞杂的人物的形象处理流于概念化与扁平化，《伐清》则在规避人物形象简单化上以独特方式做出了自己的努力。小说对于南明危难时期投靠誓死不降的汉家儿郎、异族的文人士子、卖国求荣的将领官员、自私自利的缙绅地主阶层等众生相进行了多角度的刻画，其中最重要的手段即通过大量心理描写展现人物情感变化过程，从而使人物形象乃至整个历史框架都得以圆满。如投机分子熊兰，其圆滑取巧与畏死贪生的性格特点在其每次临阵倒戈时的心理活动中被清晰凸显。至于同为英雄或同为逆贼，纵是同阵营、同派别甚至同身份属性的人物形象在作者笔下亦各具特点。如同在邓名护卫二十骑之列的将领赵天霸与周开荒，却显示出性格中不拘小节与沉稳谨严以及情商高低等方面之异。

除此之外，小说中的众多角色不仅有自身姓名，还有因事迹而得名的外号，诸如无名之辈赵天霸、爆破专家刘体纯、一骑当千周开荒等，颇具水浒味道，在某种程度上有助于加深读者对庞杂人物的记忆点，也可算作作者的玲珑匠心。

自然，作为一部篇幅巨大的历史穿越小说，主角在穿越历史过程中闪现的光环强大过人，连贯的情节设置与近乎荒诞的情节发展在一定程度上不可避免地将人物形象神圣化，而作者本人却未能对人物形象的塑造做出曲折性的补救与多角度刻画。另一值得注意的是，全书未设女主，甚至连女性角色都着笔甚少，最终小说在众多读者的强烈要求与龙套报名之后才勉强出现了有名有姓的女性角色，而这种女性角色的缺失也令作者的人物群像的整体性塑造失色些许，不免使人遗憾。

冷幽默式的叙事语言。无论是对激烈战事的描写还是天下时局的述说，整体而言，《伐清》的叙事语言较为平常，和作者其他作品相比亦稍逊文采。然而在平常甚至平淡之中，作者看似不经意穿插在人物对白、心理活动中的幽默讽刺、精妙有趣或生动讥诮的情节与言语，共同形成了小说冷幽默式的叙事风格与语言特点。

三

整体看来，《伐清》并不是一本逻辑思维谨严的教科书式小说，灰熊猫笔下的情节与人物几乎均是为本人的观念与立场服务，作品中民族主义、民主主义、理想主义色彩相当浓厚。但从另一角度看，全书的难得之处也在于此——作者个人的思考融入、古今之异中对真实社会的影射，都为读者提供了看待问题的新视点，引人共鸣与深思。以下几点较为突出。

关于"忠"的问题，对效忠链模式的分析是小说思想性的一个重要方面。古代社会的效忠链组织模式与现代社会中将忠诚与国家相关联的组织模式存在着较大差异。当永历天子弃国,将领士兵的效忠链也自然被切断。忠君还是忠国的分歧便是小说的思考点——自我体认的失落与心理的失根感在左营千总李星汉身上体现了出来,其效忠链通向天子,故而对天子弃国后的征战之正义性也产生了怀疑;与之相对应的四川督师文安之即便身为天子门生,而其效忠对象却为江山社稷,这便具有了现代社会效忠模式的特征,体现了作者对封建社会忠诚观、君臣观与战争观的思考质疑,蕴含着可贵的思想价值。

"仁",即恻隐之心,小说对"仁"的思考折射出时代道德观与价值观的差别,具体而言这种思考主要通过主角邓名对俘虏的态度与处置方式表现出来。邓名认为,"既然是人,那他们劳动就应该得到报酬,他们饥饿的时候就应该能够找到东西吃,感到寒冷的时候可以有衣服穿,而在他们吃饱喝足之余,能够感到快乐"。然而,"一个有情有义的人,哪怕是英雄盖世也没法逐鹿中原",甚至是敌军中曾被其俘虏而后又被释放的一名文官也对邓名之"仁"做出了这样的评判。明亡之因其中最重要的一点在于人心背离,如何收拾人心也一直是小说探讨的重点,而"仁"便是思考的答案。"仁"之中也隐含着基本的人性观:被古人不解的仁厚宽忍,实则是现代社会中人道主义的最基本体现——尊重个体生命及其权利尊严。

民族可塑性及"共赢"模式。"我们是聪明的、可塑性强的民族,只要统治者不施展权术,我的祖国就盛产英勇的战士,杰出的工人;可只要统治者决心愚民,也能制造出大批驯服的奴才。"作者借邓名之口提出了民族可塑性的问题以及统治观问题,在充分展示民族自信的基础上进一步颠覆了传统文化中非黑即白的二元对立思维模式,试图以"共赢"的组织模式走出一条新的治国路径。而共赢与引导的方式的出现,表明了新制度取代旧制度的方式并非只有"树敌—斗争—内耗"这一种,也试图证明了一种与《窃明》《虎狼》都不同的观点——改变世界,或许并不需要血流成河。"非我族类其心必异"的狭隘民族主义思想并不存在于文中,反而让人看到了现代社会协作系统一步步的建立过程,具有较大启发性。

对历史军事类穿越小说而言,"穿越"需要新意与脑洞大开,而对历史的再演绎则需要作者的笔力与知识的积淀。从某种程度上说,穿越小说是当代个体构筑的"异托邦",时空交错的背后隐藏着现代叙述内核,小说中无处不在的"现代"意识与思想是理解和分析文本的关键与主要依据。

《伐清》一书,在主角的传奇故事中,读者可以窥探到众多不可思议甚至近乎荒诞的历史事件的影子:朱棣取代建文帝时的军事战史,野猪皮家族的发家史,满清与关宁军的走私野史,南明抗清时期各大军阀内讧出卖同袍战友史,满清末期东南互保历史,等等。而作者书写穿越传奇的背后恰恰也揭示着这一段真实历史所具有的痛感,唯其痛之深切,才有了书中人物为构造新国家、新社会,打造新民族所做出的巨大努力与卓绝改变。经过探索后的新模式新路径则实现了架空的历史与现代社会现实生活的对接,它是"异托邦"而非乌托邦,就在于这个穿越世界既与现实生活保持距离又不至于脱节,有着现实的影子与现代观念的输入,甚至有时也包含着对时下的小褒贬,所谓"现实的回响"指的也正是如此。从这个意义上说,《伐清》确实是一部历史阵痛与现实回响融合得较为成功的作品,也是一部具有启示性意义的历史穿越良心之作。

烽烟尽处

酒 徒

《烽烟尽处》是网络知名作家酒徒创作的一部历史传奇小说。该作品获上海市作协主办的"2013年度网络文学好评作品";2015年11月获浙江省作协"第一届网络文学双年奖"铜奖。

酒徒,原名蒙虎,1974生,内蒙古赤峰人,东南大学毕业,中文在线旗下17K小说网的知名签约作家,中国作家协会会员,网络文学大神级作家,首届网络文学联赛导师。2000年开始网络创作,其他作品还有《秦》、《明》、《指南录》及《隋乱》、《开国功贼》、《盛唐烟云》(合称"隋唐三部曲")等。

一

《烽烟尽处》通过写张松龄从一名害羞懵懂的学生、一位富商家庭的少爷投身于滚滚的抗战洪流中,并最终成为一名优秀的抗日战士的故事,描绘出整个民族经历的坎坷岁月,歌颂了抗日战争时期中国军民英勇抗争、不屈不挠的精神,表达了对英雄主义与家国情怀的呼唤。

张松龄出身商人家庭,高中毕业后加入了学生团体"血花社",一心北上宣传抗日,保家卫国。一开始,天真腼腆的张松龄对于战争的残酷并没有什么直观切身的体会,唱起救亡歌曲非常兴奋。在路上,

"血花社"受到奸人伏击，张松龄侥幸逃脱，他失去了同伴和心爱的姑娘；他还阴错阳差地被带进了民间武装组织"铁血联庄会"，并且担任了军官。"铁血联庄会"打着抗日的旗号，但当日本军队真的来了的时候，这些人却一哄而散，只留下张松龄和其他五人坚持与日本兵打了个伏击战。由于实力悬殊，其他五人全部牺牲，张松龄幸运地被国民党纪团长救起，并加入了国民革命军第二十六路军特务团。

在苟有德团长和石良材警卫班长的教导下，经历了几次战斗的张松龄练就了一身本领，成了一名优秀的军人，并升任副连长。后来，张松龄跟随第二十六路军参加了娘子关战役。由于指挥等方面的失误，娘子关战役打得非常惨烈，张松龄所在的军队几乎全军覆没。张松龄因为受到了连长廖文化和一对猎户父女孟山和孟小雨的帮助而逃过一劫。为了养伤，他与猎户父女在一个小村子里过了一段平静的山居生活，并与孟小雨产生了懵懂的感情。张松龄伤好后，孟山却被汉奸害死。为了给孟山报仇，张松龄一路赶往内蒙古黑石寨。他在内蒙古报仇的过程中遇到了马贼英豪赵天龙、周黑子和"红胡子"等人。在与日本军队战斗的过程中，周黑子带领的马贼被国民党晋绥军收编，"红胡子"带领的马贼以及张松龄、赵天龙等人则加入了共产党的游击队。同时，张松龄还遇到了同是"血花社"的幸存者彭学文和方国平。彭学文成了军统特工，方国平则成了共产党军队的政委。在苍茫的草原上，张松龄跟随共产党游击队，与国民党军队、军统特工一起进行了与日本军队的残酷战争。在战争中，许多军人壮烈牺牲，但军队经过顽强战斗，也取得了很多的胜利，为抗战胜利做出了巨大贡献。

小说结构庞大，条理清晰。《烽烟尽处》的字数达到 200 万，内容涉及了五年之间中国很多地方的故事，人物众多，结构庞大。但是作者对于结构的把握却是驾轻就熟。小说的内容繁而不杂、脉络清晰。不同人物群体和事件的展现以主角张松龄的经历为线索，他的经历和所见所闻串起了所有的事件，显得十分有条理。小说采用链式结构，情节一环扣一环，发生在不同地点的故事相对独立但又有联系，一步步将故事推向高潮,并在情节发展中展现了主人公的成长和抗日战争战局的变化。小说一开始写张松龄与"血花社"学生去北京投军一路发生的故事,然后由于"血花社"遭到伏击,小说随着张松龄的侥幸逃脱而开始了对民间武装"铁血联庄会"的描写,"铁血联庄会"不战而溃,随着张松龄被救起并加入国民党军队,小说又开始了对正面战场的叙述,最后写他为报仇深入内蒙古,小说着重讲述了草原上共产党游击队抗战的故事。这样的结构既不会使读者感到重复雷同,也不会显得杂乱无章,故事大开大合,一气呵成,读来让人酣畅淋漓。并且在结构全文时,小说采用插叙的手法,时空交错,在对抗战故事的描写中,穿插着张松龄耄耋之年时的故事与回忆,使得小说摇曳生姿。其今昔对照又使小说具有了一种历史沧桑感与宿命感。

二

小说的主题非常积极向上,并且很符合"主旋律",这在网络小说中是不多见的。网络小说的主题虽然基本上也很正面,都是符合主流价值观的,但通常会表达一些比较个人化的情感和品质,像《烽烟尽处》这样涉及家国情怀的作品则不多。这样的宏大主题和宏大叙事就让小说的品格高了很多。

全景式的宏大社会图景展现。这是这部小说取得成功最重要的要素之一。作者对那段历史有过详细的了解,因此小说对那个时期的社会状况的表现也是很全面的。小说较为详细地展现了当时各个社会群体的状况,包括国民党正规军、国民党军统、各地方派系军队、共产党游击队、地方民间武装、蒙古马贼、爱国学生、商人、农民等。小说还展示了中国各个地方的风土人情,有山东、河北等中原地区,也有内蒙古等塞外风光,充分展现了中国丰富多彩的民族风情。此外,这样的全景式展现也使人感到气势恢宏,气象宏大。

真实客观。网络小说的特点是虚构性强,常见的穿越、修真等题材与现实相距甚远,基本全靠作者的虚构和想象。但《烽烟尽处》则不同。虽然其具体的故事是虚构的，但作者把故事放在真实的历史背景中，并且很多事件也尊重了历史的事实，整个故事是沿着历史真实事件的线索展开的。小说写到了民国风云人物孙中山、蒋介石、何应钦、张学良、宋哲元等人，也根据时间的推移描写了长城战役、娘子关战役、徐州会战、西安事变等历史事件。此外，作者的态度非常严谨，对小说中一些重要的事件、人物、事物做了注释，表明小说是有现实依据的，增强了小说的真实感。同时，作者的叙述也很冷静客观。对于历史事件有较为全面客观的反映和评价，基本上做到了"不虚美，不隐恶"。

情节跌宕曲折。《烽烟尽处》的情节曲折有趣，激烈紧张，有非常大的吸引力。并且情节构思也非常有意思，故事不落俗套，内容新颖，给读者以新奇之感。小说人物的命运总是出人意料，情节的走向也在情理之中，意料之外。此外，小说情节节奏的把握也非常好，张弛有度，在紧张的战争故事中又穿插了一些爱情、友情、师生情的小插曲，在描写中国军民热血抗战的同时，也描写了国民党高层的运筹帷幄和暗流涌动，使读者不会感到疲劳，同时丰富了故事情节，增强了打动人的力量。由此小说便把宏大的家国情怀和细腻的个人情感巧妙地结合在一起，产生了很好的抒情效果和叙事效果。

小说内容方面的缺点是小说多次描写战争场面，而且每一场战争都描写得十分细致。虽然这些战争的背景都不尽相同，并且各有特点，但是过多的战争描写容易使人产生审美疲劳，使故事节奏趋于拖沓。而且在描写战争时也有很多血腥暴力场面的描写，虽然这些描写能够表现战争的残酷，激发读者的情绪，但是过多的渲染血腥暴力也有为迎合读者趣味而写作的倾向。

三

《烽烟尽处》的人物形象塑造是较为成功的，塑造了许多身份不同，性格各异的人物形象。其特点主要有如下几点。

人物形象立体真实。小说塑造的形象大多比较生动立体，能够表现人物个性不同层面的特点，充分展现人性中的优点和缺点，使人物有血有肉，真实可信。比如国民党军队连长廖文化，小说写了他胆小的一面，他曾求张松龄把他调离正面战场，但他在张松龄的感召下，也表现出了勇敢无私的一面，最终为掩护张松龄而牺牲。再比如爱国学生彭学文，既写了他作为学生领袖自负、好面子的一面，也表现了他成为军统特工后的英勇智慧和重情重义。这些真实立体的艺术形象增强了小说的真实感，也非常好地起到了表现主题的作用。

人物形象个性鲜明，特点显著。小说塑造了一系列身份不同、性格不同的形象。每个人都能给读者留下鲜明的印象，具有强烈的个性色彩。即便同一类型的人，也写得各有特点。比如同是勇敢的国民党军人，苟有德有勇有谋，而他的警卫班长石良材则憨厚单纯；同是由马贼转变的共产党游击队员，"红胡子"沉稳智慧，而赵天龙勇武率直；同是年轻女性，彭薇薇细腻温柔，而孟小雨大胆泼辣。这些不同的人物形象使小说摇曳生姿，生动有趣，每个人都是一段故事，绝不雷同。

小说大量运用了对比、衬托等艺术表现手法，使情节跌宕起伏，感人至深。对于网络小说来说，能够打动人是十分重要的。而打动人的方法之一就是采用先抑后扬、对比衬托等艺术手法，正是这些手法，使得人物形象立体真实，人物特点鲜明动人。比如小说写国民革命军第二十六路军排长韩进步，他是个军人，但同时也是普通人，他面对很可能有去无回的战场也有畏惧，所以战前他求张松龄给他写护身符，被张松龄斥为愚昧。但他作为军人也有一种担当和勇气，当他真正走向战场，他丝毫没有畏惧，迎着枪炮而上，最终壮烈牺牲。小说正是通过这样先抑后扬的手法，使得人物形象在真实中显得更为动人，以其强大的震撼力，让人为之感动落泪。

小说主角张松龄这个形象相对来说比较缺乏真实性，尤其是到小说后半部分。也许因为这个角色倾注了作者太多的爱与希望，所以这个形象给人感觉有些过于完美了。张松龄不仅无私无畏，而且年仅18岁便无所不能，屡立战功，运气非凡，比小说中任何一个人都要厉害，给人一种"高大全"的感觉。此外，张松龄以及其他一些配角比如廖文化等人的成长与转变的过程交代得也比较草率，破坏了形象的真实性。

四

小说语言生动流畅，朴实自然，于平实中可见作者深厚的语言功底。小说的语言虽然并不华美，但情感充沛，十分有感染力。比如小说正文最后一节的一段话，"北风卷着雪花继续向南，飘过万里长城，飘过连绵关山。同样的星光下，八路军某部战士举着大刀片子冲进日军队伍，刀光落处，鬼子纷纷授首。同样的星光下，一群国民党士兵抱着手榴弹冲向日寇坦克，血洒疆场。夜空中的流星就像两只眼睛。默默看着长城内外所有风景。'让我们举起手中的刀……'同样的星光下。身穿国民党上校军装的彭学文擦了一把脸上的泪。继续大声疾呼。'为了祖辈赋予我们的尊严。为了子孙不再被人屠杀。为了永远的自由和光明……'"几个排比句，气势磅礴，把抗战将士的英勇无畏表现得酣畅淋漓，读来让人感慨不已。这也是网络小说语言的一个重要特点，就是可以迅速调动读者的情绪，在最大程度上打动读者，具有极强的感染力。

小说的细节描写十分丰富生动。小说在描写方面非常出色，这也是它能够塑造出成功的艺术形象和打动读者的原因。通过对于语言、造型、心理的细节描写，人物获得了鲜明的个性、立体的形象和感人的力量。小说总是能抓住人物的特点和事情的本质，用几个典型而传神的细节描写，便把想要表达的内容和思想不动声色地传达给读者。比如小说中有一段，"'你个小兔崽子，还敢回来见我?!'用力将茶碗朝地上掷去，马汉三破口大骂，'躲啊，有本事你躲延安去。反正那边也有你的朋友！你去了不愁找不到事情干！''那可不行！'彭学文迅速蹲下身，抢在茶碗与地面发生接触之前将其抄在了手里，重新摆回桌面上"。这一段中的彭学文是军统的优秀特工，作者仅用一个接茶碗的动作就把他利落敏捷的身手表现得淋漓尽致，对于塑造他这个特工的形象起了非常大的作用。从这一点也可以看出作者较高的写作技巧。与很多网络小说只追求情节的离奇和夸张不同，作者在人物刻画和细节描写方面也是费了很多心思的。

《烽烟尽处》这部称得上"主旋律"的网络小说一开始连载便在网上走红，广受网友们的喜爱。这部小说以民国历史和抗日战争为题材，其流露出的家国情怀，与作者酒徒多年来的作品一脉相承。除了主题宏大，情节吸引人，小说在语言、结构、形象塑造和艺术手法等方面也都达到了较高的水平。整部小说在艺术方面可以与优秀的传统小说媲美，成功地在网络上吸引了大批读者，广受欢迎，达到了艺术性和通俗性的结合。

小说内容的广泛性使其主题有了一定的深度和复杂性。在描写中国军民英勇抗战的过程中，小说也通过描写一些懦弱胆小、麻木自私的汉奸和老百姓，表达了作者对国民性的反思和批判；通过描写抗战中国共两党的斗争以及国民党的内斗，表达了对政治残酷性的认识；通过描写战争的惨烈和对人民的迫害，表达了对战争的反省和厌恶。这些多层次的主题使小说具有了思想上的批判性和深刻性，不再只是一部只供娱乐的小说了。

晚　明

柯山梦

《晚明》是柯山梦连载于起点中文网的架空历史军事小说，全书分为六卷，227万字。作者柯山梦，四川成都人，其他不详，目前也只看到他这一部小说。

一

一天下午，某公司腹黑办公室主任陈新与其校友同事技术宅刘民有在天津郊外游玩，商量一些事情，突然遇到UFO，然后他们就赤身裸体地回到了几百年前的明朝天启七年。

明朝末期，政权赖以维系的军事和财政制度已经逐渐崩坏，卫所士兵的生活和农奴类似，毫无作战能力。满清可以轻松地入侵明朝的腹心部位，大肆抢夺钱财和人口，而朝廷对此则是束手无策，当明朝的政权连自己的子民都无法庇护，他的丧钟已经由自己敲响。

陈新与刘民有渡过最初的艰难期后，在山东登州立下了足，并开始准备两件事情：建立军队和恢复经济。最初拉起的数百人队伍并没有选择遍地可见的农民，而是在运河边拉纤的纤夫。这是比农民更加优秀的兵源，身体强壮、意志坚韧、团队组织和服从性更胜一筹。而作者练兵也选择了最符合当时情形的《纪效新书》和《练兵实纪》。没错，这是按照戚家军的方法重新建立的陈家军，主角牢牢把握着军队的控制权，潜伏在暗处不断成长。

军事力量需要不断的物质支持，败坏的吏治让主角需要出海去日本走私才能养活这点军队。从朝堂大佬到兵部官员，从地方巡抚到各级将官，无不从国家财政支出的兵饷中吸血，甚至变成了一种众所周知的规则。层层纠缠，积重难返，陈新他们也是利用贿赂上官，打点各色官僚才获得了登州卫千户的起家资本。通过作者的描写，活脱脱的明末官场现形记呈现在我们面前。

登州集团不断扩张势力，不可避免地和周围的地主缙绅发生冲突。这些控制着帝国底层，掌握着土地和人口的缙绅阶级同时控制着舆论话语权，他们互为姻亲或同窗，形成一张紧密的关系网，有些强力的家族甚至在北京的朝廷都能找到根脚。文中塑造的黄功成就是这样一个经典的地主角色。穿越者领导的集团和他们会是天然的死敌，腹黑的陈主任最终利用辽兵叛乱（吴桥兵变）把山东彻底打成一片白地，然后重新建立起自己的秩序。

其后陈新他们利用朝廷内部的各种矛盾，受庇护于朝廷重臣温体仁等之下，免遭朝廷清算，一方面自己发展海上贸易，壮大经济实力，同时招兵买马扩充军事力量。崇祯八年，登州镇彻底击溃后金，八旗旗主全部战死，后金灰飞烟灭，辽东光复……后数年，陈新成为新的皇帝，建立了新的国家体制。30年后，陈新与刘民有在皇宫又遭遇了UFO，又赤身裸体回到了天津。但历史已经改变，广袤而强大的中华帝国傲立于地球东方。

二

穿越晚明的网络作品非常多，其原因就在于很多中国人对这段历史非常痛心。认为中国数千万子民被屠杀，五千年文明从此断绝。本文作者也是其中之一。"满清以胡虏据中原，不改其原始和野蛮的本性，比蒙元更凶恶的是，他以文字狱阉割中华文明，再把自己乔装打扮为正统王朝，以汉制汉，而行其殖民之实，按民族划分人的阶层，满人都是主子，汉民皆为奴婢，以华夏膏血养育其不事生产之一族，中华这棵枝繁叶茂的参天大树，在这棵寄生树的绞杀下，变为任人鱼肉的辫子国。那天的席尔瓦你也看到了，大明仍然是他们所仰慕的美丽国度，但一百年后，中华已成西方眼中的半野蛮之地，西方却在文艺和科学领域大踏步的前进。而咱们居然要到近代才能从日本找回天工开物、神器谱这样的明代书籍。""文明不是书本，文明是代代相传的薪火，是潜移默化的自尊自信，是辉煌的艺术和文学，是汉武横扫大漠的雄风，是崖山蹈海的壮烈，是留发不留头的血性，没有了这些骄傲的人，何谈文明，哪一个国家的统治者能说出留头不留发，能说出宁与洋人不与家奴，能说出量中华物力博与国欢心这样的屁话。""明朝政治上没有与文官士大夫相抗衡的力量，中央对民间的控制越来越薄弱。人为划分的士农工商阶层，臭大街的军户匠户制度，巨大的贫富差距，又没有政权的调控，早晚也会垮台，它确实有很严重的问题，但不应该被野蛮和愚昧代替。"

这是文中的两位穿越者主角前往扬州时，在繁华的市井中穿行留下的话语，也是所有明末穿越者天然的责任，在大厦将倾的危局下力挽狂澜，从野蛮的鞑子手中拯救华夏文明。从中我们可以看出，作者对明清的更替是多么的痛心疾首。所以，作品的主人公空降晚明，要改变历史，阻止原有历史的发生。

《晚明》中另外一大看点就是作者细致地描写了燧发枪、火炮带来的军事改革，各种改良的线列战术和方阵横扫旧时代的鞑子军队。崇祯年间的战场不再是一幅抽象的山水画。标准的军服，健全的规章制度条例，专业的后勤供给机构，武器的标准化、制式化。以方阵为单位的纵队行进，到达战场上再立定转向或行进间转向，队列变为射击时的横队。阅兵场上不断操练的队列训练和队形变化，就是战场上实际用到的战术队形和动作。距敌一定距离时，三列步兵开始依次交替齐射、后退装弹、再次齐射。前线游荡的散兵会进行残酷的白刃战保护自己战线的完整，两边的骑兵保护方阵的侧翼，随时准备集团冲锋。后方的炮兵会不断开炮给敌人以巨大的伤亡和心理压力。这里的战斗不再是三国演义中的那样,谋士运筹帷幄,武将前线拼杀。墙式冲锋、刺刀入肉、铅弹呼啸的可怕组合可以击溃任何古典军队。登州集团起家的四城之战、再次击败满清精锐的身弥岛之战、击溃流民军队,杀死其首领紫金梁、平复辽军叛乱、袭扰辽东,最终一战彻底击败盘踞关外的满清势力,这支部队的战斗力不断提升,本书的战斗脉络也清晰地呈现在读者面前。①

三

在人物形象的描绘上《晚明》也非常出彩,每个出场的角色都有其独特的性格。男主陈新,腹黑却勤奋,在乱世有自己的使命感,既是枭雄,更是英雄。刘民有,一副书生气,聪明且务实,在乱世也学会了操刀子砍人。

而其中最为出众的就是塑造了大量有血有肉、有自己思想的配角,这一点在充斥在网文的 NPC 配角里极为难得。例如比男人更加狠辣的二丫、李云龙式的军官钟老四、心思单纯的兵王关大弟、颇有喜剧色彩被观众殴打的戏鞑子唐小胖、马屁功夫逆天的黄思德等,这里面令人印象最为深刻的应该是那个叫作张忠旗的包衣奴才。他作为包衣参加过不少满清的入侵活动,因为救过鞑子主人的性命而得到一点可怜的优待。他牵挂的女人哑巴(也是奴隶)被野狗分食,后来的妻子(满清劫掠而归后分配到的)和孩子,在满清陷入粮食危机时被毫不犹豫地杀死,即使是他这样一心为主的包衣奴才,在主人陷入危机时也不过是条随时可以丢弃的走狗罢了。他的结局自然不用多说,死前为自己的家人成功复仇,但留着一条丑陋鼠尾辫的脑袋被当作真鞑子砍去,成为登州军的赫赫军功。

---

① 《左羽林护军中尉》,2016 年 11 月 5 日,知乎网,https://www.zhihu.com/question/37159763/answer/129736150,2017 年 5 月 8 日。

这么一个愚昧并且为虎作伥的汉人包衣,他的死去没有让读者得到些许快意,而是深深的悲凉。原本的历史中,辽东变为奴隶的汉人或许就是这样为鞑子效力,如果好运的话甚至会成为清朝的小贵族,而那些奋勇抗争的勇士反而成了一抔黄土,历史的荒谬无过于此。

文笔同样是一个巨大的加分项,无论是文字素养、历史考据还是叙事节奏都值得称道。许多细节的描述都有种类似于在看电影镜头的错觉,让人难以忘记。刺杀章节中众人严密分工,相互配合,一击毙命后扬长而去;临清处理烟社叛徒,同知、判官这些本地官僚和敌对商人一家,连看门的狗都没有放过,都被杀死。二丫堂而皇之地出现在惶恐不安的知州大人面前,杀人放火后侵占别人的产业,而本地的官府毫无抵抗之力;陈新和他的那位狗头军师宋闻贤,在走私活动中吃了甲方吃乙方,听到某位入股的官员即将失势,立即翻脸不认人,用假消息把对方应得的利益和本金全部侵吞,厚黑得飞起。这其中我个人最为印象深刻的就是吴桥兵变中的暗室近战,之后用王秉忠的性命威慑投诚的耿仲明,这一段颇显功力。

这本书还有许多有趣的细节,用现代金融知识来哄抬粮价,明末官场的一些趣事,主角需要抵押人质,便随手路边买了一位,而这位头脑不大清楚的村姑以为自己被官老爷看上,摆出了官家姨太太的姿势,闹出了很多笑话。这些都让《晚明》越发圆满,在网文中脱颖而出。

结尾略显突兀,但作者表示已经写完了自己需要表达的东西,再写下去没有什么乐趣,于是果断结尾。在网文大量灌水、拖剧情赚钱的潮流中,无疑是一股清流。

木兰无长兄

祈祷君

　　《木兰无长兄》为祈祷君（原笔名"绞刑架下的祈祷"）所著穿越小说，全文共320余万字。2016年4月，百花洲文艺出版社出版了该书。

　　祈祷君是晋江签约作者，2009年起开始在晋江连载小说，文风幽默，目前在晋江文学城一共连载8部作品，分别为：《木兰无长兄》《寡人无疾》《老夫聊发少年狂》《来自异界的你》《龙裔》《全息网游之出灵鹫宫》《重生之苏陌》《中华刀剑拟人录受邀稿》。其中《中华刀剑拟人录受邀稿》一篇为随笔，其余7篇均为言情小说，故事情节大都置放于一定的历史场景之中。其作品风格大多轻松活泼。

一

　　小说讲述的是n市一名隶属于n市公安局刑侦队的28岁大龄未婚女法医贺穆兰，偶然穿越到了古代，成了历史上著名的女英雄花木兰。然而此时的她，不是"唧唧复唧唧，木兰当户织"的年轻女子花木兰，而是"将军百战死，壮士十年归"的花木兰。她已经30岁，解甲归田后与父母、弟弟、弟妹一起居住，此时的贺穆兰遭遇了穿越之前的处境：大龄未婚。父亲花弧与母亲袁氏一直张罗着她的终身大事，到处找人说媒。但贺穆兰身材高大，整日里一副男性打扮，虽然有女英雄的称号，但仍吓跑了不少前来提亲的人。

　　花木兰在乡下的生活并不太平静，除了需要应付令她头疼的提亲外，还要面对毛贼的骚扰。之前花木兰解甲归田时，可汗赏赐给她许多的金银财物，这也引起了当地小贼的垂涎。她晚上经常要提防毛贼的骚扰，有时还和毛贼发生正面冲突。但花木兰在乡下的日子不止有这些小插曲，在乡下没住多久，她就已经在不知不觉中卷入了朝廷的纷争。

　　北魏皇帝拓跋焘在司徒崔浩的推动下在国内灭佛，但太子拓跋晃却一心向佛，这使得父子二人在这一事件的认识上产生分歧。此外，拓跋焘不顾拓跋晃和群臣的反对，贸然北击柔然，最后却无功而返，既消耗了大量的国力，又没有得到柔然的牲畜和战利品补给。鲜卑三十六部的大人们也不满太子拓跋晃的治国之略，认为不向往战争和更多战利品的君主就是懦夫，这些大臣想更多地影响魏帝拓跋焘，将太子拓跋晃废掉。与此同时，拓跋焘最信任的道士寇天师突然告诉拓跋焘，太子没有成君之象，注定将会英年早逝。拓跋晃无奈之下假借回祖庭祭祀的名义离开了皇宫，来到朋友花木兰的住处，投奔花木兰。而且根据拓跋晃透露的消息，天师寇谦之也曾预言过花木兰会有"早则两年，多则五年，必死无疑"的命运。为了揭开重重迷雾，找到事情的真相，已经解甲归田的花木兰决定离开乡下，回到北魏都城平城，找到寇天师，探明一切的缘由。

　　来到平城的花木兰，在朋友素和君的帮助下，冲破重重阻力，终于见到了位于皇宫之内的天师寇谦之。然而这个时候寇谦之已经快要死去，在临死前，寇谦之告诉花木兰，她三魂不全，因此毫无归属之感。他可以助花木兰一臂之力去寻找答案，按照她自己的想法重来一次。只有找到真正的答案，才会回到三界之内。

　　随后一个巨大的金轮将贺穆兰吸入其中，当贺穆兰再次醒来时，发现自己变成了"唧唧复唧唧，木兰当户织"的花木兰。此时可汗大点兵，花木兰替父出征，在战场上立功杀敌，连续征战北魏周边部族，建立了赫赫功勋。但与前世不同的是，在军中，花木兰女子的身份被识破，后来在寇天师的帮助下，花木兰体内导致花木兰短寿的先天之气有一部分转移到了身子虚弱的小太子拓跋晃体内，二人均得以保全性命。在小说最后，花木兰没有解甲归田，而是被加官封爵，委以重任，继续担负起保卫国家的职责。同时，北魏的朝政制度也发生了巨大的改变，一切都在向好的方向发展。

二

《木兰无长兄》这部小说的内容创作，以家喻户晓的南北朝民歌《木兰诗》为创作基础，并把小说故事发生的场景置于南北朝的历史场景中。在小说中，有着大量的关于北魏社会生活的描写，涵盖了经济状况、官府制度、社会风俗、民族状况等众多领域。使得读者在阅读小说文本的同时，还能够了解到大量的历史知识。但小说不是历史文献，历史文献要求有充分的考证，小说本身存在着大量的虚构。篇章中涉及的历史问题不能当作史实来对待，正如同作者祈祷君在声明中讲到的，读者不能以《木兰无长兄》的文本来对小说中的历史进行考据。

小说本身为穿越题材，穿越题材的小说作为最近几年比较火的类型，在读者中引起追捧。其中有许多穿越题材的小说被改编成电影、电视剧搬上了荧屏。但当下国内比较火的穿越小说都有一个弊病，其故事内容的铺展无非是穿越到古代，阴错阳差的成了皇子的意中人，之后经历各种爱恨纠缠、恩怨情仇，卷入皇室成员之间的明争暗斗之中。《木兰无长兄》虽然也是穿越剧，也涉及宫廷的事情，但与上述类型的穿越小说不同的是，《木兰无长兄》的着眼点不是狗血的个人恩怨情感，而是上升到一种宏大的家国意志与历史使命。小说塑造的木兰形象是一个伟岸的"男子"形象，其伟岸体现在两点。一是形体特征的高大，木兰作为一个女子，却有着超出男子的力气，小到劈柴提水，大到走马上阵杀敌，都不在话下。二是精神层面的伟岸。作为一个女子，在18岁的如花年纪，为了替父分忧，毅然女扮男装替父从军。更重要的是，木兰身上有着家国的责任感，承担起来的是国家和朝廷的使命。这使得小说在整体的精神层面上有着宏大的思想内涵。小说中也有着木兰与男性交往的内容描写。不过此时的木兰是以"男性"形象出现的，因此在她与其他人交往的过程中，更多体现出的是男性之间的兄弟情、朋友情。小说通篇没有明显地对花木兰感情问题的描写，但小说中有一条隐晦的线索，在似明似暗地向读者传递出一点关于花木兰个人感情的信息。小说中有一个男性角色，叫狄叶飞。狄叶飞作为花木兰在军中的同伴，一直与花木兰有着不太明显的情感关系。而且在小说的番外篇最后一章中，狄叶飞与花木兰成亲。这种写作处理，让小说没有进入那种男女之间感情经历的哀怨缠绵的俗套描写中，反而在结尾提供了一个读者渴望看到的结局。这种写作方法，在保持小说主题思想高大正气的同时，又使得小说充满了人性化的色彩。

在构思层次上，《木兰无长兄》有着很精彩的创造。众所周知乐府诗《木兰诗》是从年轻的木兰当户织开始写起，到解甲归田、出门见伙伴结束。《木兰无长兄》在铺展情节的过程中紧紧围绕《木兰诗》，在小说中安排了两次穿越。第一次穿越是主人公贺穆兰穿越回古代，成为解甲归田后的花木兰，第二次是在小说的第一百一十三回，花木兰（贺穆兰）再次穿越，成为"当户织"的年轻木兰。随后小说情节按照《木兰诗》的脉络发展下去，并将"万里赴戎机，关山度若飞。朔气传金柝，寒光照铁衣。将军百战死，壮士十年归"作为主要的情节来描写。最后再次以"开我东阁门，坐我西阁床，脱我战时袍，着我旧时裳。当窗理云鬓，对镜贴花黄。出门看火伴，火伴皆惊忙"收尾。只不过在收尾时，伙伴已经知道木兰的女子身份。这种穿插跳跃式的构思，使得小说避免进入叙述过程中按照时间轴平铺直叙的陷阱，并形成一种前后照应的关系，为读者展现出一个清晰的逻辑。

在语言运用方面，《木兰无长兄》延续了作者诙谐幽默的创作风格，并且同一篇小说中，有着两种文风的明显对比。在写到关于战场厮杀、国家大义，离别时的亲情、友情时，展现给读者的是一种庄重、严肃的感觉；当写到个人生活时，展现出的是俏皮活泼的风格。此外，小说虽然是穿越题材，描写的是古代生活，但在语言描写中运用了一些现代化的词语，这拉近了读者与历史之间的距离，使得小说不至于晦涩难懂。

《木兰无长兄》与很多网络小说一样，有着一个明显的问题——剧情拖沓。小说总共320万字，489个章节，虽然与一些千万字的网络小说相比已经属于比较短的了，但与传统文学中的长篇小说相比，篇幅仍然太长。往往是一个不太复杂的情节，用很大的篇幅来描写，这会使得读者产生一种疲劳感，导致的一个后果就是文学性被大大地削弱。

大明官

随轻风去

《大明官》是起点网络作家随轻风去创作的历史穿越类小说，200万字。随轻风去，河北人，起点签约作家。文名从《奋斗在新明朝》而鹊起，还有作品《费路西的传奇》《仙官》等。

一

该小说讲述的是一个名叫方应物的现代历史系硕士高才生，在一次千岛湖游泳溺水后，通过灵魂穿越时空，来到了大明成化十三年，附体在了淳安县当地一个与他同名同姓的乡野书生身上，自此之后他便以另一种身份开始了一段奋斗在大明朝的传奇性人生。

首先，穿越后的方应物面临的第一个问题，就是如何让自己获得人身自由，为此他策划了他人生的第一个转折点——与叔叔分家。由于他那秀才父亲常年在外游学，所以他一直跟他那极其势利的叔叔生活在一起。而他的叔叔为了不让他读书，不仅不给他交学费，导致他被学堂退学，还以此为借口逼着他去下田干活，成为这个家的免费劳动力。但是方应物不想受制于人，为此他便召集家族长辈，开了个家族会议，利用他前生对明史的精心研究，在这些家族长老面前据理力争，说他父亲是秀才，按明朝法律规定应当有如何的特殊政策照顾等，把这些啥也不懂的乡巴佬说得心服口服，最终方应物分家成功，获得了穿越后的第一个胜利。

获得自由后的方应物开始为自己接下来的人生做计划，他觉得自己既然已经穿越到了大明朝，定要在这儿混得风生水起才行，而不只是做个乡野书生。于是他想到了在明朝最有前途的就是做官，尤其是做大官，所以接下来他又策划了他人生的第二个转折点——入仕。他将通过他那具有现代人智慧的超强大脑不断实现向权力阶层的成功攀爬。

在攀爬的过程中，方应物深知无论是现代的官场还是明代的官场，都有个共同点，那就是官场的水都一样很深，你必须深谙官场门道才能生存下去，如果没有关系、没有背景，光凭才能是很难爬上去的，于是他一路上到处为自己寻找贵人，寻求靠山。其中，第一个贵人是淳安县县令——汪贵，汪贵爱慕虚荣，所以方应物投其所好，在第一次面见汪贵时，不仅各种谄媚讨好，甚至还朗诵了一篇抄袭后世的诗词来拍县令的马屁，让汪贵喜出望外，深得汪贵欢心，而汪贵也成了方应物日后飞黄腾达的第一个助推基石。有了汪贵这个跳板，方应物凭借自身才学优势，在科举这条路上可以说是畅通无阻——不出一年县试第一、府试第二、道试第二，成了廪膳生员（由国家给以膳食的秀才）。

俗话说"好事成双"，这时方应物又寻找到了他人生中的第二个贵人——商辂，商辂是明朝鼎鼎有名的科举连中三元的大神级人物，还是三朝首辅。当时商辂正好致仕回淳安安享晚年，方应物深知此人非常值得去巴结，于是在商辂面前大展才华，以一首模仿杨慎的《临江仙·滚滚长江东逝水》，使得商辂对其刮目相看，还收了他为自己的关门弟子。从此之后，方应物打着"商辂关门弟子"的招牌在官场各种走后门儿和拉拢人心。

说来也巧，这时方应物常年游学在外的父亲突然有了消息，据说是夺得二甲第四名进入了翰林院，方应物听了决定立马上京去投靠自己这位已经飞黄腾达的父亲，结果在苏州却被苏松巡抚王恕给扣住了。原来方应物的父亲方清之在外游学期间被王恕看上招了女婿，王恕错认为方应物此时进京寻父是贪慕荣华，于是就不由分说地把方应物扣在了苏州"就学"。没想到因祸得福，在苏州"就学"期间，方应物与苏州三大才子来了场文试，结果方应物以一首纳兰容若写的《木兰词·拟古决绝词柬友》大败那三大才子，还使得自己名动江南。同时，方应物深知自己这个便宜外公官大权大，所谓大树底下好乘凉，于是就想讨好投靠于他，所以在王恕整顿江南赋税时，方应物就主动出击，给这个便宜外公出谋划策贡献良多，使得王恕对他的态度彻底改变。

最终王恕不仅放他进了京，还对这个外孙各种关照。有了外公的大权支持，进京之后，方应物在官场上可以说是左右逢源、一帆风顺，这时他又遇见了他的第三个贵人——位高权重的当朝首辅刘吉，刘吉一直以来都想拉拢这些官场新贵以巩固自身的权力，而他最看好的就是方应物，他觉得方应物是个聪明人，既会投机钻营又善于拉拢人心，很有前途，于是就千方百计地把方应物招为女婿。

就这样，有了他那翰林院老爸、巡抚外公和首辅岳父这三座大山作为后台，方应物再凭借着他自身所熟练的官场门道，在京城官场内部可以说是混得如鱼得水，从成化十七年到二十三年，短短六年便升为左谕德。

由此，从一个无权无势、生活在社会底层的乡野书生，到如今官大权大的官场新贵，方应物给自己在官场织成了一张强大的关系网，从而步步高升，完成了他的蜕变。

二

总体而言，我认为在历史类小说里，《大明官》无疑是一部非常出彩的历史穿越小说，它在情节设计、历史真实再现、语言风格和人物形象刻画方面都是有许多成功之处的。

它最出彩的地方就在于它通篇都充满了神转折和神展开的神剧情，且做到了"情理之中，意料之外"。作者貌似很擅长戏剧性地设计情节，埋下伏笔，做好铺垫，勾勒矛盾，然后在读者认为剧情会顺理成章地发展的时候突然让人物的心理情境或事态的发展发生出人意料的变化，使读者感到豁然开朗、柳暗花明，既在情理之中，又在意料之外，不禁拍案称奇，从而造成独特的吸引力。比如，关于主角父亲的描写，本以为他只是个打酱油的，他的存在只是包含在主角的背景介绍里，没想到读到小说后面，这位在外游学的父亲居然摇身一变，进了翰林院，成了个大神一般的重量级人物，而且还对主角的后续发展产生了重大影响。

阅读这部小说，我们可以看出作者对明朝的政治史、制度史和社会史是极为熟悉的，所以写起厚重的历史文来驾轻就熟。无论是小说中所描写的官场百态、民间风情还是当时人们的生活习惯、思想认识等，都可以看出它是符合一定的历史依据的，而不是作者随便瞎编乱造。比如小说中写到方应物是如何通过科举之路来进入官僚阶层时，它里面所涉及的一级又一级的科举考试，像童生试、生员试、乡试、会试……都是符合当时明朝科举历史事实的。除此之外，作者在描写明朝的官场情境时，也非常写实，非常成功。他不仅把官场的钩心斗角、尔虞我诈、腐朽没落都写得非常真实，而且也许是因为作者本身是公务员的缘故，对各种官场细节也能刻画得很好。比如小说中的主角方应物，他之所以一路仕途高升，关键还在于他深谙官场之道，所以各种走后门儿、拉关系、拍马屁、靠后台，他都能熟练运用。

这部小说的文笔非常不错，小说语言描写得非常生动和幽默。历史本身是沉重的，但描述历史的方式可以是轻松的，这一点《大明官》做到了。在《大明官》这部小说的字里行间总是透露出一种幽默感，读来让人忍俊不禁。尤其是作为主角的方应物，由于他是现代人穿越成古代人，所以他讲的话总是会带有一些现代人的嬉皮笑脸，甚至还会夹带一些网络流行语，在那种历史情境中让人看了总会忍不住想笑，比如他夸自己的小白脸样貌属于"乡村非主流"，说他自己是个典型的"中二少年"……还有就是作者会经常采用现代的逻辑关系来对小说里发生的事情进行解释，让人看了既觉得通俗易懂又觉得幽默风趣。

不得不说，这部小说里的人物形象，无论是主角还是配角都刻画得栩栩如生，非常成功。像小说里的主角方应物，作者不仅写出了他世故圆滑、善于投机取巧和精于营私的性格特点，也写出了他敢于去想、敢于去做的超强行动力。而对于配角的描写，作者更是不落俗套，没有去犯很多网络作家常会犯的把配角当成无智商脑残去写的错误来衬托主角非一般的超强能力。在《大明官》这部小说里，它里面的配角可以说是各显神通，比如像腰缠万贯、以债逼人的王大户，正义凛然、大公无私的王巡抚，奸诈狡猾、以权压人的刘首辅和阴狠毒辣、冷酷无情的汪太监……

三

虽说《大明官》在创作上总体而言是成功的，但在我看来，它并不是十全十美的，也存在一些不足之处。

虽说神转折是这部小说最为出彩的地方，它会给人意想不到的惊喜效果，但我觉得《大明官》并没有把握好一个度的问题。它过于追求剧情转折，可以说是不停地在神转折中循环再循环，写到后面就完全成了一种套路——主角开始布局→出现意外→主角危难→神转折出现→获得经验值升级……显得刻意又突兀。因为有时候需要配合这些"神转折"，要靠模糊主角和其他配角的形象，甚至使他们的行为想法前后不一，矛盾重重，为了服从神剧情而变得或聪明、或冲动、或老道、或幼稚，主角的努力往往也会因为一个突兀的转折而付诸东流，而后再因为一个突兀的转折后失而复得，前番种种拼搏不如个好运道，所谓智计百出化作笑料。其次、神剧情、神转折的出现，代表着违背常理，富有争议，还必须要圆回来才算成功。《大明官》则没有这点优势，重大设定和剧情上的神转折就是一场赌博，圆不好就会影响成绩，甚至圆好了读者也可能不接受，沉湎于神转折本身就很没有道理，何况让主角都为其服务。尤其是小说最后有个情节把历史上著名的大太监汪直摇身一变变成了女扮男装的汪芷，还与主角方应物有感情戏份，这真心让人汗颜，实在是接受不了。

　　一般说来，穿越到古代的书，像小格局的，主角自己关起门过好日子的，比如说《唐朝好男人》；中格局的，发展自己，顺便帮助一下社会进步的，比如说《官居一品》；大格局的，改变历史，加速社会发展的，比如说《宰执天下》。这些书都有个共同的特点，那就是主角无论是发展还是蛰伏，都是有明确目的的。想做官是因为要做什么事，达成什么目的，必须要坐到那个位子上。而《大明官》这本书呢？主旨是什么？主角的追求就是要当官，当大官。当官本身就是目的。但是为什么要当这么大的官呢？为什么要那么积极地往上爬呢？不知道！作者没说。所以让人读来总感觉莫名其妙。

　　另外，在看这部小说的过程中，给我的第一感觉就是怎么没有女主角呢？里面的女性角色不仅特别少，而且有成为路人符号的倾向。大概在看了百万字之后才看到了一位疑似女主角的吴后。可以说，整部小说，除了尔虞我诈的官场现形记外，风花雪月的感情戏基本上没有，这让人很不习惯，而且看久了也很容易产生审美疲劳。我认为作者在这一方面还需要稍微调整一下，因为风花雪月是大多数读者都喜闻乐见的场面，所以作者在强调官场现实的同时也可以添加一些浪漫的感情元素，两者结合起来，我想会更有吸引力的。

　　综上所述，就是我对自己这段时间阅读的《大明官》所进行的一次总体分析与评价，在我看来，它虽然只是一部网络小说，但不得不说它其实也是一部优秀的文学作品！

凤倾天阑

天下归元

  《凤倾天阑》是天下归元的一部言情小说，属于她"天定风华"系列中的一本，其首发签约网站为潇湘书院，全书约215万字。2015年11月，该书获中国作协网络协会首届网络文学双年奖优秀奖，是网络文学中十分受人关注的一部作品。

  天下归元，中国作家协会会员，江苏省作协签约作家，镇江市作协理事，当当网青春文学热门作者，上海视觉艺术学院兼职教授，第七届全国青年作家创作会议代表，潇湘书院A级作者。

  已出版发表的作品有《扶摇皇后》《凰权》《燕倾天下》《帝凰》《千金笑》《凤倾天阑》，共800余万字，多部作品上市后登当当网青春文学热门新书榜首。《帝凰》获潇湘书院十年经典第一；《扶摇皇后》获"2011全国优秀女性文学奖""2012镇江市政府文艺奖""2013句容市政府文艺奖"，作者凭借此书获"2011优秀女性文学新人"；2012年，中国作协首次网文研讨会（京都论剑）在京举行，《扶摇皇后》为五部研讨作品之一；《凤倾天阑》《燕倾天下》获2013年句容市政府文艺奖。2012、2013连续两年，获潇湘书院最高奖非凡成就奖。

一

故事背景为南齐弘光末年，当时时局混乱，新帝年弱，掌权太后十分残暴。异能者太史阑穿越到南齐，因为面孔相似，阴错阳差替代了一名被杀的皇宫弃妃邰世兰，成为邰家暗害和朝廷追缉的对象，在被追缉的过程中，她阴错阳差捡到了一个两岁的孩子，并收养了他。这个孩子，正是从宫中逃出的景泰帝。太史阑用自己的现代教育理念，重新塑造景泰帝的性格，带领他走遍天下，历经磨难，看遍世情民生，真正懂得了帝王"与民生息，博爱万方"的本义。

太史阑凭借着自己的人格、异能以及才智，带领着寒门子弟打破世人的阶级差异，跨越士庶鸿沟；在洪灾之前挽救了一城百姓；率领三千军力抗敌军突袭，夺城、杀官、诈降、刺将……运用谋略保住了山河，成为一代名将。

她用自己的言传身教，教导着那个捡到的孩子，看着那个孩子从纨绔不知事转变为知人间苦难，懂得关心和爱护别人。在这个过程中，太史阑一步步的与容楚走到了一起，从初相识的厌恶与抗拒，到后来的相知相守，两人之间的信任与爱恋也让无数网友为之动容。故事的最后，景泰蓝登基称帝，太史阑与容楚二人也携手相伴，遨游江湖。

该书的男主人公容楚，"美貌、妖孽、腹黑、生如明月珠辉"，是手握重权的晋国公，无人敢惹，后为荣昌郡王，其人多智近妖。正是因为有他的支持，女主角才能完成自己想要做的事情。

另外，李扶舟，性格温润，是翩翩公子，后经大变，冷静深沉。曾化名李近雪接近太史阑，历经磨难成为武林盟主，乃"武帝世家"家主、五越之王、乾坤阵主人。女主曾对其有朦胧的喜欢，但因其身世等原因而与女主一念错过。

重要角色宗政惠，当朝太后，为人骄纵自负，心狠手辣，残害自己的姐姐。喜欢容楚，对其一直抱有幻想。但作为掌权太后又誓死保卫自己的山河国土。

此外，小说中还塑造了一系列鲜明而又生动的人物形象，例如司空昱、邰世涛、容榕、景泰蓝、容昭、容晟、苏亚、花寻欢、沈梅花、于定、史小翠、赵十三、周七、李秋容、乔雨润、慕丹佩、康王、韦雅、龙朝、杨成等，这些人物形象各不相同，有正有邪，掺杂在复杂的情节中，都有其自己的特征。

二

《凤倾天阑》被称为天下归元穿越小说的成熟之作。这部作品不论是人物刻画、语言风格、还是作品主题、感情描写都较之于前几部更趋成熟。故事设定的背景为穿越架空，女主角太史阑拥有特异技能——能还原毁坏的物品，但特殊技能并非本文描写的重点，也不像其他的穿越小说那样"狗血"。太史阑穿越后唯一的目的是寻找失散的伙伴兼好友们，但是由于命运的安排，她总是被迫卷入王朝的争斗中。太史阑以其鲜明的个人魅力征服了那个国家各路优秀的人物。整部作品气势恢宏、格调爽朗，人物的语言和人物非常贴合，形象丰满、生动感人。比如个性鲜明的太史阑，外表如狐般狡诈，实则内里骄傲善良的容楚。作品的主题——关于人性、家国天下的观念，通过太史阑教育小皇帝景泰蓝时一一呈现出来。小说虽为穿越架空类，但是人物活动仍然主要在现实逻辑之中，主要描绘现实中的人物在时代的大洪流中的种种不同表现，家国天下、儿女情长都有涵盖。

小说背景很宏大，但天下归元以一位女性作家的身份写女主的权谋，不同于男性的所谓"升级流"模式。作为一部言情小说，小说重点不在于描写女主的异能等超自然、超现实的部分，而在于描写现实生活中人物之间错综复杂的情感。人物并没有因为其经历的神奇性而抹去社会性，主人公太史阑的身上仍然有着浓浓的生活气息，用一位网友的话来说就是"就如同你我身边朋友的某个人。当太史沾上人间烟火，就进入你我的生活，她变成了一个妻子、一个母亲、一个更生活的自己"，不忍丈夫担心，她在战火中生下孩子；对于所有友情的珍视、对于孩子的细心教导，所有的一切情感都是生活中的情感。

同样，这种生活化的人物也必然会体现"人性"这一命题，所有人物都是多面的，在他们的内心深处都有善恶两种，残暴冷酷的太后宗政惠可以誓死保卫家国，与太史阑针锋相对、从不后退的乔雨润也可以放下自尊地爱着李扶舟，更有人可以为了权柄杀母弑亲却也会死前落泪，小说中的每个人身上都有着浓浓的世情气息。

该小说的主要受众为女性，因而关注的点不在于"爽"而在于"情"。小说写了一份相知、相守、相互信任的感情，这也反映了当代女性对于爱情的渴望与期盼。在写"情"这一主题时，《凤倾天阑》里的太史阑和容楚、李扶舟，为了凸显理想的爱情，作者不得不将面对现实的李扶舟踢出了局，而让始终选择女主，以女主为中心的容楚赢得了女主真挚的爱情。与此同时，作者在叙事的过程里让男女主角因为各种原因而遭遇到挫折，以表现至死不渝的感情和不求回报的付出，通过这样的渲染赋予了小说中的爱情以纯洁、忠贞的唯美品质，强调爱情美好而崇高的色彩，从而顺利完成了作者追求纯洁、忠贞的唯美爱情的叙事宗旨。

此外，《凤倾天阑》里的"太史阑"是一个能平烽火、战匪乱的女子，与之前众多小说中女主只徘徊于个人情爱与风花雪月截然不同，小说给予了女性角色一种生命的宽度和广度。太史阑的这种建功立业也表现出近些年来网络文学主题的变化——由女性意识觉醒而带来的变化。女主角不再是攀附在男性身上的菟丝草，而是拥有同样独立人格的存在。

天下归元的语言十分优美，并擅长使用语言来架构一种"美"的意境。读来也十分通俗易懂，没有故作高深，如她这样描写第一次出场的李扶舟："春光忽然越发浓丽，紫藤和丁香清艳烂漫，街边的玉兰开得灼灼，花朵硕大如玉，盛放在那人颊边。像一幅画，原本很美，却被匆忙的世人忽略，随即被丹青名手寥寥添上几笔，忽然就鲜活明丽，不容忽视。他就是那提亮的一笔，立在这处街角春景里，春便停留在此刻。更奇异的是，这样一个走哪哪添彩的人，却又不招眼，那是一种温淡平静的美，如墨，如脂玉，如一片柔软的云，刚被天雨洗过。"

她运用一种唯美的环境来写李扶舟的外貌，通过各种意象来酝酿这种唯美的诗意，绘制出一幅唯美的图画。也正是这种诗化了的美，让众多读者都对这个角色难以忘怀。

但该作品也有些微的不足。其一，小说中关于权谋的情节太过单薄，与其他小说中的各种智斗情节相比没有创新性，也没有能够显现女主真正想要表现或者说应该有的智慧，反而让读者有"反派都是弱智"之感。

其二，表现手段简单化。对女主经历的刻画太过理想性，可以说是"金手指"太过——身怀异能，还带有神奇的武器，无意收养的儿子是当今小皇帝，无意碰到的男子是权倾天下的晋王容楚，从出场就凭借狂拽酷炫屌炸天的语气神态秒杀了一众人，未曾吃过亏，打仗也未曾一败。

其三，商业气息极其浓厚。诚然，商业性是网络文学的本质属性之一，但本文中，过多的累赘叙述，情节重复，"读一章而跳过五章"不受任何影响。

女　户

我想吃肉

《女户》是连载于晋江文学城的一篇历史小说，作者是我想吃肉，为晋江文学城网站签约作家，2008年入驻晋江文学城，作品有《伴君》《宝玉奋斗记》《奸臣之女》《非主流清穿》《诗酒趁年华》等。

一

所谓女户，便是户无男丁，女人做了户主。但凡这样的人家，有个儿子还好，待到儿子长大成人，也就与大家一样了。若不幸再没个儿子，只好再招一次赘婿。凭你花容月貌、本领通天，不到走投无路，也没什么好男子肯入赘。

本书的主角玉姐便是这样一个女户家出身的好女子，本故事便是由玉姐出生说起。程家曾祖父是个秀才，原有一儿一女，儿子却在赶考时不幸去世，只留一女儿素姐，只能招婿入赘。不承想素姐却只生下了一个女儿秀英，程家只得继续招婿。秀英生出这第一胎竟还是个姐儿，即玉姐，众人欣喜之余难免五味杂陈。

因几代无男儿，虽然程老太公是个秀才，邻里乡亲却难免侧目甚至有欺凌之心，于是这日子也过得波澜频起。先是玉姐的祖父——素姐的丈夫家如泼皮般上门讹钱，又有邻里陆寡妇家的念哥儿辱骂玉姐绝户，两家结成仇恨。更有新来本地定居的余家富豪，他家女儿竟看中了玉姐的父亲程谦！即使程谦没那心思，那家女儿的"情书"却被居心不良之人递到了秀英面前，届时已怀胎数月的秀英气急跌了一跤，竟是落了胎。看着那个已经成形的男婴，程家阖府上下大恸，程老太爷更是一病不起撒手人寰。程谦虽是赘婿，却也不是没本事的。他早年很是有些本事，当年饥荒随流民来到江州府，程老太公有恩收留了他，他后来才答应做程家十五年的赘婿，十五年后归宗。此次出事，自己千盼万盼的儿子没了，程老太公也没了，他的狠辣手段初显端倪——竟是不费什么力气，使那富商家里脱下一层皮，灰溜溜地离开了此地。

程老太公一去，家中没了秀才，没了功名，更没了顶立门户的男子，一时家中十分艰难。幸好老太公生前慧眼识英寻了个好孙婿——玉姐她爹，又在出门时做了个好事，为玉姐拣着个迷路的好老师苏先生，做了玉姐的先生，程家才一路磕磕绊绊熬到程谦归宗，又考中了科举有了功名，秀英又生了个儿子，程家的未来才逐渐明朗起来。

后又有吴王之子来此地做官，主母申氏见玉姐模样和教养都极好，不嫌弃她门户低，也不嫌女户出身，与自己嫡亲的九儿子订了亲。其间自是有种种波折，暂且不提。

此时当今太子身有病疾命不久矣，皇子争位厉害，圣上召吴王之子一家回京，程谦——此时已归宗改名为洪谦，也要上京应试，更兼玉姐的老师苏先生竟是之前因得罪太后被迫出京的帝师！此刻圣上急召他回京，于是一行人浩浩荡荡去了京城，自此算是离开了江州府。

来到京城后波澜更多。科举过后洪谦得了第四名，本是好的，哪料此时曝出其父亲竟有身世之谜——有人说他是大理寺卿家离家十几载生死不明的纨绔子弟。此事好不容易落下帷幕，一波又起——太子既殁，齐王鲁王争位，身有残疾的赵王本是个懦弱的，此刻却做出了惊天大事——他平日受太子照顾颇多，情同手足，太子被人下毒害死，却无人惩治嫌疑极大的齐王鲁王，他为复仇，竟将两王邀进府里做客，将两人连带子孙都下毒害死了！大仇得报，赵王也自尽了。于此，圣上膝下再无一子。

众人皆被这变故弄得瞠目结舌，又传出圣上要从宗室里挑选子侄过继，于是一不留神，玉姐的未婚夫九哥竟成了太子，而玉姐也成了太子妃，这日子真是越来越刺激了。此后前朝后宫波澜频起，但九哥终是做了天子，玉姐凤袍加身，这天朝盛世，缓缓地拉开了序幕……

二

想想这一家人，真是不容易。程老太公不用说了，那真是能软能硬，难得的是心胸宽广，全家对自家是女户这个现实接受度最高的就是他老人家。因为接受现实，所以妥帖的计划未来，一步步过好自己的小日子，与人为善。反观曾祖母林老安人和女儿秀英，却是对女户的身份既自卑又敏感。这种态度自来有因，想想文中明写暗写的周围人家的那些眼光和刁难，这两个要强的女人如何受得了？但有时却不免反应过度。后来经历不少大事，两个人都有所反省，都让步和软化了些。

说到程谦，我还是挺欣赏他的。这是个家庭感很强的人，对家人很看重，尤其是有血缘的儿女。因为他的经历，所以有心硬手黑的一面。但从前几乎没看出来，为何？我觉得一是程太公手段高，对他表现的看重、信任和体贴让他感动；二是以前有过极大的创伤体验，让他有过反省；三就是他的性格了，外人都说他重情知恩，但我认为他不是随随便便就领别人的情、受别人恩的。程太公的确是在危难中帮过他，而且立心正、手段高，让他真心佩服，对人生和事业都有不一样的领悟，才愿意接受赘婿的身份。而他对这个身份做得也很到位，对秀英虽有不满，但还是体贴和包容的，纵然本事"通天"，也宠辱不惊，不高攀不依附，重情重义。

本作仿明清话本口吻，语言简洁生动，人物鲜活，古色古意，扑面而来。文中出场人物众多，性格塑造鲜明立体，古时的风俗、人情较为还原，设定严谨。不像如今各色宫廷小说、穿越小说一般，主角个性张扬、婚前情情爱爱，甚至不像古代才子佳人的小说话本，私定终身、行为"荒唐"。有人评价说本书颇有《红楼梦》的味道。

文章里面经常有些挺有"教育意义"的内容，让人很受启发。比如苏先生教玉姐读书识字，讲练字磨砺心性的那段话："写字于读书中已是极容易之事了，只要肯下力气，总能写得似模似样，这人连这一点尚不肯用心，可见是个爱投机取巧的。走且不稳，便想要跑，这般心性，做甚事能公正周到？"我深以为然，激得我又练起了书法；再比方文章中说做事情要取正道达到目的，也让我颇有感触。

这种小说其实不太好写，一是女主角不是穿越而是"土著"居民，这是个比穿越人士少了许多"优越感"的设定，因为穿越者可以用现代人的思维去衡量故事背景中的人和事，更何况还有许多"发明创造"可以丰富故事内容。而写土著难就难在不能从故事社会背景中脱节，要完全按照故事设定社会中可能的思维方式去行事，许多"现代思想"在这种背景中是完全不能想象的。

此外，皇后这个位置有点"坑爹"。皇后看着是天下最贵重的女人，其实是最受规矩束缚的，有些哪怕是宰相夫人、王妃能够做的事情，皇后也不能够做。玉姐做皇后也十分艰难，论出身背景，勉强是诗书传家的小门小户，虽然有苏先生这个帝师，可是和名士对女孩子的教学方法绝对是不同的。本文的故事背景，尽管是女户当男孩子养，可是社会规范在那里，不可能再养出一个通透人物。此外玉姐在后宫，围着丈夫打转，加上要养孩子，对付皇太后和太皇太后，很容易陷入普通宫斗小说的套路。当然，如果再安排些新宫女、美人、妃子什么的内容，那就真是宫斗小说了。然作者另辟蹊径，此书读来别有一番风味。

看完全文，最让我感慨的竟然是早早去世的程老太公，他无后且辛苦，却一点点把日子过好，找了个好孙婿，又找了个好先生。此后程家才越过越好，后人也赞他，总做好事、结了善缘，方"好人有好报"。看到文章前几章的一个标题叫作"余荫"，就不禁很感慨，程太公真是为一家人做了遮阳挡风的大树，让后世子孙受益无穷。

三国之最风流

赵子曰

《三国之最风流》是知名网络写手赵子曰在纵横中文网上首发连载的一部穿越历史类网络小说。赵子曰被认为是网络小说中写历史题材的大神，古文功底十分扎实，对于所描写历史中的历史风貌、历史风尚以及历史典故的运用十分游刃有余。网友形容其风格是："文笔古朴，处处考据，分析透彻，逻辑自洽。"这个评价很高。除《三国之最风流》外，赵子曰还著有《蚁贼》《我皇明太祖》等文。

一

作品讲述了一个普通的大学生荀贞穿越后出生在汉末颍阴荀氏家族。虽说出生在一个望族，但是自幼父母双亡的他，条件却不算好，寄宿在他同族兄长荀衢家中，虽在族中小有名声，但是与族中被人赞作十二可为师的荀悦，或者是日后有名的他的族弟荀彧和族侄荀攸一比，就如星星与月亮一般。

预见当地将有"黄巾起义"这一祸事，为苟全性命于乱世，他从一个小小的亭长做起，希望通过仕途这一途径，能够让他快速得到威望和钱财，从而聚众自保。任职期间，他借机拉拢本地轻侠，得到本地重侠义孝道的轻侠们的崇拜，再为"备寇"付出种种努力，终于得到本地里民的认可。他与当地的豪杰交好，又勇于击贼、灭祸害，赢得了属于他的名声而不是荀家的名声。在外人看来，他这番作为只是因缘际会罢了，但他知道这只是他为了能在乱世中不至于毫无还手之力而被杀掉做的一番努力。后面他担任蔷夫、督邮等小官，一如他任亭长时的英勇无畏。他不畏豪强设计诛杀鱼肉乡里的第三姓全族，从而立威、立德、名扬。更使他的盛名得以传遍郡中。但就在他有些许人马时，因他与新来的太守交恶，不得不自我请辞。此时又恰逢黄巾之乱起，荀贞斟酌利弊，沉着冷静，当机立断，在他的机智与远见下，郡县得保。随着几年的历练，主人公荀贞在郡县乃至全国都有了一定的名望后，他的想法和刚出仕时有相同，也有了不同。相同的是：重点依然在保命上。不同的是：这个"保命"不再单纯是为了"保命"；不再是"蝇营狗苟"，而隐隐有了点争当一个"天下英雄"的念头。南下平乱之后，荀贞获得了更多人的归附。随着汉末天下大乱，群雄争起，荀贞凭借着这些年积累下来的威望与财富在乱世中更得意地施展着自己的才华与抱负……

二

首先，在内容方面，可以看出作者的史学功底非常深厚，他对汉末三国的政治、经济和文化等都很有研究，若非对《史记》《汉书》《后汉书》《三国志》等历史书籍反复研读之人，不可能对当时的社会面貌刻画得如此生动细致，真实可感。可以说，这是一本有严格的历史考究和根据的佳作。几乎在每一章节，我们都能看到作者对当时书中出现的规章制度和历史人物进行过严格的考证。举个小小的例子，在文章第十四节中，出现了"游徼"这一小小人设。但是作者依旧对其做了如下详细的解释：

> 游徼："三老、游徼，郡所属也，秩百石，掌一乡人"。虽是郡所设，但游徼只是负责"徼循禁贼盗"，只能算是斗食吏，更多的是与县直接发生关系，对县级主管负责。从设置上来讲，并

非每乡必设游徼,根据尹湾汉简《集簿》和《吏员簿》的记载,东海郡共有游徼82名,相对于170个乡,平均两乡一名不到。不过虽然每乡未必一定有游徼,但每县却必定会有游徼,多者5名,少者1名,可见游徼是按照县里分配而非乡来分配。游徼唯一的职责是巡行乡里,禁捕盗贼,这和亭长的职能在某种程度上是重合的。但游徼和亭长仍有所不同。游徼需要在乡间不停巡行,从其与县长官较为紧密的互动情况来看,未必在乡间有固定的治所。之所以被归为乡官,极有可能每名游徼都有固定的巡行区域,在一乡或几乡,而且为本乡里人,故而被视为乡官。——以上出自《汉代乡官研究》前文中提到的那个结交轻侠、攻打县衙的吕母,其子就是游徼。

这么翔实的考证一方面确实印证了作者读了不少书,查的资料也很多,光里面引用的资料就够出一本书了。其中不难看出作者写得很用心,写作态度很端正,值得大家学习。但是另一方面,这种做法也确实引起了一些诟病。若是文中偶尔有这么一两处页注,读者会对这本书怀着对知识的敬畏之心,阅读也会多一分虔诚。但是像《三国之最风流》这本书这样章章有注、句句可查的写作确实有"掉书袋"之嫌。同时,引经据典太多,也严重地影响了剧情的流畅性,使得文章显得十分拖沓、琐碎。从文学的本质层面来讲,艺术标准是其前提性的标准。虽然它的历史价值是评判其文学价值的重要因素之一,对于其真实性的看重也无可厚非,但它确实又与历史不同,所以从文学的角度来评判,我对本书这种漫天类似历史论文式的注释自然无多大好感。

三

在人物形象塑造方面,这部小说以汉末三国为主要背景,又运用了穿越这一现代写作技巧,将人物放置于遥远的历史当中,却从小小的一个亭长做起。这样的一种人物设定，使得读者很有代入感。不同于别的网络穿越小说人物设定为王爷、皇上等高起点。小人物的设定，给每一位阅读者亲切之感。同时，人物的低起点对于文本的展开、底层社会人物到上层社会人物的全面接触都很有利。同时这样一个扎实勤恳的人物形象，更没开"金手指"，他的所有优势与世人相比仅优越在能够对当时的历史有一定的预见性。所以，这篇小说虽然为穿越文，却没有庸俗的倾向。同时，这篇小说对历史人物的剖析也非常到位，作者在评价一个有名气的历史人物时会注明他观点的出处。比如他对关羽性格的评价为"自矜气盛"。《三国志·关羽传》共计两千多字，写关羽自矜气盛的就有三处：一个是关羽"闻马超来降"，写信给诸葛亮，问："超人才可比谁类？"诸葛亮说可与张飞相比，比不上你，关羽"省书大悦，以示宾客"；一个是"权遣使为子索羽女，羽骂辱其使，不许婚，权大怒"；一个是"南郡太守糜芳在江陵，将军傅士仁屯公安，素皆嫌羽轻自己"。又在黄忠被拜为后将军时，关羽大怒："大丈夫终不与老兵同列。"又《三国志·马超传》注引《山阳公载记》里记载："（马）超因见备待之厚，与备言，常呼备字，关羽怒，请杀之。"马超当世豪杰，孙权坐拥江东，糜芳是刘备的妻族，黄忠勇毅冠三军，在定军山大败夏侯渊，这四人或为刘备爪牙、或为外戚、或为刘备重要的盟友，而关羽却都轻视之，足见其自矜气盛、目中无人，也可见其缺乏战略思想和政治智慧，正如有人对他的评价："有大勇却无大谋，有霸气却无大气，有傲气却无人气"，也所以有人认为他远不如张飞。在网络小说中，特别是以穿越为题材的网络小说中，能够这样对历史人物有着客观公正的描写尤其难能可贵。在诸多历史小说，特别是网络历史小说中，不尊重事实与历史，作者随自己意愿，为增加主角光环而随意篡改历史人物形象的非常多。像《三国之最风流》这样能够严格地考证每一个历史人物，尊重历史，敬畏历史，试图为我们展现最真实的人物状态的小说同样更值得我们尊敬。而正是由于尊重历史、尊重历史人物的真实性，这篇小说虽然人物众多，却每个人都形象生动、立体鲜明，没有重复之感。

小说在语言风格与表达方式上，类似于三国演义的那种半文不白的语言。读起来也颇有古色古风的韵味。网络的普及，或者说网络小说的出现，极大地降低了写作这一活动的门槛，无论你是从事何种行业，非文学专业人士还是文学专业人士，都可以通过网络小说提供的平台进行创作。这种现象的出现，一方面，极大地解放了创作生产；另一方面，这样的零门槛创作，也使得网络文学失去了创作的精准。在大部分历史题材的网络小说中，特别是古风语言的运用都处于比较低级的层次，或者直接来说，就是画虎不成反类犬。古风？何谓古风，有网友曾经对这个概念有过这样一番评论："如果足下想要知道真正的古风，可以一观赵子曰的《三国之最风流》，以人物对话之古色古香而言，无出其右者。"由这一评价可以看出作者的语言功底。但是，根据本人真实的阅读体验来讲，《三国之最风流》这篇小说，语言确实比其他同类型的小说在整体风格上有出众之处。但是，在细节描写时便可看出作者词汇的缺乏了，而且整体单一的半文言古风，也使文章少了些生气和趣味，特别像是《三国之最风流》这种整体情节无大的起伏的文章，这一语言风格的缺点更加明显，再加上三百多万字这么大的数量基础，不免令读者生出越读越枯燥之感。

在作品的构思与情节方面，赵子曰曾说过："我写的是一个历史小说，对于我来说，历史就是吸取过去发生的事情的教训和经验，又从古人身上寻找精神内涵的过程。"这本书以光和三年为起点，以荀贞为主线，非常详细、全面地反映了东汉末年社会生活中各种角色的价值关系（政治关系、经济关系和文化关系）的产生、发展与消亡过程。非常细致、综合地展示了各种价值关系的相互作用。其中有一个非常具有代表性的现象，当时太平道的盛行，以及后来的"黄巾起义"这些社会现象反映了很多本质问题，统治者昏庸，民众愚昧不开化。文章以此背景展开构思，很深刻，也算比较独特。

这一本书的情节把握，个人认为有些不尽如人意。虽然整体场面恢宏，且有些娓娓道来的意境。但就像有些读者说的，等的花儿都谢了，还不来激情啊！敢问激情在哪里？诸如此类。虽然本文有《三国之最风流》这样一个大标题，但是到现在仍然只讲了"黄巾起义"这一主要事件，所以综合来说，情节方面的节奏铺垫确实有些长了。再加上作者经常有停更、断更的状态，更使网友怨声连连。

总体而言，《三国之最风流》这部小说算得上历史穿越题材小说中的上乘之作，在其历史性描述、人物塑造等方面尤其出彩。另外值得一提的是，在对当时社会的阶级矛盾和社会矛盾的揭露方面，作者的功力可谓是入木三分，同时作者写作的严谨态度与对历史的尊重也很值得我们尊敬。

明天下

子与2

《明天下》是连载于起点中文网的一部半架空历史小说，作者是起点白金作家子与2。该作品是起点2020年大热作品之一，常年占据月票榜前10，获50多万收藏。

一

《明天下》具有作者子与2一贯的写作特色：在小说中大量穿插评论、感悟式的话语。这些话语除了是故事中的主人公对正在面对的情况的想法，似乎也是作者在写作过程中想法的透露。

"中国的母亲生儿子最大的作用似乎是拿来炫耀，让她脸上有光，就像母鸡下了一颗奇大无比的鸡蛋之后总要高声叫唤几声的。"主角云昭穿越到明末的幼童身上，这个孩子原本是不会说话的，主角穿越后表现出了智慧，使母亲摆脱了生出"傻子"的嫌疑，这段插入的评论反映出了主角的母亲"云娘"沉浸在幸福中，又忙于向他人炫耀自己聪明的儿子时的形象。

又如："一个骄傲的灵魂不能成为别人的负累，而应该成为所有爱自己的人的最大的依靠。"这句话插入文章时首先是作者的人生感悟，然后紧接着写道："云昭就是这么认为的，他觉得自己有本钱有能力成为别人的依靠。"使得这句插入的感悟成了主角的心理描写。

这样的插入变换使得《明天下》的语言风格轻松愉快，适当的比喻也会增添文章的幽默感，这正是孑与2从《唐砖》开始取得作品成功的写作特色所在。

这样的穿插不只限于小说的正文，有时章节的标题也是如此，小说第二章的标题是"亲情其实就是互相安慰的结果"、第四十六章的标题是"才华这东西就是用来埋没的"、第一百一十八章的标题是"谈话的时候不能太坦诚"等。这些话语往往不在小说正文中出现，而是对正文故事内容体现出的观点进行了一定的总结，又与其他网络小说常用的简短章节标题有所区别。

这样的写作特色是作者在写具有思想深度的小说作品和网络小说本身通俗易懂的要求之间找寻的平衡点。采取穿插评论、感悟式话语的方式，将文章中需要进行理解的内容直白地告诉读者，避免读者因为具有深度的内容而放弃追更，从而兼顾了小说的文学价值和商业价值。但是，虽然作者在插入感悟和评论的过程中已经采取了较为轻松幽默的语调淡化了插入内容对故事情节流畅性的影响，但阅读这一部分内容时难免会造成阅读体验的中断。尽管这种独具特色的写作风格能在《唐砖》问世时带给读者耳目一新的体验，但延续多本书籍的写作特色也造成了一部分读者的审美疲劳，作者的感悟内容被认为是"说教"，最后成为他们"弃坑"《明天下》的原因。

二

作者在作品简介中写道："明末的历史纷乱混杂，堪称是一段由一些有着强大个人魅力的人书写成的历史……每个人身上都有很多的故事，就是因为有了这些精彩的故事，明末的历史才变得大气磅礴，波澜起伏。想要把这一段历史写好，自然要描绘出一个个活生生的人物……"小说的人物描写具有特色，主要体现在人物的群像写作、对历史人物的处理、对女性形象的塑造这三点上。

群像小说的概念早已有之，约翰·多斯·帕索斯的《曼哈顿中转站》早在1925年就对描写广阔的社会背景、塑造复杂交错的群体角色进行了尝试，他的作品也被视作最早的群像小说。在中国，鲁迅的《风波》、老舍的《茶馆》和曹禺的《日出》等作品，都使用了群像展览式的写作方法。有人认为网络小说《全职高手》和《魔道祖师》也属于群像小说的范畴，这两部作品确实塑造了不少生动的人物，但其描写群像并不是出于反映宏大的社会历史情景目的。

《明天下》的故事前期是围绕穿越者云昭展开的，因此前期的描写对象主要是主角，随着故事的进展，主角团队的势力范围逐渐扩大，故事情节分配中明显倾向于其他重要角色，书中出现了许多章节对主角团队中的其他重要人物进行描写，在这些章节中，被描写的人物成了绝对的主角，他们的性格得以更加充分地展现，小说也从单一主角走向主角团的群像化描写。

陈文忠在《人像展览：短篇小说的第三种结构》中对群像展览式的写作效果进行了说明，他认为群像小说："既无心于场面的热烈壮阔，也不追求情节的引人入胜，而是借端发挥，环视人心，用意于社会心态群像的集中展览。"[①] 虽然短篇小说与长篇网络小说有很大的区别，但运用群像写作功效是相通的。《明天下》中主要塑造的角色有：真实历史存在的洪承畴、孙传庭、李定国等人，以及架空历史中，得到主角创建的玉山书院的现代化知识教育，成长为主角团重要成员的韩陵山、韩秀芬等人。他们共同见证了主角从蓝田县县令成长为蓝田皇帝，也经历了社会从明末的动荡不安到新国家的富强，群像式的主角团队使得架空小说显得更加真实，可能成为历史类网络小说发展的一个新变化。

半架空历史小说中涉及真实的历史人物，就必然会涉及对历史人物的处理问题。《明天下》采取的方式主要是结合真实历史中的人物历程，根据对人物性格的推测，在故事中对人物的历史轨迹进行大量

[①] 陈文忠、丁胜如：《人像展览：短篇小说的第三种结构》，《文艺研究》1990年第6期。

的改写。在详略分配上，历史人物的真实事迹是被略写的，而历史被主角改变后，他们在新的时空中的故事则是详写的对象。

以明末著名将领洪承畴为例，作品中洪承畴登场时已经是陕西布政使参政，他是作为主角云昭的上司出现的。关于他之前的经历，小说只是草草几笔带过，此时他只是文中比较重要的配角，随着时间的推移，洪承畴也会按照历史中的时间点参与抗击外敌的战争。松锦之战后，这个人物才得到了彻底的改变，成为群像描写的主角之一。真实历史上的洪承畴在被清兵俘虏后选择投降清朝，而小说中洪承畴由于得到了主角的帮助，得以从监狱中逃脱，回到蓝田县任职，明面上他壮烈殉国，暗中却逃出生天，化名为青龙先生，完全脱离了原本的历史轨迹，成为新生国家的重要将领。

小说中的其他历史人物处理也大致如此，在完成重要转变——从原本的阵营转而投向主角阵营后，小说对其情节的分配才会增加，使之成为重要角色。这样写的好处是避免了复杂艰深的历史事实讨论，将读者的注意力集中在穿越者对历史产生的影响上，符合网络小说为读者提供"爽感"的需求，同时能够借用历史人物登场，增加小说的人气和话题度。但另一方面，由于故事情节大量出现真实历史中没有发生的事件，对这些历史人物的把握只能依靠作者自身对该人物的推敲，这在小说中不只影响历史人物的所作所为，还影响到主角对这些历史人物的态度。因为主角是以现代人的知识参与到历史改造中的，因此对历史人物有先入为主的看法，如洪承畴因为在历史上投降清朝，主角起初对他是不信任的，而这种看法的来源实际上就是作者对历史人物的感观。可以说，故事中的历史人物与现实的历史人物的区别过大，甚至只是有着历史人物的名字和一部分历史人物经历，实际上却是根据作者感观而写的原创人物，因而大大削减了历史流小说中重要的历史严谨性，且呈现出思考方式趋向单一、人物形象近似的问题。

《明天下》在人物形象塑造上难能可贵的一点是，作者突破了传统网络小说将女性角色作为主角附属，往往以妻妾身份出场的局限，在小说中塑造了较为丰富多彩的女性形象。

粗略地区分,可以将《明天下》中的女性形象分为两类,一类是优秀的传统女性形象,另一类是女强人形象。这里所说的传统女性形象是指:比较符合大众传统期待的女性角色,她们虽然也精明能干,但在故事中更接近贤妻良母,如主角的母亲云娘、主角的两位妻子冯英和钱多多。之所以说她们和作为附属出现的女性角色不同,是因为她们身上具有即使脱离主角也值得关注的闪光点。云娘在主角穿越成为明末人之前独自支撑起云氏家族几百口人的生存;冯英作为将门之后,在明末的动荡中为义军奔走筹集资源,投身到抗击反贼的事业;钱多多善于经营商业,在主角的影响下成为具有现代观念的人,即使云昭成为皇帝,身边的人都因为"伴君如伴虎"的理由和他疏远,钱多多也一直以平等的态度对待她的丈夫,为他提供心理上的帮助。

女强人的形象则是网络小说中更加少见的,小说中的女强人主要出自主角创建的学校"玉山书院",由于玉山书院的办学理念是不分性别的,女性也得到了与男性同等的教育,也出现了在各个领域作出杰出贡献的女性:在玉山书院以最优秀成绩毕业、为明朝开拓了海外领地的韩秀芬,从俘虏一步步成长为舰队二把手的西洋女子雷奥妮,掌管蓝田王朝的公共安全部门的周国萍,等等。这些女性共同的特点是拥有不输于男子的体力和智慧,在情感和思考方式上也有些男性化的倾向。

小说中的女性形象塑造未必是作者有意为之,但确实反映出了一种现代人的男女平等观念,这在更加倾向于满足男性欲望的男性向历史类网络小说中不可谓不是一种突破。美中不足的是,作者笔下的女性形象是缺少变化的,即使是在长篇小说中,这些女性大多从登场到结局都保持了同样的人物设定,传统女性和女强人之间也没有发生转化的描述,难免显得有些刻板。

三

小说中主要体现出了两种思想观点:人文主义和民族主义。

人文主义思想是主角作为现代人穿越回封建社会所带有的，这无疑是主角有力的武器之一。尽管明末的社会动荡不安，社会阶层差距悬殊，乃至不平等的思想深入人心，但人文主义思想仍然具有巨大的吸引力，这不但是小说中主角能够"天下归心"的原因，也是小说外读者愿意阅读小说的重要原因，读者以上帝视角观察主角对社会的改造。正如马克思所说的那样："我是个人，凡是合乎人性的东西，我都觉得亲切。"当文中的主角在灾难中拯救难民、收养失去父母的儿童并给予他们平等的教育、推动农业商业繁荣发展使人民过上幸福生活、惩治鱼肉百姓的官员军阀、建立民主公正的新国家之时，读者都会因为朴实的人文主义思想产生愉悦，认同文中主角的做法，甚至产生精神上的享受感。穿越历史小说中提倡人文主义思想，一定程度上也是受到20世纪90年代以来新历史小说的影响，新历史小说"完成了当代历史小说从农民起义到帝王叙事的转向，在使当代历史小说保持史诗质地的同时，用'以写人为中心'的文学性，补充、深化，并丰富了历史规律与历史理性。"[①]虽然《明天下》描写的也是一个新的王朝建立的历史史诗，但作者并没有想要运用革命历史叙述去展示历史发展的某种规律性（这与穿越者个人之力就能在历史中创造无限可能性的穿越历史小说命题是冲突的），而是选择与新历史小说相似的路线，写大历史中的个别人物，写具有人文主义思想的故事，吸引认同这一思想的读者。

　　从现代人的视角回看历史，中国自1840来以来的近代屈辱历史中，列强对中国人民进行了旷日持久的掠夺，清王朝的软弱无能是令人气愤的，而对明末清军入关后强分田地、推行不平等的民族政策也积累了颇多不满，网络上时常有如何拯救明朝，避免外族入侵的讨论。作为描写明末社会的小说，《明天下》自然也对这种网民自发的民族

[①] 王姝：《历史叙事主体化与总体性史诗的生成演进——从〈故事新编〉到历史穿越小说》，《文学评论》2020年第6期。

主义情绪进行了回应。小说中毫不忌讳地用"建奴"这一历史称呼指代关外的侵略者们，小说中花费较大篇幅描述了主角方的科技实力提升后在战场上对清兵的压倒性胜利、对卖国求荣的"汉奸"的残酷清算、在海外领土的开辟中与西方殖民者通过激烈交战并取得胜利，使读者能够宣泄心中的恶气。这似乎与小说中的人文主义思想有所冲突，作者笔下只有中国人才能得到主角们以人文主义对待的待遇，而外族则在保护范围之外，对他们的打压在带来作品情节上的成功时，难免对作品的文学价值产生了不利影响。

四

作者孑与2的多部历史小说创作中形成了较为固定的写作模式，他的历史类小说中从人物到情节都具有相似性，主角从现代社会穿越到古代时总能获得一个通人性的动物伙伴；围绕着主角总会汇聚一个大家族，成为主角奋斗想要保护的目标；发展上总是利用现代知识对社会进行改造的文官路线；在主角成长路上提供帮助的长辈形象也趋于相同；就连培养人才的学校也被多次命名为相同的"玉山书院"。

但《明天下》相比之前的作品也产生了突破，除了前文中提到过的群像写作，本次对历史中原有朝代的处理也有很大的不同，在过去的作品中，《唐砖》选取的是唐太宗李世民时期，《汉乡》选取的是汉武帝刘彻时期，《银狐》选取的是宋仁宗赵祯时期，这些作品的历史舞台都是封建王朝的盛世时期，皇帝也是古代的杰出君主，他们在作品中都与主角关系亲近，扮演着亦君亦父的角色，主角总是利用自己的现代知识尝试对封建王朝进行潜移默化的改造。即使与这些皇帝产生了激烈的冲突，也没有尝试过取而代之，故事的全部内容都限于对旧社会的改造。而《明天下》选取的是明朝末年崇祯皇帝在位时期，彼时中央王朝已经丧失了对地方的控制能力，主角作为蓝田县令与崇祯只有名义上的君臣关系，剧情进展过半后更是直接取而代之，通过选举的方式产生了新的"大明"，将崇祯取而代之，成为皇帝，因此小说的故事涉及过去从未有过的新社会的建立内容，由于失去了皇权的限制对社会的改造也更加大刀阔斧，使得小说在沿用固定写作模式的情况下，一定程度避免了千篇一律的故事情节造成的审美疲劳。

历史穿越小说早已不复当初的热潮，孑与2作为深耕历史类小说的作家，能够在《明天下》中写出新意，尝试增加网络小说的艺术性是很可贵的。尽管小说有固定模式造成审美疲劳、思想内容的矛盾冲突等问题，在人物形象、故事情节上做出创新的《明天下》仍然不失为一部优秀的历史类小说。

宛平城下

任　重　邱美煊

　　《宛平城下》是任重、邱美煊创作的一部抗战小说。2019年10月11日，入选国家新闻出版署和中国作家协会联合推介的25部"庆祝新中国成立70周年"主题网络文学作品暨2019年优秀网络文学原创作品名单。2020年4月，入选中国图书评论学会组织评选出的2019年度"中国好书"。

一

　　宛平城修建于崇祯末年，当时修建的目的是用来拱卫王室，阻挡李自成。这座城从产生开始就意味着它将有着不平凡的命运，它不是为民生和行政而生，而是一座捍卫城池的军事堡垒。宛平城，是一座悲壮的城。1937年7月7日，宛平城中国驻军奋起抗击日寇的枪声，是中国全面抗日战争爆发的标志。这本书便是以卢沟桥事变为背景，使得小说从一开始就具有历史的厚重感和年代感。

　　战争和爱情是文学经典的主题，战争造成千千万万家庭支离破碎，剥人皮肉、食人骨血，导致大量的人员伤亡，生灵涂炭。爱情是美好的，是人世间最崇高的情感，是纯洁不被污染的。任何时代都有爱情，但战争中的爱情刻画却尤其让人触动神伤，无情的战火配上有情的恋人，是战争硝烟里的血色浪漫。

故事发生在1936年春天，卢沟桥事变前夕，日军占领丰台后气焰越发嚣张，对外谎称撤兵，日军却常在驻守边界演练，不断挑衅中方守城士兵，守卫宛平城的军官谷少城在这样的环境下邂逅了美丽大方的爱国女青年卢静姝，二人在抗击侵略的过程中产生情愫，在国难当头之际，家国情怀与儿女情长自然纠葛在一起，特殊的时期加上特殊的身份，主人公面临着爱一个人还是守一座城的抉择，这是一个人徘徊在绝望与希望、毁灭与重生之中的故事。

谷少城和王中阳都是孤儿，吃百家饭穿百家衣长大，最初为了讨一口饭吃加入军营，两人在学生游行时第一次邂逅富商之女卢静姝，后面便慢慢对这个大方开朗的姑娘产生情愫。两人对于爱情的态度有些不同，谷少城心中装的都是家国天下，国难当头，他不知道该不该放纵儿女情长，他希望自己可以保护好卢静姝，害怕静姝受到伤害，学兵营组织长途拉练时，遇到了小股日本兵越界演习，谷少城愤然阻止，而日本兵气焰嚣张向谷少城挑衅，双方产生冲突，没想到日本兵不遵守约定，静姝看不下去大声指责日本士兵，还带动学生们一起反抗，谷少城担心学生们和静姝的安全，一激动打了静姝。对于心爱之人面对危险，少城容易冲动，不太注重方式方法。王中阳则不太一样，他简单直接，对静姝的爱慕之情直截了当地表达出来，谷少城打了静姝之后他二话不说打了谷少城替静姝报仇，从开头到结尾，他都没有吝惜自己对于静姝的感情，一直默默地守护着她，为她做什么都愿意，最后在战场上，他为了保护静姝被炮弹击中，弥留之际他交给静姝最后一份礼物——那是静姝为他擦脸的帕子，他一直珍藏。

谷少城对静姝的爱情是隐忍朦胧的，王中阳对静姝的爱情是奋不顾身的，作者对于这两种不同的爱情表达得淋漓尽致，结局王中阳的死让我们看到了战争的残酷和中国军人的家国情怀，更丰富了小说的主题。

二

任重曾在接受采访时说道:"这本书主要讲述的是关于选择。在我们生活中,总是在做各种选择,但这些不关系尊严和底线的选择,都只是诱惑的话题。真面临生死攸关的时刻,爱与诚你又会如何选择呢?"

这本书并不是空洞地讲述英雄主义,也不像那些奇葩的"抗日神剧"夸张失实,将战争游戏化,而是在真实的历史背景下讲述真实的故事,虽然人物设定是虚构的,但更是致敬了战争中那些英勇献身的无名英雄。

书中的每个角色都是有血有肉的,都是真实的,他们是抗战英雄,也是普通市民,在面临生死抉择时会犹豫、会惶恐,主角谷少城在临战之前面临着坚守宛平城还是带着爱人远走高飞的选择。他有过很多机会可以和心爱的人过上安稳的生活,但他深知,国难当头、匹夫有责,他是一个军人,如果选择了安稳的生活,他必定一生背负着对国家不忠的愧疚,关于战争和爱情、个人生死和国家大义,都在艰难的撕扯。

其次让我印象深刻的人物是许志芳,许志芳原本痛恨关于日本的一切,痛恨和日本有关系的一切人,爱国青年许志芳第一次出现的时候就和女主角卢静姝产生了冲突,由于卢静姝的家庭特殊,许志芳向大家大肆宣传卢静姝是"汉奸",说她的父亲和日本人做生意,是给日本人钱买武器炮弹,帮助日本人打中国。后来她们一起进入学兵营,许志芳处处与静姝作对,一直对卢静姝一家怀有仇恨,但是在经历了生死之后,在日本人劫伤员车的紧要关头,王家宁用身体护住许志芳,即使中弹也没有让她暴露,许志芳却因为恐惧和犹豫最终选择保全自己,独自离开,成了日本人的帮凶。

在面临生死攸关的境地,许志芳陷入了两难的选择之中,究竟是奋不顾身地和战友并肩作战,还是选择保住自己的生命,她在经历了内心的纠葛之后最终选择了后者,所幸王家宁最终还是活着回来了,但也在许志芳心里埋下了悔恨的种子。在最后，许志芳毅然选择为谷少城挡下了日本人的一刀，临死前她说出了埋在心中的那三个字"对不起"，她在弥留之际终于完成了忏悔。这让许志芳这个人变得更加鲜活，有血有肉，她有普通人恐惧、犹豫，也会自私、贪生，成功地体现了战争的残酷和战争中小人物的内心纠葛。

三

我觉得这本书另一个成功的地方是塑造了很多个性鲜明的角色，这里每个人都有血有肉，将战争爆发前暗流涌动的宛平城众生百相描绘得细致入微，真实的人物设定和合理的人性转变是对战争中人物性格塑造的回答。

拿女主角卢静姝来说，她是富豪卢学初之女，父亲是商人，在日本做生意，母亲去世后父亲还娶了一个日本女人给她做后妈。作为一个爱国女青年，她想要加入抗战队伍，做战地记者，但因为这样特殊的家庭因素，她总被人说是汉奸。

父亲多次想让她和后母一起去日本，她不满父亲对自己的安排和决定，讨厌被别人说是汉奸，多次离家出走，是一个典型的富家小姐的性格脾气，当后面她加入学兵营，对于日本人的罪恶行径有了更深刻的了解，当自己的父亲死在日本人枪下、后母竹田江美死在日本人枪下、自己的朋友也是爱慕者王中阳也死在日本人枪下，渐渐地，她也对战争有了更加清晰的认知。

可以说，整本书的情节发展过程，可以看作女主角卢静姝从起初的幼稚任性到最后成为一个合格的战地记者的成长历程。在战火中，经历了父母的相继离世，朋友也死在日本人之手，她开始变得稳重、变得成熟，能够独当一面，经历了艰难却又合理的人性转变。

其次我想介绍女主角卢静姝的日本后母竹田江美，她虽然是一个日本人，但她的亡夫是日本的反战人士，她亲眼看到自己的丈夫因为观念不同而死，受到亡夫的影响，又嫁给了中国的商人卢学初，只是为了追求稳定的生活，她是一个温柔贤惠的妻子，面对卢静姝的讨厌、门口小孩子的谩骂，她都没有发过一次脾气，她只是想过安稳的生活，有一个自己的孩子，但是战争让她做不到，作者别有用心地让一个日本女子主张反战，更有意想不到的感染力。在全文的所有角色当中，竹田江美是一个饱含人文主义情怀的角色，她在怀孕时依然在照顾中国的伤兵，面对因悔恨而愧疚的许志芳，是她第一个给予帮助，直到生命的最后一刻，她又一次唱起了反战歌曲《你不要死去》——为包围旅顺口军中的弟弟而悲叹，对那些无情残暴的战争机器，尽管不会有什么作用，但我觉得这一情节在本书中起着重要的作用，这是对战争的控诉和对和平的呼唤。

此外，作者还塑造了很多鲜明的角色，如男主谷少城和王中阳、女主父亲卢学初、高层军官叶天明、吉星文以及许志芳、王家宁等，他们在书中不仅仅是一个简单的角色，同时也代表了一类有着共同诉求的人在战争中的选择，以卢学初为代表的独善其身者，在灾难来临之际他最先想到的是借助关系举家逃亡日本以求安全，将国家民族危难置之身后；而以卢静姝为代表的理想主义者则怀着青年学生的热忱，渴望用自己的力量去改变世界，将成为刘和珍君一样的殉道者视作浪漫而热烈的归宿。价值观的对立，加上父亲续弦日本妻子竹田江美，和日本人有着千丝万缕的联系，使得父女二人的嫌隙越发增大。以谷少城和王中阳为代表的年轻军人是热血的积极反抗者，他们从未经历战争，满怀打退敌人、保家卫国的斗志；而叶天明、吉星文等亲身经历过战争的血腥与残酷的高层军官，则寄希望于以和平的方式解决。

直到卢沟桥事变爆发之后，各个诉求不同的群体面临国家民族的危难当头，逐渐转变为一致对外、抗战救国、抵御外敌的抗日群体组织。

四

由于作者最初的想法是创作电影剧本，所以会有意地加强戏剧化的情节设计，剧情紧凑不拖沓，有着较强的矛盾冲突，小说的内容就是以卢静姝一家的矛盾冲突展开的，静姝对于父亲和后母的抵制，导致静姝选择离开家，进入学兵营，认识了谷少城和王中阳，再比如卢静姝刚进入学兵营的时候，偏偏和仇视自己的许志芳分配到了一个宿舍，引出后面许志芳排挤静姝，静姝半夜独自出走的情节，后面谷少城和王中阳去找静姝，又推动了谷和王对静姝的情感线。第十五章梦魇的开头描写了一段静姝的梦境，活生生的人在她的眼前死去，周围尸体堆成山，她想逃离却逃不掉，谷少城找到了她，她却发现少城已经死了，突然她醒来，原来只是一场梦，这个情节开始为读者留下悬念，后面又反转形成冲击，增强表现力。

　　其次，小说的语言描写较为成熟，加上逼真的环境描写，故事情节更具有直观性、视觉感强烈。比如第四章："过了后半夜，天阴沉沉的，寂静得可怕，偶尔一阵微风掠过脸庞，像是狗尾巴草挠过，有点发痒。几片闲云空中游荡，让人觉得自在。跟人相比，云和风都是自由的，鸟兽也是自由的。鸟兽已然安眠，周围万籁俱寂，除了偶尔的鸡鸣狗吠和风吹过树梢的声音。"描写环境的同时也道出了战争年代人民最迫切的追求——自由，风、云和鸟兽都是自由的，但人却时时刻刻要提高警惕，为了国家兴亡而奋斗。还有第六章："入夜的宛平城与白天相比又是一番风景。白天的喧嚣在夜里已经沉淀了不少，鼎沸的人声转变成了夏虫的低语，窸窸窣窣，在说着白日里不敢说的话。皎白的明月照亮着晚归人的路，巷尾的野猫却是借着夜光，一溜烟地踩着圆月洒下的一地白光跑过，留下尖厉的猫叫。"除了环境描写，文中还运用了较多的语言描写，人物的性格大多是通过语言表现出来的。

　　小说表现出了战争的残酷和英雄主义，同时喊出了对和平最殷切的呼唤。作者表示"人的抉择"是本书想要表达的一个重要主题，当战争和爱情同时来临时，是守一座城，还是爱一个人？主人公的回答是"一尺一寸国土，不可轻易让人"，一遍遍读来让人荡气回肠，最终守城官兵面临侵略，毅然坚守，这是民族的抉择，也是历史的抉择！

长宁帝军

知 白

《长宁帝军》是一部连载于纵横中文网的架空历史小说，作者知白。作品约530万字，分为六卷。获得第四届橙瓜网络文学奖年度百强作品，入围"2019年度中国网络文学排行榜"之"中国网络文学海外传播排行榜"。

一

故事发生在宁国，它是一个陆地强国，四疆有四库军，铁骑所到之处，周边小国望风披靡，宁国所向无敌。但现在的皇帝眼界可不止于此，他准备进军海上，将自己的恩威、宁国的国威宣加于海外。所以，他新成立了水军。这是一个发展前景无限、有着巨大利益，又可以削权四库军的绝妙计划。在这个背景下，主人公沈冷出现了。

沈冷的身份非常神秘（被怀疑为当年失踪的皇子），虽然默默无闻，暗中却有无数眼睛盯着他。所以，当他参加水军，在军中渐渐成长的时候，就搅动着朝廷里各种政治集团的排队站位。那看似风平浪静的朝堂之上，实则风起云涌，各方权势蠢蠢欲动，都希望通过现在的站位在将来获取更大的政治权力，寻求更多的利益。

孩提时代的沈冷处于水深火热之中，捡到他的孟家人将其当成用人使用，动辄打骂，不给饭吃。然而即使在这样的环境中成长，他内心却丝毫没有受到这些影响，他的性格一点也不偏激，相反，他一直保留着赤子之心。他在内心中保留着每个人曾经对他的好，他愿意去感激回报每个人对他的好，怀拥良善之心。他十二岁的时候得知沈先生有难，单枪匹马去救。他勇敢却不莽撞，懂得伺机而行的道理，他能够分辨出来好与不好，所以他能够将从小"打"他内心护他的孟长安当作知己，对他存有感恩之心。他懂得恩怨分明，知晓有仇必报，但他不会滥用内心的善念。沈冷能够吃苦、受罪，在沈先生的特训下成长为一个乐观开朗的热血青年。为了保护家人，他毅然选择从军，在军队里他渐渐知晓了民族大义。他创建的队伍，在他的领导下，纪律严明，愿意同生共死。当他的兄弟被陷害遇害后，他选择千里追杀取敌人头颅告慰被陷害弟兄的在天之灵。沈冷的一生并非一帆风顺，几次命悬一线，但是屡败屡战，在荆棘中成长并且不断前行。他是富有人格魅力的热血青年，他是个有血有肉的人，时刻怀揣赤子之心。

　　沈先生对于沈冷来说，有知遇之恩，扮演着亦师亦父的角色。从一开始出场，他就像一位神仙人物。他因若干年前的一桩神秘事件而流落江湖，在沈冷12岁时找到了他并且竭尽全力将他抚养长大。沈先生对于沈冷像是父亲一样的存在，在平时的训练方面十分严苛。但是文中也有非常多的小细节让读者动容，他愿意割掉自己的小拇指恐吓车夫只是为了让沈冷和茶颜吃一顿肉。他愿意为沈冷打造珍贵的铁线刀，但是却不舍得花钱给自己买一两自己爱喝的茶叶。沈先生用自己的一言一行影响着沈冷，他是沈冷成长过程中一位举足轻重的长辈，扮演着极其重要的角色。

　　沈茶颜，是沈先生收养的另外一位孤儿，她对于修炼自身武功耐心极其不好，但是她的性格很耿直，陪伴沈冷度过了非常多的人生关卡。她拥有鲜明的性格、漂亮的容颜，作为书中一个独特的存在。她不同于普通小说里面女主的温柔形象，也不同于其他小说所呈现的儿女情长，她的存在，成就了沈冷，作为可以陪伴沈冷共赴沙场的伴侣，她也是沈冷内心深处的羁绊。

孟长安，作为沈冷一生的知己，养成了一生热血正直的性格。当他知道孟老板的身份，知道自己是个水匪头子的儿子，他觉得是一种耻辱。在孟老板死后，他不继承孟老板的一分钱，身无分文在社会上独自闯荡。他的人格很高尚，是一位有情有义的人物角色。他最终成为一员悍将，与沈冷并肩作战，在残酷的沙场上歼敌无数。

《长宁帝军》里的每个人物角色都性格鲜明，除了沈冷、沈先生、沈茶颜、孟长安，还有对沈冷照顾有加的将军庄雍、睚眦必报的反派角色沐筱风，以及他的父亲权倾朝野的老狐狸沐昭桐等。

二

小说成功入围"中国网络文学海外传播排行榜"，与它海外传播热不无关系。架空类历史小说的存在，对于想要了解中国文化的海外读者具有极大的吸引力，作品本身对他们而言充满了许多未知魅力。架空历史小说的存在，让真实历史中的遗憾不再发生，给读者更加自由的想象空间，更加热血沸腾的体验感。

《长宁帝军》以沈冷与茶颜的身世之谜设悬，沈冷是个孤儿，茶颜也是个孤儿，他俩都被沈先生收养。按照小说情节发展，读者普遍认为沈冷是失踪的皇子，而真相并非如此，当年珍妃所生并非是个男孩，而是个女儿。这样的情节设置让文章故事链更加有趣，情节结构更加跌宕起伏，让读者感到既在情理之中，又在意料之外。

《长宁帝军》作为一部架空历史小说，给了作者足够的写作发展空间。在架空的背景中，作者能够按照自己构建的时空讲述更具发展性的历史故事，能够不受社会历史环境的束缚，可以更加具有主观性，能够让情节的发展更加自然，不被历史束缚，吸引读者。而在真实历史情景中，众多的英雄与故事，或有悲壮，或有遗憾。历史现实中总会存在不可逆转性，这样的情况会给品读历史的人们带来些许遗憾，而架空历史小说，总是能够填补遗憾，让历史中的遗憾不再成为现实，更加容易引起读者情感意义上的共鸣。虚构历史小说从某种意义上来说，给网络文学的创作提供了更多的思路，给网络文学的发展带来了生机与活力。架空历史小说以历史为创作的基本框架，却不被历史束缚，具有创新性的活力与生气，能够更好地吸引读者阅读，激起读者阅读的兴趣。在此基础上，也有利于文化传播与历史文化借鉴交流，推动中华历史文化的传播与推广，增强中华历史文化在国际上的影响力与感召力。

三

作品在语言上也有一些值得称道的地方，不仅生动有趣，还富有哲理意味。记得小说中有这样一段简明却蕴含着道理的语言："人生在世要多记得恩少记得恨，多记得恩便会想着感恩，多记得恨便会想着报复，感恩之心可以让一个人逐暖而行，复仇之心只会让一个人坠入冰窟。"对待生活，对待周围的人和事，需要心存善念与感恩之心。沈冷就怀揣着这个理念，他的内心深处时刻怀揣着感恩之心，内心的坚守指引着他前进的道路。他坚守着内心的善念，虽然周遭的环境不利于他的成长，但是他出淤泥而不染，不被环境所影响。

作品中还有一句话："沈冷当然幼稚，但凡这世上真挚的感情都带着些幼稚，最成熟的人没有最真挚的感情，永远都没有。"沈冷不是最成熟的人，他是个有感情的人，他是个对人真挚的人。《长宁帝军》中知白简短的言语，向我们展现了一个有血有肉的沈冷。

"我的话可能重了些，可我希望我身边的人都记住，但凡可能会让良心疼的钱都不要去碰，哪怕是可能都不行。"简单的话语，彰显了一个保持内心高尚品格的人物性格与形象。

《长宁帝军》这部小说体现了冷幽默的风格。一部枯燥的作品是不能吸引读者的，而《长宁帝军》里的言语非常具有幽默感。通过品读人与人之间的对话，比如沈先生与沈茶颜之间的对话，以及沈冷与沈茶颜之间的对话，字里行间的冷幽默，经常让读者徘徊在笑与不笑之间，能够让读者更加有代入感。

历史篇

  《长宁帝军》延续了作者知白一贯的风格，叙事老到成熟，语言精练简洁，整个作品融入了家国情怀与个人抱负，对于朝堂之上的风云变幻描绘得异常生动，对于战场的描写也栩栩如生。在作者知白的笔下，他塑造的人物形象很丰满，性格很鲜明，敢爱敢恨，具有很强的感染力。知白有着深厚的文学基础，他擅长描写历史类文学并且擅长构筑恢宏的历史观。在知白的笔下，战争有一种"金戈铁马，气吞万里如虎"的气势。读了他描写战争的文字，读者会获得代入感，通过他的文字，会让文字前的读者有一种身临其境的感觉，好像置身于千军万马之前，目睹着身前的士兵与战车战马。小说通过语言的诙谐幽默，彰显了网络文学不同于传统文学的生机与活力。

  但是任何事物都不可能是完美的，《长宁帝军》也存在不足之处，由于《长宁帝军》是架空历史小说，所以说小说人物与故事情节是作者虚构的，脱离了社会现实。比如主人公沈冷，他的性格以及经历过的苦难，会让读者觉得缺乏真实感，会觉得沈冷这个人物角色性格过于完美，虽然他经历了种种苦难，但是他丝毫没有受到负能量的影响，会让读者觉得脱离了社会实际，觉得不真实，在现实中很难存在这样的人物。

幻想篇

三　体

刘慈欣

一

　　《三体》不是严格意义上的网络小说，事实上刘慈欣也不是一个网络写手，写作只是他的业余工作，他的正式职业是一名工程师。按照刘慈欣的话来说，"写作是对平淡生活的补偿"。[①] 2006年，刘慈欣的第一部《三体》在《科幻世界》杂志上连载，2008年1月出版了第一部单行本实体书，5月出版了《三体Ⅱ：黑暗森林》，2010年出版了第三部《三体Ⅲ：死神永生》。三部90多万字的小说构成了刘慈欣的"地球往事三部曲"。但是，《三体》一直在网络上传播，特别是获雨果奖后，更是在网络上掀起了阅读狂潮，一些不明真相者就将其当成了网络文学。

　　以科幻短篇"出道"的刘慈欣，代表作还有《超行星纪元》《流浪地球》《乡村教师》等。已发表的作品共约400万字，多次获得中国科幻银河奖及其他文学奖项。而《三体》系列被普遍认为是中国科幻文学的里程碑之作，不仅备受读者与媒体的赞誉、获得了众多奖项

[①] 彭晓玲：《孤独的刘慈欣：〈三体〉获雨果奖并不能改变中国科幻文学的现实》，《第一财经日报》2015年8月28日第A13版。

的肯定，超过 100 万册的国内销量也表明它经过了市场的检验并获得承认。2013 年，刘慈欣以 370 万元的年度版税收入第一次登上了中国作家富豪榜，这也是国内科幻作家零的突破。《三体》在获得美国"科幻艺术界诺贝尔奖"的第 73 届雨果奖后，更是引起了一阵"三体文化"输出潮，"将中国科幻文学提升至世界级水平"。

二

究竟是一部怎样的作品掀起了一阵科幻热潮呢？回归到作品本身：《三体》系列讲述了地球文明在宇宙中的兴衰历程，涉及人类历史、物理学、天文学、社会学、哲学、宗教等多个维度，并且从科幻的角度对人性进行了深刻探讨。

《三体》讲述的是"文化大革命"如火如荼进行的同时，军方探寻外星文明的绝密计划"红岸工程"取得了突破性进展。但在按下发射键的那一刻，历经劫难的叶文洁没有意识到，她彻底改变了人类的命运。地球文明向宇宙发出的第一声啼鸣，以太阳为中心，以光速向宇宙深处飞驰。四光年外，"三体文明"正苦苦挣扎——三颗无规则运行的太阳主导下的百余次毁灭与重生逼迫他们逃离母星。而恰在此时，他们接收到了地球发来的信息。在运用超技术锁死地球人的基础科学之后，三体人庞大的宇宙舰队开始向地球进发……人类的末日悄然来临。

《三体Ⅱ：黑暗森林》讲述了三体人在利用魔法般的科技锁死了地球人的科学之后，庞大的宇宙舰队杀气腾腾地直扑太阳系，意欲占领地球。面对前所未有的危局，经历过无数磨难的地球人组建起同样庞大的太空舰队，同时，利用三体人思维透明的致命缺陷，制订了神秘莫测的"面壁计划"，精选出四位"面壁者"。秘密展开对三体人的反击。三体人自身虽然无法识破人类的诡谲计谋，却依靠由地球人中的背叛者挑选出的"破壁人"，与"面壁者"展开智慧博弈。

《三体Ⅲ：死神永生》讲述的是三体文明的战争使人类第一次看

到了宇宙黑暗的真相，地球文明像一个恐惧的孩子，熄灭了寻友的篝火，在暗夜中发抖。自以为历经沧桑，其实刚刚蹒跚学步；自以为悟出了生存竞争的秘密，其实还远没有竞争的资格。使两个文明命悬一线的黑暗森林受打击，不过是宇宙战场上一个微不足道的插曲。真正的星际战争没人见过，也不可能见到，因为战争的方式和武器已经远远超出人类的想象，目睹战场之日，即是灭亡之时。宇宙的田园时代已经远去，昙花一现的终极之美——任何智慧体都无法做出的梦，最终变成游吟诗人缥缈的残歌；宇宙的物竞天择已到了最惨烈的时刻，在亿万光年暗无天日的战场上，深渊最底层的毁灭力量被唤醒，太空变成了死神广阔的披风。太阳系中的人们永远不会知道这一切，最后直面真相的，只有两双眼睛。

三

阅读三体不是一件难事，但是评论起来还是有困难的。三体作为如此有影响力的科幻小说，评价过的人很多，可选择评论的角度也有很多。反复思量后，我决定从"当代史的科幻书写"切入进行浅析。

很容易看出，刘慈欣在《三体》中表现出来的野心很大，不仅是试图将自己的作品序列进行系统化整理和某种程度上的超越（对他之前短篇作品的超越），更重要的是试图给出一些达到"科幻"这个词语内涵之中的尝试。这些尝试的可贵之处勇气可嘉，也正是因为这种尝试，赋予了《三体》闪耀而独特的光芒。

在我看来，以未来科幻为背景的《三体》，暗涌之下有着浓重的当代文学传统。甚至可以夸张一点地说，《三体》的主题就是对中国当代文学的母题大杂烩。

首先是革命浪漫主义。必须承认作者的叙事能力非常强，仅仅90万的字数就构造了一个宏大的世界，营造氛围、铺垫伏笔、前后呼应、欲扬先抑等手法的运用，使得故事起伏跌宕、引人入胜。但在这样的宏大叙事背景下，其缺陷也显而易见，这体现在饱受诟病的人物塑造上——"典型环境下的典型人物"。人物形象虽然鲜明,但多体现在对故事情节的推动上。具体到个人,就带有很强的符号化、人物单薄的特征。拿程心来说,"这个人物可以说是作者下了很大力气去塑造,并希望她能代表作者对人类爱的力量的信仰。但也因为这样的希望使得这个人物不够丰满,有些扁平"。[①] 程心是一个对所有人都友善的人,因此也得到了所有人的喜爱。但是她对人的爱是普世的,她心里装着对全人类的爱。她就是爱的化身。在面对危机时,作者甚至用圣母来强化她的形象。从这个角度上来说,程心这个人物就被符号化了。程心只是一个例子,在科幻小说中,文学性与科幻性之间的天平似乎很难平衡。科幻感足够了,文学性似乎有一种必然的削弱。三体也没有逃出这个窠臼,人物在文学色彩上趋于单薄与片状化,一种在大环境背景下人物个性的平板表现,也有着某种意义上的革命浪漫主义倾向。

其次是伤痕文学——《三体》的隐喻最终指向现实。鲁迅曾在1903年出版的《月界旅行·辨言》中明确提出科幻小说应该具有"经以科学,纬以人情"的文本构造方式。在鲁迅看来,科幻小说必然要指向现实生活,观照人性特征。确实,《三体》里的"文化大革命"、地球毁灭的众生相、"面壁者"的部分,无一能回避掉人性这个伟大的命题。

在"文化大革命"中,叶文洁遭到了数次欺骗、背叛,然而,主流文学中的救世主形象并未出现,她在整个"文化大革命"中始终未能被拯救,她对人类也越来越失望,因而最终按下了按钮,向整个人类复仇。

"文化大革命"是一场灾难,并被归咎于人性之恶,然而这恶并未随着"文化大革命"的结束而消逝。叶文洁曾经约谈那些迫害自己父亲的红卫兵,他们将一切都归咎于时代,并认为自己在荒谬的时代

[①] 纳杨:《从刘慈欣"地球往事"三部曲谈当代科幻小说的现实意义》,《当代文坛》2012年第5期。

中没有罪过，拒绝忏悔。而随后伊文斯的经历中，整个工业文明也被描述成一种灾难，并将这种灾难归咎于人性之贪婪。从中国到世界，从"文化大革命"到工业文明，灾难弥漫整个世界，而"愚昧无知"的大众却意识不到这些。这灾难不是特殊时代的特殊事件，而是具有普遍意义；不是机体某处的病变，而是扩散全身的癌症——人类似乎已经无可拯救。

与之相应，三体文明经历了近200次的毁灭与重生，这毁灭却是由于其恶劣的自然条件所致——三个太阳的不规则运动。然而，叶文洁与伊文斯始终未能看到，三体文明的危机也有其内部因素，三体人并非全知全能全善的上帝。但是当"人类"整体堕落之后，只能依靠外来的"天罚"，第一次，"人类"作为一个整体出现了，因为有了三体文明作为他者。由此，人类终于真正意义上将目光投向了宇宙，然而，宇宙的黑暗远远超乎想象，人类踏上了漫漫的自我拯救之路。

如果从"伤痕"角度去看，可以说刘慈欣是把中国经验放在了宇宙背景之下。"文化大革命"时期叶文洁由于人与人之间的猜疑、迫害，导致她对人类绝望而引来三体人；而在《三体Ⅱ：黑暗森林》中人的欺骗性被正面运用，因之产生了"面壁者"——此时的人类虽然没有明确意识到黑暗森林法则，但已经开始进入这个游戏了；而在《三体Ⅲ：死神永生》中，程心是一个圣母般的人物，但由于其缺乏杀伐决断的勇气，她以爱与和平的名义先后两次将人类置于绝境。

刘慈欣在接受访谈的时候说："有人说，科幻小说就是回避现实，其实是不对的。科幻爱好者要脚踏实地，也要仰望星空，必须直面现实，当然，有可能这个现实与小说本身没有关系。作家也必须以现实主义精神努力适应社会，还要让想象力不被现实磨掉。要做到这样很难，但这确实是比较优秀的科幻作家要具备的。"[①] 我想，刘慈欣在这

[①] 彭晓玲：《孤独的刘慈欣：〈三体〉获雨果奖并不能改变中国科幻文学的现实》，《第一财经日报》2015年8月28日第A13版。

里说的现实主义，这个"可能与小说本身没有关系"的现实，正囊括了对现实人性、欲望的思索与考量，从科幻中反观人类本身。

再次是先锋文学意味。这里说的先锋文学意味，主要体现在作者对次要角色的塑造上，当然观点可能有点个人化。刘慈欣对主角大多数时候是温情脉脉的，但对龙套则有一种冷酷意味。太阳系二维化的场面是代表，有时候这种冷静反倒给人一种做作和刻意的生硬。

然而这毕竟是一部科幻小说。刘慈欣虽然试图给出一个关于中国当代史的描述——从"文化大革命"到新时期，然而他有意或无意地从中国社会的现实滑脱开去，将故事发生的时代设为当下正在行进的时代，从而绕开了当代史中许多不仅仅是科幻小说无法处理的问题。

四

小说毕竟是小说，作为小说的《三体》系列，其文学性与科幻性之间的失衡便是主要的一个缺陷。首先体现在语言上，语言上文学性不够浓厚，没有支撑起立意高远的叙事结构；对人物的拿捏没有一流小说家的水准。三部小说之间的关系不协调，第一部和第二部比较紧凑，第三部比较松散，显得有点杂乱无章，包括期间视角的转换不够流畅等。

我们应该从更高角度来看，缺陷固然是有的，但并不影响其成为一部非常优秀的科幻作品。写下这些观感之前，看了许多评析的文章，很多人会站在现实的角度去考量黑暗森林的可能性，驳斥作者提出的种种猜测。"因为历史上没有过""因为目前人类的认知中不存在"，这又是一种怎样的傲慢？科幻，它的意义究竟在于什么呢？要说是茶余饭后的谈资可以，说是对未来海量文明的一种猜测也未尝不可。多少从前写下的不可能，如今变成了现实。科学从来没有绝对，只有大胆假设、小心求证。

刘慈欣写《三体》，像上帝一样创造了一个世界，从我们熟悉而陌生的"文化大革命"，直到时光的尽头。从过去到永远，从四维到二维，从人类走进澳大利亚到太阳系最终成为二维图画，不能不令人感叹，刘慈欣的想象力已非一个宇宙所能局限。但放在中国科幻小说的大背景下，《三体》又算是一个个例。有人说中国读者把三体捧得太过了，这种"过"好像西厢记里面的崔莺莺久藏于闺阁之中看见一个张生就陷入爱河无法自拔。我的这个比喻可能有失偏颇，可确实，纵观中国科幻小说界，又有几个刘慈欣呢？

科幻小说的灵感来源于现实，它所蕴含的意义又远远不是对现实的书写那么简单。用经世致用的思维去思考科幻是不恰当的，用简单的人性弱点去衡量未来的消亡可能也太偏题。一方面，科幻小说还是大众产品，带给读者所谓宏大想象和精神冲击都是一种精神快感和抚慰；而另一方面，它更像是一面镜子，照到现代人们在另外一个时空中的自我，更是未来的一种可能。

裁　　决

七十二编

《裁决》是网络作家七十二编首发于起点中文网的一部异世奇幻小说。七十二编，原名陈涛，起点中文网的A级签约作家，主要从事中俄边贸工作，写作为业余爱好。2007年7月在起点中文连载科幻类小说《冒牌大英雄》而为广大书友所熟知。他自我介绍说："我不是作家，我只是喜欢编写一个故事时的快乐，并与朋友分享这份快乐。"

一

故事开始于艾瓦隆大陆圣索兰帝国的南方小镇波拉贝尔，主角是在这个小镇的主人男爵府里当杂役的罗伊。他在人前总装出一副老实憨厚、整天迷迷糊糊的样子，但其实在来到这个地方之前，他跟随他身份神秘的爷爷去过精灵、矮人、地精、侏儒、野蛮人的城镇生活过，他的爷爷从小就训练他在丛林之中学习各种各样不同的生存技能。但是因为小时候受到过伤害，导致他无法觉醒斗气成为一个骑士，而他们来到这个城镇的目的就是为了找到一个传说中的神器——裁决。一个强大的魔法师预言只有这个东西才能够治好罗伊，让他可以修炼斗气，成为一个骑士。

罗伊的身世也很神秘，他的父亲是镇守魔族入侵要塞的法林顿骑士团的少团长，母亲是圣索兰帝国五大军团之一战斧军团军团长的女儿，同时也是一个强大的魔导师。他有一个未婚妻艾蕾西娅是圣索兰帝国的公主，号称全大陆最漂亮的女人，但是不知道什么原因受到了光明教廷的攻击而家破人亡，罗伊的爷爷其实是掩护罗伊逃跑最后剩下的侍卫长。

在小镇的丛林里，罗伊在号称疯子亲王的亡灵法师奥斯汀的城堡里找到了神器裁决，并取得了裁决的认可，成为裁决的主人。裁决让罗伊可以修炼斗气，裁决的七个附属器灵分别教导罗伊使用斧子、长剑、弓箭、盾牌、魔法等，他有了天下最强的教导团。但是当他拿到了神器裁决的时候，因为外敌的入侵，他的爷爷失踪了，小镇也被摧毁。在撤退时罗伊体现了自己的能力，救下了来这里散心的艾蕾西娅。艾蕾西娅在不知道他真实身份的情况下册封他成为自己的守护骑士。

大陆第一天才黄金龙家族的继承人，圣殿骑士团的龙骑士奥古斯都追求艾蕾西娅，艾蕾西娅册封了罗伊就像给他们抹了黑，所以罗伊与光明教廷交恶。罗伊最后在他们的逼迫下和黑暗精灵麦芽儿跳崖，所幸没死。回到美丁城的罗伊在路上救下了第一训练营的学生。进入美丁城后成了制作魔纹大师独狼，在外敌入侵时组织佣兵们立下大功。然后他进入了第一训练营学习系统的武技知识，在这里代表平民学生势力，帮助平民学生崛起。在代表学院去抵抗外敌的时候又立下大功，看破敌人的阴谋，并且成功领导学生抵挡住了敌人的进攻。但是因为修炼时把一张特殊的龙皮融进皮肤之中引来了天罚，保护他的法灵顿老骑士被重伤，而他也被亡灵法师奥斯汀救走，消失在人们的视野之中，进行了一段时间的潜修。

当他回到人们视线之中时，他用了里奥这个化名，他在这时候得到了精灵族和矮人族的认可，成了矮人族的擎雷者和精灵族的圣子，这两者都是各自族中实际的最高领袖。在为受伤的老骑士寻找药材进入深渊时，他得到了兽皇，同时也是亡灵法师的诺伊奥坦斯的传承，还得到了三头亡灵巨龙和一头亡灵比蒙，并且成功地阻挡了恶魔的入侵，收服了恶魔班克萨尔。他的身份也被少数熟识的人知晓……

二

　　罗伊作为主角，作者赋予了他很全面、完美的天赋和个性。他拥有魔武双修的资质，是一个合格的领导者，战场的掌控者，拥有多种实用的生活生存技能，是全方面的天才，而且他有逆天的运气，常常能获得巨大的机遇，其中以获得裁决最大，直接改变了他不能学习斗气的现实。他性格有情有义，对待身边的人温柔有情，对待好的事物也是以好相迎；但是对待敌人时杀伐果断，出手狠辣，绝不留情，睚眦必报。而且他从小培养的坚韧性格，也让他在颇多的人生转折中越挫越勇，实力迅速增长。

　　艾蕾西娅是本书的女主角，她是罗伊的未婚妻，但是迫于压力，不得不在罗伊失踪后以比武的方式选择丈夫。出身帝王之家，权势要求她为家族做出贡献，而她忍辱负重。她个性善良，长得漂亮，可以说跟罗伊是绝配，他们都是完美的人。

　　本书最大的特点，就是让人物在战争中成长。在本书中，有很多战斗和战争的场面，对战争的描写占了比较大的篇幅，而且主角在一次次的战争中逐渐走向了更高的舞台，渐渐地站在了世界关注的中心，可以说用战争来成就了一个人的辉煌之路，它不像别的小说以个人的修炼来让主人公成为世界关注的焦点。

　　"残酷无情、尸横遍野、赤地千里、物价飞涨。"这是战争带给民众的。"战友情、兄弟情、生死相托、肝胆相照还有可耻的卖国求荣。"这是战争带给军人的。有人说这本书过于煽情，但是战争就应该煽情而动情，如果战争都无法使你落泪的话，那什么东西才能使你落泪。男儿有泪不轻弹，只是未到伤心处。军人其实并不都想成为军人，他们也想过普通人的生活，与子偕老，子女承欢膝下，但战争的风雨来临时，他们总会坚定地举起手中的武器奔赴前线保家卫国。因为在他们成为军人的那一刻起，他们已经向国家和人民宣誓，以血肉之躯保卫祖国。这部书中表达了军人所应该有的责任和担当，也是每一个人都需要的品格，他用那些背叛者和投机者丑恶的嘴脸来衬托出了这一类人的高尚和伟大。

　　作者对篇章的驾驭能力尚可，剧情的安排、内容的阐释、结构的布局基本到位。但文笔不是很好，只能说是稀疏平常。力量体系和剧情设置走的是套路，没有太多新意。人物性格呈现出简单的二元化，凡是人就是非善即恶的性格，好人好到底，坏人坏到底。小说里的主角，其实有点"机械降神"的味道，强行通过主角的无敌，达到扭转乾坤的结果。这样的主角，难免令人觉得有些不真实。罗伊作为一个完美的人可以做很多的事，能在一次次的战争中让处于弱势地位的己方最终获得胜利，虽然作者用了种种的机遇加上机缘，也有很多人物的帮助，但是最终的结果总是主角带领众人一起走向胜利，这其中的不合理和不真实让人一时难以接受。

　　总之，作为一部闲暇时看一看的小说其实尚可，其中描写的热血沸腾的战争场景和美好的情感不乏娱乐质感，但还是改变不了它作为网络小说的本质弊端，缺乏文采，套路剧情。

贩　罪

三天两觉

《贩罪》是三天两觉在起点中文网连载的一部长篇异术超能型小说，全书约110万字。三天两觉，上海闸北人，起点中文网大神级作家，以超淡定解说出名，吐槽能力出众，被读者称为"良心 up 主"。他是一位认真写书、有毅力、反思能力强、进步快、有创新能力、肚子里有货的作家。另著有《鬼喊捉鬼》和《惊悚乐园》等作品。

一

本书故事内容设定在某多元宇宙的平行世界，同样名为地球的星球上，存在着所谓能力者的超能力人类，一个庞大的帝国统一了世界，构建了王族—贵族—平民的等级社会，政治腐败，反抗组织蠢蠢欲动。这时一个名为天一的书店老板通过种种堪称神奇的科技"心之书"贩卖罪恶，同时以令人震惊的智慧谋篇布局，联系并聚集起数名顶尖能力者，组成逆十字组织，联系各反抗组织，挑起反抗的战火，最终导致了帝国的毁灭，而天一本人的面目也逐渐显露出来：天才、自闭、孤独、偏执、疯狂，每当时代变迁，逆十字的旗帜由他祭起。成则王侯将相，败则蛆蝇粪秽。平乱世，麾下四方辐辏，钟灵毓秀。隐市井，此生睥睨天下，唯有一人。

本小说主人公名叫"天一"，正如他的名字，他是天下第一，天下唯一的存在。他是一名书店老板，常年穿黑色衬衣与黑色西服，一般来说足不出店，喝咖啡成瘾，看起来就像是待在家里磕了药的电影明星。他的杀人处理习惯是切碎了喂猪。并且他拥有超越现有文明几个维度的神秘科技体系，具有可以探查普通人心理活动的装置——心之书，以及完全封闭但是水电无限并且可以随时转移的书店。为人品性极端恶劣，自称像自然灾害一样对善恶之人同等待之，伪装能力卓越，他的智谋在地球上没有对手，以与人交易为名实现自己的目的并杀死有罪者。帝国茶仙评价说"天一不但兜售犯罪手法，甚至连动机都能给予"。他能在一定距离内探查一个人的物理结构与能力，并在一定程度上加以干预。他的真实身份是神缔造的两大使者之一的传述者，在第五文明人类统治地球后成为人类命运的引导者。

《贩罪》前面几卷其实是类似于"引子"和"出场人物介绍"一类的东西。有点像《浪客剑心》的写法，在进入主线之前，给作品中要出现的人物各自独立的篇章介绍他们的风采，同时在剧情行进中介绍整个时代背景，当然这一切都是为主线服务。《贩罪》的一卷其实就是为了给主角做一个简介，让大家知道世上有"天一"这么一号变态人物，同时简单介绍了"铁匠"和"HL（Highest Laws）某高手"等人物及本文世界的力量设定。第二卷，重点刻画的人物能够明显地看出来有三个，分别"血枭"、"纸侠"和"时侍"，同时还分别介绍了"HL""钢铁戒律"两大组织。其实从第二卷我们就可以看出，主角一直在寻找一些伙伴去进行自己的计划，而"血枭"正是其中之一。第三卷就更简单了，"天一"明确地找到了一个伙伴，就是那个名为"顾问"的人物，可以看出两人乃是同道。第四卷主要刻画了"枪匠"这个人物，同时还穿插了对于整个帝国的一些黑暗面描述，以及那个疑似外星人的"暗水"。

本文有很多看似寻常的细节，其实却包含着不寻常的伏笔和意味。比如说通过第一卷的描写，我们已经大致知道了"天一"这个人的行为取向。他通过自己的能力得到信息，同时将自己的"完美犯罪式"兜售给那些普通人甚至强者。而这些人在犯罪之中的表现，就是他衡量这些人的标准。最终这些罪者的命运，往往也会被他审判。如果说第一卷的内容涉及异能者的部分还不够多的话，那么第二卷作者就向我们展示了对于这些超脱于世界之上的强者，其实"天一"也完全可以运用自己的方式去控制他们的行为。表面上看起来，他所要寻求的对象乃是"血枭"，而暗地来说他却又操纵了马龙中校，安排了另外一个计划。无论是钢铁戒律的那个监察长，还是HL的废柴"强级"，抑或是"血枭""纸侠"，他们每一个虽然都强大无比，可是却不知道自己如同提线木偶一般被别人的想法掌控。最终"血枭"虽然凭借自己强大的力量摆脱了这种控制，可是天一也早说过，他本身的行为的确也是能够和"天一"分庭抗礼的一种极端的罪恶。像他那般的疯狂存在，的确是很难被天一控制的。一开始就能透过细节看到这些的强者必然存在，不过很明显我是被作者耍团团转的。所以说这种无处不在的细节是阅读本文的必要因素，如果能够在看到结尾之前就自行推理出结果，这无疑是在阅读文字之上的另外一重乐趣。

二

本文的文笔略带颓废向，作者似乎是一个颇为玩世不恭的人。但是即便是仅仅阅读作者的文字和他那黑色幽默般的吐槽，本身也是一件颇为趣味的事。有的作品通过剧情吸引读者，有的作品通过文笔吸引读者，对于这部作品来说，居然两者兼具，这就极为难得了。所以我说该作品需要细品，因为那无处不在的细节，和作者独特的幽默感，只有细细品味才能够体会出其中的含义。如果只是生吞活剥，那么自然收获较少。

本文的设定是在未来的地球上，"帝国"通过自己掌握独有的科技和大量的异能强者来统治了世界。但是同时因为异能者的出现，很多不服从帝国的反抗者组织也纷纷涌现。为了针对这些组织和个人，帝国成立了"HL"这个强大的组织。本文的主要人物，可以说都是这些游走在双方之间的异能者。而帝国本身因为权贵们的腐朽，非常不得人心。是故反抗者组织在很多地方都得到了广泛的支持。但是由于帝国本身的军事实力，目前还没有哪个反抗组织能够真正和帝国较劲。就算是号称世界第二大组织的"钢铁戒律"，在我看来距离"HL"的差距也不是一点半点。尽管在第二卷中双方派出人手的表现都是一般的糟糕。而这小小的四个故事，虽然都是充斥着高智力的思索，但是所呈现出来的面貌却各不相同。第一个故事是无限的倒叙和推理，第二个故事是一般向的异能强者对抗，第三个故事是略带惊愕向的黑社会倾轧，第四个故事却是猎奇向的热带雨林探险。能够将四个面貌风格完全不同的故事，用作者独有的笔锋将其讲好，可以看出作者深厚的功力和独特的视角。而他在其中所塑造的这几个主要人物，也是非常的成功。

另外，作者在向我们描写几位主人公时，不忘引出其他重要人物，譬如善于破案的蓝发茶仙，譬如重视名誉的警察纸侠，譬如自诩为高等生物的外星生物暗水，这些人物都充满了故事，希望这些在每一卷幸存下来的人物能在后文有更多表现。而且，这些人物的性格与每一卷的中心人物都有所对照，也让人玩味不已。

《贩罪》给我的感觉并不十分有趣，甚至觉得剧情没什么意思。另外，我觉得这本书因为赶进度，已经太依赖于推理和实力设定了，他已经失去了自己写故事的初衷，或者说他没失去，但读者认为他失去了。作者在推理、布局、构建世界观上都堪称独树一帜，因此即使是炫技他也玩得下去，但是我觉得很可惜，故事情节的最后仍然落入俗套。有一点值得肯定的是，他的书吐槽挺有趣，但是故事的连贯性不太好，都是由一个个故事连成的。同很多作者一样，他的感情戏根本没法看，女主形象太单薄，他的感情观大概还处于琼瑶阶段。作者同时还是个严重的宿命论者，你努力了很久才发现，原来事情老早注定是怎样了，会使读者产生憋屈等负能量情绪。他另外三本书是同一个世界和力量体系，新书中总会出现上一本书里的人物和旧梗。作者有时很恶趣味,很重口,有厕所梗癖。

  打怪升级的网游模式已经成为一种网文的主导潮流,这种书看起来是很过瘾,但是小说本身并没有什么方向,作者除了知道要写主角升级之外并不太清楚自己要写什么;而《贩罪》在这一点上就比较好。不过,阅读这种书,就需要读者有更多的耐心和理解力了。

最强弃少

鹅是老五

《最强弃少》原名《三生道诀》，是网络作家鹅是老五创作的奇幻修真类网络小说，全书共2271章，约725万字。连载期间也多次在月票榜和书友月点击榜中排名前十。

鹅是老五原名白全明，起点中文网签约作家，已获得起点大神之光称号，其作品还有《纨绔疯子》《星舞九神》《造化之门》等。

一

《最强弃少》讲述了被世家抛弃一事无成的弃子叶默经过一系列修炼、修真和修仙后，终于达到领悟宇宙大道，成为混元大帝的故事。

叶默和洛影本是出身洛月大陆的小门派——神药门的师徒，门派被灭，两人重生到了地球。借体重生的叶默发现自己周围的一切都变了，深爱的师父洛影不见了，自己成为被叶家抛弃、被别人退婚、被女生站在讲台上拿着他的情书羞辱的对象。于是叶默离开了学校，用卖符咒赚来的钱买了住所进行修炼，力求恢复到原来的功力。修炼中他的能力不断提升，经过与宋家对抗、清理地痞、沙漠遇险、隐门纷争、北沙战斗以及和联合国、米国等国家起冲突等一系列事件后，叶默与共患难的宁轻雪坠入爱河，又和深爱的师父洛影重逢，三人共同建立起新的国家洛月国。这期间叶默更加强大，还找到了自己的亲生妹妹，结识了众多的红颜知己和兄弟。

在一次和道姑皆愠的打斗中，叶默不小心进入了小世界，认识了把他误认为自己相公的穆小韵，在逃亡中两人产生了真正的感情。后来因为穆小韵的师父对其图谋不轨，因此穆小韵失踪，而叶默通过易容逃过了追杀，领悟了从隐门弟子落暄处获得的金页世界中蕴含的道，并发现了回到地球的入口，却在阴差阳错中和前来寻找他的宁轻雪、洛影、苏静雯等人错过，交换了彼此的位置。

在处理完地球上洛月大陆的事情后，叶默又回到小世界寻找妻子、女儿和朋友们。得到的是她们都已经前往洛月大陆的消息，于是他也跟着被传送回洛月大陆。叶默在一次试名中横空出世，引起了德高望重的善冰岚的担忧，他认为洛月大陆将有大劫。在寻找亲友期间，他也不断从金页世界中领悟三生道诀，并打败了诸多对手，偷得了天火，成长为九品丹王，斩杀了诸多神兽，在深海和地下获得了炼体修炼方法，并在一次次不同寻常的雷劫后逐步使自己的修为从筑基经过了七个级别上升到了化真，最终和亲友们重逢，并打开了飞升的封印，结束了洛月大陆的大劫，和洛影等人先后飞升进入了修仙界。

在修仙界叶默遇到了更多的险境。原来在洛月大陆被他得罪的周正群正在追杀他，一位仙帝欲置之于死地。使得刚进入修仙界、修为尚浅的他不得不小心翼翼。在一次次和更高级别仙人的对抗中险胜，他获得了更多的实战经验，结识了更多的朋友。为了提高自己的修为，叶默和甄冰瑜一起进入混沌世界修炼，其间两人在不停地争吵和合作中产生了感情。甄冰瑜改变了自己原来的看法，最后成为叶默的又一个妻子。最终叶默成功打败了追杀他的仙帝和周正群，实现证道，成为混元大帝，与自己的亲友们一起建立了自己的墨月仙宗，吸引了诸多仙帝前来道贺，并制止了仙界的大战，妖族和海族、凤凰族对其俯首称臣。但虚空中的幽冥告诉叶默，这并不是真正的永生，他可以推开自己的大道之门，却不代表能抢到并且打开造化的大门。

二

《最强弃少》是"废材流"的代表作品。"废材流"有人曾这样解释:"从这部分网络小说的内容来看,可以把网络废材流小说定义为小说的主人公本来就是一介废物,但是这个废物不仅仅是指主人公的修炼天赋,有的时候也指主人公的人品,然后在一片唾骂、鄙视声中,废物主人公突然得到某种机缘,最终完成人生的逆转,成为令世人仰视的大人物的网络小说。"[①] 叶默的成长经历与这解释基本一致。

作品的情节内容上,我们可以看到主人公叶默被作者寄予了很多现代人的理想性格:敢做敢当,恩怨分明,有仇必报,有情有义。在人生轨迹上,叶默从一开始被所有人看不起,到最后无论是在地球上,还是在修真界、修仙界都能通过自己的实力证明自己,成为受人敬仰的人物。每次在人们对他极尽嘲讽或是对他身边的亲人有所企图时,他都能第一时间使对方感到后悔,得到应有的教训。这种快意恩仇的内容的设置是现今"快餐式"文化影响下的产物,也为当下压力较大的现代人找到了宣泄的出口。另外,尽管全书的架构和情节均为虚构,但仍有反映现实的一些方面,如小说中讲到的米国对洛月国的攻击、印尼的趁势打劫、洛月与俄罗斯的合作以及联合众国的会议等,明显影射的是当今全球的国际关系。书中的级级修炼模式,以及主人公反复提到的"实力为大""人最需要的实力,没有实力就得不到尊重"等话语无疑也是一定现实的反映。

但这些情节内容也暴露出这类小说的一些问题。首先,主人公对嘲讽他、欺凌他的人进行反击和"打脸"的模式基本雷同,都是在让我们看到对方的尖酸甚至是恶毒嘴脸后,主角要么直接把其双手双脚废去为自己所用,要么直接把对方置于死地。在主人公发展的过程中,仇敌往往作为主人公变强的背景或者垫脚石而存在的。作者为了突出

---

① 任俊华:《论网络小说的废材流现象》,《甘肃高师学报》2015年第3期。

主人公所谓"正义"的本质,往往把这些背景仇敌塑造得阴险狡诈、无恶不作,然后强大后的主人公踏着五彩祥云而来,挥手之间"樯橹灰飞烟灭"。这虽然符合现代读者轻松爽快的阅读心理,但雷同的模式不仅使人厌倦,也更加降低了整个小说的思想境界,情节变得单薄,可信度下降。此外,男主人公在修炼途中或是出于内疚,或是出于真正的感情,先后娶了七个美貌的女子作为自己的妻子,其中一些情节描写较为低俗,有迎合网友的趋向,也是这部小说情节上的缺陷之一。

　　语言上,作品主要采用比较接地气的语言,风格也较为活泼,除了一些对修炼上的解释,基本都是较为通俗易懂,适合读者们进行"快餐式"阅读。当然,由于是在网络上进行连载的作品,作品中不可避免地出现一些语言上的仓促和反复。在叶默打败对手时,多次着力描写被保护者(妹妹叶菱、唐北薇、宁轻雪等人)的惊讶,以之前瞧不起他的人态度前后的惊人对比,来突出主人公叶默的实力和逆袭后的转变,如:"叶默这一拳击出毕罩脸色就是大变,他已经知道叶默的本事比他的名头更大一些。可惜的是,现在他连阻拦的本事都没有,一旦他敢冲进叶默的拳风杀势旋涡,那他一样的是炮灰存在。"这样的句式使用了过多的渲染、衬托手法,语言显得过于冗余、夸张。行文中间,作者不断地插入大段从自己的视角出发的看法和评论,以及大篇幅的叶默心理活动描写,也使作品语言过犹不及,读者阅读可能会产生一些不适感。

　　作品整体构思上展现了作者大胆的想象力,整部作品主人公的活动空间和时间都有较大跨越性。值得一提的是,作品中对主人公修炼最为重要的法宝"金页世界"中的"三生道诀",实质反映的是作者对于"道"的理解,这也是作品前期名为《三生道诀》的原因。我们可以看到,在主人公叶默斩妖除魔,不断修炼和打败仇敌的过程中,"三生道诀"起了巨大的作用,而它的主要内容其实只有一句话,即"一叶一世界,一界三千叶",最后修炼到最高的境界时也反复提到"证道""修仙""造化"这样的概念,作者似乎在努力向我们传达

"道"的一些精神。他笔下的"道"受到了一些中国古代道家文化的影响，如对可遇不可求、万物有道和物我两忘等思想的解释和表现，但遗憾的是，《最强弃少》只借鉴了"道"的观念，没有就此继续深掘下去，而是被简单地以对大众意淫的迎合代替。它最终的主题仍然是描写出了一个通过修炼证明自己，从而受到万人敬仰，自己和心爱的人可以不用再受到他人欺凌，爬上食物链顶端的故事，因此和老庄之"道"的内涵相去甚远，只是增加了一些故事的神秘性。

总之，《最强弃少》作为鹅是老五的代表作，以及在2014—2015年前100名的网络文学作品，它的广受追捧自有其中的原因，即作品本身具有一定的创新性，"快餐式"文化的标准化模式，以及主人公身上带有的理想性色彩。它的受欢迎代表了当代人们渴望宣泄压力、以及在现实世界中无法实现，便从默默无闻的主角逆袭的故事得到安慰的理想和心理，也引发了人们对快意恩仇世界的向往。我们把它和其他同类小说（如《斗破苍穹》）进行比较就可以看出，主人公都经历了被退婚，被人称为"废材"的阶段，而因为这段经历，最后主人公功成名就，铲除昔日仇人的时刻才显得更为大快人心。因此尽管这类小说模式有很大的相似之处，人们依然选择阅读它，从而获得比严肃文学更多的轻松快乐的阅读体验。

我欲封天

耳根

《我欲封天》是耳根首发于起点中文网的一部古典仙侠小说，全书正文总共1614章，分为十卷，约498万字。

耳根，起点中文网白金作家，喜爱中国古典神话故事，并以此为基础，进行网络小说的创作。其他作品有《仙逆》《天逆》《求魔》等。

一

故事开始于苍茫星空的山海界第九山海南天星南蟾大地上赵国一处名为大青山的地方，书生孟浩被修仙者许清带入修仙门派靠山宗，与同时被抓来的李富贵、王有材、董虎等成了该派的外门杂役，开始踏上了修仙之路。孟浩进入靠山宗时，曾得到一面铜镜，在与外宗众人斗法争夺修行资源时他逐渐发现铜镜是一件宝物，足以改变人生。这一宝物中似乎有活物，当把它照向敌人时它喜欢攻击敌人的臀部，而且喜欢毛发旺盛的生物。孟浩性格坚毅，天赋极高，在修仙的路上渐渐崛起。

孟浩在靠山宗的崛起，得到了宗门的重视，获得了山海界缔造者九封的封妖一脉的传承，成了第九代封妖，掌握了封妖决。作为封妖一脉的守护者——靠山宗的实际掌控者靠山老祖为了逃避对封妖一脉传人孟浩的守护，带着整个赵国消失了。孟浩成了一个无门无派之人，开始进入南域修行。在一次次的冒险中，孟浩修为逐渐提升，同时变得更成熟、更富有心机，他从铜镜中召唤出来两个活物，一个是杂毛鹦鹉五爷，另一个是不怕攻击并伴有碎嘴习惯的极厌三爷。在冒险中，他逐渐收集了前八代封妖的封妖禁，与各路天骄争夺比拼，成为耀眼的天骄之辈。之前将他带入靠山宗的许清在这一过程中成了他的妻子，但是因为救了孟浩而不得不去管转世投胎的第四山海转世投胎。

当孟浩晋升到真仙境界时，他知道了自己是第九山海第二大的家族方家的嫡长子，自己出生在方家所在的东胜星，当初父母弃他而去是为了治好他从小就有的怪症，他随母姓孟而不随父姓方也是这个原因。与父母姐姐相认后，他的舞台来到了第九山海，与第九山海的天骄之辈争锋。在修为渐渐成为山海界最高之人时，他了解到山海界不过是被仙魔大陆用三十三天镇压的一处牢笼。仙魔大陆的再一次到来，导致了山海界的覆灭，但是在山海界的缔造者九封等众人的努力下用山海蝶带着残余的山海众人冲出了仙魔大陆及三十三天的围追堵截，进入了苍茫险地青棺漩，休养生息。

而孟浩作为当时修为最强之人，在掩护山海界逃亡时受伤过重，沉睡着漂流在苍茫的星空之中。但意外之下被带入苍茫星空第一大派苍茫派之中，夺舍了降临的第九至尊，成了苍茫派第九至尊。他在苍茫派获得机缘，逐渐成为超脱者，在苍茫星空的意志罗天的培养下成了"妖"，成了苍茫星空当时第一强者。此后他把山海界剩余的众人接出青棺漩，灭掉了三十三天和仙魔大陆，在山海界原址重建了一个更加强大的山海界。但罗天只是把孟浩作为复苏自己的养料来培养，他在这之前培养了包括苍茫派创立者苍茫老祖在内的"神""魔""鬼"一众强者作为养料。最后他们都斩掉罗天本体仅剩的一只手中代表自己的手指后去往了苍茫之外的星空。孟浩也走上了他们的路，但是孟浩并没有斩掉罗天的手指，而是完全把罗天灭杀。罗天灭亡前对孟浩和他身边的人进行了诅咒，山海界众人在无奈中老去死亡，孟浩只得用自己成为罗天的方法解除了罗天的诅咒。把众人转生安排好之后，孟浩带着许清与灭生和戮离去，进入更广阔的宇宙。

二

《我欲封天》是耳根的第四部小说，继承了耳根以往的创作风格，无论是人物塑造还是剧情安排都与之前的作品有很多的相似之处。

主人公孟浩，年纪很小的时候父母离他而去，虽然是为了他好，可是独自一人在人情冷暖中成长，他根深蒂固地认定了钱的重要性，以至于修仙之后他对修真界货币——灵石——充满了狂热，为了赚取灵石不择手段，并为此发明了以因果为线的道法逼别人写欠条。可以说是这是耳根为这一人物设置的一点更像普通人心态的"个性"。作为一个天才型的修真者，他拥有坚毅的品质，为了提升修为，咬牙硬挺压榨自己的潜力；同时又有过人的胆量和一颗细致的心，当一次次机会到达身边时，他不断地用自己的算计和胆量在处于劣势时夺取机缘，让自己变强。这种坚毅、胆大心细是始终贯穿在耳根所有作品的主人公身上的良好品质，无论是《仙逆》中的王林还是《求魔》中的苏铭，都是拥有这样的品质，这也是他们最后能成功的必要因素。另一方面，与王林和苏铭相同，他也是一个很自私的人。对待敌人心狠手辣，出手毫不留情；对待自己身边的人或者对自己有恩的人往往又给予极致的温柔和照顾。温情与残忍在他们身上完美地兼容在一起，既像一个精神分裂患者，又那么的合情合理。懂得感恩的他在数年成道之后依然还记得自己未修道时还欠着周员外三两银子，并偿还了他的后人，可见他是一个记得恩情、注重报恩的人。总的来说孟浩是一个对自己狠，对敌人更狠，但是对身边的人很温柔的人，并且还是一个很贪财的人。

作为陪伴他最多的，在这杀戮居多的小说中调味剂般存在的三爷和五爷不能分开说，就像全天下就只有五爷才能让三爷乖乖做事一样。五爷是那个逆天宝物铜镜的器灵，以一个杂毛鹦鹉的形象示人，它喜欢毛发多的生物,并且战斗时喜欢攻击敌人的臀部。而三爷本体是一种叫极厌的东西,防御力很高,并且能吞噬雷电,它是一个碎嘴,每天总是念个不停,但是翻来覆去就"这是不道德的"云云,数字只会数到三,认为三最大,所以叫自己做三爷。耳根在小说中设置了一些逗趣的人物,用一些异于常人性格的人或者有特殊性格的异物,陪伴主人公,让人们感觉这不仅仅是一部修仙小说,增添了很多的趣味性。《仙逆》中的许立国,《求魔》中的秃顶鹤,也是类似的设置。许立国胆小怕死,但是时时想着叛变;秃顶鹤极其贪财,视财如命;它们与五爷喜欢多毛臀部的恶趣味、三爷的碎碎念,构成了各自书中让人无可奈何却又会心一笑的一道风景线。

其他人物如许清的温柔高冷,小胖子李富贵的天赋异禀,方父方母的慈爱,王有材的坚毅狠辣等,都可在前面两本书《仙逆》和《求魔》中找到对应的角色。

小说剧情设置熟练,场面规模宏大,耳根作为一个成名已久的网络作家,对语言的驾驭能力也是很强的。还有就是作为一个成功的商品文,全书高潮点很多,几乎每一次剧情冲突都有高潮,对于大场面的描写更是高潮迭起,让人读得热血沸腾、心情激荡。人物设置也具有多元化的特点,很多人物的描写都是有血有肉的。善良与邪恶在一些人物的身上不是那么鲜明,更多的是表现人性之中的坚持或者复杂。如刚刚进入靠山宗就认识的大师兄陈凡,为了复活爱人不惜投靠罗天与孟浩为敌。它不是那种简简单单的黑白对立,而是考虑人的处境与人性的复杂来描写人物。

作品的缺点也很明显。如果说它作为一个商品文很成功,但从耳根的写作上来说,不怎么成功。因为它依旧没有突破耳根的写作模式,无论是剧情的设置还是人物的设置,都在沿用之前作品的模式,毫无突破。主要人物的设置在之前的作品中几乎都能够找到一一对应的角色,只是做了一些小的改动;整体的风格也没有改变,让人读多了会有一种审美疲劳。其中的修炼体系、"地图"(指不同的剧情发生地)

也存在很多相似的地方。除此之外，这部小说在后期的写作中非常出乎意料的给你一种强行装逼的感觉，描写的画面过于细腻，反而给人一种不真实感，觉得是内心不自信故意遮掩弊端。希望耳根的新作品能够有所突破。

不败战神

方　想

　　《不败战神》是作家方想在纵横中文网连载的作品，总字数约为300万。方想，纵横中文网专栏作家，网络文学中的大神级人物，代表作品有《星风》《卡徒》《师士传说》《修真世界》等，作品以庞大丰富的想象和干净简洁的文笔为人称道，风格热血。

一

　　《不败战神》讲述了男主角唐天——安德学院的超级留校生，大家公认的天赋奇差，前途黑暗，差点被学院开除。恰在此时，唐天从小佩戴的神秘铜牌完成百万奠基，开启了神秘的南十字座之门，于是唐天凭借南十字座之门习得了独门武技，并且得到了一位名叫"兵"的强大"教官"的帮助。唐天为了追寻心中的女神——上官千惠，为了找到自己的父亲，为了破解铜牌的秘密和自己的身世之谜，踏上了不断变强、不断征服的天路之旅。

　　在这一路上，唐天交到了许多朋友，如阿莫里、赛雷、凌旭、鹤，也遇到了许多强敌，凭借自身不断地修炼、朋友鼎力地帮助、内心坚定的信念，一路打败强敌，建立了自己的军队与后盾，最终征服了世界。

　　作者方想在自序里说，信念和梦想、执着与坚定，和立场无关，与利益无关，简单而纯粹，直击人心。这部作品想要传达给读者的就是这样一种热血而简单的精神主旨：勇敢无畏，永不屈服。

最能体现作者这一意旨的是唐天这一形象。唐天作为小说中的第一主角，就是热血的化身，他的性格在坚持修炼和不畏强敌的情节内容中鲜明地体现着。作者把他设置成了一个四肢发达、头脑简单的人。但正是由于他简简单单，才能始终奋发向上。他作为一个"超级留校生"，对朋友仗义，对自己狠（修炼），无论在多么恶劣的环境和困难下，始终保持一颗赤子之心，勇往直前。他不学别人过分依赖所谓的"秘宝"，更相信自己实打实的汗水，"用汗水燃烧出来的强大，才是真正的强大"。

当然，除了唐天之外，一些鲜明的配角也体现出了作者这种精神。如唐天的好友凌旭，几乎可以算作是这部作品的第二主角，为了实现心中的理想，他一次次在难忍的痛苦中坚持下来，他认为："意志是痛苦通往力量的桥梁，能忍受多大的痛苦，就能够拥有多大的力量。"最终实现了自己的理想。又如唐天的机关师——赛雷，作为一个女子，在梦想成为机关大师的路上遭受了不少人的嘲笑，但是她也没有放弃，没有停止钻研机关术，最后也成为一代大师。再如我认为作者塑造得最好的一个角色——鹤，作为鹤派的继承人，身负重振门派的重任，在和唐天并肩作战的过程中，他克服了极其艰难的苦痛，不断修炼自己，挖掘自己的潜力，最终重振门派。

正是在这个意义上，可以说《不败战神》是一部激励人心的热血战书。

二

作品中，作者为了突出主角一群人的无畏征途，设置了一个十分复杂的背景体系。整体背景上，以十二星座为中心，与其他的一些小星座构成了小说的世界体系；武力值设置上，从一阶开始，越往上武力越高，每一阶都有杀招；辅助宝物上，每一个星座都有自己的星辰秘宝，星辰秘宝又分为黑铁阶、青铜阶、白银阶、黄金阶、圣宝阶；

联盟群体上，有光明武会、黑魂、族盟、圣域等强大的联盟。这样的设置，给作品增添了气势恢宏、波澜壮阔的气息。

但宏大的设置也有些问题，由于作者交代不清，经常在设置好的体系之外又增添新的元素，导致结构稍显紊乱。由于庞大的背景，出场的人物和家族显得尤其多，作者在处理这种庞大的人物关系图上，笔力显得不足，因此许多人物出场一次便没有了下文，或是间隔很久又毫无联系地出现。比如女主角上官千惠，只出现于唐天的口头上，然后到作品最后就突然和唐天重逢，显得十分突兀。

网络文学的写作如同搭建阶梯，作者写完这一阶段的情况之后就马上动笔写更高一阶段的情况，又没仔细核对上下两级之间的关联，显得上下文逻辑关系不严密，漏洞百出，导致整体结构松散；有时作者写着写着突然想起了上一阶段不合理的地方，又花笔墨去补救，在文中就表达得十分突兀、不合理。

在情节推进的过程中，作者不断强调唐天的实力是自身一步步修炼而来的，流露出对使用宝物增强实力的人的鄙夷，但在一些打斗情节中，唐天实力明显不如对方，为了达到唐天百战百胜、不败战神的目的，又给唐天使用了很多强大的宝物战胜对方。这种写法不仅自相冲突，而且塑造的百战百胜过于完美，缺乏真实感。

一些情节推动过快，没有过渡。如兵团的建立和作为唐天的武器参与战斗，作者用了极短的笔墨就完成了建立兵团到参与战斗的情节，没有一点训练的过程，这和前面所讲的缺乏逻辑感是一样的。另外，在内容和作品的初衷上，也有矛盾之处。作者想要表达的是"少年就是要在阳光下挥洒汗水。"然而这个初衷只在开头的时候体现过：唐天哪怕是超级留校生，哪怕是天赋奇差，都在一遍遍地修炼基础武技，为自己打好基础。在小说情节不断推进的过程中，唐天就仿佛突然变身"圣斗士"，突然就领悟了杀招，在与敌人的打斗过程中秒速成长，战无不胜，让读者对唐天这个形象的好感不自觉地慢慢下降了。

这种内容的突然感、无过渡感，主角光环的强大一直贯穿了这部作品。在小说的最后，唐天一群人面临最后的强敌——圣域，前面花了很多的笔墨来描写圣域的实力强大，然后花了不到两节的篇幅就打败了圣域，读来只让人觉得十分荒谬。

另外，在一些细节上，小说显示出古今混杂、大杂烩的杂乱感。小说作为玄幻题材，引用了中国传统典故，如第一百八十节的不周山，却又在其中穿插充满现代感的"酒店""西装""列车"；在内容中不断强调东方精神，"武技最核心的思想，便是天人合一"，却又不断引用西方元素，如光明元素和黑暗元素，也不断塑造西式的人物，如理查德、查尔斯、安德丽娜等；在给主角赋加武力值中，使用的是中国传统的拳法、轻功等，在真正的战斗中却要靠西式的念咒语来激发力量。

三

在人物形象的刻画方面，作者主要塑造人物形象的显著特点，突出甚至夸大了人物的主要性格，舍弃性格中的次要方面。如热血简单的唐天，美丽善良的上官千惠，聪明勇敢的赛雷，老谋深算的兵，永不言弃的凌旭，浑身是胆的阿莫里，清雅淡定的鹤……这些人物都具有鲜明的个性，性格特征显得比较单一和稳定，容易给读者留下强烈鲜明的印象。然而过于单一单纯的性格特征，往往缺少性格的变化和发展，显得过于单调；有时将主要特征夸大过分，给人以失真之感，如唐天的战无不胜。

在情节布置上，作者主要以唐天为主线，也设置了其他线索，并行描写。如在写唐天的修炼之旅之外，也写鹤派的传承，也写上官千惠的天路征程。这种设置增加了作品的层次感，也由于作者的逻辑关系把握不好，显得有些松散紊乱。

在语言的运用上，显得有些生硬。作者一开始在自序里就说这是小白、简单的故事，因此语言也确实是特别小白、特别简单。然而不知道作者是不是意识到语言太过浅白会显得作品很浅薄，在一些地方也花了一些心思来使用相对古雅的词汇。但是这种自作聪明的做法反而使得整部作品的语言显得不伦不类，古雅突兀的语言穿插在其中，显得整个文风不统一。

如第一百八十八节的"入我相思门，知我相思苦。长相思兮长相忆，短相思兮无穷极。早知如此绊人心，还如当初不相识"。唐天在思念上官千惠时念了这样一首诗，和作者塑造的头脑简单四肢发达的唐天形象明显不符合。在一些最需要热血口号的情节，出现的却是"鲜血所铸，银狼之祭，不存一息，躯体燃尽"这样的语言。可能由于作者是男生，在描写女性人物形象时，显得尤为可笑。如描写其中一个角色顾雪的时候，"顾雪脸上忽然绽放出迷人笑容，她的眼睛，化作两个斑斓的旋涡，忽然像无数的彩虹在旋转，房间内，飘满了彩虹"。（第七百四十二节）就算要突出女性的绚烂美丽，也不用写得如此超出常理。

古雅的语言使用不当，作品中一些简单的语言也显得过于浅薄，有失妥当。例如在描写上官千惠和唐天重逢时，"少年少女啊，拥抱啊，少年少女啊，旋转啊，少年少女啊，亲吻啊"。这样的语言用来表达男女主角重逢时的激动之感，实是过于苍白。

总之，这部三百多万字的作品用一种简单直白、浅显易懂的语言塑造了唐天等近百人的形象，描写了唐天由弱变强、征服世界的过程。这部作品最打动人的便是"情"：热血之情，赤子之情，义气之情。但不足也非常明显：构思宏大但逻辑不严密，内容深厚却不够自然，语言浅显却流于粗鄙。

雪中悍刀行

烽火戏诸侯

《雪中悍刀行》（原名《小二上酒》）是网络作家烽火戏诸侯写的东方玄幻类小说。

烽火戏诸侯是网文界的大神之一，在首届中国网文之王评选中，他荣登"十二主神"作家。曾多次进入"网络作家富豪榜"榜单，现任浙江省网络作家协会副主席。除了《雪中悍刀行》外，还有作品《极品公子》《陈二狗的妖孽人生》《天神下凡》《老子是癞蛤蟆》《狗娘养的青春》等。

一

《雪中悍刀行》的情节是以徐凤年的经历为线索展开的，并以此展开了其他相关人物的描写。北凉王徐骁骁勇善战，灭六国、歼门派，完成国家一统，后被皇帝委派统御西北三州，其长子徐凤年是北凉王世子，以纨绔形象著称于世。

皇帝为笼络徐骁，欲招徐凤年为驸马，徐骁知此举名为驸马，实为质子，以徐凤年年幼纨绔使其游历三年为名拖延。徐凤年带着一匹老马和一名老仆上路了，一个庙堂的世子进入了江湖。六千里的行程，劣酒老马行走在无情杀机常伴的江湖路上。他真正的成长之路开始了。

故事从徐凤年游历回到北凉开始。北凉王虽位高权重，拥30万北凉铁骑，威风凛凛，实际上，内忧外患，忧心家族未来。外忧有二：一是皇帝猜忌，群臣攻讦，随时有被整垮的危险；二是被灭亡国与被歼帮派余孽，随时可能刺杀其家人。内患则是世子纨绔，难以执掌虎狼之师北凉军，而徐骁手下的义子及北凉部分高级将领见世子如此，难免有觊觎之心，窥探其位置。徐凤年虽纨绔，但并非心智不清，游历回来后，开始努力奋起，以学武为名，再次游历天下，览尽天下形势，会尽天下英雄与武林高手，甚至只身深入敌国，了解情势。终致武功大成。心智圆融、意志坚定的一代名将，接替父亲北凉王之位，为国镇守边疆。

《雪中悍刀行》是一部布局精细、结构宏大的作品。背景恢宏是这部作品的一大特色，"庙堂权争与刀剑交错的时代，一个暗潮涌动粉墨登场的江湖"就是对这部背景的最好描述。小说既虚构了春秋九国的历史大背景，又设置了庞大的江湖格局，既有居于庙堂之上的武将文臣，又有处于江湖之远的平民百姓，还融合了佛、道等多个系统，展现了一个完整的武侠玄幻世界。烽火戏诸侯为读者创造了一个他心目中的理想江湖，波澜壮阔的场面描写使大批读者为之热血沸腾，在这个江湖里，不同的读者能找到不同的感动与激情。从细节方面来说，作者也能将这些不同的国家、系统的关系整理清楚，把各大江湖高手、各个王朝的谋士、庙堂官宦以及武当山、龙虎山等门派诸人的各色形象生动地展示出来。

主角徐凤年的成长经历，他所遭遇的困境和压力，他的豪迈侠义之举，他的爱情、亲情、友情、师徒情，无论是直接描写的，还是侧面烘托的，都让读者有一种热血沸腾之感。徐凤年，如同烽火笔下的其他主角一样，前二十年受尽世人腹诽，突然就醍醐灌顶，走上了他的自我证明之路，如凤凰涅槃一样。六千里的历练，长途跋涉、食不果腹，受的苦比徐凤年前二十年加起来还多十倍不止，但他抱怨归抱怨，依然一步一个脚印走完了全程，甚至苦中作乐，认得了几位朋友、调戏了几家闺女。练刀，苦修般的自我锤炼，高手从来不可一蹴而就，纵使徐凤年有一座听潮亭武库、有传他大黄庭的王重楼和授他两袖青蛇的李淳罡，他依然只能在武道这条路上靠自己的毅力慢慢攀爬，他那张总是挂着一丝坏笑的脸庞上从不肯透露分毫的苦楚。但徐凤年要面对的世道，是对他有天大偏见的世道。北凉以外的地界，平民畏他怕他，豪族恨他蔑他，那些居于江湖或者庙堂顶端的人物更是欲除他而后快，阴谋阳谋、步步惊心。为了给当初在那座城里受了委屈的娘亲讨回一个公道，为了给宠爱自己保护自己半辈子的父亲挣一个后事无忧，为了身边的女子，为了背后的凤字营，为了已经埋在冢间但死前都不忘遥望着自己微笑的老黄，徐凤年在这条路上硬抗了下去。如同他名字里的"凤"一样，徐凤年身怀武学天赋，终有一天通过极致的历练，实现自己的骄傲和抱负。

《雪中悍刀行》的人物谱纷繁复杂，对数量这么多的人物展开细致生动的描写也是这部小说被网络文学读者看好的原因。与其他网络小说不同的是，书中对一些配角的描写篇幅虽不多，但能生动地反映出人物性格。最难能可贵的是，《雪中悍刀行》能把配角的故事展现完整，写的让人温暖而感动。比如书中对徐凤年大姐徐脂虎与武当道士洪洗象的爱情故事。他们的爱情是一个"等"字，经历千百年。徐脂虎少时与洪洗象相逢，后嫁入江南道，先后"克夫"，一直等待那个"胆小鬼"道士下山。在徐脂虎临死之时，洪洗象立下誓言"五百年前吕洞玄，今生武当洪洗象，愿以七百年修行，让徐脂虎飞升，为天下正道再修三百年"。换得徐脂虎一袭红衣，骑鹤升天。这份执着、坚固的爱情使得不少读者为之流下热泪。再比如老仆剑九黄，"老黄有一匹黄马绰号小黄，跟老头儿亲生儿子一般，从不骑乘，若是只有芦苇只可做一张床垫，肯定是先给小黄睡了去"。"这黄酒却是他人生最大的爱好之一了，西蜀亡国人士，世人都不知他是因为姓黄才喜欢喝黄酒还是因为喜欢喝黄酒才姓黄。"他是北凉王府里一个普普通通的马夫，逢人都是雷打不动万年不变的憨样，咧嘴，缺门牙，傻笑，"喜欢瞅着骚婆娘的屁股，喜欢猛看喂奶的村姑，有那色心却终没有色胆。不敢摸,只敢瞧"。然而这样一个大隐隐于市的普通老头,实际上是一个深藏不露的绝世高手,于武帝城头与武林第一天才王仙芝一战,尽显风采,哪怕筋脉俱断,也向北望、身不倒。他说:"笨人可不就得用笨法子,要不就活不下去。好不容易投胎来这世上走一遭,俺觉着总不能啥都不做。"这样一个大智若愚的老头,向读者展示了他朴实的人生态度。他悲壮死亡的那一刻,不仅改变了徐凤年以后的人生,也震撼了很多读者。

二

网络小说最吸引人的地方就是新奇和容易让人投入情感。《雪中悍刀行》恰恰能用这两点抓住读者的心。徐凤年的经历固然吸引读者,然而从读者的反应来看,最温暖人心的还是书中的小配角,因此也有了读者圈里的一句点评"每一个人都是一个江湖"。

网上不少读者给《雪中悍刀行》的评价很高,称它是"烽火戏诸侯历来网文里的巅峰"或者是"近年来最值得一看的网络小说",但所谓众口难调,任何一部小说都会有些不同的意见,所以也有人说看这小说是"浪费时间"。

人物塑造在后期文本中出现了让很多读者不满的地方。前期连载中,读者会为小说里各个配角的故事而感动,但到了后面,这种感动太多反而变成了鸡皮疙瘩,不停穿插在主线里的小故事使得文章有些不大连贯,某些人物会有同质化现象,在好几章里甚至主角从来没出现过。这有些冲淡主题,小说结构松散。

另外,这部小说的文笔是很多读者都欣赏的,比大多网络小说的文笔水准高出很多,人物的语言、动作描写能抓住很多细节,背景描写也能透出感情。但是也有读者指出作者爱掉书袋的毛病,虽能烘托磅礴之气,但常被人认为太"装"。

这部小说的另一大亮点是能把一些历史片段融进故事情节中。书中的朝代明显有模仿我国朝代历史的痕迹,主角徐凤年的前世是大秦皇帝，王仙芝、黄龙士等人直接利用了历史真实人物的名字。这一点使得《雪中悍刀行》吸引了大量历史迷，也引起了读者对小说进行详细探究的兴致。

总的来说，《雪中悍刀行》为网络读者创造了一个偌大的江湖，有年轻人的激情热血，有中年人的沉稳机谋，有老年人的孤独沧桑，读者甚至能在其中看到一点真实社会的缩影。就像那句点评一样，"每一个人都是一个江湖"，读者在这个武侠玄幻世界里，向往着书里人物的洒脱生活，至少在书里，他们一个个都是潇洒不羁的江湖侠士，收获了属于自己的那份憧憬和感动。

从前有座灵剑山

国王陛下

《从前有座灵剑山》是知名网络文学作家国王陛下的第三部作品，在创世中文网连载，全书共280余万字。

国王陛下，昵称有血染卫生棉、絮儿。因为擅长在小说中吐槽现代社会生活和大众文化，而被网友称为"网络文学第一吐槽大师"。2010年起，他在起点中文网创作了《崩坏世界的传奇大冒险》《盗梦宗师》两部作品，受到读者好评。2013年转战创世中文网，完成第三部小说《从前有座灵剑山》，凭此作成功跻身腾讯文学大神之列，并在完本后改编成漫画和动画。

一

小说主要讲述了初入修真界的王陆在一系列的闯荡之下，最终成为九州大陆的地灵，打败了来自其他时空入侵者的成长经历。

故事开头，作为富家子弟的王陆放弃了锦衣玉食的生活，参加修仙五大派之一的灵剑派主持的升仙大会，在类似游戏副本的考验里，成功攒够爆表的积分登上灵剑派，但却因为空灵根的体质不适合修行而被拒绝，最后还是通过山下老板娘给的令牌成功拜入了灵剑派，拜无相峰峰主王舞做师傅，并成为其嫡传弟子，也是唯一的一个弟子。王舞并没有其他修仙小说中的师父表现得那样严肃，而是喜欢和王陆拌嘴，并像冤家一样的指导王陆修行，并为其空灵根体质难以吸纳灵气的问题想到了解决办法，传其无相功。

　　后来通过万法切磋，相比大师姐朱诗瑶、师妹琉璃仙的纯粹、不谙世事，王陆各方面表现都较为突出，因此门派长老决定让不仅有实力也有心计的王陆成为首席弟子，投入大资源培养。后来王陆外出历练，云台山之行中快速提升修为，又在剑冢之行中得到群仙墓地图，并发现了打开群仙墓地图的钥匙；同时王陆了解到大厨阿娅的骑士王身份，为了帮助其圆梦，就有了西夷一行，在黄金王的帮助下，打败了横行西夷大陆的圣光教，并成功带回群仙墓的钥匙。紧接着便是群仙墓的开启，通过与斩子夜、周沐沐、琼华等人的五灵争霸，得到了前往魔界的线索。然而魔界往事又牵涉灵剑派往昔差点灭门的真相，最终风吟真人等门派长老决定支持王陆的决定，而王陆五人也成功前往魔界。在一系列探索后，他们发现了九州大陆的假想敌魔界之王的蹊跷，后来更进一步地知道魔界早已消亡的真相，并通过堕仙梦境，进行了历史回溯，不仅了解了当年灵剑派蛮荒之行、黄金一派灭绝的真相，也得知自己实为欧阳商转世，更得知了师父王舞的变化以及上一世两人之间的感情。

　　在返回灵剑派以后，修仙界明确了最终的敌人是堕仙而非魔界。没过多久王陆去群仙墓问苍天，唤醒了当年对抗堕仙失败转而沉睡的地仙，并和师父王舞道明了自己上一世的身份，明确了自己的感情。地仙苏醒后认为现今修真界不足以寄托抗争堕仙的重任，因此拒绝将他们存下来的财产交给当今修仙界，甚至更进一步要求由他们自己来领导九州大陆对抗堕仙。在王陆的设计下，地仙和九州大陆修真联盟约定群仙大比，最终积分高的一边获得领导权。在比赛的过程中，地仙一边的一个领袖人物帝琉尊苏醒后开始大肆清除异己，王陆觉得奇怪，在与帝琉尊交往的过程中得知当年地仙对抗堕仙失败的原因是因为地仙中间出现了内奸，帝琉尊要求王陆配合她找出内奸。随着比赛的进行，堕仙的奸细在万仙盟里捣乱，并最终被确认出来是地仙里的

"黑"。紧随其后，王陆来到群仙墓继承上一代地仙领袖孙不平的遗产，实力飞速提升，并将奸细降为己用。没过多久万仙盟发现了潜入九州大陆的堕仙，河图真君和王陆等人通过奸细的帮助将其囚禁。过了很久，堕仙开始大规模的降临，万仙盟设计阵法，将九州大陆的能量汇集到王舞身上，让其守住两界通道。最终王舞因为守护阵法被破而危在旦夕，王陆为救王舞中计，两人一起被关在时空缝隙里，后通过九州大陆的努力和堕仙之王的儿子逍遥仙尊（逍遥仙尊认为仙王已经失去了进取心，是在苟延残喘）的帮助下回到大陆，与仙王展开决战。最终王陆化身成为九州地灵，打败仙王。九州大陆因为战争破坏过于严重面临着分崩离析的危险，在琼华、风吟、王舞、逍遥仙尊等一系列人的努力下，万界壁被成功打通，人们开始探索远方的新世界。河图真君的接班人琼华联合众多修仙人士一起将九州大陆移到另一时空，因为穿越时空所需时间太久，都陷入了沉睡。很久很久以后，王陆从沉睡中醒来，和一个年轻人聊天，谈到了当初的事，最终以"从前……这里有座灵剑山"作为结束。

二

作为一部修仙小说，它在整体框架上还是很规矩的，有明确的修真境界区分，也有各种修仙门派、正道魔道的划分，但颇为不错的是作者并没有局限于传统的分类法，而是又另创了其他能够成仙的方法，比如王舞的外道、河图真君的众生道。整体情节的安排与大多仙侠小说一样——与同位面的隐藏敌人作战，当同位面无法满足时就与异位面敌人作战，使得主角从初级废柴一步步成为逆天的存在。而且主角身上必然自带主角光环，必然有一个其他人不可能具有的特点。在王陆身上表现为空灵根——表面上说是无法存储灵气在身体里导致无法修仙，实际上却是为后来无难度升级做铺垫。

该小说成功塑造了许多不同的人物形象，不同于其他网络小说的平面化、扁平化的人物塑造，而是刻画的人物形象时时和现实相对应。

幻想篇

万法仙门斩子夜修一颗万法不动仙心却处处暗恋无果，天生情商低，对于学术有莫名的追求，在作者的安排下，基本上所有的倒霉事全都让他撞上了。盛京仙门琼华由最初的首席弟子到最终成为修真界领袖，在这变化过程中表现出来的大气、杀伐果断都是一般小说刻画不来的。大师姐朱诗瑶专心剑道不问世事；琉璃仙天真善良、心地纯洁、剑心通明；帝琉尊的霸道、聪明；大厨阿娅的坚定、认真都是刻画得极其富有生命力的，而且往往会跟着具体的环境有着具体的变化，并非一成不变的，以上是属于年轻一辈的刻画。在老一辈的人中，不同于其他修仙小说般要么就是为恶一方，要么就是无所作为的固定模式，深度刻画了河图真君这种修有情道、修众生道、关心天下苍生的领袖，此外还有风吟的善、天轮真君的直。当然这本书在人物塑造方面也有很多的缺陷，即是人物的来龙去脉并没有很好地交代。早期的朱秦、闻宝、王忠，后期没有任何说明，即使像帝琉尊、琉璃仙这样比较重要的角色，在结局里也没有一个很好的交代，只能任由读者瞎猜。

　　这部小说创作初始，秉承着"没节操没下限"的原则，但实际上没节操的情节不是很多，最多就是标题党，例如"琉璃仙的正确打开方式"之类的，实际内容都还是比较中规中矩的。相比于许多修仙小说，《从前有座灵剑山》并不注意主人公的后宫，很多修仙小说纯粹为后宫而后宫，哪怕男主本身其实只喜欢一个妹子，也会因为这样那样的原因一不小心多收了几个妹子，然后姐妹之间"和和美美"的。但是这部小说并非这样，男主与琉璃仙、白诗璇之间虽然有感情互动，但并没有被欲望所主宰，王陆与帝琉尊之间的感情，虽有肉戏，也只是一笔揭过，无伤大雅。作者花了很大心血描写王陆、王舞师徒之间的感情，从一开始无相功的修行，到后期王舞为救已经成为地灵的王陆而远走异世界寻找新时空，再到最终王陆称其为老婆，中间并没有什么性欲的描写，仅仅停留在吐槽和口头互动上。

　　本人认为，作品最成功之处在于高密度、高质量的吐槽。网络吐槽大体可分为两种，有梗吐槽和无梗吐槽。很多网文小说吐槽多是调节气氛，属于后者；而《从前有座灵剑山》无疑是属于前者。对国王陛下而言，吐槽已经成为推动剧情发展的一大动力。小说中的吐槽虽然句句针对文中人、事而发，却又句句影射到现实生活中，或是政治、或是文化、或是社会现象。通过林林总总的吐槽将故事勾连在一起，从而达到现实生活与小说文本的交融。这种例子有很多：王陆刚上山时因为体质问题，修仙成就不高，作者就安排了刷学分得福利的学分制度，用以戏仿当今应试教育。王舞说风吟剽窃王陆的学术成果，风吟回答："师妹你说的什么胡话，学术界的事，能叫剽吗？"显而易见是借用了鲁迅《孔乙己》小说的梗。王舞修真由于资质最终只能走外道，备丹的说法即是从备胎而来。更有现实针对性的是在群仙墓开门典礼上，核心内容是"万仙盟的领袖河图真君发表讲话""发管委主任风吟发表讲话"，让人联想到现今开会也是啰里吧唆、没有太多实质内容。还有在群仙大比拼中，出现了衡水派——为做题而生的门派，即是针对现实生活中的衡水中学虚构出来的。这种吐槽打破了平常网络修仙小说打怪升级的模式，是对常规宏大叙事、元叙事的解构，是彻底的反深度模式的。《从前有座灵剑山》的前半部分就由各种极端戏剧化的吐槽和极端缺乏意义的槽点拼合而成，这种对故事世界的消解和解构，有了后现代化的碎片化叙事效果。但是另一方面，吐槽也因为对"逻辑""元叙事"的解构导致了叙事过程的困难，作者到后来可能是因为力不从心，在后半部分不得不以对抗堕仙作为逻辑线索将小说推向终结，因此后半部分的宏大叙事的尝试确实难以达到前文的吐槽水准的高度。

网络小说烂尾、太监的例子数不胜数，因此对小说结局的完整建构成了作者和读者共同追求的目标。这部小说结局很难说没有烂尾，结局里九州大陆飞升到另外一个空间，王陆醒来，但是另外角色的下落和结局却都没有交代。琉璃仙、琼华、阿娅她们作为很重要的女性角色，结局里却都没有提到，王陆说老婆（王舞）偷了他东西，带妹子出去玩了。很大程度上"妹子"这个词我们可以理解为与王陆深交的许多女性，但这种模棱两可的写法使得我们并不能找到一个确切的答案。这有可能是作者自己也不能安排一个更好的结局，于是就匆忙结尾了。

  在小说中，作者总是喜欢在二元对立的结构中进行叙事，有毁灭后令人绝望的"旧魔界"，就有梦幻国度的"新魔界"；有"正道"就有"魔道"；有得道飞升的真仙，也有自甘堕落的堕仙。此种二元对立实际上并无所谓的绝对立场，立场在这部小说里是极其含混的。

  总而言之，《从前有座灵剑山》作为一部网络小说，相对其他修仙网文在风格、叙述手法上都做了一定创新，但也和许多网络小说一样，有着难以避免的致命弱点：追求更新进度的同时，艺术的锤炼还欠缺火候。

纯　阳

荆柯守

　　《纯阳》是一部由网络作家荆柯守创作的古典仙侠类小说，全文共95万字，三百二十八章。

　　荆轲守，苏州人氏，当红网络作家，现签约于创世中文网。对修真、军事理论、宗教、哲学均有深入研究。以其思想洞悉本质、直指本源、理念成熟，吸引了大批书迷。其小说中多次出现"气运"之说，有一套较为完整的"气运"理论。其他作品有《青帝》《风起紫罗峡》《黑暗中的女神》等。因早年在龙空使用"东方不败"这一马甲，又多论宗教与修真话题，且其小说中有很多私货，故被称作"教主"。

　　其个人风格中最著名的便是杀伐果断，其前作《风起紫罗峡》中曾有过"杀妻证道"，为了一往无前地证得大道，便是杀了妻子又如何？在小说中剧情之外教主还往往会表现出自己的内涵与思想性。

一

　　这是一个东方仙界被西方神界入侵时期，地府破碎时代死去的人类大学生依靠被西方神击破的轮回盘残片重新聚拢破碎灵魂夺舍某个人物，然后在某个仙侠位面重生的故事。

　　被夺舍的人名为王存业，是当地一个道观"大衍观"的一个小道士，从小跟师傅习得剑法武功和内练法门，有一定的仙侠基础来修炼法门功底。他还有六阳图解一本，用于辅佐修炼。主人公是武术剑道和道法双修，武术剑道使得他在后来修仙成长的道路格外的顺利，宛如开了"金手指"，一路遇神杀神、遇佛杀佛、无人可挡，再厉害的神也抵不过他的剑道；此外，道观里还有个身体羸弱、自小多病，却貌美如花的小师妹谢襄，并对王存业从小暗生情愫；还有知恩图报厨艺不错的管家陆伯。主角自带金手指轮回盘碎片，在识海中的龟壳上抹上鲜血可预测事件吉凶，也可整理功法，可将主角杀敌所得的精魂修炼内化为其所用从而增长功力，总之像网络游戏般，还可以通过打坐冥想的方式，整理自己的修炼经验，然后逐级晋升，这是修仙小说的一贯套路。

　　文章一开始就将主人公置于一个特别危险的环境中，逼迫其变得强大：破落道观的少年观主、武功低微，道基浅薄、权贵的逼迫、生死交争的挑战、恶少情敌的暗算……由河伯娶妻为开端，为了保护师妹，为了完成魏侯的命令，同时挽救处于存亡之际的大衍观，主人公王存业开始不断提升自己的实力，先是考取了"道士从业资格证"，而后经过不断地内修，不断地克服来自外界的磨砺与考验，经历了人世间的钩心斗角与不同势力之间的你死我活，一步一步修炼，范围从中土到扶桑，最终成仙的故事。

　　虽是讲述的修仙故事，但是其实也有很多类似官场以及政治经济建设方面的话题。

　　这个世界的道门考核标准与我们理解的清修出世的道士不同。他有着一系列严格而复杂的考核晋升标准，与官场的加官晋爵的模式相同。文章中的道门的晋升是非常理想的，虽然也会有"有心人"去"潜规则"，但是多数情况还是依靠个人实力作为标准来考核与评定一个人是否晋升。这个考核标准包括了道术、剑术和县治。其中，县治就是要求道人作为一个县中独立于人间县令以外的、作为道宫代表而存在的角色，通过自己个人的政治头脑与法术预判来给人间社会带来建设性的改变以造福人类，人类社会风调雨顺、百姓安居乐业，那么作为管辖这个地区的鬼仙道人也会从中获益，增长自己的修为，另一方面也可以增长自己的道功，用于在道界交换法宝和修炼秘籍。

除了道门内部的故事，作者还描写了当时整个分裂动乱社会的一幅宏伟蓝图。包括主人公所在的弘明郡在内的中原大地，上到天宫，下到幽冥界，西到昆仑道宫，东至扶桑。整个格局宽阔而又宏大。且多有宏大战事的描写，这些描写大都细致而有条理，尤其是王存业杀了河伯以后，引来了大批水族来犯，云崖县官兵与水族的那一战描写得特别细致全面。

二

这部作品最突出的一点就是塑造了主人公这一形象。主人公本体是一缕灵魂，其魂魄碎片在冥土中，百年之后才得以恢复全貌，而后机缘巧合夺舍重生到道士王存业身上，以这个身份生活。他体格强壮，悟性不高，但好在穿越而来的灵魂有一定学识（精通医术且善于政），并且还有随生而来的秘宝"龟壳"，因此在修仙之路上可谓是开了"金手指"，一路披荆斩棘、势不可当：十五岁在龟壳和自带的秘籍帮助下运元开脉，而后受六甲六丁符箓，担任九品法职，不久就达到了人仙二转的境界；不到二十岁达到鬼仙，因为有了龟壳所以一路斩杀，一路用龟壳吸收死去对手的精魂而迅速成长。最终到达神道，天帝都受其道论影响而改革了神之道。他有如下一些性格特征。

其一，王存业这个人物从各个角度来看，其为人处事、待人接物的方式都带有作者个人"杀妻求道"的色彩。对于伤害过自己或自己气运的敌人，他一向杀伐果断，一招取人首级，他第一次杀人时年仅十五岁，在当时乱而将治的时代背景下来看，王存业这种赏罚分明的行为无疑代表着其将会是有大作为的人，而在读者看来却多少有一丝冷酷与无情，但是若考虑到其时代背景，这种做法也无可厚非。

其二，王存业擅长政治，并且还有着很强的商业意识。自从考到道士资格之后就一路晋升，物质方面很富足，不仅使全家都过上了衣食无忧的生活，飞升鬼仙之后在其管辖的沿海县城范围内推行了一种鱼干（可能这个小说的设定就是在王存业之前，没人想过把鱼腌制成鱼干），因为腌制品易于保存且是肉食品，让处于战乱格局、食不果腹的人民能够顿顿都能吃到肉，无疑是一件很有战略意义的事情。一方面提升了自己的名声与气运（还有县城的气运）；另一方面腌制鱼干需要盐，而盐是官府控制的一种食材，这就拉动了整个县的经济循环与增长，成就了其县治考核的一张满意成绩单。在扶桑传道时，他利用从中土带来的几千两银子，慢慢开辟土地、召集家臣，建立了属于自己的"樱馆"作为其在扶桑的根据地。运用各种手腕聚集了一批有能力却不受其他将军幕府重用的海盗、武士作为家臣，并且死心塌地地为他效命，成为扶桑当时不可抵挡的一脉家族势力，在扶桑也拥有一定的土地、财产与人民。从扶桑回中土之后更是带回了九千两黄金，虽然作为一个道人，钱财在帮助其修道方面效力甚微，但是无疑能为其行走江湖提供不可缺少的强劲助力。

其三，王存业是个特别强硬、手段狠辣而倔强的人。在一次又一次与对手交锋的过程中，他都是以一刀割去敌人首级为结束。就算是初出茅庐时，才十五岁的王存业在一个风雨交加的夜晚就将两名跟踪调查他的特务斩杀，表现出他杀伐果断、冷血无情的一面。另一方面，他也是个追求公平、十分公正耿直的人。虽然手段狠辣，但都是正面迎敌、正面出击，杀人从不推脱责任，也从不以暗箭伤人。偶尔在情急之下为求上位才用一些迫不得已的方法自保，比如为让白素素当上河神，他联合范世荣，用计杀掉河神，白素素得以名正言顺地上位。但这一切都是为了能让白素素保护、庇佑王存业的家人，是从自保的角度出发的。可以说他是被当时动乱不安的社会状况逼上了走修仙求道的路（当时道士有田有地，按等级高低，道士每月也有俸禄，还免赋税劳役），本是一个本分老实的人，被社会现实所迫才走上了一条修道之路，从而迫使自己不断变得强大去保护自己的亲人与爱人。文中王存业这样说道："为什么争地争水，就是因为一寸地一口水都有主了，不争就出不了头，论到世事上也一样，都有主了，能留给我多少余地？"这句话正是写出了王存业一路求进求存的原因，都是为了在这个弱肉强食的乱世谋得一席之地。

在人仙三转的考试中，王存业凭借自己的推理能力破获了元水娘娘邪教一案，理应晋升受功，却因道宫殿主一时失误贬下了九幽，要再三年才能再次接受三转考核，道宫方面为保自己威严而不愿更改决议，但愿以各种方式补偿他。王存业怒气冲天，不接受道宫的补偿，决定去敲天钟以求天宫定夺。结果得到了公正的定夺从而继续进入最后阶段的考核。

其四，王存业也有着极强的民族情感与历史责任感。在他到扶桑时，就有一种强烈的爱国情怀。虽不满意"崖山之后无中华，明亡之后无华夏"一说，但是也承认了这一部分也属于实情，并将更多的热情投注在建立自己的"樱馆"上，扩大自己的势力，也更多地吸收气运，帮助自己和白素素修炼。

三

《纯阳》是部修仙小说，其不足带有普遍性。第一，这部小说是经典的修仙主题，固定的"打怪升级"模式，主人公自带了神奇的天赋"龟壳"这个法宝无疑是主人公所向披靡、纵横江湖的利器，也是其"主角光环"的表现之一。主人公的"金手指"不仅表现在其自带的法宝上，还表现在自主人公王存业修仙以来，与敌人各种正面侧面交锋从未失败上。从最开始云崖县的小小河神，到一方正神金色敕令德河伯，到人界武道至尊、政界首脑，最后杀出了中土，杀向扶桑。这之中就没有一个不是一刀致命的。这个点说起来也似乎是所有男性向YY（包括修真）小说的共同特点，男主就是能打，男主代表了作者个人的意志，作者很多时候把自己就当作男主来写，所以更多地把战无不胜的这个个人理想追求有意无意地注入其笔下的人物身上。这一点有利也有弊，弊端在于太过于无敌显得千篇一律，既然知道男主无论面对怎样强大的对手都不会失败，就失去了继续阅读的兴趣，再看也只是看男主能强大到什么程度而已；有益的地方在于，站在男性读者的角度而言，能有一种强大的代入感，把自己带入小说情节之中去，仿佛自己与男主一样所向披靡。所以这类小说的受众多为男性，而少有女性读者愿意花大量时间精力去读这样一部长篇男性YY小说。

这种男主不败的设定也使得这个人物的形象过于平面化，显得不立体，缺乏真实性。修真小说本就是带有浪漫主义色彩的小说类型，但是也不能太过于脱离现实实际，这样不管是人物塑造或是情节设定上，都会陷入千篇一律的困境，阅读起来让人乏味。

其次，仅着重塑造主人公形象而忽视其他人物形象的描写也使作品显得单调乏味。全文只围绕主人公展开描写，作品仅仅只有一个主要人物，再无其他角色。除了王存业以外，文章中经常出现的就是女神白素素和师妹谢襄这两个女性形象，但这两个女性形象的描写实际上也是为了烘托主人公的个人形象。通过描写这两个女性形象，侧面写出王存业对亲人家族的责任心与担当。

文章着重突出了主人公王存业的杀伐果断，忽略了其他方面性格的塑造，从而让人觉得王存业看起来孝顺亲族，实际上是个自私自利的人，为了自己能够生存并且强大，对每一个可能对他造成威胁的存在，他都是先杀之而后快，对文先生如此，对之后每个可能对其造成危害的人都是如此。让人觉得主人公确实厉害，但是却令人无法心服口服。其他的反派角色都是一波未平一波再起，一个比一个厉害，但是一个比一个死得快，真是"铁打的王存业流水的反派BOSS"。但是值得肯定的是，抛开百姓安居乐业可以给王存业带来气运以便修炼这一功利的心情来看，他关于政治经济方面的道论的确是有建设意义的，为人民百姓带来了切实的好处，使其衣食无忧，生活富足。

语言描写方面，有的地方过于血腥暴力，很多都是血液脑浆暴射，或者斩下首级装在盒子里。

有人说:"荆轲守的《纯阳》等仙侠作品,设定独有特色。小说从开头起就引人入胜,其后剧情此起彼伏高潮迭起,张力十足,兼具了通俗经典的故事吸引力可读性与精彩程度,又不失原汁原味的个人风格。"

也有人认为荆轲守的作品把不同的理念结合在一起,显得不伦不类。认为文中掺杂了过多的说教,过多的礼仪描写让人反感。

我认为,《纯阳》看似写仙侠修真,实际上也包含了很多作者个人关于政治、历史的思考与理解,书写了荆轲守对于生命生死、出世入世以及人情世故等多方面的深思熟虑。王存业在我看来就是作者个人"中二"情怀与理想在现实生活中难以实现的东西,置于虚拟世界中的一种寄托与宽慰。

圣　　堂

骷髅精灵

《圣堂》是骷髅精灵的一部仙侠小说，总字数约 269 万。骷髅精灵，原名王小磊，阅文集团白金作家，上海网络作家协会副会长。2004 年凭借处女作《猛龙过江》，成为网络文学一线人气作家，《猛龙过江》成为网游类小说的扛鼎之作，其他作品有《海王祭》《机动风暴》《武装风暴》《雄霸天下》《英雄联盟：我的时代》等。

一

该书秉承天道不仁，我必逆天的热血思想，讲述了《圣堂》一个小千世界狂热迷恋修行的平凡少年获得大千世界半神的神格，此后带领着一群平凡人逆天化神成仙的故事。

在那三界之巅的大千界，玄妙的天道已经可以感知了，然而半神离真神终究差了那么一步。三界最强者——魔神妄天修成了七脉轮回大法，出关欲打破格局，修成真神。大千界的三位半神皆已败北，徒留修炼逆天之法的邪神莫山与之一战。在那悬于万里高空之上的断天涯上，二人负手立于天地间，举手投足可证天道，成神之路非此即彼，通神之路只差一步之遥，谁可夺对方命格谁就能成真神。可是不语剑剑气冲天引出天劫，一时间天地失色，莫山身死妄天逃走，在无边的黑暗里，忽见一道红光消失于缝隙间，莫山神格下界，不知异世是何人。

圣堂

　　小千世界，修仙门派圣堂招生，凡人胡静、张小江以及天然命痕二层的渣渣王猛成为圣堂雷光堂分堂的新一代弟子。谁也没有想到，不被看好的他们会抒写怎样的逆天传奇。

　　就在王猛、张小江遇迷魂蛛妖攻击，命悬一线之时，万丈红光伴着滚滚雷鸣呼啸而来，莫山神格降临到这个叫作王猛的平凡人身上，莫山的记忆在王猛的心中一点一点浮现，王猛的逆天之路开始了。

　　此次雷光堂与横山堂的堂战无疑是极具纪念性的一战。圣堂六大分堂中最弱的雷光堂竟然大败一向以蛮横著称的体修大堂横山堂。此战之后，雷光堂第一次赢得了属于自己的尊严。自此，雷光堂的弟子开始酝酿属于雷光堂的精神力量——希望是可以有的，奇迹是可以创造的！堂战之后，王猛出门修行，却与老对头——被赶出来的横山堂弟子索明成了兄弟，为替索明报血海深仇，王猛启动莫山神格大杀狂剑派，天道法则感应，天劫难逃，莫山神格被封印。没了神格的庇护，王猛开始苦修属于自己的功法——五行之术。一时之间王猛竟成了丹修、剑修、体修兼备的全才。

　　如果说雷光与横山的堂战使雷光堂初具名气，那么圣堂四年一度的大比，则给了雷光堂堂众登顶圣堂的契机。一直位列分堂末位、实力最弱的雷光堂在王猛、胡静、张小江、索明、马甜儿和周谦的带领下一路逆袭，以势不可当之势，书写了不败神话，一一击败其余五堂登顶圣堂。王猛更是独领风骚，在个人战中，他击败圣堂众高手，最终完败圣堂大师兄宁致远，成了当之无愧的圣堂最强者。

　　在小千世界里，还有一个不为一般修仙者知晓的秘境——大元界，小千界各个门派的佼佼者皆会被送往大元界，为了自己门派的荣誉而战。大元界有的是更为凶险的战况，每一位进入大元界的都是高手中的高手，他们的成败直接与自己门派的存亡和自己的生命挂钩，因为星盟（小千界真正的统治集团）不需要弱者。作为圣堂青年一代的代表，王猛、马甜儿、李天一、明人、宁致远被送往大元界。在那里，他们继续变强……为提高实力，王猛拉出妄天与莫山的神格苦练，终有新的体悟。他的开挂人生也就开始了：修真学院院长的秘密武器、临危受命任圣堂宗主、险些丧命得圣女相助、修成乾坤龙吟月圣像、玩转空间时间法则、歼灭小千界魔教成星盟盟主。不仅是王猛，在王猛的帮助下马甜儿、张小江、胡静、杨颖也纷纷修成圣像，圣堂由最初在星盟诸门派中仅排名一百六十八名的位置逆袭成为星盟中实力最为恐怖的门派。圣堂荣光由王猛开启，王猛就是天下无数修士的榜样，任你出身平凡又如何，人必逆天，王猛就是圣堂的信仰、小千界的信仰。那么小千界里还有谁有与王猛一战的资格？唯圣光魔坍体，明人。

　　王猛等人的实力纷纷跨过大圆满之界，由于王猛太过强大，引来天道法则，圣堂众纷纷渡劫飞升，开始了另一段故事。渡劫醒来，王猛来到了中千世界的太渊骨地，天道本就不仁，小千世界之主王猛竟降临到纨绔子弟、五行废体王仁才身上。王猛在小千界的修炼本就在建立在五行基础上，天道的捉弄意味着王猛又要重头来过。王猛是谁，五行废体又如何？他可以借助真元兽的五行之力来发挥自己的力量，度过过渡时期。圣堂一众人中，索明飞升中千界成了无二雷神，小师妹马甜儿飞升中千界享木皇尊号。二者与王猛相遇，三人在中千界重建圣堂，发出号召——归来吧圣堂众！在中千界的真元兽战斗中，王猛麾下的真元兽凭借着意志力，实现逆转，大败镐京大家族。真元兽一战后，中千世界讨论的对象也全在于圣堂。圣堂的精神在中千界延续。

　　在王猛几人飞升到中千界的同时，张小江、明人、杨颖、胡静、鄢雨月等人纷纷飞升到大千世界。杨颖成了禁山之主，掌镇天通灵神镜；胡静、鄢雨月入天尊兽境修炼；张小胖被大明教盯上欲将其收入麾下；林靖皓成就了九曜魔龙寂灭之气。但是所有的圣堂众，乃至星盟众都在等待一个人。只要有他，就有希望，只有那人登高一呼，应者千万。然而天道法则之力又何其强悍，天道决意把王猛这等逆天之人困在中千界。但是，万千圣堂众在等着他，他登上封神塔之巅欲逆天飞度，然小小的命格如何抵挡天道之力，他的灵力在消散，突然间他看到了光，那是不语剑在为他引路（这是莫山留给王猛最后的指引）。什么天道什么主宰，他们能利用的就是人类的懦弱，然而王猛会输给自己吗？不会！王猛飞升了，像一个救世主般降临大千界。而他惺惺相惜的对手明人死了，魔神妄天感应到莫山神格即将降临，于是先对战明人，强大如明人，亦输得那么彻底。明人用死亡告诉王猛妄天的强大。一个月之后，妄天与王猛惊世一战。妄天拥有十万命格，已然达到真神标准，他的力量是永恒的存在，却仍被困在大千界，妄天以为神并不存在。而王猛是人，在永恒的变强。在下界，新一任圣堂宗主赵灵萱在万千小千世界建立起圣堂，用圣堂的精神支撑着王猛的信仰。圣堂的强大源自内心，圣堂的支持对王猛来说亦是绝地重生的武器。此时的圣堂精神已经外化为最强的超神器，"圣堂"一出，三界共鸣。信仰的力量集中到王猛身上，大千世界的法则松动了，天劫来了！天劫扼杀的是真神，妄天只是亚神。岁月无情，是修真界最大的骗局，只有有信仰才能成神，王猛成为第一个打破天道的人，天若要战，便与他战，王猛睁开双眼，通天一拳轰出，带着三界所有人的意志，他，成神了！从此三界任他穿行。从此，三界进入了史无前例的繁荣期，圣堂成了所有修真人心中的殿堂。

二

《圣堂》的精神感染了万千读者，它是有价值的，笔者认为它最成功之处在于塑造了一系列性格各异却又丰满的人物。绝对的主角王猛自是不用说，英勇与义气是他的代名词。此外，书中一系列配角人物并没有沦为功能化的角色，他们每个人都是他们自己。

胡静：她是冰与火的结合，外冷而内暖，用小说里的话来说，对王猛而言是空气一样的存在，她孤傲如寒冬蜡梅，温柔如河畔金柳。

杨颖：美若仙子，有出尘之气。她是王猛温柔的爱人，然而一旦面对战斗，她亦有巾帼不让须眉之气魄，她是小女人也是大女人，她是王猛心头最柔软的存在。杨颖在《圣堂》中的笔墨虽然不多，在后期并不引人注目。但因为有她，王猛才从莫山神格的影响中惊醒，成了一个有独立人格的王猛。杨颖与王猛相处的时间并不多，但她拥有王猛一颗不变的心。这样的爱情，虽平凡，但却平凡得让人心醉。

索明：这个谐音"索命"的汉子，有血有肉有个性。笔者喜欢他的赤子之心，他义无反顾的勇气以及他从未改变的信仰。他总是给人放心的感觉，总是给人出人意料的力量。王猛与他为爱人屠杀整个狂剑派，那夜，只剩残月滴血与一双殷红的眸子。为了兄弟，索明在死亡之间练出不死之身（那更是不死的意志），那宽阔的臂膀之后，是"众"永远不变的家园。只一句："无论我叫什么，雷神也好，索明也罢，我都永远是圣堂众的一员，无论来了什么，先踏过我的尸体再说！"便足以留在笔者心中。

马甜儿：小巧伊人，温暖慈悲，她是天生的治愈女神。甜儿是《圣堂》中人气很高的角色，他与索明被称为"不死组合"。善良、纯洁、坚韧和那份如初恋般的感情，让笔者不得不喜欢这位虽出生显赫世家，却与世无争的甜儿。王猛开辟了一条逆天之路，甜儿又何尝不是如此。无论是在小千界、大元界、中千界，这位人见人爱的小姑娘都以她自己独特的法门，来为圣堂的梦想献出自己的力量。化成一棵树，将光亮与生命带回人间，她不羡一步成仙，只愿岁月静好，坐等陌上花开。

明人：一个行走在圣堂之外的圣堂众，唯一与王猛能够相提并论的存在，掌握阴阳，染指神界，是天纵奇才，是王猛奋斗的目标，亦是他不愿割舍的友情。在最后，明人用死亡诠释了心中深藏的爱，对胡静，对王猛。明人师兄是孤单的，他说："你既然不懂我，就不要妄想走入我的世界。"一句"何苦来哉"在笔者心头久久萦绕，郁结成愁。

李天一：在剑的路途中，他是少数几个可以和王猛谈论剑术的人之一。有人用三个字总结过李天一——"纯、嫩、正"，感觉概括得极其精妙。李天一在第一批圣堂众里算是天才少年，出身显赫（圣堂李氏家族），但心思至纯，仿佛剑刃银光，留不得半点杂色。他的世界，一把剑，一位懂剑之人，足已。李天一身上有明人般独孤求败的高冷，有王猛般永不言弃的执着，但他的心性、作风却是"众"里最为平淡的。在众人个性飞扬的圣堂里，李天一却以看似平淡如水的性格给人们留下了不可磨灭的印象。一个转身，身后血染落日，霞光滴血；一个转身，留下的，是擂台上对手的愕然，是身边众人的欢呼。李天一不仅是逆天之子中的一员，亦是顺天苦修中的翘楚，他用自己的剑为世人阐释了一名剑修的困苦与光辉。

周谦：简朴、清新、自然。笔者很难用一两句话来概括周谦的形象，因为在与王猛的逆天之旅中，他从墙头草大师兄转变为老好人周谦，变为圣堂众。这位年龄稍长，看似意志薄弱，起初还有点坏心眼的周谦，一步步，在生命与道德的叩问中，用鲜血重铸己身。不记得多少次被他感动，从开始陷害王猛不成功时的愤恨，到为雷光堂堂战得遍体鳞伤。在大元界与天才力修的终极一战中，他赢的不仅是比赛，更是心中的道德律。当命运的桎梏解开之时，内心真正的力量开始喷薄而出。一身蓑衣，一顶毡帽，一支垂在湖畔的竹竿，看似姜太公钓鱼的闲适，实则只等一声召唤。他明白，那是圣堂众与宗主的约定，更是与兄弟的誓言。一声"圣堂令"，天下"众"齐聚，管它什么三界，他愿追随，守护圣堂不变的荣耀！闲看庭前花开花落，漫观天外云卷云舒。只要不犯他心中圣堂，任万物风流，他自好人一世，静坐湖畔，闲等落花流水，捧一泓岁月静好。

作为一部网络小说，《圣堂》也有不尽完善的地方。他秉承了修真小说一贯的超长篇写法，在结构上分为小千世界、中千界、大千界三部分。这是精巧之处也是弊端。好处在于分三部分写格局较为别致清晰，弊端在于有陷入重复之嫌。小千界部分和中千界部分均有大量的战斗描写，小千界的战斗描写可以称得上精彩热血，但中千界的战斗描写让读者感到有些审美疲劳，而且三界大小战斗中，王猛一方带着主角光环一味地取得胜利，有逻辑上的弊病。在语言上，《圣堂》

称不上高妙，达不到艺术标准。这或许是网络文学难成经典的原因。在读者眼中，该作口碑不如《猛龙过江》《海王祭》《机动风暴》《界王》《武装风暴》，显得中规中矩。

　　《圣堂》这本书，爱的尊其为经典，读不懂的认为只是打怪升级的故事。只有"众"明白，《圣堂》里看的不是俗世闲情，而是对所谓"宿命"的反抗。大中小三界，也许不光是玄幻套路，也代表了三种不同的人生阶段。小千界代表着青春年华，意气风发的时代。"恰同学少年，风华正茂"，正是结交众人的好时候，为梦不屈，战它个轰轰烈烈。爱情、友情、知遇之情、亲情，在这个小千世界里演绎得异彩纷呈。中千界是波澜壮阔的壮年，你看那中千界里的王都，你看那王都中的市井，市井中的酒馆，酒馆里的老汉，一杯"轮回"，把回忆勾起，一碗"兄弟"，醉于人间。昔日的兄弟一起成就了当初的理想，现今或许散落在四方。但是不论如何，当我们在事业与工作中疲惫不堪时，心中总有那么一处酒馆，总有那么一群人，在那里等你归来。那群人是儿时与你一同海阔天空、天高云淡的兄弟、爱人。大千界如晨钟暮鼓、万物归一的暮年，那里简单，简单到没有过多的风景颜色，青春已去，岁月永恒，人们终于在风尘仆仆间明悟了。这份简单，却是多少的复杂与岁月铸造。大道至简，这份心境与情怀，总有人能窥见此不二法门。

龙神决

流浪的蛤蟆

《龙神决》是流浪的蛤蟆发表于纵横中文网的玄幻小说。流浪的蛤蟆，本名王超，1975年出生，长春人，从小就喜欢画画和写东西，2005年成为起点中文网首批白金签约作者，现为纵横中文网签约作家，网文界大神作家之一。大学是环艺设计专业。毕业后进工厂当过工人，在装修公司做过设计师，后来进入一家动画公司。2000年，他辞去工作，开始在家写作。从第一次网上写小说到现在二十多年来，拥有上百万"粉丝"和人气。其他作品有《魔幻星际》《天鹏纵横》，仙侠三部曲《仙葫》《焚天》《赤城》，以及《蜀山》《鬼神无双》《恶魔岛》等。

一

某校初中二年级的学生宁越在学期结束回家途中，突然穿越误闯入天神许逊和罗嫣大战的战场。许逊在死前送给了宁越随时进出、可以保命的次元战场的权利，宁越还获得了可以满足任何愿望的神水晶，他和超阶神兽室火猪因此共同开启了通往古代城市的大门。在中武世界，宁越继承了元朝高手燕乘风一成功力和毕生武学经验与智慧——《清羽乘风诀》。

室火猪为救罗嫣起了杀意，宁越为了阻拦它祈求神水晶带他们穿越到高武高魔的九霄天界，宁越变成了大夏朝九卿之一大司农白何愁的儿子白星源。大夏国皇帝灭了白家满门，派高阶武官追杀宁越和白洛洛。宁越为躲避追捕许愿要修成白家旁支嫡传的《万宝灵鉴》，本以为神水晶会助他练成神功，结果被送入明朝末年，重生到了笑傲江湖的世界，成了华山派大弟子徐宁。

为了磨炼到足够的层次，回归九霄天界，宁越修炼了嫁衣神功、葵花宝典、独孤九剑、紫霞神功还有易筋经，卷入了日月神教的内部纷争，在搭救东方不败的过程中与她有了一段爱恨纠葛。任盈盈从胖胖长老那里得知必须阻止罗嫣复活，她误以为宁越是要救罗嫣的人，为了防止世界坍塌，她一直想置宁越于死地，后来发现仪琳才是要救罗嫣的人。室火猪化作恒山派的仪琳，在这个世界继续杀人，以赚足复活罗嫣的神灵魂魄。室火猪身份败露，使出全力想杀死宁越，结果飞升到了别的地方。任盈盈与宁越协议保密之后就离开了华山，日月神教也不再攻击正道各派，江湖上渐渐风平浪静。岳不群为修炼神功，与死敌任我行合作，但被任我行算计，瞎了双目。任我行拿到岳不群的玉牌后，在古堡前与岳不群大战一场。为了解开玉牌封印，任我行要求前来搭救岳不群的宁越带他去古堡。古堡的祭坛上打开的黑色旋涡把宁越成功送回九霄天界。

江湖世界修成的各种武功帮助宁越修成了万宝灵鉴第一层，他的修为亦突飞猛进。白洛洛突然失踪，朝廷再派兵马寺大总管宇文翼追捕，宁越为逃出麒麟城跟追兵恶斗了不下数百场，元气大伤。他们假扮熊耳寨的兄妹在霍家寨埋头苦修，宁越恢复到一半战力。他迫切地想要提升白洛洛的实力，帮助白洛洛修炼万宝灵鉴，开辟九团命魂。首先白洛洛始终没有进步，后来改了修炼古怪的《大浮屠法》，她的进步就快得异乎寻常。白洛洛连杀了七头幽月妖狼后，霍家寨遭到更多的幽月妖狼围困。宁越用计引诱狼群，采用守城所用的"瓮城"之法，用弓箭大肆射杀，解决了狼患。三位充满邪气的黑衣少年为练成幽月天狼剑，看到霍家寨附近幽月妖狼忽然群集，全都跑来寻找拥有寒光的妖狼。宁越使计击杀了这三名师兄弟，破了一层心障，实力又有突破，在霍家寨内地位已然甚高，得到了大堆狼皮和狼筋，掠夺了足够多的幽月妖狼体内的命魂。几个月后，宁越指点白洛洛把蟒蛇浮屠修成，又凝练了万宝灵鉴虚相夜叉明王虚相，他们离开了霍家寨。

路上遇到了大夏朝九卿之一大冢宰李叔同之子李寒孤，三人在被追杀的过程中，白洛洛运转魂力，成功晋级到了大浮屠法的第四层境界。李寒孤看上了两人的横溢天资，邀请宁越拜入雁行宗。不知不觉就落入了宇文翼布下的包围圈。宁越虽然凝练了两种虚相，十方幻灭法的威力渐渐恢复，勉强能运用所有的杀招，但还是在面对众多三阶、四阶虚相级强者，还有六阶虚相的宇文翼坐镇的情况，迅速败下阵来。他拉着白洛洛逃入了次元战场，向神水晶许愿，在十日内武功得到最大级数提升。

许愿后，宁越化为五彩霞光，穿越到西夏国，化作了丐帮中威望甚高的乔宁，乔三槐夫妇的亲生儿子，乔峰的大哥，玄苦大和尚的亲传大弟子。乔宁以为自己是个普通的穿越者，他的许多记忆都模糊不清，只有一部分宁越在地球上的记忆，关于九霄天界、神水晶、燕乘风和徐宁的两段梦境，都变得模糊不清，无法想起。

跟在笑傲梦境中一样，乔宁并未拥有任何武功。但玄慈背着玄苦，传授了乔宁七十二绝艺之中的三种，大力金刚掌、须弥山掌和摩诃指法。乔宁因为有三世的记忆和智慧，对武学的领悟天下罕有其匹，在山洞的壁刻中学会了逍遥派李秋水的毕生武功秘传——《天鉴神功》。乔宁从西夏赶回大宋境内，他加入丐帮，渐渐把弟弟的风头压过。救了慕容夫人后，乔宁得到玄昊神掌和玄冥神掌的秘籍，他带着慕容夫人踏入了大辽国的土地，在乔家寨把她收作了压寨夫人。丐帮势力越来越大，这乔家寨有万余人口，乔宁费尽心力操演三千铁骑，他有十足的把握，即便宋辽两国数万大军也奈何不得他。乔宁一统天下的构思是，逐步积蓄实力，先把女真各部统一，然后再利用这些女真战士攻略辽国。乔家寨的势力不光是掌控黄龙府，更辐射到了周围数千里，一跃成为辽国境内有数的豪强之一。慕容复一行人来找少林寺的麻烦，安排好了乔家寨的事务，乔宁孤身一人返回大宋。把玄昊神掌和小无相功传给了乔峰，大胜慕容家四大家将和慕容复。乔宁又把火焰刀传授给了乔峰，有意无意地引导乔峰的人生观、价值观、世界观。

  乔宁偶然得到梦中人力量的加持，武功进步飞速。为了激怒梦中人跟他生死决斗，好借以突破天龙世界，于是他在一个月黑风高之夜，忽然出手偷袭，暗算了梦中人，并将之强行玷污。两人穷尽了一切武功，一切秘法，体力耗尽，就代之以心血，直到有一日，两人都再也支撑不住，就在梦中人惊骇的眼神里，乔宁身放七彩玄光，冲上了碧蓝天空。

  宁越张开眼睛，发现自己又回到了次元战场。外面的追兵已经破开了次元战场的禁制，宁越启动六道虚相之剑，重伤一个三阶虚相的校尉，随后又被李彦重伤。李寒孤带着伤得极重的宁越和白洛洛到了雁行宗的荡雁山。宁越日夜苦练，一次修成六臂象头怪虚相，在指点师姐南笙的几日里，宁越也是努力苦修。不过数日，宁越就感觉到万灵宝鉴和搬天正法的魂力相互通融，兄妹俩快速崛起。师傅带他去八派论剑。宁越实力提升到八派第一，当上了云骑都尉，抓走了李彦，向大总管宇文翼发起挑战。宁越多次催动六臂三头象头怪虚相挥动手臂，搬天正法妖魔虚相，就算是对上宇文翼六阶虚相，也是不闪不避，全力硬拼，能够跟宇文翼打成平手。夏国大军举兵攻乾，宁越带领云豹骑依次劝降乾元八派：雁行宗、天蛇宗、白猿派、苦行门、幻影宗、天狼族等。云豹骑趁着乾国军队与燕龙皇纠缠在一起，在稳定中不断扩张，宁越占领的乾国领地越来越多。次元战场也有了足够的生机，古城中自我修复的神像越来越多。一切进展顺利的时候，七阶虚相高手拓跋龙海出现，威胁宁越交出兵权，宁越遭到重创。遇到麻烦事的他收到了白星武的礼物，竟然是神水晶碎片，拿出水晶碎片后，宁越整个人瞬间从营帐里消失不见。

二

《龙神决》以《天龙八部》《笑傲江湖》等传奇故事等为母体，糅合了各种天马行空的奇思妙想，扩展了作品的表现空间。主人公宁越在三世中穿越，不可预测的九霄天界高手如云，帮派斗争复杂，加上参与战争和阴谋，情节由于对抗开始，干掉这个，又开始另外的对抗，以其奇幻、荒诞、诡谲，创造了一个色彩迷离、神秘莫测的高魔高神的世界。这种设置与阅读者深层心理遇合，十分迎合读者的想法。你需要什么东西，我就给你制造什么东西。作为读者为了消磨时间而不是为了陶冶情操的读物，《龙神决》主人公从未来回到过去，知道各种绝密，站在一个全知视角，在江湖中行侠、在武林中复仇、与皇帝争霸，这种庞杂让小说呈现了多元化的风格。让读者看得过瘾，起到了很好的放松作用。

很明显，流浪的蛤蟆是个很乐观的人，宁越和三世的人都有兄弟情，有师徒情，甚至徐宁和东方不败还产生了一段情感纠葛。《龙神决》情节更新很快，现代人在精神和心理上缺少被信任和被尊重的感觉，于是他们希望通过网络写手的笔来表达他们对情感的渴望。网络文学本身就是偏草根的东西，作为现代人情绪的一个出口，大家也很高兴，这就受欢迎了。

武侠小说是成人的童话，大多数玄幻小说更是浓墨重彩的童话。网络小说对更多的人来说是休闲娱乐之余的读物，类似于韩剧，情节都是套路，起到的就是放松的作用。宁越凭借巧遇获得神器、凭借高人指点获得成功，奇遇改变命运，最后成为英雄。意淫的成长道路契合了读者的想象，或者说本身就是一种迎合读者想象的创作。这种从凡庸到至尊的戏剧性的人生历程，满足了大多数源自底层的普通读者的人生梦想和浪漫的文学想象。读者可能知道流浪的蛤蟆会写成什么样，但小说还是会照这个模式写下去，因为作为一个消费品，网络写手和读者之间存在一种商品交易，而欣赏层次越低的读者数量越多，

《龙神决》的剧情设定对于读者充满了魅力。

主人公宁越从凡界一个少年达到神界的一位至尊人物，可视为另类的成长小说叙事。《龙神决》采用"肉灵共修"式，宁越有着一个不断上升的人生历程，他为了自我的理想而奋斗，持续追求价值的实现。这种追求强者的逆天精神与当今年青一代对于"自我"的看重相吻合。

《龙神决》强调人物本身的自我修炼，宁越面临一连串的磨难和杀戮，但这些都无法毁灭主人公，反而成为他不断进取的人生历练阶段。主人公活得健康和洒脱，尽管经历种种人世间的凡尘俗事，但并没有脱离中学程度政治和历史课本所传授的世界观和人生观，这与年轻一代的想法相符合。

三

流浪的蛤蟆是比较散漫的作家，创作《龙神决》时匆匆上手，抛却了严谨的语法与语体规则。口语与书面语、古语与现代语、网络语等众语融合散发出来一种大众化、世俗化的味道，纯粹为了让人产生愉悦，没有什么历史的召唤感。语言形式少了字斟句酌、铺垫与修辞、粉饰与规整。平常、简单、幼稚、低俗，语言品质不高，欠锤炼。

人物内心独白丰富，语言与思维内容实现了表达的同步，文笔流畅。主人公性格直率，情感冲动，表达直接。青年血气方刚，对话中充满了一种生命音符的跃动，同时跃动着创作主体的生命与情感。虽然缺少深邃的生命思考与感悟，但在激情的迸发中，人物的思想情感状态得到生动清晰的展现，很容易把在线的阅读者带入一种欲罢不能的阅读快感中。

《龙神决》通篇以轻松、嘲讽的气氛取胜，与传统文学一本正经的抒情、叙事相去甚远。比如："虽然东方不败害过他一次，但也割发留情，只是被他焚尽情丝，并未留有后念。至于任盈盈，这个最出乎意料的人，更是让他吃足了苦头，最后还给他扔了一堆烂摊子。至于那个一直被当作最后 boss 的胖胖老者，居然在围攻之下，死于任盈盈之手，更是大出意料之外。""原著里，乔峰就是凭了这一招，打得星宿老怪丁春秋狼狈不堪，抢回了阿紫，当真神威凛凛，奠定了无双威名。"青年群体的思想、对历史、对现实的思考都在小说中得以体现，各种思想、各种生活态度也借作者笔下的主人公宁越诙谐幽默的口吻一一说了出来。

《龙神决》有很强的时代性，鄙俗粗鲁的网络语言不时出自主人公宁越之口。无论写作者还是阅读者都在作品中寻找一种畅快淋漓的情感宣泄，与此相适应的就是语言表达的简洁、明了、干脆，满足了读者快餐化、消费化的阅读心理。没有深刻与复杂，也没有沉重与悲情，有的是恣情与随意、戏谑与轻松。残缺的句式结构形成跳动的节律，充满网络词汇的表达富有时代气息，读者就在这种快节奏中消费着同时代写作者的情感与思想，领略着同龄人的生活真实。

将　夜

猫　腻

一

《将夜》是著名网络作家猫腻的代表作，约380万字。2015年11月获浙江省网络文学协会网络文学双年奖金奖。

猫腻，起点白金作家，曾用笔名北洋鼠，原名晓峰，20世纪70年代生人，湖北夷陵人。他曾就学于川大，但因怠懒故被逐，后重回故乡打工，首次接触电脑便写下了《映秀十年事》，正是这部处女作，使猫腻在网络文学领域引起了人们的关注，随后的《朱雀记》一举成为新浪年度最受欢迎的作品，获得2007年新浪原创文学奖玄幻类金奖。

2007年，猫腻开始在起点中文网连载一部名叫《庆余年》的架空历史小说，引起巨大反响，曾被盛大文学某高层称赞是一部不可多得的作品。猫腻的作品往往架构有序，情节跌宕，人物形象生动传神，他的文字风格也十分细腻，善于描写细节，而且他的作品也不像一些网络小说那样空洞，反而多有感情的抒发，具有深刻的内涵。凭借这些与快餐小说不同的力作，猫腻成功吸引了大批的读者。另有作品《间客》《择天记》等。

二

《将夜》这部小说讲的是一段可歌可泣、可笑可爱的草根崛起史。小说共分为六卷。作者以少年宁缺和他的小侍女桑桑为男女主人公，穿插了冥王昊天、夫子、知守观观主、大师兄、二师兄、三师姐等人物形象，讲述了穿越者宁缺从一个默默无闻的草根少年成长为救世英雄的艰辛奋斗史。用猫腻自己的话说就是"一个'别人家孩子'撕掉臂上杠章后穿越前尘的故事"。

故事发生在唐帝国的都城长安，一个穿越者出生在了林将军府，他只是一个门房的儿子。4岁的时候，这个孩子的在世被三个人得知，一个是道门光明大神官，还有一个是夫子。光明大神官认为这是冥王之子，会使世界陷入永夜，便与大唐的夏侯将军、亲王一起灭了林将军府满门上下。将军的儿子与这门房之子在一个牙将的带领下逃至对门大学士后院躲藏，但追兵已至，门房儿子杀死林将军儿子与牙将，独自逃走，开始流亡，他就是主人公宁缺。此时的大学士家前院有一位妾侍生下了一个黑瘦的女儿，名叫桑桑（她才是真正的冥王之子）。桑桑不幸被人拐卖，但奇妙的是她在岷山被宁缺从死尸堆里翻出，于是宁缺收养了她，两个人便相依为命。宁缺带着桑桑报名从军，而后又因军功累加获得军部推荐进了书院，从此开始了一系列的奇幻经历。其主旨是小师叔柯浩然、夫子、宁缺等前仆后继打破樊笼追求自由的故事。

男主人公宁缺聪明、冷血、无耻，写得一手好字，也练就了一身杀人手法。他天生不能修行，但仍旧勤练不辍，期盼遇到合适的机缘。进入书院后，他一边学习，一边刺杀仇人。在一次刺杀仇人后，他的雪山气海被长安城守护神朱雀击毁，但因祸得福，气海在黑伞和十二师兄陈皮皮神药帮助下修复，并由此使他进入了真正的修行世界。在夫子亲收弟子的考核中，宁缺意外击败最被看好的隆庆皇子，被收为十三弟子。书院派其行走世间，因为功力微弱，被称为最弱的书院行走。其后，宁缺在魔宗山门学得了师叔柯浩然的浩然之气；被动接受了魔宗宗主莲生的毕生传承；成为神符大师颜瑟的徒弟；公开挑战自己的最大仇人夏将军，并在桑桑的帮助下，将其杀死。

私仇得报后，家国的大战开始了。桑桑因帮助宁缺杀死夏将军，过度使用心力，垂垂危矣。宁缺带桑桑去烂柯寺治病，被烂柯寺大弟子七念出卖，认出桑桑就是冥王之子，由于书院与大唐对桑桑的袒护以及曾经固有的矛盾，天下伐唐的惨烈大战由此展开。而此时的宁缺与桑桑在烂柯寺主持的帮助下逃入佛祖棋盘，在棋盘中被困千年，他努力修为接近佛祖，最后与桑桑一道破局后离开。最后在知守观观主想要成为新的昊天的生死之际，宁缺与桑桑共同引领整个人间的意志写出真正的神符——人字符，开天辟地，彻底击杀知守观观主，并由桑桑打破了昊天世界的规则限制，使封闭世界瓦解，获得了自由。宁缺的身上演绎着草根成长为英雄的传奇。但也不得不说他本质上是一个典型的自私自利的人，为了自己和小侍女桑桑，什么事都可以做得出来。

女主人公也就是小侍女桑桑体弱多病，又黑又瘦，是宁缺最亲近的人。她在烂柯寺被证实为冥王之女，后被夫子打入红尘意，觉醒后发现自己就是有意识的昊天，但经历种种事情，受红尘之意以及佛祖棋盘世界千年影响，桑桑越来越人性化，最终无法返回神国。

《将夜》一书中设置了三种势力，分别是修行者势力（主要有书院、剑阁、墨池、烂柯寺等）、世俗势力（主要有大唐、南晋、大河、月轮、荒人、草原王庭等），以及未可知的势力（一观——知守观、一寺——悬空寺、一宗——魔宗山门、书院二层楼）。这三大势力的主宰其实是未可知的一观、一寺与书院二层楼，他们平时不露面，神龙见首不见尾，却在背后操控一切。其中以书院二层楼势力最强，他们虽然人数不多，但个个实力强大，特别是夫子一个人高高在上，超越所有人间修行者之上，一寺、一观、一山莫可奈何。他们后面想翻天，是因为夫子因与昊天战斗上了天，无法回归人间。除了三种势力，这本小说还有着境界划分。世间一般修行者的境界，分为初识、感知、不惑、洞玄、知命五境。五境之上还有诸般玄妙，但能破五境的都是天赋奇才的大修行者。承受昊天光辉、恩典，能御使神力，称为"天启"。动念之间往来天地，纵横万里，称为"无距"。此外，修行达到顶点的境界，又有佛宗之无量，道门之寂灭，魔宗之天魔。而诸境之上更有妙境，即是佛宗之涅槃，道门之清静，魔宗之不朽，书院之超凡。修行者最高至无矩，无矩不同无距，无矩意味无规则束缚，昊天也无可奈何，万年以来只有夫子修至此境界。

三

这本小说一开始连载，就吸引了大批的读者，直到现在仍有人对其热烈讨论和评价。作者猫腻直言《将夜》是迄今为止自己最优秀的作品，值得一读再读，能让读者充分享受阅读的快乐。读者历来对这本书的评价褒贬不一，但总的来说还是赞赏多于批评。

《将夜》的故事类型和许多网络小说一样，都是修仙、奇幻的，但是它胜就胜在三个方面。

一是主题方面。《将夜》的故事主脉络十分明确，就是以书院为主的一系列的人为打破樊笼追求自由的过程。而且作者想表达的基本情感也在书中有所体现，作者竭力为读者展现了一个全新的修真世界，书中所说，"修真与否，取决于人体的气海雪山"，表达了人在追求自我和自由时迸发出的力量。正如书院后山里永恒回荡着宁缺疑惑的声音："宁可永劫受沉沦，不从诸圣求解脱？"在第一章里，唐、叶苏、七念三人坐而论道，揭示了本书的一个主题：人与天的关系。而七念讲到首座讲经，蚂蚁浴光飞起；以及叶苏说的终归会死，而七念以蚂蚁用尸体一直堆上天来反驳，则揭示了本书的另一个主题：人对于天（命运）的态度。后面大师兄念经、瓢饮也体现了儒家对天人关系的阐释：天行健，君子以自强不息。《将夜》全书都在着重描写作为人的方方面面，强调人面对天命的重压坚定顽强地不屈从，表达了作者对人与人性的高度肯定，对人们有一定的启示作用。另外，猫腻自己说"人化神"的题材已经有很多人写了，所以他打破常规写出了"神化人"的故事，也算是一个闪亮之点。

二是人物的塑造。这本书的优点是人物塑造极为成功，个性鲜明跃然纸上，栩栩如生。比如说主人公宁缺，他聪明勤奋但自私冷血，刻苦勤奋修炼只为了追求自己想要的生活。然而虽然他是冷血的，但依然毫不犹豫收养了桑桑，对于某些东西，如对道、爱情的追寻和坚持有着一般人没有的坚决和温情。虽然最后宁缺没有成为天下第一，但他依然活得潇洒而自然。再比如全书中最可敬、最睿智、最无私的夫子；度过无数永夜，贪生怕死，为了生哪怕做狗的酒徒和屠夫。个性狂傲目中无人的小师叔柯浩然；以及大师兄、二师兄、三师姐、叶红鱼、莫山山、陈皮皮、隆庆等，个个神气活现，让人过目不忘。

三是语言的运用。猫腻的语言在网络文学大军中，向来被人称道。玄幻文学中，如果猫腻说语言第二，没人敢说第一。猫腻的语言风格历来以细腻见长，在《将夜》中也有一定的体现，他擅长用优美含蓄、温柔浪漫的文字营造气氛和表达人物情感，这些文字中有一部分借用古意，充满古典韵味。比如说：

> 拾柴刀行，又恐惊着动人的山鬼。雨打蕉叶，鞋上落了只去年的蝉蜕。结藤而上，云端上的嘲笑声来自猴儿的嘴。经闲多年，腐叶下的陶范积着旧旧的灰。鸿落冬原，白雪把爪印视作累赘。望天一眼，云烟消散如云烟。

> 砍柴为篱，种三株桃树。撷禾为米，再酿两瓮清酒淡如水。摘花捻汁，把新妇的眉心染醉。爆竹声声，旧屋新啼不曾觉累。小鹿呦呦，唤小丫剪几枝梅热两壶酒。记当年青梅竹马，谁人能忍弃杯？

再比如这一首诗《二十三年蝉》：

第一年蝉，暮光轻柔，余晖下的林间看不见飞鸟。
第二年蝉，微风作伴，有雨来趁着淋洒。
第三年蝉，青烟袅袅，有个老僧步入尘间。
第四年蝉，晨鸣刺耳，窗外的绿叶落入我手中。
第五年蝉，日光明媚，那双透明的羽翼振翅而飞。
……

另外，猫腻还在这本书中运用了很多与仙、道有关的术语，其中不乏经过历史查证的。

然而语言上的优点从另一个方面也可以说是本书的缺点。猫腻虽然语言优美生动，有些描写让人过目不忘，但是他没有把握好抒情的度，部分描写有些刻意为之，而且冗长拖沓。另外他对术语的阐释过于频繁，甚至有读者说这本书就像一部科普教材，只会用大量的文笔用来解释技能的提升——甚至于书中的成语和诗歌。还有些语句节奏混乱，比较拗口。

《将夜》另外一点不足的地方就是它整体的故事缺乏逻辑性，特别表现在境界等级的变化。书中境界升级十分含糊，有时候莫名其妙就升级了，而有时候莫名其妙总升不了级。而且在宁缺这个人物的逻辑上也显得比较牵强，因为宁缺这样一个天才人物苦修千年，日日修佛，刀砍斧劈，达到佛祖境界，但出了佛祖棋盘后他身上的功力全部莫名消失，又开始了被人追杀的生活。这可能是作者为了表达思想或者塑造人物形象而忽视的地方。而且作者在后面的写作中因为之前的一些不合逻辑又开始去自圆其说，显得比较牵强。

在情节设置上，《将夜》也不是十全十美的，有一些地方显得比较单薄。比如主人公"成魔"的那一段就显得比较单调笼统，宁缺只是吸收了一点灵气就成了魔，相比于之前抒情时滥用的辞藻，对于关键之处的描写是比较缺乏想象力的。

  总体来说，《将夜》是猫腻作品中成功的一部，在网络小说界引起了很大的反响，这种影响还扩展到了整个读书界。虽然《将夜》有缺点，但它的优点更为突出，尤其是其中对于人性力量的阐释，对读者有着深深的启发。

星河大帝

梦入神机

《星河大帝》是梦入神机在纵横中文网连载的玄幻小说，是作者继《圣王》之后推出的又一本玄幻小说巨著。

梦入神机，本名王钟，湖南常德人，原起点中文网白金作家，现为纵横中文网作家，在首届网文之王评选中位列五大至尊之一。作品有《佛本是道》《黑山老妖》《龙蛇演义》《阳神》《圣王》《星河大帝》等，在网络作家中不算最多，但本本有名，深得众多读者喜爱，其粉丝群自号"神机营"，非常活跃。2006年，其第一本小说《佛本是道》在网络连载后声名大震，启仙侠小说之新风，至今被认为是经典，其后跟风模仿者众多，以致在网文界形成了"洪荒流"一脉；2007年新书《黑山老妖》一出即持续火爆，该书结合正史、野史、百家学说等，阐述了梦入神机独特而深刻的本心观念和革命思想，被认为开创了诸子百家流；2008年新书《龙蛇演义》发扬了国术流，为国术流巅峰；2009年《阳神》在首发网站起点中文网创造了连续八个月月票排行榜第一名的成绩，此书也让作者梦入神机在当年登上起点"第一大神"的宝座；2012年3月1日《圣王》正式于纵横中文网上传。

一

纵观全书，梦入神机对《星河大帝》的创作思想，大概是契合了当下人们在对经济物质满足的基础之上，转而寻求长生梦想的愿望，因此作者从小说开始就向我们提出了一个词：修行。唯有修行，对自己的心灵、精神加以提炼，才可能达到对生命力的最大化的目的，然后站在人类的顶峰，以慈悲感怀众生。

故事发生于2250年——星河时代。在这之前的2050年，一艘外星大舰（主神号）掉落在地球上，各国为了争夺这艘大舰，发动第三次世界大战，大战极其惨烈，最后却使人类统一，各国高层联合在一起，组成新的人类政府。人类统一，进入新纪元。2150年，人类因为研究那艘陨落的外星飞船，科技突飞猛进，每个人的生命力得到极大提升，开始踏入星河时代，古老的修行也焕发出了新的生命力。

主人公江离则是被这种修行选中，注定要成为一个不可一世但又心怀天下的幸运儿。最开始的他只是京华城星河高中高三的一名学生，在以生命力系数评判人的能力的标准中，他显得平凡又普通。如果始终这样普通，他就不会成为作品主人公。江离偶然一次在公园喂流浪猫的时候，被一只大黑猫引入地下通道，在通道中的一具干尸身上获得了一块乳白色的石头。这块石头帮助江离在短时间内瞬间提升了自己的生命力，主人公也开始了"打怪—升级—打怪—登上人生巅峰"的开挂模式。

随着江离生命力的提升，他的家庭身世也展现在读者面前，他的父亲江振东是江氏集团老爷的试管婴儿，这种身份不能算江家嫡系，所以隐姓埋名，过着平凡人的生活。但因为两个儿子江离、江涛的生命力在平民区较高的影响，被江氏家族盯上。江涛在得知哥哥江离生命力迅速提升，有能力保全家人的前提下，偷偷加入了华夏复国组织，当了卧底。江离则从正面与各种对自己的家庭、国家、人类造成威胁的敌人展开对抗。从进入星河大学，成为万众瞩目的英雄，一直到人间之王,他的梦想仅是最终化解人与人、国与国之间的矛盾,最后达成人类和谐相处。江离与梦入神机其他作品中的主人公基本一样,稍有不同的是,江离身上的使命与人物个性,不再是那种单纯的打斗逞强,而是引入了修行的概念,江离打斗的外表体现为心怀天下,内在则是个人心灵方面的提升。

二

从内容上说,这种小说完全是"打怪—修行"的不断重复,每一个子故事始终贯穿着这样的一条准则,所以故事也显得乏味无趣,所幸的是梦入神机为故事埋下的深层背景——修行——略有价值。对于修行,尤其是心灵方面的阐释,我认为在一些小点上可以理解,为"坐忘、冥想"等。但是整体来看,整个修行都比较形而上,这种思想,只能迎合网络读者流水似的阅读体验。而为了写修行,梦入神机似乎有点得意忘形,只要是关于修行的,都会出现一些与现实生活有出入的,甚至是违背科学的东西。比如在帮助他养的大黑猫提升生命力的时候讲猫的皮肤的汗腺,但常识是猫狗的汗腺是在舌头上,并不是在皮肤上的。在一大段描写有关修行时的"气"的时候,梦入神机写江离要封闭自己的气甚至是毛孔,这就有点不要命了:人的气有进有出,才构成了生命最简单的展现形式,这种作者所谓的"闭气",实在是让人不敢恭维。但是抛开一切现实中的真假对错,丢掉脑子来看这本书,它带给读者的娱乐消遣作用是不可否认的。

对于本书的人物刻画,在我看来,也是好坏参半。先说好的部分。梦入神机对于主人公江离的刻画,尤其是对他的性格的深层铺垫较得人心。江离从一开始似乎与整个故事都不会有太大的牵涉,反而是自己的弟弟很有可能成为星河大学的学生,然后走向人生巅峰,这样,整个故事就会转向江涛,成为另一个模式化下的英雄人物。相比较之下,虽然对于江离的整个人物设定一开始低调至极,但对于江离的性格的铺设,则正是从这种平凡人的基础上发展而来的。小说中的江离是一个颇有爱心的人，小到对公园里流浪猫的喂养，再到知道江涛的生命力远在自己之上，父母有意地关注江涛多一点而不心怀怨愤；大到在自己的生命力提升的同时，自觉地担当与能力相当的责任，当自己足够站在一般人类能力所不及的顶峰时，关注的是人类的统一和谐。这种性格铺垫，较之于其他的"大英雄"无缘无故的责任感，和被作者直接定义为正面人物而不知从何而来的正义感，好了很多。这种方式对主人公的刻画起了很大的作用。但是，除了这一点，或者说除了江离，小说中塑造人物的方法就没那么让人容易接受了。所有的人，都是非黑即白，性格对立太强、太牵强、太僵硬。他们不仅在能力方面差主人公十万八千里，在人的智力方面也差距甚大。他们的各种计谋都被主人公识破，主人公的人生除了在维护自己觉得的正义时有挫败，其他的时候，都如同开挂了一般，要能力有能力，要钱有钱，身边不缺忠实的兄弟，也不缺美女相伴，好像所有的人生都是为了主人公的人生而开启，没有他们自己的生活，这就有点生活失真了。

　　就本书的语言来说，即使是梦入神机的铁粉，大概也是觉得《星河大帝》的文字没有了之前作品的气质和特点，显得有点退化。但是成篇的小白文是每一个同题材网络小说都会犯的通病。具体来讲有以下两个方面较为明显。第一，引入大量网络用语。对于一些读者来说，这种引入会让人觉得小说亲近易于接受，可以增加看点；而对于另一些人来说，尤其是对资深粉丝来说，看惯了梦入神机的文字，这种改变，却大大影响了小说人物的塑造，以及对话的展现。突兀的插入，使读者在这个架空的故事中又回到现实，让人啼笑皆非。第二，打斗词汇的纯重复。这种重复不光在于文字就单单局限于几个用得不能再泛滥的词，还在于打斗场景的雷同性。如对于招数的阐释大都有"天、龙、无"等字，而对于打斗时人物的描写，必然写道："他血脉膨胀，条条青筋见于手臂，身体肌肉瞬间增大几倍，整个人的身形也变得高大起来……"主人公江离，也就是在这样的雷同的场景中最后成为人类之主。试问如果不是铁粉，有几个人不会审美疲劳呢？

与其他的玄幻修真小说比，这本书有些不同，这显示出梦入神机对创新的追求。首先，这本书的背景设置在未来，时间到了 2150 年、2250 年这些时段，人类开始了广泛的太空旅行，甚至出现了虫洞技术。另外还有机甲、外星飞船等。因而带有科幻的味道。其次，人的修行潜能用生命力的具体数值衡量，如普通人的 0.55，高的可以到 15 等，好像也有了科学稳靠的基础，阅读的时候真实感更强。再次，在修行中它大量使用中国传统的一些修炼术语，如坐忘、冥想、胎息、入定等，有鲜明的中国传统文化气息，让人感到亲切。最后，整个设置规模宏大，视野开阔，亦中亦西，亦古亦今，还有未来，真是让人脑洞大开。

　　《星河大帝》这本小说，作者要传达的如同《西游记》中孙悟空历经磨难降伏心魔的历程一般，向读者阐述修行的真谛。从作品来看，作者基本实现了自己的思想立意。可惜的是，虽然小说确立的思想价值很高，但囿于语言、行文中的漏洞等方面的原因，对于看完了这本书的读者来说，并没有比以前的作品更好的体验。

锦衣笑傲行

普祥真人

《锦衣笑傲行》是普祥真人创作的一本反武侠小说,连载于起点中文网,约 127 万字。

普祥真人真名陈亮,天津人,评书演员,曲艺票友。除《锦衣笑傲行》外,还创作有《七品封疆》《青云仙路》《督军》《范进的平凡生活》等作品。

一

武侠是成年人的童话,在众多的经典武侠小说中,主人公往往是白衣仗剑、快意恩仇、不畏权贵、来去潇洒的侠客。这些经典的武侠作品为现代社会被生活琐屑所困的人们提供了一个美妙的乌托邦,更是成为许多人心中理想的存在。但是如果有一天有人告诉你,武侠的世界并不是你所想的那样,侠客也会为生活所迫而卖艺为生,堂堂苗族五仙教竟做起了贩卖玉石的生意,至于各种江湖上的名门正派之间各种钩心斗角,依靠朝廷势力互相排挤,你还愿意相信这就是那个江湖吗?

普祥真人所写的《锦衣笑傲行》就是这样一个荒诞的武侠故事。主人公本是现代社会中的一个普通小市民,却意外穿越到武侠小说《笑傲江湖》中。与其他穿越武侠小说不同,他既没有成为《笑傲江湖》中的东方不败，也没有成为令狐冲。而是穿越成了万历的宠妃郑贵妃的哥哥——郑国宝。郑国宝是谁呢？隶属于"国家秘密部门"的锦衣卫。就是这样一个小小的锦衣卫，却凭借着自己灵活的心思和靠山郑贵妃将一众大侠玩弄于股掌之内。在作者的笔下，一个个武侠小说中的高大形象被拉下神坛，成为和今天的小市民一样的普通人。作者以幽默荒诞的笔触为现代人构造了一种武侠的新类型。许多现代的社会问题在作者笔下的武侠世界中得到反映。

比如关于版权问题，就有嵩山派与少林寺的纷争。"嵩山派花十几两银子从少林寺某清洁工手里，买了本大力金刚掌秘籍，然后改头换面，换个封皮，就敢自称大嵩阳神掌。没想到，改的时候没注意，光改了封皮，没改里面批注。结果嵩山派原创武功大嵩阳神掌秘籍里面，总有'慧光''玄慈'这种ID人加的批注，成为一时笑柄。"这就是讽刺现代社会对于版权的保护还不到位，许多原创者的版权得不到保护。

比如装腔作势，狐假虎威。五岳剑派联合其他门派对抗魔教时总义正词严地大喊口号："五岳令旗在此！五岳令旗顺风飘，同心协力扫魔妖！五岳门下，见旗如见盟主，不遵盟主号令者，五岳共击之！"装腔作势、狐假虎威的样貌一览无余。但是，当他们听到郑国宝一声中气十足的"查路引，罚款！"就把"各路豪杰"吓得纷纷四下逃散。这些描写总是让读者在小说营造的紧张气氛中忍不住会心一笑，从而联系到我们的现实生活中与之息息相关的一些事。

更有一些借古讽今的情节。比如书中提到的嵩山派的"阵亡认证标准"——"按嵩山派规定，只要有一口气在，哪怕是打完仗后，送医过程中死的，一律不算死亡……原因很简单，他是因医治无效而死，并非阵亡，所以不享受抚恤。"显而易见，这是在讽刺现代社会一些企业给不了员工好的工作环境和保证，连工伤标准都苛刻无比，在员工受伤时极力推脱责任。

另外本书中一些模仿的写作手法也给小说增添了活力，使整部小说气氛紧凑活跃。比如这一段："刘汝国领导的衡山县起义沉重打击了当地的反动地主阶级，推动了农民斗争的发展。遗憾的是，由于当地的反动势力力量较为强大，刘汝国又受本身的阶级局限性以及叛徒的出卖，这场起义终究……——引自《明朝农民斗争史》（2035年版）。"讽刺清朝与侵华联军签订的不平等条约的《青福友好协定》：约定以白银六千两外加给接待人圆悟大师回扣八百两的方式，换取南少林对青城歼灭福威战役的不闻不问。"由于日月神教基层教众觉悟高，组织纪律性强，坚决与王诚这种破坏圣教指挥体系的行为做斗争，使得王诚阴谋掌握陕西群众，与总坛搞对立的计划破产。由此可见，我教自实行竞选教主制以来……将被钉在黑木崖的天刑柱上，永世不得翻身。——引自《杨莲亭对陕西矿税监攻击事件的总结发言》。"一本正经的恶搞，以事外人的角度解释事情的来龙去脉。

还有一些现代流行语的运用，给了读者亲切感，也使行文更加幽默有趣，比如"loli""ID"等。

二

本书将武侠与穿越两个热门的网络小说元素结合在一起，但并不是单纯地相加，而是在旧的题材上融合自己的新意，将武侠、穿越这两个读者屡见不鲜的元素用一种全新的方式呈现给读者，塑造了一批被改头换面的"经典人物"。

主角郑国宝作为一个现代小市民穿越到了古代皇亲国戚的身上，仍是没有摆脱小市民的心理与思想，他穿越后的身份给了他小市民更大的施展空间。他利用自己在现代所学的人际交往技巧结合自己的身份，利用中国古代等级森严的社会制度在那里如鱼得水，风生水起。

他是一个普通人，有良知，虽然有一定的权力，但并不滥杀无辜。当魔教陷入危难时，他不顾自己安危也要去解救自己的心上人。同时又思虑成熟，懂得与人交往的技巧——"斗米恩，升米仇"，往往点到为止，从不让与自己亲近的人为难。在带曲非烟逃亡时，情况危急，明明只要杀了曲非烟就可以洗清与魔教的关系，他却从来没有动过放弃曲非烟来求得自身安全的心思。但是他又好色贪财，常常自恃自己锦衣卫和郑贵妃堂哥的身份收取别人的"好处"。好色的缺点也在古代一夫多妻的制度下暴露无遗，从刘菁到蓝凤凰、任盈盈、申婉盈，没有一个他不爱的，统统收入囊中，纳入后宫。

圣姑任盈盈本是魔教中人，是个至情至性的女子，但是在这部小说中，却成了一个沉迷于言情小说而嫁不出去的剩女。在蓝凤凰介绍她与郑国宝第一次见面时她就构想了十几种小说话本里才有的邂逅方式，让人啼笑皆非。任盈盈的父亲任我行，本是一介侠者，在本书中却要借高利贷给任盈盈办嫁妆。这样一个个在原本《笑傲江湖》中离我们很远的角色走下神坛，成了一个需要为生活奔波、为维持生计而不得不做许多与自己的身份相违背的事的普通人。

中国人喜欢看武侠。我们之所以向往武侠世界，就是因为典型的金庸、古龙的武侠世界给我们一个不受世俗的限制的理想世界。在这样的世界中，无论一个人的出身如何卑微，只要愿意努力、愿意付出，都能身负绝世武功，成为一代侠者。为了能达到这样一个目标，其中再多的挫折磨难都可以视作主角达到目标的调剂品。但是在《锦衣笑傲行》所塑造的武侠世界中，以前我们所向往、所依赖的经典武侠世界观却被彻底颠覆，现代社会被金钱权力左右的人生即使在武侠世界也无法摆脱。一部真正的悲剧，其"悲"之所在，并不是在于生离死别；而是在于一个宁死也要坚持自己崇高价值观的人有一天被迫无奈违背了自己；在于曾经相濡以沫的爱人最后江湖不见；在于一个为了目标而倾尽全力的人有一天发现自己所追求的原来一文不值。这本书让读者一头栽入梦幻的武侠世界，面对的却是这样血淋淋的残酷现实，其所受的情感冲击可想而知。它颇有点《堂·吉诃德》的味道。

正是由于作者对于武侠的新理解造成了其与旧的典型武侠的价值观的分裂。因此，有为此书拍案叫绝的读者，也有许多对本书的价值持否定态度的读者。在本书相关的书迷贴吧中，就能看到这样的言论：

"风清扬、任我行、任盈盈、哪怕是反派的岳不群和梅庄四友在作者笔下一个个都成了趋炎附势之辈,整本书充满了对权力的抱大腿、背叛、出卖、仗势欺人,没有看到一个正面的形象,非常反感这种恶搞经典作品里面人物来给自己所谓主角增光的手法。"

之所以有些读者对于此书会产生一些负面印象,是因为作者的写作手法并不成熟。一部好的作品,其中塑造的社会百态应该是多方面的,这个社会应该是丑与美并存的,也许"美"的一点可以很小,但它必须具有足够的光亮能够让人看到一点希望,而《锦衣笑傲行》中,所有的人物都是毫无使命感的,嬉笑怒骂的性格、表情全部浮在表面,没有一点能让读者深入体会的空间与价值。我认为正是这一点造成了这本书的借古讽今显得十分刻意,甚至到了近乎引起部分读者反感的地步。

结合以上的阅读体验,我们也可以得出本书比较明显的几个优缺点,优点比如:全新的武侠世界观,打破了旧武侠的浪漫主义色彩;借古讽今,实现了其部分社会性价值;独特的写作手法给读者轻松幽默的阅读体验。缺点比如:借古讽今太过刻意,引起读者反感;没有突破以男性为主角的网络文学的旧缺点;虽然作者极力想创造新的穿越文体验,主角仍然是"金手指"连连,没有摆脱网络文学固有的弊病,没有突破这一类型"h文"的影响。

魔天记

忘 语

作为凡人修仙流小说开创者忘语的第二部作品,《魔天记》其总字数达到了490多万,总点击量超过1.1亿,忘语也凭借此书以700万版税荣登第九届中国作家富豪榜第18名,同年3月,《魔天记》出版了实体书籍,由《魔天记》改编的微电影《魔天劫》上映,此外,由《魔天记》改编而成的漫画和手游等作品也陆续面世。

忘语,原名丁凌涛,2008年凭借其处女作《凡人修仙传》一炮而红,开创了起点凡人修仙流,受到广大读者的追捧和喜爱,晋身为起点白金作家。除了上述两部小说之外,另一本《玄界之门》受关注度和点击量同样蔚为可观。

一

《魔天记》讲述了主人公柳鸣一生坎坷的修仙经历,以其平凡的资历和不平凡的心智,依靠种种奇遇和造化最终飞升上界的故事。忘语这本书中修仙者的境界划分有自己的体系:包括炼气士、灵徒、凝液期、化晶期、假丹期、真丹期、天象境、通玄境、永生境、真仙境等十个阶段,每个阶段也有不同的实力等级划分。小说的故事情节十分紧凑,世界观颇为宏大,围绕着柳鸣的成长全书共分为七卷内容展开。

《第一卷 蛮鬼风云》:小说主人公柳鸣因为父亲的缘故,从小就被囚禁在用于流放各种危险分子、奇人异士的凶岛上，幸有乾叔照顾，得以在凶岛残酷的杀戮和艰苦的环境中活命，并习得一些修仙皮毛知识。后来凶岛离奇沉没，柳鸣逃出凶岛后遭到黑虎卫追杀并逃脱，机缘巧合下代替白聪天进入蛮鬼宗，开灵成功成为身具三灵脉的灵徒，拜进九婴一脉，在选择修行法术时，又因其精神力强大被阮师叔相赠冥骨决。之后外出执行任务，初遇叶天眉，助其击杀凝液后期鼠妖，得到一些鼠妖皮肉，同时在练功时体内神秘小气泡复活，将其带入神秘空间修炼，因此修为大进。后来又经过一系列奇遇，包括去幽冥鬼地收服白骨蝎、大比中赢得前十、伏蛟岛斗法得灵果、秘境寻宝得宝和飞卢、观留影壁得太罡剑诀和龙虎冥狱功等，顺利进阶灵徒后期，随后去白府解决婚约问题，以庚蓝真煞的下落为条件，与之达成四年约定。

《第二卷　叱咤玄京》：柳鸣因为白府婚约问题得罪身具地灵脉的蛮鬼宗弟子高冲，为了回避冲击凝液期实力更强的高冲，他选择去玄京当监察使。在玄京任职期间，碰巧结识了同样在执行监察使任务、身具通灵剑体的天月宗弟子张绣娘，两人一起闯入皇宫，掌握了海族入侵并且假冒大玄皇帝的证据，报信宗内引叶天眉等一干人族高手前来，与恰巧出现的海族化晶期高手红三对峙后双方达成各用五名弟子比试的协议，柳鸣、张绣娘均参加争斗，并取得胜利，因此潜伏在大玄皇宫内的海族卧底被尽数除去。柳鸣因为在任职期间表现出色受到蛮鬼宗的大量赏赐，也得到了叶天眉的赏识，被赠予剑诀，随后在追踪邪修途中意外获得枯阴真煞，离任后按照与白府约定寻得庚蓝真煞。

《第三卷　海族之战》：柳鸣冲击凝液期成功后遇到海族入侵云川大陆，蛮鬼宗、元魔门等云川大陆诸宗纷纷派出高手前往沿海地区参战。期间柳鸣因为击杀了海族猛将厉鲨而遭到化晶期高手厉鲲的猛烈追杀，生死之间因被魔念夺舍而逃走，得以保全性命，并且因祸得福，诸多宝物在被夺舍期间得以炼化。后来魔念被神秘小气泡镇压，柳鸣醒来后得知海族忌惮沧海的海妖皇势力，加之人族假丹高手的出面，双方已经达成退兵协议。回宗后柳鸣受天月宗相邀去救张绣娘，在幻境中与张绣娘经历了七世之缘，又进入元魔门镇魔塔寻找血虎，偶然到达古魔巨足的封印之地，得到了浑天碑。进阶凝液中期后，柳鸣与叶天眉同行去沧海的鳌元岛寻找防止被夺舍的法器，经历了一番生死历练，两人互生情愫，然遇到飞升真丹境的海妖皇前来寻找法宝，柳鸣为掩护叶天眉全身而退，战之不敌被海妖皇下了禁制，掳去让其当矿奴。后海族大举入侵，海妖皇放弃追杀叶天眉，柳鸣则从矿洞逃跑后到达祭坛，激发浑天碑困住了封印的古魔头颅鬼黎，后再遇海妖皇，柳鸣魔化后将其重伤击退，也因此唤醒了罗睺，向柳鸣解答浑天碑作用等。

《第四卷　太清门徒》：机缘巧合之下柳鸣进入空间裂缝到达中天大陆的南海之域，因为实力出众且出于个人考虑，加入了当地的长风会担任高阶客卿。柳鸣为了得到虚空竹参加了长风会大比，虽力压众客卿，得到了参与最终赌局的名额，但因为在比赛中使用了太清门不外传的功法被妙音院玉清发现，执意要带柳鸣回太清门定夺。柳鸣无奈之下带着珈蓝和获得的虚空竹等若干宝物前往太清门，在向太清门掌门和长老解释缘由之后，反而被收为太清门外门弟子。在此期间，经过一番历练和机缘，柳鸣成功进阶凝液后期，在随后参加的外门大比中出人意料的获得第一，虽因资质低下不被各位长老看重，没有成为内门弟子，却获得了观看功法的机会，他花费两年的时间习得了三分朦影大法，随后轻松战胜实力强大的沙通天、勇闯灵虚塔三十六层等一系列举动都使得柳鸣在太清门声名大震。

《第五卷　剑气九霄》：柳鸣成为太清门落幽峰内门弟子后，凭借宗门至宝阴阳离合镜成功进阶化晶期并且结晶一百五十三颗，得到阴九灵赏识并收为亲传弟子，随后炼制成元灵飞剑和各种丹药。进入南蛮后凭借炼制的蕴灵丹突破至化晶中期，在修炼途中被雷妖掳入天妖秘境，展现出惊人的实力，逃离秘境后在雷妖追杀下又误入诡漠，一番机缘巧合之下得到了冥骨决前半本功法。回到太清门后入选天门会，与珈蓝订婚，为了解决囚笼渐醒大肆吞噬寿元的问题，柳鸣在罗瞵指导下闭关修炼，实力大进，出关后赴欧阳家借清妙玲珑璧终成假丹境界，收弟子叶浩，同时进断剑山斗剑并练成剑丸。之后三万年一次的上界废墟开启，柳鸣进入其中寻宝却遭到天象魔人分身威胁去探宝，遇九尾妖狐被魔人重伤，柳鸣趁机带狐妖逃入了万妖殿，在护法助九尾妖狐得传承的过程中出错而中粉雾破身，双方互通姓名后离去，柳鸣在与太清门诸弟子汇合后成功祭炼了一颗山河珠并用其击杀了魔人。返回太清门不久，柳鸣为了救晓五师姐进入恶鬼道，遭到高阶鬼物追杀，意外逃入九幽冥界，一些机缘下，炼制山河珠成品法宝、龙虎冥狱功大成，得冥骨决全套功法，并在南荒儡帝的帮助下回到中天大陆。此时螟族入侵中天大陆，中天大陆四大太宗、八大世家等所有人族联合起来对抗螟族，正当永生境的螟虫之母划破虚空准备进入中天，柳鸣被血祖追杀，遇到空间裂缝回到了云川。

《第六卷　群魔乱舞》：柳鸣回到云川大陆，带领元魔门、蛮鬼宗等诸宗击杀了被铁妖夺舍准备入侵云川大陆的海妖皇后意外进入蛮荒大陆。随后因突破天象境操之过急导致失败反噬，被迫与魔天达成协议利用囚笼恢复真丹，借助其中力量突破天象境并凝聚了独一无二的双法相。进入蛮荒大陆第一大族血藤族的势力范围后，囚笼器灵苏醒，柳鸣因魔天算计而被转移到万魔大陆，然后按魔天安排融真魔之血，得紫纹魔瞳，成青家家主，因前皇朝朔风皇朝复辟而被中央皇朝宣召前去作战，意外得魔渊之钥后绑架皇朝公主赵千颖前往魔渊秘境。进入魔渊秘境后赵千颖因其自身法宝醒来并识破魔天诸多算计，与之达成协议后两人一起进入魔渊塔并与诸多大能相遇斗争，遇青灵并得知柳鸣为魔魂转世之人，后因巨手出现等诸多意外逃离魔渊塔并获得诸多造化，恢复伤势后柳鸣与赵千颖服用升仙丹意外春风一度，实力提升至天象境后期提前离开了秘境回青家解决诸事。在朝贡期间柳鸣又被魔天算计进入虚魔鼎得到造化，出来后讨伐朔风皇朝柳家，利用柳家秘密算计了跟踪的通玄,与后来赶到的魔皇斗法不敌逃进峡谷,却被原始魔主抓入了轮回境。

《第七卷　原始轮回》:柳鸣通过魔天得知原始魔主之秘,并应魔天要求继承了他全部的力量后进阶通玄,在见证魔主吞噬永生大能的情景后为了解决轮回境带来的杀戮之念与青灵合作,灭亓耀后与青灵撕破脸皮,斩之夺浑天镜进入天洞,通过重重考验后得到太清门上界人士传承的太庚剑诀,得天罚地劫双剑与九天尊上云飞扬灌输的阳属性法则,秘修五百年进阶永生。随之魔主降临欲杀柳鸣吞其元神,柳鸣殊死力战,祭出天罚地劫双剑并借助上界仙人之力灭杀魔主,随后借助浑天镜破开空间到达万魔大陆,助赵千颖统一万魔大陆、助瑶姬灭狐魅夺得迷天珠。回到中天大陆后碰到曲尧、螟虫合力入侵,柳鸣出手击杀曲尧并且封印了空间裂缝,保证了中天大陆此后长期的稳定,在各大门派为其准备永生大典时却遇到阳乾,因而得知古魔秘辛,随后击破中天各宗阴谋,柳鸣也最终选择与珈蓝和叶天眉结成道侣,回云川了却凡尘旧事,并且在自己两个孩子出生之际闻啼悟道,飞升上界。

二

作为修仙小说的代表作,《魔天记》给读者留下了深刻的印象,在感动之余其自身具有诸多鲜明的特色,值得我们仔细地品味和思考。

在情节安排上,《魔天记》以柳鸣的修仙成长经历为主要线索,以"世俗世界—进入修真界—各种奇遇和打斗经历—实力提升—飞升上界"为基本框架,在巨大的时空跨度之下成功展开了描写,不仅各种法宝秘籍层出不穷,各种惊险刺激的奇遇打斗也是让人酣畅淋漓,是读者心中一部不折不扣的"爽文"。虽然支线情节较多,但看似错综复杂的线索实际上都紧紧围绕着主要线索,并最终保证了《魔天记》这本鸿篇巨制脉络的清晰明了,让读者理解起来比较容易,可以很轻松地梳理清楚整本小说的情节脉络。其次是《魔天记》的语言运用具有朴实而又清澈的特点，贴近现实生活的叙述极大地显示出作者对生活的深刻体悟和对人生更为成熟的思考，浅白叙述语言的成功运用在保证作品文学性的同时也极大地满足了各种文化水平读者的阅读需要，这也是忘语作品广受欢迎的重要原因之一。最后不得不提的是《魔天记》人物形象塑造上的创新性，最明显的特征就是作者不再囿于传统的是非善恶、正邪之分，尤其在主人公柳鸣的塑造中，从一个小人物一步一步地走到了一个世界的顶峰，当中多次转换地图，人、妖、魔、鬼各大陆都走过了，到了永生境飞升时还是要回到自己出生地去，在对人性美好一面刻画的同时不刻意回避主角的丑恶，这才是真正的人性，因而具有很强的代入感，也因此有读者评论说看忘语的书就如看到有血有肉的人在自己面前一样，这是其他类似作品很难令读者有如此感触的原因。

  从整体上而言，《魔天记》整部小说情节构思完整，行文流畅通俗，大体上沿袭了《凡人修仙传》的凡人修仙流写法：前者主人公韩立出身普通山村，资质平庸，偶然之下进入修仙门派修行，后者主人公柳鸣本是囚犯，同样资质平庸，阴错阳差间开启灵海，进入修仙门派，踏上修仙路途；韩立手握逆天小绿瓶，可以随心所欲地斗法修行，柳鸣拥有小气泡，修行可以事半功倍，多次得以死里逃生；韩立身边有大衍神君亦师亦友，柳鸣体内也有罗睺前辈指点迷津……不过遗憾的是，由于《魔天记》的版权过早的被游戏开发商买断，商业倒逼创作的不良影响在小说中出现的比较明显，让读者时常会有一种流水线作业、固定化施法动作、脸谱化人物的感觉，相较于忘语的成名作《凡人修仙传》来说，《魔天记》成就虽高，但无论是在艺术性上还是读者评价中都要略逊一筹，没有能够超越前者。

莽荒纪

我吃西红柿

《莽荒纪》为起点中文网白金作家我吃西红柿（番茄）创作的古典仙侠小说，全书418万字。我吃西红柿，又名番茄，本名朱洪志，1987年出生于江苏宝应。他原是苏州大学数学系2005级学生，在校两年多时间发表了600多万字的网络小说，大三退学从事专职写作，已出版2000多万字的小说。因作品畅销，多次荣登"中国网络作家富豪榜"，是网文界广受关注的作家，网络写作大神之一。

番茄乐衷于写玄幻或仙侠类的小说，他笔下的主角一般都是心性坚毅之人，主角都是为了他的亲人、爱人而奋斗。他写的爱情故事曲折感人，对情感过程并不进行细致描绘，却都是忠贞不贰。作品中主人公的家人或爱人都是其逆鳞，谁触其逆鳞，他就血洗谁。

一

故事的背景是上古诞生之初，三界一片混沌。而混沌神奇无比，孕育出尊尊祖神、真神乃至天神，又因出身的缘故，他们也被尊称为混沌祖神、混沌真神以及混沌天神。主人公纪宁，死后来到阴曹地府，经判官审前生判来世，投胎到了部族纪氏。这里，有夸父逐日，有后羿射金乌，更有为了逍遥长生，历三灾九劫纵死无悔的无数修仙者。纪宁也成了一名修仙者，开始了他的修仙之路。他入门的炼体功法是

《赤明九天图》，剑法是《滴水经》。

纪宁在与翼蛇一战中步法达到"天人合一"，继而在"金剑大典"中胜出，纪宁之母给了纪宁《风翼遁法》。纪宁来到东山大泽，在与神兽空青蛇的战斗中剑法达到了"天人合一"境界。遇到的第一个劲敌铁木占，由于实力不济，只得逃走。纪宁逃出后，在一小池边达到先天境界，杀了铁木占。纪宁得知朋友春草被江边部落的江禾羞辱后，一怒之下杀向江边部落，但却误入"水府"之中并开始了水府的考验。

纪宁通过初步考验后成为水府的第五任主人，出水府后轻易斩杀翼蛇。之后纪宁在调查一个搜捕奴隶的神秘势力时陷入一个由紫府修士们布置的大阵之中。破阵后的纪宁直捣他的老巢，利用《女娲图》杀死李子善。不久后，纪母生机耗尽逝去。随着天地的剧变，纪氏发现一大型矿脉，却引来了雪龙山。纪宁在开战前终于借助石室的元液突破紫府。紫府纪宁进入水府星辰殿，悟得"雨水剑域"，并通过战神殿的"冥龙锁天阵"抵挡住雪龙山的攻击。随后纪宁杀死童玉，却不敌许离真人。因此纪宁进入神通殿，以开"天眼"通过考验，并且终于习得水府主人的神通"摘星手"，归来后轻易杀死许离真人。

准备拜师的纪宁在安澶城的赌战中一举成名，然后进入黑白学宫，夜观壁刻习得《三尺剑》，拜入殿才仙人门下。随后纪宁在论道大会上击败数位黑白学宫弟子。三年后，纪宁前去进行应龙卫考核，击杀大半偷袭者，突破万象。接着纪宁重遇空青蛇，并击退龙鲸大妖，采到地火与寒煞。成为应龙卫的纪宁衣锦还乡，回到翼蛇湖。

少炎氏下任族长少炎农来到安澶郡接受考验，纪宁和一众师兄弟、师姐跟随少炎农进入试炼仙府。庆功宴之时纪宁的风翼遁法暴露，少炎农欲置之于死地，反被纪宁所杀。纪宁只得亡命天涯。纪宁为躲开少炎氏的追杀，躲入水府，并修成第二元神。而后纪宁决定参加仙缘大会，但少炎氏的一散仙欲刺杀纪宁，又被纪宁的第二元神击杀，纪宁名传大夏王都。

在仙缘大会上，纪宁大出风采，并在明月山水图中与师姐余薇结成道侣。被斜月三星洞的菩提道祖收为弟子。他在方寸山上修行，先后学会了"八九玄功"、"后羿箭术"和"烛龙之眼"三门神通，数十年后学艺有成，下山回归大夏。此时大夏世界中风起云涌，无间门势力逐渐渗透进入了大夏，因此众多天仙身死道消。

纪宁与少炎氏争斗日趋恶化，最终纪宁力抗少炎氏九大天仙，并杀死其中两人；却误中玄机老祖之计伤及无数无辜，致使业火缠身，被放逐到寂灭之域。在寂灭之域，纪宁扛过了业火，并在和异族的交手中悟通心力，最终菩提道祖将其救出。纪宁返回大夏世界，结识了"源河四祖"之一的源老人，得其赏识并收到其整理的《心典》，从而悟出了心力神魂法门。后在菩提的暗中保护下开始了第二元神渡劫，最终经历"九九天劫"以及"心魔劫"后终于成为天仙。

无间门起兵伐夏，纪宁的第二元神担任大夏九位"刑天神"统领之一，通过借助心力和神魂法门成为最强刑天神，在战争中大放异彩。在大夏即将兵败之际，纪宁终剑道大成，成就纯阳真仙，一举扭转局势。但战争中道侣余薇因故魂飞魄散，纪宁发誓一定将其复活……其后，纪宁一步步闯荡，成为祖神、世界境强者、生死道君、永恒帝君、至尊及最强横的混沌宇宙掌控者，复活了道侣余薇。

二

"世间的一切都应腐朽，我所追求的，只有两个字——长生。"故事一开头，《莽荒纪》就开宗明义地指明了主题，这是一部"修仙"类小说。提起"修仙"，我们并不陌生，秦始皇统一中国后信心爆棚，希望自己能超越凡俗，多次派人入海寻仙，求取延续生命的终极秘密——丹药，虽未能达成所愿，但其寻仙之心至死未已。始皇之后，"寻仙"成为封建社会人们解脱生命、追求自由的一种向往，才高八斗的曹子建、一生郁闷的阮籍、斗酒诗百篇的李白，都有遇仙之雅望，更有后代的诸多帝王与士子才人。

玄幻修仙作品发展到2013年的时候，已是泛滥成灾，无数的作品在各大文学网站连载，故事大同小异，过程基本类同：一介凡人（更多的是有先天缺陷的屌丝），矢志修仙，经历种种磨难，一阶一阶进步，最终登顶，超越其他所有修仙者，成为三界大能或宇宙掌控者。这类作品有几个元素的设计有所不同，在风格上形成小的差异。如故事背景，有的设置在现在都市，有的设置在隐晦的异域，有的设置在远古。

《莽荒纪》的背景就设置在远古时期，因而有了一些洪荒的色彩。个人看来，本书受了梦入神机《佛本是道》的影响，将中国远古传说与宗教中的一些大神搬了出来。但没有像《佛本是道》那样构建一个神的体系。但本书构建之复杂，尤甚于《佛本是道》。人物层级的划分到后面越来越复杂、越来越离谱，如祖神祖仙之上有世界境、道君、永恒帝君、主宰、超越主宰、至尊、超越至尊等，估计作者自己也不知所云。因为作者自己心里也是糊涂的，所以，后面的章节再也没有前面的生动有趣，也没有多少细节的描写了，只是匆匆而过，今天成了道君，明天成了帝君，尽显网络小说注水之本色。

本书的情节设计，基本遵循了修仙小说的套路：先入门、再入水、横行人间，然后地图升级，进入仙界或神界（有的小说将神、仙设为两个境界，有的视为一个境界），成为顶级神或仙，再超越神或仙，掌控一切，故事完结。但本书与别的修仙小说有一不同之处，就是仙、神上面还设了很多的层级，弄得读者有些不习惯，同时作者也没有写好。因为仙、神之上的世界，很少有可借鉴的资料，只能自己临时瞎编。

番茄是网络小白文的代表，本书语言依然沿袭了其固有的风格，平淡直白，不讲究炼字炼句，组织松散，但也还畅快自然。

总之，这部书结构宏大，空间宽广，层级众多，让人目不暇接；人物性格坚定，经历曲折，初心不改，容易获得读者喜爱。但节奏有些拖沓，情节漏洞也多；人物性格扁平，没有什么成长。

剑王朝

无 罪

《剑王朝》是网络人气作家无罪创作的玄幻小说，首载于纵横中文网。无罪，本名王辉，1979年9月12日出生于江苏无锡，2001年毕业于中南大学应用物理及热能工程系，曾是电厂副厂长。2004年开始网络写作，2009年辞职专职写作。曾为起点中文网作家，现为纵横中文网签约作家，网络写手中的大神之一，开创了网络写作中的"猥琐流"。主要作品有：《SC之彼岸花》《流氓高手》《神仙职员》《国产零零发》《扬眉》《流氓高手Ⅱ》《罗浮》《通天之路》《仙魔变》《冰火破坏神》《檀修》等。

一

小说背景仿中国古代战国时代，但作者开篇就交代，此乃修真小说，非历史小说，名同实不同也。七个国家都是强大的修真帝国，各自有自己强大的修真手段，秦主飞剑，楚主炼器、兵家之道，燕主符箓、真火之道、齐主阴神、鬼物之道。

故事开始时，大秦王朝已经在连年征伐之下，连灭了韩、赵、魏三大王朝，和楚、燕、齐四国并立，继续争雄，但秦朝此时已有盛世气象，每个秦人都有强烈的自豪感。

主角丁宁，一个普通的秦朝酒铺少年，因为村庄被屠，决心杀死古今未有修行已至八境的秦皇帝，颠覆秦王朝，为村庄报仇。随着他一步步由弱小走向强大，结识伙伴、重见故人，他也一步步接近自己的心愿。随着故事情节的展开，他的身份也被一步步揭秘：他的与众不同与身怀绝技，皆是由于他是"那个人"的重生。而"那个人"又与昔日的伙伴大秦皇帝、昔日的恋人皇后郑袖有一段爱恨情仇。阴谋下的死亡，重生下的反抗，丁宁不仅背负着自己前生的大憾，同样还背负着若干昔日伙伴的人命与不甘，因此，即使明知事难为，他依旧奋力一搏。而在这个过程中，他又不断结识新的伙伴，也不断见到昔日的故人。在他们的帮扶下，似乎那个看似不切实际的心愿，也并没有那么遥不可及。

《剑王朝》写的是玄幻修真，但又不同于一般的玄幻修真小说。它将玄幻修行与武侠江湖相融合，武侠与历史相结合。它以丁宁的复仇计划为主线，以战国末年各国修行者、市井流民、江湖帮派、朝堂官宦以及各有司部门和王宫的行为为题材，展现了一部美轮美奂的史诗大作。书中罗列了大量战国时期著名人物，如执掌六国相印的苏秦、三寸不烂之舌的张仪、始皇嬴政、太子扶苏、秦相李斯、公子胡亥、大将军蒙恬等，还隐晦地提及许多史实，如商鞅变法、秦军功制等。

二

这本书与一般玄幻小说根本性的不同是，主角没有大开金手指。主角主要依靠的是一颗冷静而坚定的心与无与伦比的世事洞察力，这是一种智慧。有人这样说："人，既无虎狼之爪牙，亦无狮象之力量，却能擒狼缚虎，驯狮猎象，无他，唯智慧耳。"很多人都以为智商高的人就具有大智慧，但我绝不这样认为。智商在智慧面前，不过是小聪明罢了。智慧是人类对曾经的总结，是智商和时间、汗水、失败与成功的总和。这是主角最大的依仗。无论是对剑经、功法的理解，还是对人情世故、权利的认识和观察，丁宁总是有着独到的见解。不管主角能否复仇成功,他的世事洞察力也已使我们难以望其项背。①

　　在情节的设置上,虽然还有些修炼升级的老套路,但该书还是有其在固定模式下的内容创新。这主要体现在关于"那个人"的问题上。小说一开始就埋下了一个巨大的伏笔:有一个极为强大的人,身怀绝技,品行出众,追随者数不胜数。这个人帮助元武皇帝灭了韩、赵、魏三国,希望可以建立不再有战争的统一天下,可是愿望还没达成之时,就死于元武皇帝与昔日恋人、今日的皇后郑袖的阴谋与背叛。而主角丁宁,则是此人的"传人",他怀着向皇帝皇后复仇的心愿,一路成长。全书对于这样一个人物的交代一直极为模糊,前面很长一部分内容只是寥寥几笔,姓名不详,所有人都讳莫如深地称呼他为"那个人"。他成为强大的代名词的同时还成为一个不能提的禁忌。他自己死于阴谋的同时,随他同赴死命的还有他的追随者们。主角丁宁是在"那个人"死后三年才出生,却身怀"那个人"的独门武功,他不可能是"那个人"的传人,却又处处体现他是"那个人"的传人。他们之间的关系一直是全文的一个巨大秘密,直到第四卷才揭晓:丁宁,就是重生的"那个人"——王惊梦。这不得不说是对传统重生文的一个创新:同样是重生,可是直到文章过了大半才揭开这一秘密。前文做出许多的铺垫与伏笔,在慢慢揭开的过程中给读者一种恍然大悟"原来如此"的感觉。

　　但这样的情节设置既有优点也有缺点。优点是作者紧紧抓住了读者的好奇心理,埋下了一个巨大的伏笔,然后随着故事的发展逐层揭开神秘面纱,引人入胜,很有吸引力。但是当作者对"那个人"一直讳莫如深,甚至有些神化的描述,当在第四卷终于交代出这人的姓名为"王惊梦",并且开始叙述他曾与当今皇后郑袖当年恋情浓时的柔情蜜意时,不由得会给读者一种心理落差。"那个人"像是简单的符

---

① 执笔掌灭,2015 年 8 月 21 日。《剑王朝》,http://www.lkong.net/thread-1280795-1-1.html,2017 年 6 月 3 日。

号,是强大的代名词,当他变成了一个有具体姓名、有血有肉、死于儿女情长的普通人时,难免让人觉得虎头蛇尾:期待过高,却最终发现同样是凡胎肉体的普通人。其实无论"那个人"究竟姓名为何,由于前文的过分渲染与正面描写,读者心理上的落差都是不可避免的。而作者一直拖延到第四卷才终于说出"那个人"的名字,不由得给人一种故弄玄虚、故意拖沓的感觉,在不断消磨读者耐心的同时也降低了吸引力——当不耐烦超过了好奇心,阅读的兴趣就大大降低了。

再从这本小说的语言上来看,作者的语言功底是很不错的。作为一本武侠玄幻小说,全文的景物描写足够细致入微,从主角家的小酒馆到决战的山巅,作者都一一仔细刻画,给了读者无穷想象的空间,极具画面感。并且作者十分注重细节的描写。这些细节很好地烘托了当时情节的气氛,时而和缓安逸,时而紧张激烈,引人入胜。如主角丁宁在鱼巷第一次得到残剑末花的时候,通过对一把剑的外形细致描述,将人们的思绪拉回到它的前主人身上,寥寥几笔,入木三分地刻画出了一个悲壮情景下刚烈不屈、宁折不弯的女侠形象,实在是令人叹服。而打斗的激烈场面作者描写时同样语言细腻,节奏有张有弛,使得读者不由自主跟着作者节奏往下看。

小说的语言也同样有一定的缺陷。作者十分注重细腻的描写,但是这样过于细致的刻画,难免显得矫揉造作、节奏拖沓。读者急于知道情节的进一步发展,却发现作者将笔墨都花在了并无多少意义的景物描写与打斗场景上。常常三五章看完,剧情毫无进展,看了好似没看过一样。节奏过于拖沓可谓是本书的最大硬伤,极大地降低了本书的吸引力。

此外,作者在人物描写上的把控能力也是十分出众的。他十分善于人物性格的塑造。全书架构庞大,人物数量众多,但是作者能够做到对主要人物都有相对细致的性格刻画,并通过人物之间的对话体现剧情的波涛汹涌、暗潮起伏,从而推动剧情的发展。无论是冰冷孤傲的女主角长孙浅雪,还是女扮男装、狂放豪迈的白山水,都格外吸引人。

但作者在人物的塑造上也并非完美。他为了营造神秘感与古风感，在人物初次登场之时都不交代姓名，皆以典型特征加以称呼，如浓眉男人、清秀男人、红衣女子、白衣男子，若只是一两段这样简称也罢了，可在人物众多的情况下连续好几章都是这样的称呼，并且夹杂着景物描写与对话，实在显得有些混乱。

总的来说，《剑王朝》这本小说，无论是优点还是缺点都是极为明显的。优势在于作品框架宏达，视野广阔，人物关系复杂，虽说难免让人混淆，如果读者一旦被吸引读下去，就会越陷越深，跟着作者的思路走。但是缺点在于这类长篇网络连载小说要求作者每日都保持高数量的连载，那么质量就难免无法保障。作者有时拖沓地描述一些情节，刻意放缓了故事前进的节奏，难免给人一种为了神秘感或是连载点击率而故弄玄虚的感觉。

三界血歌

血 红

　　《三界血歌》是著名网络作家血红的一本玄幻小说，连载于起点中文网，全书约430万字。

　　血红，本名刘炜，苗族，湖南常德人，出生于1979年7月15日，毕业于武汉大学计算机专业，是网文界最有名的大神之一。2003年起开始从事网络小说的创作，数年下来，先后写了《林克》、流氓四部曲（《我就是流氓》《流氓之风云再起》《流花剑录卷》《龙战星野》）、《升龙道》、《逆龙道》、《邪凤曲》、《神魔》、《巫颂》、《人途》、《天元》、《逍行纪》、《邪龙道》、《偷天》、《光明纪元》等诸多作品，总字数已超过5000万。2014年7月，他担任上海网络作家协会副会长。

一

　　末法时代，法则崩溃，灵脉消融，世间再不见仙圣。东方修炼界的殷族族人从东方出走西方，强行夺取西方血妖圣殿的圣血，以人的血肉之躯强行转变为血妖之体，并在西方逐渐发展壮大，成为与西方修炼界古老正统的五大血妖家族相提并论的强族。末法之末，三界门户重开，法则重聚，灵脉衍生，世间洞天福地逐一开启，传说中的神圣妖魔逐一现世。上古时代的恩怨情仇，在末日终将得出一果。

　　小说主人公殷血歌便是在末法之末时代崛起的妖孽之才。他乃是东方修炼界五大仙族九大仙门中高居首位的第一家族嫡子第一至尊与西方殷族中天资妖孽的嫡女殷凰舞在大都柏林城的酒吧里一夜情的结晶。殷血歌在出生之后便作为殷族嫡子由殷凰舞寄养在殷族城邦，殷凰舞则迫于家族长老的政治操办，嫁给西方古老正统的血妖五大家族之一的布莱恩堡家族的嫡子查理·范恩克·布莱恩堡。他们母子未曾见过面，又因为他是父母浪漫一夜情的产物，连母亲殷凰舞都不知道殷血歌的父亲究竟叫什么名字，只是在她离开大都柏林前取下了男子身上佩戴的玉蝉以作纪念。自殷血歌出生直到十二岁，他始终不知道自己的父母是谁，殷族的族人也从未曾向他提及。他所拥有的只是母亲留给他的玉蝉，也因此被殷族正统嫡子视为野种，在童年的成长中备受凌辱。然而殷血歌并没有因此而自暴自弃，反而抓住一切机会提高自己的修为，并成为殷族所有稚子当中资质非凡的佼佼者。

殷血歌被算计前往凶险的人类大都柏林城探取情报。在大都柏林城，殷血歌不但没有被对手杀死，反而发现了自己拥有尊贵的日行者身份，并在大都柏林的血狱中凭借东方五大仙族之一的姜家族人姜入圣之力，解救了西方血妖五大家族之一的权杖亲王斯图加特，吸取了斯图加特的20滴心头精血成为其血裔之子。同时也顺带收服了法力强大的狼王狱友乌木，使其成为自己的奴仆。而姜族人也以救出殷血歌为由，与殷血歌签订了盟约成为盟友。大都柏林的历练使得殷血歌的实力飞速上升，也使他看清了自己族人的陷害。他带领乌木重新回到殷族城邦，大闹殷族城邦找陷害他的殷血骄报仇。在他表明自己的日行者身份之后，殷族对他的所作所为不但没有追究，他还得到殷氏一族的创始人、殷族的太上长老殷天绝的器重和栽培。殷血歌在殷族为其提供的优厚资源中实力极大提升。

之后殷天绝等长老密谋开展"惊蛰计划"：派殷血歌征战大都柏林城，顺便激起所有沉睡的隐藏大能。殷血歌则借此机会回到大都柏林城向当初对他下狠手的凡界修炼者报仇。在此过程中殷血歌因吸取了范恩堡家族三位千年公爵的精血而实力大增。此次惊蛰行动也使西方修炼界发现了姜家族人想要开启玉华小界天的秘密。之后姜族人和殷族人协力开启了玉华小界天，殷血歌则借助殷天绝为他提供的仙器率先一步进入玉华小界天成为其主人。大丰收的殷族人送走了姜家族人之后返回殷族城邦。

不久后，殷血歌的母亲殷凰舞带着大批人马回殷族城邦省亲，殷血歌才得以和母亲相见，并得知其母亲已经晋升血帝之列，成为血妖一族实力最为强大的人。在母亲的引荐下，殷血歌得以结识西方邪魔界的三大巨头邪骨道、九阴公主和生死尸丧婆婆。血帝殷凰舞集结三大邪魔外道的巨头，只为和东方修炼界的五大仙族九大仙门争夺修炼圣地荧惑道场的法宝。

在等待荧惑道场开启之前，殷血歌跟随邪骨道即万邪骨王前往邙山鬼府探寻法宝，在此期间他获得了幽冥界的至上法器幽冥十八禁囹塔，并且从幽冥界召唤了两具刚刚出生的幽冥幼体——血鹦鹉和小姑娘幽泉，他们俩和乌木一起成为殷血歌的侍从奴仆。之后萤惑道场开启，殷血歌在此过程中受伤昏迷，西方三大邪修和殷凰舞的计划泡汤。然而由于东方修炼界的第一家族发现殷血歌佩戴的玉蝉与本族传人的相同，因此将昏迷中的殷血歌带回第一家族。殷血歌这才有机会找到自己的生身父亲——第一家族继承人第一至尊。至此，殷血歌才知道了自己身世的来龙去脉，也知道了第一家族的一些隐情。二十多年前第一至尊为躲避家族的政治联姻而逃去西方，在大都柏林城与同样为婚姻出逃的殷凰舞相遇，两人一夜激情造就了有着极高天资的殷血歌。而后第一至尊被迫与东方月家族的嫡女月跹跹成亲，多年来遭受第一至尊冷落的月跹跹与月家人勾结，试图谋杀第一家族三大长老而独霸世界。

之后殷血歌在第一家族继续不断提升自己的实力，殷血歌的身世之谜也逐渐展开。原来整个鸿蒙世界都在殷血歌的体内开辟出来，他就是这一方世界的根基。殷血歌是鸿蒙世界树的真灵显化，因为太古的盟约，借了第一至尊这人皇血脉和殷族这血妖血统显化真形，凝聚真身。借助第一至尊人皇血脉，这是借用人皇气运，行末法之劫；借助殷族蕴藏血妖血统，这是吞噬无数仙人、修士的精血，行那以牙还牙、以血还血的手段，和整个人类以及其他族群了断因果，彻底展开太古之时的各种因果纠缠。无数种族的仙人，无论是人类、妖族，或者是魔头、鬼怪，他们寄生在鸿蒙世界中，无穷无尽、无比贪婪地抽取天地灵气进行修炼。他们抽取的天地灵气，就是鸿蒙世界树的精血。无数年来，鸿蒙世界树因为被越来越多的仙人、越来越多永生不灭的生灵抽取、掠夺的天地灵气越来越庞大，这差点导致了鸿蒙世界树的本源枯萎。殷血歌特意记下这一段因果，怀血妖之躯，吞噬那些仙人、修士的精血，就是一报还一报，以此让自己和其他各族之间错综复杂的因果关系彻底斩断。新生的鸿蒙大陆核心部位，就是当年的鸿蒙本陆。末法之劫时，鸿蒙本陆和其他周天世界彻底断绝了联系，隔绝了仙界和其他各界大能对鸿蒙本陆的窥视，断绝了他们对鸿蒙世界树根源的窥伺。末法之劫，让鸿蒙世界树有了喘息之机，借助人皇血脉凝结了真形肉身。所以在殷血歌心中，这块鸿蒙本陆拥有极其重要的地位。而且从根源上来说，鸿蒙本陆本来就是由他的一块胚芽演化而成，这本来就是他的血，本来就是他的肉，是他的一部分身躯。

第二卷则写凡间阴氏家族，主角阴雪歌（名字换了，读音相同）的凡间经历。阴雪歌是为了报恩而从元陆世界带着各大宗门种子逃亡的鸿蒙世界树。经历了三千道祖的屠天之战被打得四分五裂，而后化为血妖重新恢复了记忆并恢复巅峰实力。然后回去元陆世界让上古各大门派重新开门立派，并获得了初步成功。

二

在小说的结构框架方面，《三界血歌》第一卷有着清晰的等级架构，其修炼体系分为凡人境界和仙人境界，而凡人境界又分为东方和西方，每个修炼体系还按照帝王、亲王、公、侯、伯、子、男等级别展开。尽管血红在这部小说中设置了宏大的三界格局，但是由于其清晰的体系划分，使得小说框架分明而严整有序。然而过于宏大的格局设置同时也存在弊端，容易使读者感觉难以驾驭小说局面，时空设置过于虚空和抽象，带入感弱，与读者的距离较远。同时，小说分为上下两卷，第一卷即小说本名《三界血歌》，第二卷名为《血气凌霄》。然而，小说上下卷之间除了主人公名字殷血歌和阴雪歌名字谐音一致外，两者在人物设定、故事情节、格局时空方面没有任何联系，中间过渡生硬乃至根本不存在过渡，直接交给读者去对上下卷的关系牵强附会，许多读者质疑这上下卷完全是两部不相关的作品，令人一头雾水。

在小说的价值取向方面，血红有一定的突破。虽然整部小说仍然弥漫着重男轻女的男权主义思想，但作者也对这一思想进行了讽刺和批判。比如，让因为是女儿身而备受歧视的殷凰舞成为一代血妖的最强者、让天真浪漫的幽泉成为实力无边的大能等。此外，小说颠覆了非黑即白的二元判断，对仙侠小说中故有的名门即正统，仙道即正道的传统也进行了讽刺。比如，作为东方五大仙族之一的姜家竟然是以欺骗的手段进入玉华小界天，金佛寺老和尚及东方家族的小辈们只因殷血歌为妖族而对丝毫没有触犯他们的殷血歌大打出手等情节，侧面讽刺了正统的伪道假面。

在人物塑造方面，小说塑造了一系列个性鲜明的人物形象，比如好色狂妄的狼王乌木，视财如命的血鹦鹉，纯净可爱又法力无边的幽泉，还有美艳不羁、自恋傲骄的血帝殷凰舞等，都给读者留下了深刻的印象。殷血歌作为全书的主角，作者将他抛掷在混乱无序、险象迭出的末法时代，妖魔群起，殷血歌为半人半妖之躯，但仍保留着不同于众妖的善良和不同于众多名门正派后人的谦恭和正义。同时他也没有人类的堕落和荒唐。然而，他也缺乏作为人的情感波动。这可能是作者有意为之，因为作者本来就将他定为鸿蒙世界树，情感上的木然符合这一设定。然而过多的斗法场面的渲染，较少或极少情感上的铺陈和展开，会给读者一种刚性过多而柔情不足的审美疲劳感。

作品语言平白晓畅，每个角色都有自己特定的语言风格，很好地凸显了鲜明的人物个性。其中不乏一些精美的词汇和句子。小说大部分的笔墨放在主人公的修为提升过程和激烈的争斗场面，较少心理描写和情感描写。然而小说也不可避免地存在着笔墨拖拉、轻重不分、用语重复、错别字较多的问题。

　　纵观血红的其他几部影响巨大的网络小说，《三界血歌》似乎并没有满足万千读者对于它的期待。然而这部大部头的鸿篇巨制依旧可以看作是玄幻小说当中的可以读一读的作品。

异常生物见闻录

远 瞳

《异常生物见闻录》是网络小说作家远瞳在起点中文网连载的一部科幻作品。远瞳，原名高俊夫，现居唐山市。网友称其为"萌瞳""大眼珠子""瞳叔"。《异常生物见闻录》前有一部800多万字的《希灵帝国》，因其创构的独特希灵世界与科幻题材吸引了一批死忠粉。此外，还有《黎明之剑》等作品。2020年，远瞳入选橙瓜见证·网络文学20年十大科幻作家、百强大神作家。

一

本作以帝国审查官郝仁为主角，采用第三人称视角来描写，讲述了郝仁从平凡的一个地球人莫名其妙地成了希灵神明下属的一个时空管理局的基层审查官，从此由一名穷不死但也发不了财的小房东变为一个四处救火冒险、忙碌不已的人物。先是他家——一栋偏僻陈旧的大屋，住进去一堆不正常生物，还有一份来自"神明"的劳动合同，让这个人如其名的好人彻底改写了作为一个地球人的世界观。世界竟是由多个宇宙组成，有各种匪夷所思的科技，有许许多多的神和千奇百怪的生物，还有各种超乎想象的事情和古往今来的隐秘历史。由此带出一个庞大的科幻世界体系和其中超级发达的科技文明。郝仁便在这样的一个世界中执行自己的审查官职责，帮助希灵神明处理各种棘手的问题，保护世界中的文明不被毁灭。

作品的主要人物有郝仁、薇薇安·安塞斯塔、刘莉莉、伊扎克斯·古德曼（王大全）、南宫五月、南宫三八、伊丽莎白（豆豆）等，还有一只名叫"滚"的猫。郝仁为本书主角，是个好人。主职是房东，后来被赶鸭子上架成了审查官。拥有一张最好不开口、一开口容易被打死的嘴。虽然不愿意承认，但他与上司渡鸦12345的思路出奇的一致，都是在外人看来不靠谱、脑洞大的异人。后来郝仁在数据终端的协助下渐渐习惯了审查官的职位与工作，经常会钻一些规章的漏洞，比如运送在伊扎克斯老家发现的太空战舰时会乘机将魔王城及其中的几十万人口一并带走，还有把整个艾瑞姆文明作为探索人员聘到豆豆星（希灵帝国对于这种以保护文明为出发点的钻漏洞行为是予以默许的）。郝仁思路清奇，数据终端形容他是"极其擅长钻各种空子、挑战所有安全协议的底线、用简单粗暴的方法解决精密问题、满脑袋都是直线式的思路"的人。郝仁有一个地球内座驾"北斗星"，还有一艘审查官飞船，但对于渡鸦12345起的"巨龟岩台"（王八坨子）这个名字有着无限的怨念。因为他工作上极其不靠谱的表现，在审查官圈内有了"走哪哪炸"的称号（也有审查官叫他"炸弹仁"），曾经这个名号还吓哭过一位审查官的女助手，但他本人不愿承认却又无法否认。

刘莉莉是主角兼房东郝仁的第一位房客，是狼人（哈士奇精），比较二，变身前是个短发，变身后是个银色长发金眸的狼人，疑似哈士奇，简称"二哈"，另有十六分之一京巴血统。有苦练5年的绝招"天马流星砖"，可通过吃辣条变身。超进化后获得冰火双刃，一个被薇薇安取名为霜之哀伤（二级为霜之非常哀伤，三级为霜之哭出翔），另一个被叫作火之高兴（二级为火之非常高兴，三级为火之乐成狗）。统帅南郊群犬，人称"汪之军势"，另有收集奇珍异石的癖好，拥有"汪之财宝"（就是一堆没什么卵用的破石头）。虽然看起来不像，但其实是个文艺女青年，民国时期曾依靠写文章过活。曾四次从北大毕业。已确认是猎魔人第一圣人的转世。前世是薇薇安的好友，因受到弑神之剑的影响变得疯狂，与薇薇安交战，被红月力量重伤身亡。之后恢复了身为第一圣人时的零碎记忆，但失去了对记忆的认同感而不受影响。

薇薇安·安塞斯塔是第二位房客，自称高阶血族，热爱人类，是个高挑黑长直、亚欧混血外貌的美少女。神话时代之前就存在于地球上，最古者，经常提起和xxx对着骂街、把xxx丢进护城河（xxx为著名历史人物）的事情，被称为"招来红月的女伯爵"。自带冷气，可以当成空调使用。她能释放小蝙蝠作为分身，分身可以脱离母体单独行动，长期与母体隔离会发展成独立的血族，外貌为母体缩小版，能力介于母体和正常血族之间。财运超差（分身无此问题），身上从未有过超过200块钱，钱不赶紧花完的话就会丢，沾谁谁完蛋，碰谁谁破财。每次力量恢复全盛就会精神错乱陷入沉睡，每次沉睡都会失去大量记忆和力量，故每次沉睡前都会进行记录。不怕所有血族应该怕的东西，身上带着6斤（看看这量词）辟邪品。标准的贤妻良母，是郝仁小分队的专业厨娘。她在击败了被众人作死召唤出的邪灵薇薇安后获得了"衰亡"能力。后被认定为女神陨落前用源血创造的生灵，身上有大量信息资讯。从梦位面先到了炼狱，并在炼狱一分为二，一个留在炼狱顶替了长子以保护炼狱。另一个来到地球，与猎魔人结识，与莉莉前世第一圣人成为至交好友。发现科尔珀斯，并将其赠予猎魔人作为他们的生存家园，在科尔珀斯的建设中起到了巨大作用，被猎魔人尊为第十四圣人。六千年前在猎魔人受弑神之剑影响发狂时，力量接近全盛，以一己之力暂时阻止了猎魔人，并将弑神之剑暂时封印。

伊扎克斯·古德曼（王大全）是第三位房客，来自异世界的恶魔，是一个道德标兵。真身高五米多，变成人形两米，郝仁家中的王牌打手，有遇事不决就来一发陨石的习惯。在他的家乡世界是一位恶魔君主，在他的首席科学家的指引下走向相信科学、探寻宇宙的道路。意图推翻全世界，力求各族和谐共处，共同走向星辰大海，后被联军击败、吊打，最终被路过的塔维尔的分身救走，一番折腾以后被送到郝仁家。发现"隔壁王叔叔"似乎是个很大众的身份，就起了个人类名字，叫王大全。由于长相比较凶残，出门容易被片警盯上，带着女儿伊丽莎白出去时更是如此。现于南郊进行废品收购工作。

南宫五月是第四位房客，陆地海妖，唱歌好听但歌词乱七八糟，喜欢旅行，母亲是唯一一只泡走了猎魔人的海妖（母亲是海妖，父亲是猎魔人）。天赋点歪，战五渣奶妈，关键时刻会很怂，被敌人精神控制时反而会向队友身上狂扔治疗术（因为敌人精神控制命令她疯狂攻击队友，然而她只会治疗术）。一般情况下攻击手段为用尾巴戳人，死亡时可运用敌人血液中含有的水分来复活并借此攻击敌人，比较残忍，所以一般情况下不会使用。水无定型，因此海妖可以变身为多种形态，但是南宫五月在水蛇形态下遇到危险时会团成一个水蛇球保护自己，其后果是卵用没有还要费很大劲解开。可以通过用水包裹物体来熟悉物体的样貌并依此变形（比如沉在水底的泰坦尼克号），差点用水蛇形态毁了豆豆的三观。

伊丽莎白（豆豆）是第五位房客，人鱼，某个已灭亡的畸形宇宙的唯一幸存者，以蛋形态被送至郝仁家中，被莉莉煮了以后得以孵化，喜欢吃筷子且认了口锅当妈（爸爸是郝仁）。后在郝仁做实验时习惯性作死，钻进了实验容器，由于意外被改造成了猎魔鱼，拥有了猎魔人的能力，由南宫三八进行教导。

南宫三八是第六位房客，南宫五月的哥哥，混血猎魔人，由于身份敏感（主要是父母身份敏感），对于异类和猎魔人两大集团均保持谨慎。因为和妹妹分别在五月和三月八号出生而拥有了反差极其大的名字。之前奔走世界各地，在超自然异象方面是个"专家"（主要是猎魔人里面只有他跳了出来）；猎魔技术方面是个半吊子，"但至少有点决断力"（资深猎魔人之语）；担任伊丽莎白（豆豆）的猎魔教官。

"滚"则是郝仁养的一只黑白猫，以前喜欢在郝仁看电视的时候突然跳到床上，每次都被郝仁吼一声"滚"给赶跑，它就以为自己叫

"滚",于是它就真叫"滚"了。是郝仁家中的二把手,地位在莉莉之上。试图吃豆豆时被豆豆揍了一顿,从此吃鱼前都要询问一下鱼会不会揍她。由于吃了"天材地宝"(大半个金苹果,郝仁年终奖领了一箱)而成精了(猫娘化),便称呼郝仁为"铲屎的",后来在郝仁的努力下改为"大大猫"。对于人类常识严重缺乏,正在努力改掉猫的习性。

二

作品在书写大部分"文明往事"时都保持着严肃沉重的基调,只是进行了一项关键的处理:将"宏大叙事"变作读者观赏的对象,用一层设定的"玻璃"来保持安全距离。在传统科幻中,主角往往直面"宏大叙事"带来的冲击,读者对此进行代入,感受文明危机带来的压力与危险。《异常》中,房客伊扎克斯曾向郝仁转述过为探索宇宙而牺牲的下属说过的话:"飞到这么远的地方,回头看看自己来时的方向,所有人都会发现自己曾经是个蠢货。"这种探索与牺牲的桥段曾经在刘慈欣的《中国太阳》《山》等作品中反复出现过。种族求生的勇气、崇高的牺牲、残酷的抉择、绝境逢生的喜悦以及重生之后的迷茫与反思,这曾经是"宏大叙事科幻"作为一种类型文的核心吸引力。而在《异常生物见闻录》里,一切只是情怀。

作品始终牢牢地将叙事的视角固定在郝仁一家身上,对于危机之中的文明而言,他们是天降救兵,对于已经毁灭的文明而言,他们是扫墓人与调查员。这两种身份本身都无甚危险,更何况作为希灵帝国的审查官,郝仁拥有作品中最强大的靠山,读者代入后处在绝对安全的位置,文明的兴亡则成为被研究挖掘的对象。当读者阅读"文明往事"时,仍然可以满足对"宏大叙事"的需求,在作品出色的描写与叙述中获得震撼和感动,却不必因为代入其间而产生精神负担。作品本身单元拼接的结构,使得每一段"文明往事"能在10万—20万字结束,避免单个创意被拉长注水,同时也能够提供更多的观赏对象来满足读者的需求。

"二次元"的人物设定与语言风格则让安全的观赏变得更加令人愉悦。《异常》的人物设定充满了有意为之的"反差萌",主角郝仁作为身份尊崇的帝国审查官,却始终以普通人的形象和心态过日子。房客们也颇具特色,吸血鬼薇薇安热爱家务,魔王伊扎克斯倡导世界和平,狼人莉莉则时常犯二。这是近年来日本动漫流行的潮流之一,《打工吧!魔王大人》《不死者之王》等热门作品都热衷于将西方奇幻文化中的经典形象进行解构,将异类生物放入日常场域制造反差,生成"萌点"。《异常生物见闻录》在此基础上进一步将日常场域与日常性格本土化,种种生活细节带着浓重的北方市井风味。"反差萌"制造的笑料也使得"二次元"风格的"吐槽"成为郝仁家中日常的重要组成部分,"二次元"亚文化与网络流行用语混合着"没溜"等北方方言,制造了强烈的喜剧效果。当这一群在日常生活中卖萌犯蠢的异类房客由普通市民郝仁带领着去救亡扶困时,"日常"与"宏大"在反差间增强了各自的表现效果。在文明兴衰的大场景面前,一群人的相互吐槽就如同视频网站的弹幕一般,场外的插科打诨与场内的壮怀激烈相互助推,读者在欢乐中满足了对于"宏大叙事"的观看需求。

　　在远瞳自身的创作脉络中,随着宏大叙事的增多,"观看"的安全性也在不断被加强。"宏大叙事"包含的席卷世界的危机都被放在了"另一个文明"身上,主角与代入主角的读者坐在明亮且安全的房间里隔着玻璃、刷着弹幕,欣赏一场光年尺度上壮烈的悲欢兴亡。

大奉打更人

卖报小郎君

《大奉打更人》是连载于起点网的一部探案推理仙侠小说，作者卖报小郎君，作品共分为五卷，目前已完结。主角许七安（字宁宴），是一名现代警察，酒精中毒身亡后穿越为大奉县衙快手，自幼被叔叔许志平和婶婶李茹养大，重生后便是在大牢之中，被叔父押送税银被劫一案牵连，不日即将被流放。许七安凭借堂弟所写宗卷，在第一时间发现案件中的盲点，成功破案为叔叔脱罪。出狱后，许七安经历各种事件成为一个铜锣打更人，逐步走上更加广阔的天地，从一枚棋子，逐渐变为一名棋手，冲破命运的枷锁，搅动天下风云，最后成就武神。

作品以修炼和破案为两大主线，整体风格偏向轻松搞笑，语言幽默，吸引了一大批读者，连载期间长期霸占各种榜单榜首，为近年来最成功的仙侠作品。

一

小说在结构安排上既有网络小说的特色，也有中国传统小说的一些手法。比如开篇即营造紧张气氛，抓住读者的心；草鞋灰线，千里设伏，作品前后照应，绵密有致；高潮情节前层层铺垫造势，一波一波向前推进等。

故事是在逆境中开端的。许七安穿越之后就发现自己在大牢之中，即将被流放。更糟的情况还有：家中叔父即将问斩、堂妹将要卖为妓、堂弟下落不明。这种一开头就让人物处于绝对困境之中的方法，让读者一开始就因紧张而被吸引，大大提高作品的关注度。接下来破案人员对案件进行讨论、主角寻找案件线索、最终破案而被释放，主角的智慧与能力得到展现，读者对人物未来的动向充满期待，但故事开始进入松弛阶段。许七安作为捕快，破了案件后，开始了"划水生活"，整日捡钱听曲、幻想暴富、美梦破灭。开篇情节上的极大起伏，从最开始的揪心到断案后的拍案叫绝，可以窥见作者深谙黄金三章的定律。这种情节基调的安排，不仅调动了读者极大的好奇心和阅读积极性，而且主角为人正直而不失人情世故，沙雕搞笑、好色咸鱼的人设也一并建立起来。

在故事发展中，作者善于埋伏笔，为后文作铺垫。例如税银案一事，真相为用钠偷换白银。本身钠在空气中容易燃烧，遇水则易爆炸，冒着极大风险实为不值。但实质为后续许平峰的出现及其揭开税银案的秘密埋下了伏笔。二十年前，许平峰将大奉国运藏在儿子许七安身上。二十年后，为了使其发配边疆从而杀死他获得国运，密谋了税银案。税银被劫，作为许平志的侄儿，许七安必定受到牵连发送边疆。因此，以钠代替银，即使充满了弊端，也便能够理解了。

再如魏渊死亡这一段，也是早早埋下伏笔。宋卿的人体炼成，以及莲子的妙用，都会使人感到疑惑，觉得两者之间并无关联。且院长赵守曾经在魏渊出征时说：魏渊，凯旋！这里的伏笔即是魏渊死后，刻刀和儒冠带回来了魏渊的一缕魂魄。而残魂配合宋卿的人体炼成，再加上莲子，就是魏渊复活的关键。另外文中的一段话："'宁宴啊，每次看到这些稀奇古怪的刑具，我就觉得自己好像遗忘了什么。'许七安对打更人地牢不熟悉，对刑具更不熟悉，所以没在意宋廷风的话。"这里暗含南宫倩柔喜欢在地牢里折磨死囚，被屏蔽了天机，此处伏笔为后续魏渊和南宫的回归做准备。

这种伏笔的运用和案件的结合，使得小说的内容具有跳跃性，勾起读者的兴趣和猜测。前文进行线索埋伏，后文对其进行回应，文中的伏笔得到了恰当的运用，整体较为严密，符合情节发展的逻辑。当揭开伏笔时，往往会在情理之中又在意料之外，给予读者一种情感体验的满足感。

富有爽点的情节往往需要精巧的布局和高明的安排，更需要众人的信服。作者在爽点制造的情节描写和模式运用上独具特色，如"天人之争"战例。作者先讲述了天人之争的渊源、为何不可避免，以及会引发的严重后果，然后以李妙真飞到半空、发起挑战作为开局。接下来为主角的出现搭建施展的空间，在这个过程中，人人议论，营造氛围。接着皇帝出现，想制止天人之争，但并没有人能够胜任这一任务。此时营造出"主角具有必要性和不可替代性"的氛围，拉满读者的期待感。接着金莲道长帮主角造声势，用好处说服主角。世上无能人，只有主角能搞定。天人之争开始之际，起烘托氛围作用的观众进场。而为读者所熟悉的两位公主以及主角的弟弟许新年，则是带来爽感的重要来源。公主为自身阵营的人感到自豪，众人为许七安的能力由衷赞叹，堂弟在感慨的同时又充满了嫉妒。作为被读者认可的人物，他们不同的反应和赞赏，制造出了丰富的层次感。至此，舞台气氛达到了高潮。

有了强大的造势，许七安炫酷登场，然而天人两宗合力，将其打沉到了湖里，形成了转折。更让人意想不到的是，许七安竟然是在练功，而契机就是被暴打一顿。接着他便从湖底暴出，开始行动，惊呆了所有人，带着李妙真就飞走了。天人之争结束后，全城的人对许七安的惊人壮举开始了议论。而后大太监魏公得知天人之争的结果，便开始了猜测。魏公的猜测失误，更衬托出了许七安的能力之高。

作者在对书中爽点进行叙述时，先通过众人渲染气氛，然后搭建"舞台"，热场，接着主角登场，剧情发生急转，观众各种提心吊胆，主角赢后再进行一唱三叹。这种爽点情节的建构模式，能够让读者在小说中观众对主角的追捧与赞叹中，获得一种似主角一般的满足感和愉悦感。

二

作品在语言上也有些可取之处。首先是古诗词的化用。作品中借用了中国古代的很多诗词，这些诗词是由许七安作出来，一方面增加他的逼格，凸显其才华；另一方面，诗词的运用也为小说增添了几分古典气韵，在幽默的同时富有格调。在送别紫阳居士的章节中，许新年拿出了堂兄许七安的词为其送行。"千里黄云白日曛，北风吹雁雪纷纷。莫愁前路无知己，天下谁人不识君。"一词终了，便收获了三位大儒的喜爱，争相想要成为许七安的老师。这一点，让许氏兄弟成功引起了几位大儒的注意。而后许七安在云鹿书院所写"黑发不知勤学早，白首方悔读书迟"，更是被当作劝学之言张贴在书院的墙壁上。

在后续许七安进入影梅小阁，从浮香姑娘那里获取关于周立的情报的情节中，很大程度上也是得益于诗词的应用。"疏影横斜水清浅，暗香浮动月黄昏"，影梅小阁的幽深和梅香的浮动一呼而应，霎时间得到浮香姑娘的青睐。在这里，有关诗词的作用还有一个重要的体现，就是读诗者的共情反应和真切感受。每次许七安的诗作一出，都会引起大家的赞赏和传诵，而读者情之所至的读诗体验也是作者着重描写的对象。浮香姑娘在读诗后，"手里死死抓着宣纸，微微发抖，脸色从未有过的古怪"，便是一例。

融古典文化于网文之中，为网文生韵，为主角吸粉，为情节助力。这些诗词的运用，为一些无厘头的事件赢得转机，一定程度上也推动了故事发展。

其次，小说的整体文风偏于轻松诙谐。作者善于在叙述中加入一些搞笑梗，往往让人在故事的紧张进行中产生搞笑沙雕的极大反差。例如"胡适日记里打牌""臣妾做不到啊""小母马"等，作者通过融梗，使得小说更能迎合读者的趣味，对于喜欢网络小说的读者而言，这些梗也是一看即懂。《大奉打更人》中也会有一些段子，诸如"二弟，我的貂蝉在哪里"、"大哥，你的貂缠在腰上"、"人之初，什么善"以及"有些车外观很新，但其实里程很远"等。此外，文中还会对一些成语进行曲解，根据小说语境，表达它意，抑或更换个别字新造成语。这种用法在小说中较多，例如"流金岁月""肥美多汁""痛失良机""胸怀大器"等。

在作品中注入搞笑梗、运用网络段子以及词语新编等，这些都对语调的轻松幽默做出了贡献，使读者在阅读时，有一种轻快的体验感。当然，这种对成语的曲解，也会让人对成语内涵产生异义与错误理解，且部分内容带有艳俗色彩，也不利于文化的健康传承。

三

《大奉打更人》虽语言幽默轻松、情节设置巧妙，但也有一些让人存疑之处。

小说中运用了很多科学知识和生活常识，例如税银案中讲到假银是用钠代替的，但钠容易在空气中发生氧化反应，需要在煤油中保存，所以大量的税银被用钠冒充运送，在古代本是不具有可行性的。并且炼制钠的过程的描写也不符合真实的物理化学知识。再如在"千里黄云白日曛，北风吹雁雪纷纷。莫愁前路无知己，天下谁人不识君"的描写中，作者写到这是首七律。而一般而言，七言古诗，四句的为七绝，八句的为七律，更长的为排律或其他。所以此诗应为七言绝句，而非七言律诗。再者文中"1两银子=8钱银子=1000文钱且1钱银子=100文钱"前后不符，这种失误着实不应该。

作品的另一个显著特点就是随时随地地开车。作者在文中的开车速度和频率让人嗟叹，有点过满则溢的感觉。开端时适当的开车情节可能一定程度上吸引了部分读者或者说有助于这种轻松诙谐的文风，但过于频繁的运用，会给读者一种尴尬的体验。再者，作者在对主角许七安进行设定时，即使有好色这一成分，也不至于在文中见到任何女子都产生异样想法的程度。此外，在进行开车的设定时，作者在人员选择上可以进行适当删减。文中主角许七安在面对婶婶和妹妹时，也会产生这样的想法，不由得让人产生有悖伦理之感。

  作品对战斗细节的描写有所欠缺，细节的掌控力度不足。作者笔力主要集中在人物的光环以及对主线发展的推动上，而缺少对战斗过程的细描和节奏的考虑。仍旧是上文提到的"天人之争"，在整个争斗的描写过程中，侧重于观众情绪的变化和氛围的烘托，对于争斗重头戏的战斗过程的描写有些笼统。但在此类修仙玄幻的网文中，往往充满侠气的情节会比较重要，而外界这种于战争并无实效的"人气"反而只是侧面，可锦上添花而非喧宾夺主。因此在情节的虚实侧重上尚有待思考的空间。

  除上述外，《大奉打更人》在一些大场面的描写上，也会隐约给人一种笔力不足的感觉。文中很多大场面都是粗线勾勒、一笔带过。作者在卷尾反思中讲道："想写得特别精细，特别天衣无缝，不可能的，没人能做到。质量和数量永远是呈反比的。"但网文的更新特性并不能成为让读者自动忽略一些瑕疵的理由，质量和数量是可以兼得的，如何在二者之间寻求平衡，是值得作者思考的问题。

诡秘之主

爱潜水的乌贼

《诡秘之主》是 2018 年 4 月连载于起点中文网的一部西方玄幻小说，完结于 2020 年 5 月，约 450 万字，作者为爱潜水的乌贼。该作品曾获得第四届橙瓜网络文学奖年度十大作品，最具潜力十大游戏 IP。是近年来最受欢迎的网络玄幻作品之一，一部现象级网络小说。

一

《诡秘之主》最让读者印象深刻的是它独特的世界构建。任何一个宏大的作品都会自我构建一个独特的世界。这个世界的构建一般包括社会结构、力量体系与生存环境等几大系统。就现实主义作品而言，世界的构建直接借鉴于现今社会或历史事实，无须过多耗亡自己的脑细胞；就幻想作品而言，世界的构建当然可以适当借鉴已经存在过的一些社会因素，但更多的需要自己的想象力去设计独特的社会、力量与环境元素，以之区别于其他的作品，显示作品的新颖性。《诡秘之主》作为一个玄幻作品，在世界的构建上打破了一般玄幻作品的模糊性与刻板性，而非常具有生动性、复杂性和新颖性，获得了众多读者的喜爱。

首先我们看生动性。作品以惊悚恐怖的克苏鲁文化作为整体设定和底色，神秘奇诡的多种序列的晋升途径和"魔药消化"作为文本的骨架、占卜、封印物等神秘学元素作为重要设定，全面建构了一个令人耳目一新的神诡世界。不过，这个世界却有一个类似于英国维多利亚时代的背景，作品中对于时代风物的呈现，对于贵族、贫民等社会阶层生活状态的翔实书写等，都有效呈现了维多利亚时代的社会风貌。它的生动性还表现为更多细节的前后一致性，如货币物价体系；还有顺手而来的社会生活，显得如此逼真和生动。有网友读者说：在《诡秘之主》中，绚丽的异能战斗之后，是小心晾干浸湿的钞票；紧张的推理追踪之余，是底层人民绝望的生活。满篇飞翔的绚烂，现实的沉重只是惊鸿一瞥，绝不影响你放松心情捧腹大笑，但又不空洞无物阅后即忘。至少，我永远记得这么一个女孩：出身贫寒，丧父，被母亲卖到妓院，身染恶疾后被赶出门，最终贫病交加死在桥洞中，死前的祈祷是："我想活得像个人……"这个女孩出场两次，每次不到半章，一次死前祈祷，一次被主角安葬。没有后续，没有伏笔，不影响剧情。但这就是这本小说的可贵之处：无数细碎乃至于琐碎的人物、情节为其奠基，支撑着情节默默前行。它虽是一个幻想的世界，却表现得如此真实，就如同我们生活于其中。

其次是它的复杂性。这个只要看一下它的力量体系你就能感受一二。一般的玄幻小说都会设计自己的力量体系，大多分为3—7个系列登顶，每个系列可能会有7—10个大等级，也就最多70个大的力量等级；但《诡秘之主》竟然设置了22个神（登顶）之途径系列，每个系列分为10个序列（等级），意味着它有220个力量等级。我们知道，等级系列越多，写作中驾驭越发困难。驾驭这么多力量等级去争斗、去活动、去相处是异常困难的，但作品中处理得还是相当清晰，这不得不佩服作者的思维能力和文字表达功夫。逼真的社会生活构建其实也是复杂性的表现之一。很多的玄幻仙侠小说，我们看到的都是单一刻板的世界，生活在这个世界的人，只要修炼他们的力量，提高他们的等级就行了。至于经济、社会发展与他们是没有任何关系的，他们是一群生活在空中楼阁中的"仙人"。《诡秘之主》不是这样，这些超凡人士一样生活在普通的人群之中，与他们发生着密切的关系。这种"打通"式的玄幻作品，以前是没有过的，它既是一种创新也是世界构建复杂性的表现。

再次是它的新颖性。蒸汽朋克、克鲁苏、工业革命、维多利亚时代社会，这些都不是新的东西，而是已有的历史或文化元素，但这些东西一起构成一个SCP氛围的玄幻世界时，不得不说它超越了绝大多数玄幻小说的世界构建，将一种新的构建玄幻世界的方式呈现于读者面前。它不是凭空幻想的，也不是不着边际的，更不是胡乱编造的，它连接着历史，关注着社会，孕育着人文。它是一种有着历史和人文精神的玄幻小说新尝试。

二

在人物形象的塑造上，该小说也有自己的特色。克莱恩·莫雷蒂是"愚者"途径的一个非凡者，但这个非凡者在实际的生活中却是平凡的。他的身份与身世是源堡第三位苏醒者（1349年6月28日凌晨）。原身在被封印物"安提哥努斯家族笔记"杀害后，又被做了"转运仪式"的周明瑞附体重生。周明瑞为了返回地球再次举行了"转运仪式"，却意外进入了一个神秘的灰雾空间，其间不经意将奥黛丽·霍尔和阿尔杰·威尔逊的意识拉进灰雾空间；为了掌握谈话的主导权伪装成复苏中的隐秘存在，自称"愚者先生"，并建立一周聚会一次的"塔罗会"，此后视情况不断拉入新成员。"世界"是其为了方便交易、换取情报以及保持高位格而通过灰雾创造出来的小号。曾化名夏洛克·莫里亚蒂、格尔曼·斯帕罗、道恩·唐泰斯、梅林·赫尔墨斯等，并具有海神"卡维图瓦"的马甲。克莱恩在消化完序列1"诡秘侍者"魔药，做好充足准备后，前往霍纳奇斯山脉试图容纳序列0"愚者"的唯一性，其间受到阿蒙、第二代造物主、原初魔女和隐匿贤者的阻拦，但借助"黑夜女神"、"风暴之主"、"知识与智慧之神"、"永恒烈阳"、"大地母神"和"蒸汽与机械之神"的帮助，将容纳唯一性的仪式改为完整的成神仪式，成功晋升为真神。最后在"源堡"内与阿蒙的本体决斗，成功击败阿蒙后收回"门"途径和"错误"途径的唯一性和序列1非凡特性，成为半个诡秘之主。之后为了对抗体内前代诡秘之主不断复苏的意识，陷入了长久的沉睡。十年之后，克莱恩精神逐渐平稳，初步苏醒，并回应了妹妹与侄女的祈祷。

这样一个非凡者并没有像其他玄幻小说中的主人公一样，一路开挂，大杀四方，所向无敌，而是被塑造为一个有血有肉、有感情、有着强大的个人魅力的主角。他喜欢报警、喜欢赚钱，有时候有点小怂，更是保护诡秘世界的可怜者的侠盗。他保护因《谷物法案》造成的失业者，同情贫民窟的洗工和孩童，为死去的士兵向家人传递哀思，为白银城的遗弃民众带来曙光。他向大雾霾事件的罪魁祸首乔治三世发难，哪怕毫无收益，底牌尽失，甚至深陷阿蒙和小查拉图之手，也仍在为无辜的民众鸣不平。他现实却又善良，以德报德，不失信仰、不迷方向，从心又爱作死，自己装的逼含着泪也要装下去，不是穷就是在穷的路上（总是数钱数到便士，认海盗靠其悬赏金），作为穿越人士始终以回家为最终目标，善于谋划并有急智，把槽吐光让我们无槽可吐。

作者曾自己总结作品中的主人公：小克是难得的很干净温柔的男主，这在其他网文里难以见到。他穷他抠他怂他变得越来越沉默寡言，但他遇到大事的时候，从来没拉垮，尤其是第二卷阻止真造仪式的时候，我脑补的画面是他一边心里对自己喊会死的会死的，一边还是冲了上去。英雄很了不起，有着人性害怕死亡但还是义无反顾的英雄更是伟大。这样的男主，谁不爱呢？小克创造了很多真正意义上的奇迹，在他越来越强，成了天使，成了祂的时候，已经是人世巅峰存在了，可他仍然会对战后的人感到无能为力，那些人愿望很单一，想让自己战争中逝去的亲人复活。小克做不到，神也做不到，他能做的只是召唤亲人的历史投影，最后抱一抱小女孩。这种对普通世界的热爱就是他最大的锚，他始终是他而不是祂。

主角如此，配角的塑造也非常出彩。比如书友们心心念念的队长邓恩、发际线堪忧的哥哥班森和勤俭持家的理工科妹妹梅丽莎、优雅可爱的小富婆奥黛丽，还有阿兹克大佬，甚至舔狗阿罗德斯。这些虽然是配角，但作者的处理却并不平面，他们的一举一动同样牵动着我们的心，为他的逝去而哭，为他的可爱而笑。

三

《诡秘之主》还有一个比较突出的特色就是不断探索的进取精神。首先，从写作上看，它延续了作者不断自我突破的创新精神。爱潜水的乌贼的几乎每部作品都有自身的特殊之处。其早期的《灭运图录》在过分强调工具和力量（技术化倾向）的修仙文趋势中，书写"叩问自身"的心灵磨炼，颇有返璞归真的意境。在《奥术神座》中，作者将魔法和科学熔为一炉的奇思妙想迄今令人津津乐道。而《一世之尊》中则描述了一个从"低武"到"高武"（武侠类小说中人物能力的设定）的宏大世界。这种创新精神在《诡秘之主》中更为圆润和成熟：它以英国维多利亚时代为背景，以惊悚恐怖的克鲁苏文化为底色，构建了一个多种序列晋升的神秘诡异的奇幻世界。早在《奥术神座》中，乌贼就对特定历史时期进行了象征性书写，不过在《诡秘之主》中，这种对现实的描述从象征性表达转为更加具象和细节化的描述，也呈现出了更为细腻的历史质感。这种熔虚幻与现实于一炉的背景构思，使得《诡秘之主》中超现实的神秘世界的营造在特定时代的社会情态之上获得了更多的真实感。①

其次，而就人物安排来说，乌贼笔下的主人公也有着鲜明的精神追求，摆脱了将修炼本身作为目的的技术性循环。安迪斯晨风指出，在乌贼的小说中，总是存在着一个体冲破"被安排"的命运的主题。在《一世之尊》中，孟奇等人身不由己，进入轮回世界，而他个

---

① 高翔：《〈诡秘之主〉的人文意涵》，《文艺报》2019年12月25日。

人不过是阿难复生的工具。但他不畏艰辛，斩断控制，掌控了自己的命运。而《诡秘之主》行文到现在，不仅主人公深陷迷局，整个世界也只能屈服于神明的威严。主人公的成长历程就是一个探寻自我身份的过程。这种精神上的勇敢与强大比之很多网络作品中片面强调个体力量的意淫性描写，高明不知凡几。而本文也因此被赋予了更为积极和正面的意义感受。

再次，作品中的人物群像也体现出了一定的精神深度。克莱恩与梅丽莎、班森的亲情，在克莱恩诡秘难测的生活中成为他心灵的一个安慰；非凡者的疯狂和恐怖对于大众生活的威胁使得队长和守护者的群像熠熠生辉；队长和戴莉女士的爱情也因为队长悲壮的故事而分外动人。早在《奥术神座》的前传中，乌贼就极为成功地刻画了魔法师们反抗教会压迫的悲壮历程，以幻想的形式展现了人类对知识的渴望和追求；在《诡秘之主》中，守夜人的形象同样可以延展到为了大众利益而奋斗牺牲的英雄形象。而恰恰是对于梅丽莎、队长等平凡形象的塑造，《诡秘之主》在诡秘的氛围中彰显了人性的可贵，加强了文本的感染力。有趣的是，与之相比，阿蒙、亚当等天使形象的刻画亦十分精彩，但却是作为诡秘和恐怖的化身而出现，在他们的身上，神性已完全取代了人性。这种人性与神性的对比丰富了文本的主题，亦更为深刻地展现出乌贼想要表达的从人到神的阴影和暗面。

北大学者谭天在著名的网络文学评论自媒体"媒后台"上曾评论过《诡秘之主》："宏大叙事、羁绊温情与逆袭的本质，都是对混乱世界的条理化认知，是对无序自然的秩序化收编，是一个人确立自身价值、安放个体位置的努力。《诡秘之主》对这三重建构的否定并非虚无主义，而是揭露真实。作者将个体与世界之间的遮掩缓冲撕掉，让人直面世界的原貌。"

临渊行

宅 猪

《临渊行》作为宅猪的第八部网络文学长篇，从2019年末开始连载至2021年5月完成。此时距离"玄幻小说年"2005年已经过去了近15年[1]，玄幻小说发展至今，在东方玄幻这一分类下有着异常丰富的成果，同时也面临着价值取向混乱、精神主题萎靡等问题[2]，而宅猪的《临渊行》正是在这些问题之下的一种新尝试。

《临渊行》作为宅猪"首开新路"[3]的《牧神记》（下简称牧神）后的作品，自然有许多《牧神记》的影子，然而，《临渊行》能够有所突破，必然有其独特的继承与发展之处，本文将在语言风格、叙事构架、人物塑造、思想内核方面进行评价。

一

《临渊行》在语言的选择上，既有宅猪固有的"原教旨"式通俗小说话语的继承，也更有新的突破。所谓"原教旨"式通俗小说话语，是指有着金庸式的、带有传统白话色彩的通俗小说语言，既带着东方玄幻气息的古风之美，也增加了阅读中的陌生化效果，同时仍保

---

[1] 思无邪：《飘逸之旅：开创网络小说"修真"派》，《中国图书商务报》2006年5月16日。
[2] 游杰：《试论玄幻小说及其审美价值》，硕士学位论文，南京师范大学，2011年。
[3] 谢逸超：《牧神记：网络玄幻小说的转型之作》，《青年文学家》2020年第8期。

有一定的诙谐色彩。这一点在《临渊行》中主要体现在功法的描述与战斗场面的刻画上，例如洪炉嬗变心法的口诀"且夫天地为炉兮，造化为工；阴阳为炭兮，万物为铜"，苏云领悟的蛟龙功法更是明显有着降龙十八掌的影子；战斗场面中有苏云击杀羊角人、江山图中争雄等，颇有武侠小说式的细致与美感；此外，将西游记当中的"不当礽子"等古典小说的俗词激活使用，更是陌生化与趣味化的体现。作为典型的东方玄幻，各式命名也汲取了传统文化当中的养分，水镜、丹青之人名，广寒、长垣等境界，应龙、洞庭等神魔，都显示出作者有相当的传统文化功底，背后承载的审美体验与接受时的共鸣体验更是宅猪小说成熟后的独特风格。

而在牧神之后，《临渊行》中语言风格有所变化，一是幽默化的语言增加，二是对于网络流行语的迎合，三是电影剧本化的语言使用。幽默化的语言比重增加，突出在书怪莹莹这一重要角色上，莹莹作为事实上充当小说女主角的角色，其语言特点为心直口快而天真烂漫，使其语言多有"士子是二婚没人要"等插科打诨，并且时常自称"莹莹大老爷"而屡屡遭到打击，从而在语言上形成幽默的反讽效果，同时，例如"骊珠有四种练法""额头冒出青筋，嘴里翻来覆去便是"等明显的鲁迅式语言更添趣味。对于网络流行语的迎合主要从全书的四分之一过后开始出现并逐渐增加，明显的有貔貅称呼的"崽种直视我的眼睛"、神殿里的"大威天龙神"、海中的马宝打出"闪电五连鞭"等，背后都是当时的网络热门话题。这些对《牧神记》等宅猪自己语言风格的突破，对于读者接受是明显的双刃剑，一方面，这破坏了整体的语言审美体验，尤其是一些使用甚至是刻意的，例如对苏云的"渣男"声讨，使读者产生了割裂感，元朔国的封建统治套用传统中国允许一夫一妻多妾，然而颇具现代色彩的"渣男"一词多次出现便与背景有出入，读者的代入感被破坏；当然，这样的好处几乎也是立竿见影的，大多数读者仍是乐于看见小说与现实热点产生联动，直观体现为出现流行语的章节在起点网上的单章热评与实时阅读发帖较多①，即使有读者产生不满，也能转化为评论数量与热度激增，小说因此获得更多的流量与推荐。最后，电影剧本化的语言集中体现在某些特定场景的刻画中。以第一百六十二章最具代表性，苏云在灵界中分析领队学哥案时，几乎是舍近求远地塑造了"纸人模拟"推理画面，将原本用文字即可表述的内容转化为更复杂的画面立体式表达。可以说，剔除这些纸人活动对推理完全没有影响，而作者有意识的用电影分镜头般的语言构建一个悬疑推理电影中常见的"思维宫殿"或"脑内投影"②的推理场景，这既可以理解为对跨媒介表达形式的有意识回应，也可以是主动的适应可能到来的影视改编。

从文学性的维度考虑，这些尝试对原有的语言风格有利有弊，然而从媒介性与商业性的维度衡量，这样的跨媒介传播与迎合语言流行化的转型无疑是成功的。

二

临渊行中的人物塑造一定程度上回应了"精神主题萎靡"这一问题，有一定的现实指向。首先可以肯定的是，主角苏云的塑造是较为成功的，"守护"与"反抗"这对看似矛盾的特征成为其贯穿始终的标签，从反抗门阀对贫民的压迫到反抗异国对本国的压迫，再到反抗上界对下界的压迫，是一个明显的打破阶层固化的革命者。而看似离经叛道的行为下有着"守护"作为合理的精神内核驱动，反抗门阀是为了守护幼时同伴，反抗异国是为了守护学宫、元朔国，反抗上界压榨是为了守护星球、整个第七仙界的芸芸众生，最后守护整个大道而寻求"鸿蒙"的奥秘，守护者与"革命者"的形象越加丰满。从天门镇的小瞎子到日后的圣皇，苏云的形象逐渐立体，这也是书名"临渊

---

① 数据源自起点中文网临渊行条目（https：//book.qidian.com/info/1017125042），截取时间为 2021 年 6 月 30 日。
② 代表性的影视作品有《神探夏洛克》、《唐人街探案》等。

行"的由来，苏云一直处在万劫不复危机中。同时，作者在回应"精神主题萎靡"上，有两点值得注意。其一是有限程度的增加现实观照，有学者认为玄幻小说常有的"金手指"与依靠机缘巧合推进修为存在着错误导向等问题①，而临渊行的人物成长虽然不可避免的有着机缘的成分，但是作者主动为主角安排了"华盖气运"的劫运，而主角纵有天资，但是主要的成长手段依靠的是"格物"，即研究、学习与实地考察，只有不断地学习进取才能有所进步，日夜学习揣摩的儒道各家学说可以各显神通，这潜移默化地强调了学习与自我奋斗的重要性，虽然背景上仍无法完全摆脱玄幻小说的常见套路，但是在人物的塑造中已经有意识地凸显现实指向；其二是作者刻意淡化了苏云的个人情感，感情上的两次经历都是"发乎情，止乎礼"的平淡情感，虽然中间也偶有与红罗同游这样的浪漫情节，但总体上仍然是极小部分，在审美层次上模糊了情欲的因素，而是罕见地将需求降低到生存层面，所有的人物在大道将毁的背景下仅求一线生机，在生存面前，情爱只能成为配角，这无疑是对传统玄幻的突破。

　　相比于主角的塑造，《临渊行》在群像式叙事模式当中塑造的众多次要人物则存在争议。网络小说中由于长篇幅和连载的内容厚度要求，往往采用群像式的人物塑造模式，如《斗罗大陆》的主角团"史莱克七怪"。宅猪也不例外，从牧神里秦牧身边的残老村村民、十天尊，到《临渊行》当中苏云身边的人魔梧桐、手下的通天阁众乃至仙界众神，其驾驭人物的笔力也逐渐增强。《临渊行》当中刻画精彩的次要人物如帝绝，对于帝绝的矛盾刻画甚至连作者都自认为成功②，一个活过八境仙界，有保全人族、开创仙世这样易代之功劳，又有镇压下界抑制发展的过错的复杂统治者，身死之后一分为三，完成了魔性、人性与神性的蜕变，在此之上甚至可以看到弗洛伊德"本我自我

---

① 禹建湘：《从玄幻想象到现实观照：网络文学的审美转向》，《中州学刊》2019年第7期。
② 起点中文网：https://vipreader.qidian.com/chapter/1017125042/652080016《临渊行》完本感言。

超我"的心理结构，最终形成了自我的救赎。有学者认为，群像的描写"环视人心，用意于社会心态群像的集中展览"①，以帝绝为代表的仙人被描绘成一个高高在上又挣扎求生的矛盾社会，以此为画卷展开阶级与轮回的讨论就在情理之中，这点下文将会详述。然而，不少读者也认为群像式叙事让部分人物显得单薄、扁平②，当然，这也与网络小说的换地图特点有关，不同地图之间发生场景跃迁后，人物随即发生改变。然而，不少人物仍然缺乏与之体量相对的刻画，例如主角苏云儿时守护的狐族三人，与苏云一同学艺，然而其中出现次数最多的花狐在一、二卷出现近800次，人物本身的性格刻画却寥寥无几，除了刻苦读书之外便再无更多刻画，甚至在大结局之前完全消失，塑造的可谓有些浪费，似乎只是一个为了展现主角需要守护他人的特点而设置出的角色，完成这一使命之后就可以弃之不用；还有角色存在着工具化、程式化问题，例如女性角色罗绾衣、水萦洄，都经历了与主角为敌、化敌为友再产生复杂情愫的过程，最终为主角所用。诚然，作者也有意识地在改变这一问题，对于三、四卷当中的新角色，大多采用标签化塑造，用最短的笔触直接简明的将人物性格确立下来，并在之后人物出场时反复强化这一标签，例如温峤的朴实、帝俊的最强智力等。

综上，《临渊行》当中的角色塑造整体上是立体而丰满的，对于人物群像的驾驭能力也显熟练，继承了牧神的优势，但也仍然存在一定的问题。

三

这里，重点讨论《临渊行》前期的"狼人杀"式叙事模式与后期的"轮回"叙事模式。二者以第二卷"元始元年"到第三卷"天外有

---

① 陈文忠、丁胜如：《人像展览：短篇小说的第三种结构》，《文艺研究》1990年第6期。
② 知乎：https://www.zhihu.com/question/67513722。

天"为分野。

"狼人杀"是一种流行的桌游形式的统称,主要规则即为狼人隐藏于村民之中杀害村民,而村民需要投票以查杀狼人,与推理小说的"暴风雪山庄杀人模式"有着异曲同工之妙。作用于《临渊行》当中即为前两卷的核心:"领队学哥案"与"人魔余烬案"。得益于小说中对"人魔"这一生物的设定是可以随意附身并改变形态,狼人杀的模式才能实现。因此,前两卷的叙事模式都可以用"苏云找人魔"来概括,将悬疑引入玄幻之中,一方面将"生存"的压力最大化,将人魔带来的压力作为主角成长的合理外因,既引出"守护"这一内因,也提供了与寻常玄幻小说不一样的"爽感",一种深潜于水下而偶然得到呼吸的求生快感更甚于修为提升带来的满足感;另一方面,这样的叙事需要大量的伏笔铺垫,同时带有众多的高潮与反转,例如薛青府"一门三圣"居然是同一人的三个面具、惨遭杀害的"野狐先生"竟然只是阴谋家的一具分身等,不同于浅显易懂的小白文,这一模式下的多线叙事与前后照应需要读者充分调动大脑,甚至主动地参与到推理当中,更具有跌宕起伏的叙事魅力,而真相揭开时的快感更是有别于传统爽文的直接接受,这也是《临渊行》前期受欢迎之处。

然而狼人杀模式也并非没有缺点。其一,这一模式在宅猪小说中逐渐显现,从《人道》猜测起源为何,到《牧神记》的十天尊篇,再到《临渊行》的一、二卷两个"找人魔"的故事,虽然对这一模式的运用逐渐成熟,但是也容易陷入套路化,使读者审美疲劳;其二,这一套路的延展性不足,导致前后期的分割明显,有陷入玄幻小说常有的"换场重来"的套路之嫌。

后期的"轮回"叙事则是基于书中混沌大帝八百万年大道的设定,其神通所化轮回环横跨过去八百万年未来八百万年共一千六百万年无敌,在历史中不断轮回,这次轮回已经准备结束。建立在这一时间观念上的轮回叙事模式,继承了《牧神记》当中对因果轮回、宇宙熵增的思考,然而也做出了让步,没有将前作"不存在时间"这一设定照搬，并且将轮回世界减少为八个，主要的时间线上仍然使用线性时间叙事，只有在轮回环当中采用了因果轮回的逻辑闭环，即苏云的穿越导致了帝绝的崛起和前六个世界的轮回，而帝绝的崛起和第六仙界对第七仙界的入侵才导致苏云追寻大道而穿越，最终苏云也借助轮回而最终感化帝绝，跳出轮回。

这样打乱叙述时间的模式使得读者难以通过文本的纵向结构进行故事的理解，一定程度上为小说的审美接受提出了考验，然而倘若从全局着眼，重新审视轮回叙事模式，会发现叙事时间仍然是线性推进的，虽然后期有苏云不断回溯但仍被杀死，最终躲藏于轮回中击败轮回圣王这样的情节，实际上并不能很好地调动叙事的悬念性，难以达到本身叙事结构可以起到的故事承载作用，甚至由于作者的个人身体原因，这部分的展开可以说是平淡乏味的。

综上所述，《临渊行》的叙事构架主要延续自《牧神记》，但是在设计运用上吸取了《牧神记》当中的教训，进行了一定程度的转型，从读者接受程度而言是成功的，然而由于某些文本之外的因素，叙事构架的搭建并不十分齐备，仍然存在问题。

四

《临渊行》的成功离不开具有自觉现实关怀与正确价值导向的思想内核，这也是宅猪对自身作品内核的继承与对整体玄幻小说转型的根本标志。

临渊行的思想内核可以分为三层。第一层是对目前现实生活的反映与关照，《临渊行》连载时间段与新冠疫情的大流行基本重合，在小说中，西土流行的劫灰病成为新冠肺炎的象征，而三百三十一章神帝借助元朔人传播劫灰病而煽动种族矛盾，非常明显地指责了美国将新冠疫情暴发归咎于中国的荒谬行为；而朔方城底层街道里居住的妖族们，从天市垣无人区进城务工，从事着朝九晚五的工作，遭受着不公平的待遇，然而却依然朴实、善良，这正是对于进城务工者的写照，也是对于当下环境中普通劳动者的人文关怀；甚至在进入仙界之后，第七仙界的仙人再努力都无法飞升，既可以理解为世界资源的分配问题，也可以理解为阶层固化带来的社会流动性减弱问题，可以说《临渊行》在无形中探讨了教育、阶级跨越、打工人等社会关切问题。

  第二层是对于民族精神的展现与反思，属于历史意蕴层面的表现。这一层次在宅猪的旧作当中也有体现，例如《人道》讲拼搏、民族复兴、与时俱进，到《牧神记》讲人民至上、为人民服务，只是《临渊行》更加明显地将这一矛盾置于台前。自诩为文明正宗的元朔国因为统治者的故步自封而衰微，西土各国经历盘羊之乱后纷纷崛起，新式科学与功法通过教育系统广泛传播，在这样救亡图存的时期，有裘水镜、左松岩这样接触新学而开化、以救国救民为己任的改革者，亦有温关山这样的卖国盗名之徒，这几乎是对我国近代史的复现。而作者的处理也颇有马克思主义历史观的理论色彩，软弱的改革行不通，只有在苏云等一众学子补全新的境界并将新功法传递回国后，革命才得以成功，这生动地说明，生产力（境界）的进步推动生产关系（功法）的进步，进而推动上层建筑的进步。甚至在革命成功后，裘水镜关于国家发展的观点——"我们先解决挨饿的问题，再解决挨打的问题，再解决挨骂的问题"——都暗合了新中国的发展道路。可以说，《临渊行》展现出的个人与整体文明命运的紧密联系使其成为披着玄幻外衣的现实主义作品，这样鲜明的现实主义色彩是对作者一贯思想的继承与突破。

  第三层则是作者意图将小说的问题探讨上升到一种近乎哲学的价值思考，是哲理意蕴层的表现。作者借苏云之口提出"如果文明终将毁灭，那么守护是否有价值"的问题，在时间的轮回当中探讨人类意义的终极问题。当然，由于本质上仍然是玄幻小说，在文明的命运与浩瀚无穷的宇宙对比的终极之问下，仍然有着主观能动性的解决办法，并未进行过于深入的探讨。

欧阳友权教授早年在总结网络文学特征时提到,网络文学的新民间文学精神与后现代文化逻辑带有抵制崇高与历史理性颠覆特点①,而宅猪小说的核心思想表现出的正是对于网络文学所摒弃的"宏大叙述"的归复,主角的个人成长背后有着历史的驱动,坚信文明的进步与对"大道"的探索研究可以使自己与文明不断发展,这样正向的逻辑与价值是玄幻小说中所罕见的,也是《临渊行》与宅猪小说的独特魅力。

诚然,合理的价值观在文学维度上无可挑剔,但作为网络小说,连续在两部小说当中采用这样的价值驱动,尤其是更为明显的现实趋向,是否意味着支撑玄幻小说的想象力正在衰减?或许,这也是一次正式确立东方玄幻基调的尝试。

对于这一转向可以从两方面理解。其一,意大利葛兰西的"现代君主论"中的一环便是"文化领导权":统治阶级的文化要占据"文化领导权",前提是能在不同程度上容纳对抗阶级的文化和价值,为其提供空间。此后,布尔迪厄的"文学场"理论指出,政治力量、经济力量、文学力量各自为了取得自身的合法性,在这个"场域"中相互斗争。② 在三者的博弈下,整个网络文学界自从2014年政治力量介入后便悄然发生变化,"正能量"开始成为网络文学的"常态"③,这是玄幻小说转型的被动趋向,即政治意识形态的强化事实上"入侵"了网络小说,作用于作家本人的民族意识,从而表现为前文中一、二层的思想内核。其二,这也是网络文学主动归复现实文学的标志,作家在写作个人风格成熟之后,主动回归与自身接受的文学教育接近的史诗性宏大叙事,同时,网络作家们已经意识到通过构建网络文学的"第二世界"获得逃离现实的"伪快感"是无法解决现实问题的,从而开始追求具有现实观照倾向的文学创作。④

---

① 欧阳友权:《网络文学概论》,北京大学出版社2007年版。
② 胡友峰:《新世纪文学场的新变与互渗》,《浙江工商大学学报》2016年第5期。
③ 邵燕君:《网络时代的文学引渡》,广西师范大学出版社2015年版。
④ 禹建湘:《从玄幻想象到现实观照:网络文学的审美转向》,《中州学刊》2019年第7期。

总而言之，宅猪在《临渊行》当中表现出的思想内核，本质上是内外力共同作用下产生的审美转向的表现，丰富了玄幻小说的思想内涵，尤其扩展了东方玄幻小说在传统文化与现实向度上的继承发展，在文学维度上形成价值的审美统一，同时在商业维度上实现了读者接受的过渡，在两个维度上都取得了成功，可以说，《临渊行》的成功某种意义上是国家文化自信的表现。

《临渊行》作为宅猪风格的成熟之作与玄幻小说的转型之作，尽管存在一些问题，但是仍凭借着独一无二的现实关切与中国文化表达而有所突破，成为瑕不掩瑜的佳作，同时也为网络玄幻小说的经典化与精品化开辟了一条新路，在文学维度与商业维度之间找到属于玄幻小说的现实关切新方向，更是难能可贵。

我师兄实在太稳健了

言归正传

《我师兄实在太稳健了》（以下简称《师兄》）是2019年10月开始连载于起点中文网的一部仙侠小说，作者言归正传。该作品是近年来少见大受追捧的仙侠小说。

一

从小说的世界设定来看，《师兄》属仙侠中的"洪荒流"。关于"洪荒流"，一般认为：以《封神演义》《西游记》等小说为基础，从中截取部分素材，并进行一定的文学虚构，以《佛本是道》为开山祖师以及框架结构，描述了圣人间的较量。小说中往往把大道、天意、鸿蒙运转作为关键词。其中修炼者大多以成圣（大道圣人）作为最终目标。盘古三清、西方二释、地母一皇，这六位大道圣人成了这类小说中的代表性人物，以大道（鸿钧）作为最高存在。

网络洪荒流小说大多为某青年穿越、重生于洪荒初期、混沌初开的年份，随后不断修炼升级的故事。然而洪荒类小说体系非常庞大，一般人很难驾驭，故数量虽不少，完本的却不多。并且，因为在这类小说中展露的内容名为修真，其实为赤裸的欲望追求，而且其中大量充斥着杀戮和阴谋，因此常为人所诟病。另外，洪荒流小说当中的内容与正统的宗教和中国传统神话故事并不完全相同，由此便生出一条传统道教爱好者、《封神演义》设定党与洪荒流读者的鄙视链：传统的道教爱好者对《封神演义》设定党看不顺眼，认为《封神演义》这个落第书呆子写的书歪七扭八、东拼西凑，与道教真正的谱系相差甚远。而《封神演义》设定党觉得反正都是编为什么只能你编不能我编，再说我编的还比你编的好，现在知名度说明一切。最后，这两者又共同鄙视"洪荒流"读者，觉得"洪荒流"改编就是乱编，漏洞百出，不如原作。

那么《师兄》又怎么样呢？作者曾说过自己的观点：《师兄》整体上是以《封神演义》为蓝本进行二次创作，设定与故事上有吸纳一些"洪荒流"与传统神话两者间不冲突的部分，就内容来说，《师兄》完全可以看作是《封神演义》的二创作品。另外，作者还对《封神演义》、传统神话等问题在自己作品中的运用也提出了自己的理由：神话不同版本本来就有冲突，繁而杂，想要以学术的态度研究根本行不通，只能进行合理改编，比如封神里的哪吒与西游里的哪吒的处理融合，比如嫦娥/恒娥不同版本的故事取舍等。总之，《师兄》在设定与框架上是下了功夫的，并非简单的洪荒流或者二创就能概括，而是融会贯通各方面世界设定，又基于作者本人理解改编而成的世界框架。

在众多电视剧、电影、小说在内的对封神改编作品里，《师兄》是非常贴近《封神演义》原作的那一个，因为它抓住了原作最重要的两个点：人物命运设定与大局观。

要说情节还原与脉络发展，无疑封神电视剧是最还原的，但问题在于电视剧格局太小，聚焦于商周大战、兵将博弈。可事实上商周之所以打起来，在设定上是因为阐截之争，更高一层来说就是大劫需要往里面填仙上封神榜以平息劫难。这在原作里只是作为引子，但《师兄》难能可贵的是把这个设定细细琢磨了一番，并通过主角使我们能一直以大局观的角度看待问题，可以说是青出于蓝而胜于蓝。

《师兄》的创作重点在于封神发生前对阐截两教的描绘，这是十分考验作者功力的，没有原作的情节加成，如何表现人物、体现原创特色而又贴近原作呢？而事实上"师兄"也没用多少原作的情节，封神之战时的故事并不算详细，在另一方面上也可以看作作者有意识的扬长避短，算是聪明之举。此外，"师兄"另一个重要的改编点就是对原作不合理之处的修改，除了人设上的前后反差外，比如最为人诟病的闻太师破阵、葫芦娃救爷爷，这种完全就是来搞笑的情节进行了合理的删改。

二

个人观感上，这本书让我感觉很欢乐，闲暇无聊看几页，看得很轻松、很舒服，没有很多的情绪波动，更没有因为某些内容影响现实情绪，这就已经很好了。在此基础上，作者良好的文字运用功底让我不至于在阅读过程中味同嚼蜡，只是单纯地浏览被堆砌的情节，而是能够享受这样一个发生在架空的远古洪荒里的故事，又以设定的巧妙和诙谐的幽默带给人愉悦之情，最终还能用一个逻辑自洽的爆点和反转收尾，单凭这几点，作为一本网络文学小说来看，《师兄》在我这里无疑是合格的。

整体来说，洪荒流作品数量虽多但完本却很少，过于宏大的世界框架和混乱交杂的设定，犹如繁复缠绕在一起的线团，让洪荒流作品在写作过程中遇到的阻力和障碍数不胜数，《师兄》能突破这些困难，写成一本有头有尾、故事圆满的小说已是不易。

此外，我看来《师兄》在设定部分最成功的一点应该是对于洪荒修行等级划分的细节。道境的划分不以仙力多少，而在于对世界的感悟多深，尤为难得的是洪荒设定为道教设定，而道家思想是深入现代的所有人心的。文中对道境的感悟其实与现实社会完全是联系起来的，这一点很重要、很有深度。《师兄》作者从一个较高的视角诠释了洪荒势力划分，解释了封神故事——自圆其说的封神故事，这一点真的十分困难。原著的封神故事价值观并不与现今相符合，说一声扭曲也不为过，《师兄》对人物形象和故事情节进行更改更符合当今社会的价值取向的。

再说对人物出场的安排和剧情的推进方面，《师兄》也有所考量。三清是哪三清？洪荒圣人是什么意思？老子西出函谷关、《道德经》、孙悟空闹灵山、如来佛祖等故事大部分人早已耳熟能详，但有没有人怀疑过，孙悟空大闹天宫，为何玉帝不镇压反而是如来镇压孙悟空？镇元大仙又为何被如此尊重？女娲在天庭到底是什么地位？佛门和道教是不是对立关系？中国社会龙族地位至高无上，为何封神演义中龙族地位惨淡到仅兴云布雨的地步？这些我们道听途说的小故事在自己脑海中并没有一个完整的思路，但是本文完整地将这些事情自圆其说，并在极大程度上保留了原著的故事情节，单就这一点来说，在大部分顾头不顾尾的快餐网文中就已经弥足珍贵了。

至于情节的起承转合，作品也下了不少功夫。书中最重要的一个情节就是师父的死。其实这个情节在当时看并没有感觉有多重要，无非是突然了点儿、基调猛然变了下。但从结局往回看，这无疑是全书最大的转折点，相信作者也是这么想的（明示好几次）。

正是因为师父的死，一直求稳的主角第一次没稳住，第一次展现恐怖实力灭了原本故事中的重要人物陆压，明白了白泽都没看出凶险，说明天道有问题，开始怀疑道祖、备战道祖，不再想着苟完封神大劫，而是以此为幌子对抗天道。

三

个人认为，《师兄》走的是仙侠轻喜剧的路线，稳健是作者着重费笔墨的核心笑点，一开始确实挺有意思，次数多了之后就无感了，主角确实是贯穿全书的稳健，但是到了后期的稳健就只是在突出他的谨慎小心，笑点不见了。而且因为稳健，某些方面的爽点就不能很好地展现，会在一定程度上打击读者期待的心情，"爽点"在网文中算是一核心要素，《师兄》前期在这一点上做得很好，但到后期便逐渐后劲不足。

而且，书里的很多人物刻画得不够深刻。比如赵公明如何义薄云天，玉帝如何心系生灵；感情刻画得不够细腻，比如师徒如何情深，比如师妹为什么对师兄情有独钟，比如云霄为什么会对主角有好感，这些刻画都没有前因，就好像是作者认为这些人该这样，他们就这样，而失去了人物本身的灵魂和自主性。

最后，最重要的是对于主角谋略过人这一点刻画得也并不到位，主角的未雨绸缪与运筹帷幄是全书最大最核心的看点，这才是最应该着力刻画的地方，作者在此处火候不足。参照后期的剧情发展，稳健的主角在敌人出手之前先做出了准备，什么时候、什么地点、具体是怎么做的，不知道，然后剧情正常发展，看着对面敲打谋划，己方什么动作都没有，但是一切都在主角的掌控之中，到了最后，事情就真发展到了主角想要的那一步，怎么做到的？没写。到底干了什么？有描写但只是粗略铺叙、一笔带过。主角千算万算，给读者一种山雨欲来风满楼的压迫和期待，但结果一揭晓，只是最后的胜算又加了0.01，难免让人觉得不够劲，类似于"我都这么期待了但结果就这？"主角到底在谋划什么？不知道，但肯定厉害。主角的底牌到底是什么？不知道，但肯定很多很强，随便掏出一张就能扭转乾坤。作者通篇都在给读者传输这样的信息，一砖一瓦将读者的期待值垒成高楼大厦，但到了最后大决战，当主角终于出手的时候，却没能把一切布局和伏笔一齐引爆。稳健确实稳健了，很扣题，却过犹不及，没爆上去，几百章的铺垫，读者期待的心情被硬生生憋了回去，实在难受。

最后一处不足，是太多说明性的文字，读来过于冗杂。剧情应该是通过角色的台词和行为来推动的，小说历来如此，网络文学基于其快餐文学的性质就更应是如此。《师兄》中大篇幅的说明性文字虽然是为了满足介绍世界框架和设定的需求，但在读者眼里就是需要耐心研究的东西，而大部分阅读网文的读者最不耐烦的就是潜心阅读，这既是《师兄》的优点，却也是它的缺点，如果能适当减少说明性文字，将更多设定的讲解和补充融入剧情中去，或许会更为完善。

元　尊

天蚕土豆

　　《元尊》是天蚕土豆的第5部网络玄幻作品，于2017年9月开始连载于起点中文网和纵横中文网，2021年1月完结，约380万字。获第四届橙瓜网络文学奖年度十大作品，最具潜力十大动漫IP，最具潜力十大游戏IP。

　　初读《元尊》，便为其世界观之宏大所惊叹，小说的基本设定由贾谊的《鵩鸟赋》延伸而来："且夫天地为炉兮，造化为工；阴阳为炭兮，万物为铜。"阴阳造化，气为本源，文言与白话相结合之中颇具有中华古典文学气息，使人能够在极短的时间内体会到小说所蕴含的玄幻气息。"蟒雀吞龙，大武当兴""凰不见龙"，龙与凤凰，作为中华文化图腾，蕴含着跨越千年的厚重的历史气息，当这些文化元素与土豆颇富气势的文字相结合时，那般磅礴之气，从字里行间、从无声处不断流露。尽管在很多人看来网络文学"难登大雅之堂"，可是在我看来，纵观历史长河，无数的真理与知识，正是在人们的质疑声中成为至今仍旧熠熠生辉的文化经典。《元尊》这部小说，可以说是东方玄幻故事中讲述得极为成功的作品之一，也极富文学与人文意义。

一

　　作为玄幻小说，主角的升级设定必然需要精雕细琢，极力吸引读者目光，《元尊》的等级划分借鉴中国传统文化的"源""气"等元素，与众多东方玄幻小说设定相比，别有自己的一番风格。《元尊》的世界概念十分宏大，土豆称之为"大千世界"，也就是人类的上位面，大千世界的概念其实有些空洞，因此在整个小说中，场景描写有很大的不确定性。大千世界中，人类皆修炼源气，源气修炼等级由低到高分别为：开脉，养气，天关，太初，神府，天阳，源婴，法域以及最终的圣者（一莲、二莲、三莲）。修炼者在修炼体内源气之外，还可修炼源术。所谓源术，便是能够将自身源气以更强威力施展出来的术法，其实可以通俗理解为打斗的技法。天地间源术与源兵一般，大致分为普通、玄天、圣四等。而"源兵"，则是修炼者的武器，传说中那些圣源兵，皆拥有着无法形容的力量，足以焚山蒸海，引得世人垂涎而畏惧。而在源气之外，人们还可以修炼精神力，这在《元尊》中被定义为"神魂"，分为虚境、实境、化境、游神四大晋升层次。还有更多设定例如源纹、肉身修炼等设定，由于过于庞杂，在此便不再赘述。

从上面简单的概念设定可以看出，天蚕土豆的等级设定别具一格，从中国的上古传说、神话怪兽、经典文化中剥离元素，形成自己的一套概念体系，从《斗破苍穹》的"斗气"到《武动乾坤》的"元力"，再到《大主宰》中的"灵气"、《元尊》中的"源气"，道家、玄学的思想体现得淋漓尽致。而事实上，天蚕土豆也非常清楚，中国人的骨子里依然怀着对上古传说、百家流派的敬畏，从中国传统文化中吸取精髓，的确可以起到意想不到的结果，造就《元尊》世界里丰富多彩的瑰丽世界。

二

《元尊》中，男主女主从一开始就非常确定，即周元和夭夭，而在周元修炼一途中，也遇到许多红颜知己，例如在小说里占有重要分量的苏幼微，自幼被周元所救，一生倾慕于周元；再如武瑶，本是夺取周元体内圣龙气运，与周元是至死仇敌，然而周元与之暧昧不清；

等等。剧情之漫长意味着出场人物众多，贯穿整部小说，出现的人物名字不下千数。这里抛开次要人物不谈，作者对于小说主人公的形象塑造下足了笔力。周元，乃是大周王朝太子，身负圣龙气运，师从黑帝苍渊。修炼锻魂术混沌神磨观想法与祖龙经功法。在苍玄天苍茫大陆的圣迹之地中脱颖而出，获得了苍玄老祖的圣血洗礼并加入了苍玄宗。在苍玄宗内山的圣源峰修行，夺圣战后成为苍玄宗圣子之首。在离圣城击杀武煌后成为苍玄天第一圣子，夺回三分之一圣龙之气。后在黑渊争夺苍玄圣印一战时，为阻止圣元宫主夺取圣印，利用苍玄老祖残留的力量将圣印分解。周元为了救夭夭前往混元天，空间传送到天渊域小玄州，被伊家姐妹所救，进入天渊洞天，先后担任风阁副阁主、阁主、总阁主。在贯穿第九重神府后，突破一亿源气星辰，淘汰赵牧神，成为混元天神府榜第一。后取回武瑶体内一道圣龙之气。九域大会后身份被公布并突破天阳境，凝练出琉璃龙爪天阳，大师兄颛烛入圣出关后正式成为天渊域元老。参与诸天气运之争，突破至天阳境后期后，祭出一丝圣火斩杀最强圣天骄迦图，依靠主脉祖气凝炼九爪天阳后突破至大源婴境，拥有无垢圣琉璃之躯，并寻得祖龙血肉。古源天之争后随师尊使用祖龙灯和祖龙血肉让夭夭苏醒。后前往万兽天金猊族汇合吞吞参与龙灵洞天之争，于龙灵洞天中击败孽兽族最强伪法域。圣族离去后，周元与吞吞被夭夭留于祖魂山中享受大机缘，两年后出关，源婴入九寸七，神魂突破至游神境初期。石龙秘境中在赵牧神、武瑶和苏幼微的帮助下，圣龙气运圆满，源婴超越九寸九极限，并成功开辟圣龙法域，法域之灵为圣龙。石龙秘境龙首决战中击败圣族最强法域太轩并夺得石龙。回归苍玄天后，组建苍玄盟并成为盟主，借助苍玄老祖最后的手段，成为苍玄天天主，初步执掌圣印，战胜圣元宫主。与苍玄天的核心共鸣后突破到圣者一莲境，在苍玄天内借助天域之力可媲美二莲圣者。苍玄天之战后与夭夭大婚。后借助一道圣神意志，绝神咒毒以及祖龙物质突破到伪神境，救下夭夭后失去自我。最后在夭夭的帮助下，成功铸造神骨，踏入序列之境，并在怨龙毒的帮助下，两龙合一使祖龙经踏入至高神境，成为第一序列之神，一掌镇压并抹杀半步至高的圣神，尊号"元尊"。

夭夭，本身乃是祖龙意志孕育之灵，在奇石内孵育而出，位于祖龙和圣神之后的第三序列之神；跟随苍渊和吞吞长大，遇见周元后，便一直跟在周元身边，偶尔会对其修炼进行指导。集天地灵气于一身，一出场便惊艳众生。神魂方面的实力异常强大，且在不断增长，真正实力深不可测，苍玄老祖称其为人族未来的希望，实则为人族对抗圣神唯一的冀望。因自身是先天神灵的缘故，所以只会对圣龙气运的拥有者产生感情，在与周元多年的相处中，慢慢地对周元动情，喜欢上了周元，总是设身处地地为周元着想。在苍玄天争夺圣印的战斗中为保护周元解开部分封印，但因自身肉身无法承受，肉身濒临破碎，被苍渊冰封于水晶棺中。后被周元寻得祖龙灯与祖龙血肉将其成功唤醒，随周元前往万兽天，后在诸天城炼制祖龙丹。而后又在石龙秘境中出手，击伤圣族古圣，但由于神力使用过多，而导致一只眼睛已发生异变。由于绝神咒毒已封印自身，加速神性的复苏，已经成为真正的第三神。因不敌圣神，献祭成为周元神骨，在周元镇压圣神一百年后被其复活，并与他在一起。

不得不说，天蚕土豆对于人物形象的把控力极高，主要人物的特征鲜明，且极富人格魅力，而次要人物大多寥寥几笔带过，"阴险狡诈、狗眼看人低"是反派的标准形象。但这也就引出很多问题，次要人物的形象过于模糊，没有在次要人物中再做"主次之分"，就导致了次要人物的千篇一律，没有明显的性格特征，也难以衬托起主人公的优秀品质。在主人公的描写方面，土豆过于推崇成熟稳重的性格，使得"少年老成"这样的人物形象与实际生活反差过大，因为他自幼便有几乎接近完美的性格，导致千万字情节过后，几乎看不到主人公的性格变化，看不到对自己犯错的反思，这在我看来是人物形象塑造的严重不足。

三

在语言的运用上，土豆有一些自己的风格。文白夹杂，四六字句较多，喜欢化用一些似是而非的古句。"彼时的归途，已是一条命运倒悬的路。昔日的荣华，如白云苍狗，恐大梦一场。少年执笔，龙蛇飞动。是为一抹光芒劈开暮气沉沉之乱世，问鼎玉宇苍穹。复仇之路，与吾同行。一口玄黄真气定可吞日月星辰，雄视草木苍生。铁画夕照，雾霭银钩，笔走游龙冲九州。横资天下，墨洒青山，鲸吞湖海纳百川。"这段文字截取自《元尊》的作品介绍。短短百字之中，就可以品味出作者文字运用的魅力，天蚕土豆的文字总是带着一种中华古典文化的气息。半文言半白话的风格，颇有种明清小说的风采。"吾有一口玄黄气，可吞天地日月星。"磅礴大气，看上去便有一种浑厚雄壮的感觉，而在小说中，作者也尽量描写大场景，使整个小说环境与主题紧密结合，比如在第五百二十六章《你有剑丸，我有圣灵！》中对赵烛的源术"荡剑魔丸"的描写："当那银色的剑丸呼啸而出时，天地间剑气肆虐，最后直接汇聚在了剑丸周身，短短不过数息，剑丸之外的剑气，便是达到了数千丈庞大。那剑光掠过天际，宛如一柄天外神剑落下，所过之处，连虚空都是被生生地撕裂开来。甚至于下面的海面，在此时都是出现了一道巨大无比的裂痕，一些倒霉落入其中的水兽，更是在顷刻间被剑气绞杀。"

在人物描写方面，天蚕土豆形成了自己的一套独特的风格，"红唇微启""贝齿轻咬""淡雅地站立"等，都是女性人物出场的必要描写，正面的女性人物大多倾国倾城，男性人物风流倜傥，把握了读者"爱美"的心理，这也就更能引起读者的兴趣。比如在文中对夭夭的外貌描写：身着青色衣裙的女孩，赤着玉足，凌空立于水晶棺上方，她的肌肤如白璧无瑕，细润如脂，五官精致得宛如是得上天造化而成，蛾眉淡扫间，连时光都为之惊艳。而且，在她的身上，还散发着一种无法形容的神秘，缥缈的气质，更是令得她宛如那谪仙一般。下方绚丽的花海，都在此时失了颜色。

四

纵观土豆所有的小说，"情"之一字必定贯穿始终，在《元尊》中，夭夭从出场开始便给人一种冰冷冷的印象，除了周元和他身边的亲人，从未对他人假以辞色，因为她的身份，是这世间唯一的真神。可是多年的陪伴与温存，即使是神，也会在心中存有一丝温情，不论是第三序列夭夭还是第二序列圣神，夭夭在面对周元时还是会有短暂的人性复苏，圣神也在大战前留有自己的子嗣，终究还是没能脱离情的束缚。即使最终的第一序列周元也是在对苍生和夭夭的真情下才奋起反抗。

在小说中，贯穿全文的一条感情线即为那三坛"桃夭酿"——

"这，这是…桃夭酿?! 你做出来了?!"当初夭夭找到了一张失传的酒方，对其极其的喜爱，还特地取了名字，只是此酒酿造极为的不易，所需要的诸多材料也是难以找寻，没想到如今，竟然被周元做了出来！夭夭毫不犹豫的将青瓷碗中的酒酿倒出，然后将那桃夭酿倒出，桃夭酿略显淡红，清澈晶莹。她轻轻的抿了一口，感受着舌尖传递开来的美妙感觉，美目都是有些舒畅的弯成了小小的月牙，不过半晌后，她忽然睁开眸子，有些奇怪的道："这桃夭酿中，有点特殊的味道……"周元愣了愣，面色有点不太自然，显然是没想到夭夭竟然能够将着桃夭酿品到这种程度。夭夭再度抿了一小口，下一刻美眸一凝，盯着周元，缓缓的道："桃夭酿中，有一丝极淡的血味。"周元挠了挠头，无奈的道："你这舌头，也太厉害了。"不过在夭夭渐渐严厉的注视下，周元只得老实的道："是因为灵血桃，那是桃夭酿的主要材料，不过此物极其的罕见，都快要绝种了，我也是侥幸下才找到一颗种子。""我在后山种了它大半年。""用什么种的?"夭夭追问道。周元尴尬的道："灵血桃生长条件极为特殊，需要以人血浇灌方

可生长，所以我每隔几天会去给它喂点血。"——《第六百七十三章　三坛桃夭酿》

　　她轻轻的擦拭眼泪，拉着周元，来到了桃树下，此时地面已铺满了花瓣，这些年来，桃花盛开又落下，不知化为了多少花泥。"周元，你还记得吗……""当年你为我酿造了一道叫做桃夭酿的酒，而那最后一壶桃夭酿，就被埋在这颗桃树底下……""那时我以为这壶酒未来会给我来喝，没想到……"夭夭纤细玉指对着桃树底下一指，那里的泥土便是分离开来，然后她就见到，一壶酒坛，占满着花泥的静静躺在那里。夭夭丝毫不在意酒坛上的泥土，将其小心翼翼的拎了起来，她凝视着这壶桃夭酿，嘴角的笑意已是含尽了温柔，比天地间任何的酒酿都要醉人。而此时，周元那木然的眼瞳，同样是倒映着那壶酒，再然后，他那如木偶般的身躯，仿佛是轻轻颤了颤。——《第一千四百九十二章　那座洞府，那壶桃夭酿》

　　成长旅途中成就两人情愫的桃夭酿，自始至终伴随着他们，走过沿途的风景，走过最后的圣战，温热了夭夭那颗冰冷的神心，也唤醒了失忆后的周元。回想起来，当时在看第六百七十三章时，我幻想过这个伏笔在之后将会发挥的作用，我猜测周元会带着夭夭唤起她的记忆，没想到竟是相反的剧情。

　　少年从颓败中成长，一路上面对着冷嘲热讽，始终能保持自己的本心，难能可贵。虽是小说，剧情存在很多戏剧化和巧合，但周元获得的皆是以其性命拼搏而来的，更何况能有身边人为其无私付出，又何尝不是一种人格魅力和能力的体现？沿途所谓"各路高手"的偏见，所谓的嘲讽，不过是自己缺乏进取却又见不得别人好，试图以贬低别人的方式来寻求相同群体的附和，以此抚慰自己那颗脆弱不堪的心。"强者从不试图去迎合别人的看法，也不会去贬低别人通过努力所获得的成就。"而这，也正是作者赋予周元的强者风范：坚守初心、担负责任、谦虚知己、持之以恒、守护最爱的人……玄幻小说的主角，根本上来自作者、来自读者对真善美的幻想，尽管自己可能做不到，但是当有这样一个鲜明立体的形象出现在眼前，读者在热血、羡慕之余，也会对自己的人生做出思考，也会对前路的迷茫有一丝感悟。

除去上述的这些特点之外，《元尊》这部小说也有许多在我看来不足的地方。

首先，故事情节、线索走向严重模仿之前所著的小说。不可否认，单从情节而言，土豆的书实在称不上"曲折离奇"——与众多玄幻小说一样，基本上只要看个开头，就能猜中结尾，这也是饱受读者诟病的地方，甚至很多人都说他的书千篇一律，"自己抄自己"。

其次，缺少有个性的反派角色。从《斗破》到《元尊》，反派角色的个性缺失越来越严重，在《斗破》一书中，我们至少还能看到魂天帝为了成就斗帝不惜毁灭一族的气概与昏聩，但是《元尊》里对于圣祖圣神的描写太少，读者很难感受到反派所代表的意志。

最后，设定问题。天蚕土豆的小说总是依照这样的流程：主人公年少遇阻碍—机遇—挑战—修炼—不断突破—再突破—从小家到大家，故事前期剧情紧凑，主角晋升实力缓慢，而到了后期面对最大反派时，就会突然跨级晋升，这样的设定深受读者吐槽，也就是并没有对前后期情节进行很好的衔接。

玄幻，是中国特有的一种题材，并不同于国外的奇幻作品，或者中国原本的仙侠题材。玄幻的根基在于两个，一个是光怪陆离的想象力，存在于一个异世界之中，有恢宏壮观的世界观，有绚烂神奇的神通功法，有神仙，有妖怪，有英雄，有美人，正因为其自由与狂想，才更让人心生神往。

《元尊》这部小说，很好地诠释了"东方玄幻"的语言魅力与价值内核，古典的文笔，奇特的想象，瑰丽的世界……令无数玄幻网文爱好者为之向往。尽管尚有缺点，但是对于这样一部超大体量的作品来说，微小的瑕疵并不能撼动整体的价值。